ସାକ୍ଷାତ୍‌କାର

(ରଚନା କାଳ: ୧୯୮୫-୮୬)

ସାକ୍ଷାତ୍କାର

ଜଗନ୍ନାଥ ପ୍ରସାଦ ଦାସ

ବ୍ଲାକ୍ ଇଗଲ୍ ବୁକ୍ସ

ଭୁବନେଶ୍ୱର, ଓଡ଼ିଶା

BLACK EAGLE BOOKS
Dublin, USA

ସାକ୍ଷାତ୍କାର / ଜଗନ୍ନାଥ ପ୍ରସାଦ ଦାସ

ବ୍ଲାକ୍ ଇଗଲ୍ ବୁକ୍ସ : ଭୁବନେଶ୍ୱର, ଓଡ଼ିଶା ● ଡବ୍ଲିନ୍, ଯୁକ୍ତରାଷ୍ଟ ଆମେରିକା

BLACK EAGLE BOOKS

USA address:
7464 Wisdom Lane
Dublin, OH 43016

India address:
E/312, Trident Galaxy, Kalinga Nagar,
Bhubaneswar-751003, Odisha, India

E-mail: info@blackeaglebooks.org
Website: www.blackeaglebooks.org

First International Edition Published by
BLACK EAGLE BOOKS, 2024

SAKSHYATKAR
by **Jagannath Prasad Das**

Copyright © **Jagannath Prasad Das**

Cover & Interior Design: Ezy's Publication

ISBN- 978-1-64560-508-9 (Paperback)

Printed in the United States of America

ସୂଚିପତ୍ର

ସାକ୍ଷାତ୍କାର

ଦୁର୍ଭାଗ୍ୟ ସବୁବେଳେ ଏମିତି ଆସେ, ମନେ ମନେ ଭାବିଲା ଚନ୍ଦ୍ରହାସ। ତାର ଗାଡ଼ି ହୋଟେଲ ଭିତରେ ପଶିଛି କି ନାହିଁ, ସେ ଦେଖିଲା ତାର ପୁରୁଣା ବନ୍ଧୁ ଶୋଭନ ମଧ୍ୟ ସେଇ ହୋଟେଲ ଭିତରକୁ ପଶିଲା। କାର ପାର୍କରେ ଗାଡ଼ିକୁ ରଖୁ ରଖୁ ଚନ୍ଦ୍ରହାସ କହିଲା, ବର୍ତ୍ତମାନ ଗୋଟାଏ ଛୋଟ ସମସ୍ୟା ଉପୁଜିଲାଣି। ସମସ୍ୟାଟି କଣ ସେ ବିଷୟରେ ଜାଣିବାର ସାମାନ୍ୟ ଆଗ୍ରହ ପ୍ରକାଶ ନ କରି ଶର୍ବରୀ କହିଲା, ତାହେଲେ ଚାଲ ମତେ ଘରେ ଛାଡ଼ି ଦେଇ ଆସିବ। ତା କଥାର ଜବାବ ନ ଦେଇ ଚନ୍ଦ୍ରହାସ କହିଲା, କିଏ ଜାଣିଥିଲା କେବେ କୋଉଠି ଦେଖା ହେଉ ନଥିବା ଏ ଲୋକଟା ମୋରି ଦୁର୍ଭାଗ୍ୟକୁ ଆଜି ଏଇ ହୋଟେଲକୁ ଏତିକିବେଳେ ଆସିବ!

ଅନେକ କଷ୍ଟରେ ଚନ୍ଦ୍ରହାସ ଆଜିର ଏଇ ବ୍ୟବସ୍ଥା କରିଥିଲା। ସେ ଫିଲ୍ମ ତିଆରି କରୁଥିଲା ଏବଂ ଶର୍ବରୀ ଥିଲା ଅଧ୍ୟାପିକା। ସେମାନଙ୍କର ପରିଚୟ ହୋଇଥିଲା ଗୋଟାଏ ବିମାନ ଯାତ୍ରାରେ। ଚନ୍ଦ୍ରହାସ ତାର କାମରେ ଯାଉଥିଲା ଏବଂ ଶର୍ବରୀ ଯାଉଥିଲା କଣ ଗୋଟାଏ ସେମିନାର୍‌ରେ ଯୋଗ ଦେବା ପାଇଁ। ଯାତ୍ରାର ଦୁଇଘଣ୍ଟା ସମୟ ଭିତରେ ଚନ୍ଦ୍ରହାସ ଶର୍ବରୀ ସହିତ ବନ୍ଧୁତା ସ୍ଥାପନ କରିଥିଲା। ଫେରିବାବେଳେ ମଧ୍ୟ ନିଜର ସବୁ କାର୍ଯ୍ୟକ୍ରମକୁ ଏପାଖ ସେପାଖ କରି ଶର୍ବରୀ ସହିତ ଏକା ଫ୍ଲାଇଟ୍‌ରେ ଫେରିବାର ବ୍ୟବସ୍ଥା କରିଥିଲା। ତାପରେ ସେ ଶର୍ବରୀ ସହିତ ନିଜର ସଂପର୍କକୁ ଅବ୍ୟାହତ ରଖିଥିଲା ଏବଂ କାଳକ୍ରମେ ସେମାନଙ୍କ ସଂପର୍କରେ ସାମାନ୍ୟ ଘନିଷ୍ଟତା ମଧ୍ୟ ଆସିଯାଇଥିଲା। ଆଜିକାଲି ଶର୍ବରୀର ପ୍ରାଥମିକ କୁଣ୍ଠା ଆଉ ନ ଥିଲା; କିନ୍ତୁ ଚନ୍ଦ୍ରହାସ ତାକୁ ଏପର୍ଯ୍ୟନ୍ତ ସଂପୂର୍ଣ୍ଣଭାବରେ ପାଇବାକୁ ସମର୍ଥ ହୋଇନ ଥିଲା। ଅନେକ ଦିନର ଅଧ୍ୟବସାୟ, ଅନୁନୟ ବିନୟ ପରେ ସେ ଶର୍ବରୀକୁ ରାଜି କରାଇଥିଲା ଯେ ସେମାନେ ଯାଇ ଗୋଟାଏ ଦିନ ହୋଟେଲର ନିର୍ଜନ କୋଠରୀ ଭିତରେ କଟାଇବେ। ଚନ୍ଦ୍ରହାସ ହୋଟେଲରେ ରୁମ ରଖାଇଥିଲା ଏବଂ ଚାରିଦିନ ଧରି ସେଇ ମୁହୂର୍ତ୍ତର ଅପେକ୍ଷାରେ ସମୟ ଗଣୁଥିଲା। ତାର ମଝିରେ ମଝିରେ ମନେହେଉଥିଲା ଯେ ଏ ଅପେକ୍ଷା ତାର ଆଉ ସହ୍ୟ ହେବ ନାହିଁ। କିନ୍ତୁ ସମୟ ଗଣନା କ୍ରମେ ଦିନ,

ଘଣ୍ଟାରୁ ଯାଇ ମିନିଟ୍‌ରେ ପହଞ୍ଚିଲା ଏବଂ ହୋଟେଲ ଫାଟକ ଭିତର ଦେଇ ପଶିବା ମୁହୂର୍ଭ‌ଟି ଥିଲା ତାର ଅପେକ୍ଷାର ସମାପ୍ତି। ଏଭଳି ସମୟରେ ଏକ ରାହୁର ଆବିର୍ଭାବ ତାର ସମସ୍ତ ଯୋଜନାକୁ ଭ୍ରଷ୍ଟ କରିଦେବା ଭଳି ଜଣାପଡୁଥିଲା।

ଶର୍ବରୀ ପୁଣି କହିଲା, ଚାଲ ମତେ ଛାଡ଼ିଦେଇ ଆସ। ଚନ୍ଦ୍ରହାସ କହିଲା, ତମେ ବ୍ୟସ୍ତ ହୁଅ ନାହିଁ, ମୁଁ ଗୋଟାଏ ମିନିଟ୍‌ରେ ଏ କଥାର କିଛି ଗୋଟାଏ ନିଷ୍ପତି କରୁଛି। ଏ କଥା କହି ସେ ଆଖି ବନ୍ଦ କରିନେଲା ଏବଂ ଯେତେବେଳେ ଆଖି ଖୋଲିଲା, ସେ ସମାଧାନରେ ବି ପହଞ୍ଚି ସାରିଥିଲା। ବ୍ରିଫକେସରୁ ଗୋଟାଏ ଛୋଟ ପ୍ୟାଡ଼ ବାହାର କରି ସେ ଶର୍ବରୀ ହାତରେ ଦେଲା। କହିଲା, ତମେ ହେଉଛ ଜଣେ ପତ୍ରକାର ଏବଂ ତମେ ଆସିଛ ମତେ ଇଣ୍ଟରଭିଉ କରିବା ପାଇଁ। ମୁଁ ତମକୁ ଆଜି ଦିନ ବାରଟାବେଳେ ଏଇ ହୋଟେଲର ଲାଉଞ୍ଜରେ ସାକ୍ଷାତ କରିବା ପାଇଁ ସମୟ ଦେଇଛି। ମୁଁ ଗାଡ଼ି ଭିତରେ ବସି ରହିବି ଏବଂ ତମେ ଆଗେ ହୋଟେଲ ଭିତରକୁ ଯାଇ ମୋର ଅପେକ୍ଷା କରିବ। ଦୁଇ ମିନିଟ୍ ପରେ ମୁଁ ଭିତରକୁ ଆସିବି। ଯଦି ସେତେବେଳକୁ ମୋର ସାଙ୍ଗ ସେଠାରେ ଥାଏ, ସେ ସେଠାରେ ଥିବା ପର୍ଯ୍ୟନ୍ତ ଆମକୁ ଇଣ୍ଟରଭିଉର ଅଭିନୟ କରିବାକୁ ପଡ଼ିବ। ସେ ଚାଲିଗଲେ ଆମେ ଭିତରକୁ ଯିବା।

ଚନ୍ଦ୍ରହାସ ଭାବିଥିଲା ଶର୍ବରୀ ତାର ଏ ପ୍ରସ୍ତାବକୁ ରୋକ୍‌ଠୋକ ନାକଚ କରିଦେବ। କିନ୍ତୁ ଶର୍ବରୀ ତା ହାତରୁ ନୋଟ ଖାତାକୁ ନେଇ ପର୍ସ ଭିତରେ ରଖିଲା। ନିଜ ପାଖରେ କଲମ ଅଛି କି ନା ଦେଖିଲା ଏବଂ ଗାଡ଼ି ଭିତରୁ ଓହ୍ଲାଇ କହିଲା, ଠିକ ଅଛି; ତମେ ଦୁଇ ମିନିଟ୍ ଭିତରେ ଆସ। ଦିପାଦ ଯାଇ ସେ ପଛକୁ ଅନାଇ ଚନ୍ଦ୍ରହାସକୁ, ପଚାରିଲା, ମୋର ନାଁ କଣ? ନିଜର ଅପ୍ରସ୍ତୁତ ଅବସ୍ଥାକୁ କାଟି ଚନ୍ଦ୍ରହାସ କହିଲା, ଉମା; ଉମା ଯାଦବ। ସ୍ୱର ପତ୍ରିକାର ସାମ୍ପାଦିକ।

ଦୁଇ ମିନିଟ୍ ପରେ ଗାଡ଼ି ବନ୍ଦ କରି ଚନ୍ଦ୍ରହାସ ହୋଟେଲ ଭିତରେ ପଶିଲା। ସେ ଶୋଭନକୁ ଦେଖିବା ଆଗରୁ ଶୋଭନ ତାକୁ ଦେଖିଲା ଏବଂ ଚଉକିରୁ ଉଠି ତା ଆଡ଼କୁ ଆସି କହିଲା, ଏକା ସହରରେ ରହୁଛେ, କିନ୍ତୁ ଦେଖା ହେଉଛି ବର୍ଷକେ ଥରେ। ତା ପୁଣି ଏମିତି ଅଭୁତ ଜାଗାରେ। ଚନ୍ଦ୍ରହାସ ଭାବିଲା ସେ ପଚାରି ଜାଣିନେବ ଶୋଭନ କେତେ ସମୟ ରହୁଛି ଏବଂ ଯଦି ସେ ବେଶୀ ସମୟ ରହୁନଥାଏ ତେବେ ସେ ବର୍ତ୍ତମାନ ଶର୍ବରୀ ପାଖକୁ ନ ଯାଇ ଶୋଭନ ଚାଲିଯିବା ପରେ ଯିବ। ସାମାନ୍ୟ ଆଲାପ ବିନିମୟ ପରେ ସେ ଶୋଭନକୁ ପଚାରିଲା, ତୁ ଏଠିକି କୁଆଡ଼େ ଆସିଥିଲୁ? ଶୋଭନ କହିଲା, ଭାଇ, ବ୍ୟବସାୟରେ ଭଲି ଭଲି ଲୋକଙ୍କ ସାଙ୍ଗରେ କାମ।

ଲୋକଟା ସାଙ୍ଗରେ ଦେଖା କରିବାର ଅଛି ସାଢ଼େ ବାରଟାରେ। ମୁଁ ଆଗରୁ ଆସିଯାଇଛି, କିନ୍ତୁ ସେ କେତେବେଳେ ଆସୁଛି କେଜାଣି? ଆଉ ତୁ?

ମତେ କୌଉ ଗୋଟାଏ ପତ୍ରିକାର ଇଣ୍ଟରଭିଉ ପାଇଁ ପଚାରିଥିଲେ; ମୁଁ ସାମ୍ବାଦିକକୁ ଘରକୁ ନ ଡାକି ଏଠିକି ଡାକିଥିଲି। ତାକୁ ଆଉ କିଛି କହିବାର ଅବସର ନ ଦେଇ ଶୋଭନ କହିଲା, ସେଠି ଯେଉ ଝିଅ ବସିଛି, ସେ ନୁହେଁ ତ? ଚାଲ ଦେଖିବା।

ଶୋଭନ ଚନ୍ଦ୍ରହାସକୁ ଟାଣିନେଇ ଶର୍ବରୀ ବସିଥିବା ଜାଗାକୁ ଗଲା ଏବଂ ପଚାରିଲା, ଆପଣ କଣ କାହାକୁ ଅପେକ୍ଷା କରୁଛନ୍ତି? ଚନ୍ଦ୍ରହାସ ଆଢ଼କୁ ନ ଅନାଇ ଶର୍ବରୀ ଶୋଭନକୁ ପଚାରିଲା, ଆପଣଙ୍କ ନାଁ ଚନ୍ଦ୍ରହାସ? ଏଥରକ ଶୋଭନ କିଛି କହିବା ପୂର୍ବରୁ ଚନ୍ଦ୍ରହାସ କହିଲା, ନା, ଚନ୍ଦ୍ରହାସ ମୁଁ। ସାମାନ୍ୟ ହସରେ ତାର ପରିଚୟକୁ ସ୍ୱୀକାର କରି ଶର୍ବରୀ କହିଲା, ମୋ ନାଁ ଉମା ଯାଦବ। ମୁଁ ସ୍ୱର ପତ୍ରିକାରୁ ଆସିଛି। ଚନ୍ଦ୍ରହାସ କହିଲା, ଆପଣଙ୍କୁ ବେଶୀ ସମୟ ଅପେକ୍ଷା କରିବାକୁ ପଡ଼ି ନାହିଁ ତ? ଏ ମୋର ବନ୍ଧୁ ଶୋଭନ। ଆଉ କୌଣସି କଥାବାର୍ତ୍ତା ନ କରି ଶର୍ବରୀ ନିଜ ପର୍ସ ଭିତରୁ ନୋଟ ଖାତା ବାହାର କରି ତାର ପୃଷ୍ଠା ଖୋଲିଲା ଏବଂ ହାତରେ କଲମକୁ ଠିକ ଭାବରେ ଧରି କହିଲା, ମୁଁ ଯଦି ଇଣ୍ଟରଭିଉ ବେଳେ ଟେପରେକର୍ଡର ବ୍ୟବହାର କରେ, ଆପଣଙ୍କର କିଛି ଆପତ୍ତି ଅଛି କି?

ଶୋଭନ ଏଥରକ ବିଦାୟ ନେବାକୁ ବାଧ୍ୟ ହେଲା; କିନ୍ତୁ ସେମାନଙ୍କର ଅନତିଦୂରରେ ଯାଇ ବସିଲା। ଚନ୍ଦ୍ରହାସ ଶର୍ବରୀର ପ୍ରଶ୍ନରେ ସାମାନ୍ୟ ବିସ୍ମିତ ହେଲା; କିନ୍ତୁ ଜାଣିଲା ଯେ ଶର୍ବରୀ ଏଇ ଅଭିନୟରେ ବର୍ତ୍ତମାନ ପୂର୍ଣ୍ଣପ୍ରାଣରେ ଯୋଗଦେଇଛି। ସେ କହିଲା, ଆଗରେ ଟେପରେକର୍ଡର ରହିଲେ ମୁଁ ଖୋଲାଖୋଲି କଥାବାର୍ତ୍ତା କରି ପାରେ ନାହିଁ। ମୋର ଭୟ ହୁଏ ମୁଁ କିଛି ଗୋଟାଏ ଭୁଲ କଥା କହିଦେବି ଏବଂ ମୋର ମୂର୍ଖତା ଚିରକାଳ ପାଇଁ ଲିପିବଦ୍ଧ ହୋଇ ରହିଯିବ।

ହଁ, ଅନେକ ଲୋକଙ୍କର ଏ ପ୍ରକାରର ଭୟ ଥାଏ। ମୁଁ ତାହେଲେ ମୋର ଟେପ ରେକର୍ଡର ବ୍ୟବହାର କରିବି ନାହିଁ।

ଚନ୍ଦ୍ରହାସ ଶର୍ବରୀକୁ ଅନାଇଲା ଏବଂ ଇଙ୍ଗିତରେ ଜଣାଇଲା ଯେ ଶୋଭନ ବର୍ତ୍ତମାନ ସେମାନଙ୍କର ମୃଦୁ କଥାବାର୍ତ୍ତା ଶୁଣିବା ଦୂରତ୍ୱର ବାହାରେ ଅଛି ଏବଂ ସେମାନେ ସ୍ୱାଭାବିକ କଥାବାର୍ତ୍ତା କରିପାରନ୍ତି। କିନ୍ତୁ ଶର୍ବରୀ ତାର ଇଙ୍ଗିତକୁ ବୁଝିବାକୁ ଚେଷ୍ଟା ନ କରି କହିଲା, ମୁଁ ମୋର ପ୍ରଥମ ପ୍ରଶ୍ନ ପଚାରିବା ଆଗରୁ, ଆପଣଙ୍କୁ ଅନୁରୋଧ କରିବି ଆପଣ ନିଜ ବିଷୟରେ କିଛି କହନ୍ତୁ।

ଚନ୍ଦ୍ରହାସ ଆଖ୍ ବୁଜି କିଛି ସମୟ କଣ ଭାବିଲା ଏବଂ ତା ପରେ ଆଖ୍ ଖୋଲି କହିଲା, ମୋ ମତରେ ମୋର ପୂର୍ବର ଜୀବନ ସହିତ ମୋର ଫିଲ୍ମ ତିଆରି କରିବା ଜୀବନର କୌଣସି ସମ୍ବନ୍ଧ ନାହିଁ। ସେଥିପାଇଁ ମୁଁ ବରଂ ମୋର ପ୍ରଥମ ଫିଲ୍ମ ବିଷୟରେ କହିବି।

କୌଣସି କଳାକାର ନିଜର ଜୀବନର ଊର୍ଦ୍ଧ୍ୱରେ ନ ଥାଏ। ଆପଣଙ୍କର ଚଳଚ୍ଚିତ୍ର ଆପଣଙ୍କ ଜୀବନ ସହିତ କି ସଂପର୍କ ଅଛି ସେ କଥା ଆପଣଙ୍କ ଜୀବନ ବିଷୟରେ କିଛି କହିଲେ ଜଣାପଡିବ। ସେଥିପାଇଁ ମୋର ଆପଣଙ୍କ ବିଷୟରେ ଜାଣିବା ନିତାନ୍ତ ଦରକାର।

ଚନ୍ଦ୍ରହାସ ଧୀର ସ୍ୱରରେ ଅନୁନୟ ଜଣାଇ କହିଲା 'ଶର୍ବରୀ', କିନ୍ତୁ ଶର୍ବରୀ ଏ କଥାକୁ ଅଶୁଣା କରି ଦେଇ କହିଲା, ତା ବ୍ୟତୀତ ଆପଣ ଦେଖିଥିବେ ଆମ ପତ୍ରିକାରେ କଳାକାରମାନଙ୍କର କଳା ଅପେକ୍ଷା ସେମାନଙ୍କ ବ୍ୟକ୍ତିଗତ ଜୀବନକୁ ବେଶୀ ଗୁରୁତ୍ୱ ଦିଆଯାଇଥାଏ।

ଚନ୍ଦ୍ରହାସ କହିଲା, ମୋର ଜନ୍ମ ଗୋଟିଏ ନିମ୍ନ ମଧ୍ୟବିତ୍ତ ପରିବାରରେ। ମୋର ବାପା ସ୍କୁଲ ମାଷ୍ଟର ଥିଲେ। ମୋର ଜୀବନ କଟିଥିଲା ଅତ୍ୟନ୍ତ ଦାରିଦ୍ର୍ୟ ଭିତରେ ନ ହେଲେ ବି କିଞ୍ଚିତ୍ ଅଭାବ ଭିତରେ। ସେତେବେଳେ ମୁଁ ଭାବୁଥିଲି ସ୍ୱଚ୍ଛନ୍ଦତା ହିଁ ଜୀବନର ଲକ୍ଷ୍ୟ। କିନ୍ତୁ ଯେତେବେଳେ ମୁଁ ସ୍ୱଚ୍ଛନ୍ଦତା ପାଇଗଲି, ସେତେବେଳେ ଜୀବନର ଲକ୍ଷ୍ୟ ଆଉ କିଛି ହୋଇଗଲା।

ଶର୍ବରୀ ନୋଟ ଖାତାରେ କଣ ଲେଖିଲା, କହିଲା, ମୁଁ ଜାଣିବାକୁ ଚାହୁଁଚି ଏଇ ଅଭାବ ଓ ସ୍ୱଚ୍ଛନ୍ଦତାର ମଧ୍ୟବର୍ତ୍ତୀ କାଳରେ ଆପଣଙ୍କ ଜୀବନରେ କଣ କଣ ଘଟିଥିଲା।

ମୁଁ ଯେତେବେଳେ କଲେଜରେ ପଢୁଥିଲି, କାହାରି ସହିତ ବେଶୀ ମିଶୁ ନ ଥିଲି ଏବଂ ନିଜ ଭିତରେ ରହୁଥିଲି। ଏପରିକି ପରବର୍ତ୍ତୀ ସମୟରେ ...।

ଲେଖୁ ଲେଖୁ ଶର୍ବରୀ କହିଲା, ଟିକିଏ ରହନ୍ତୁ। ଆପଣଙ୍କ ପିଲାବେଳ କଥା ମୁଁ ପରେ ପଚାରିବି। ଯେତେବେଳେ ଆରମ୍ଭ କଲେଣି, ଆପଣଙ୍କ କଲେଜ ବେଳ କଥା ଆଉ କିଛି କହନ୍ତୁ। ସେତେବେଳେ ନିଶ୍ଚୟ ଆପଣଙ୍କର କିଛି ଅତ୍ତତଃ ଘନିଷ୍ଟ ବନ୍ଧୁ ଥିଲେ।

ତାର ଘନିଷ୍ଟ ବନ୍ଧୁ କିଏ ଥିଲେ ମନେପକାଇବାକୁ ଚେଷ୍ଟା କଲା ଚନ୍ଦ୍ରହାସ। କୋଉ ଯୁଗରୁ ସେ ନିଜର ପୁରୁଣା ଦିନର କଥା ଭାବିବାର ଅବସର ପାଇ ନ ଥିଲା ଅଥବା ଚେଷ୍ଟା କରି ନ ଥିଲା। ବର୍ତ୍ତମାନ ସେ ଆଖ୍ ବୁଜି ପୁଣି ନିଜର ଯୌବନକୁ ଫେରିବାକୁ ଚେଷ୍ଟା କଲା। କଲେଜ ବେଳ କଥା ଭାବିଲେ ତା ଆଖିରେ ସେଇ

ଲାଲରଙ୍ଗର ଘର ଏବଂ ତାର ହଷ୍ଟେଲର ଛୋଟ ବଖରାଟି କଥା ମନକୁ ଆସିଲା। ଆଉ ତାର ଆଖ୍ୱ ଆଗକୁ ଆସିଲା ହଷ୍ଟେଲରେ ତାର ରୁମମେଟ୍‌ ଏବଂ କ୍ଲାସରେ ଚାରିବର୍ଷକାଲ ତା ସହିତ ଏକା ବେଞ୍ଚରେ ବସି ଆସିଥିବା ଦୁଇଜଣ ସହପାଠୀଙ୍କ କଥା। ଆଖ୍ୱ ଖୋଲି ଚନ୍ଦ୍ରହାସ ଶର୍ବରୀକୁ ସେମାନଙ୍କର ନାଁ କହିଲା।

ଆପଣଙ୍କର ସେମାନଙ୍କ ସହିତ ଆଜିକାଲି ସାକ୍ଷାତ ହୁଏ?

ନା। ବୋଧହୁଏ କଲେଜ ଛାଡ଼ିବା ପରେ ସେମାନଙ୍କ ସହିତ ମାତ୍ର ଥରେ ଦି ଥର ଦେଖା ହୋଇଥିବ।

ଦେଖା କରିବାକୁ ଚେଷ୍ଟା କରିଛନ୍ତି ସେମାନଙ୍କ ସହିତ? ଅଥବା ସେମାନଙ୍କର ଖବର ନେଇଛନ୍ତି?

ନା; ଜୀବନ ଭିତରେ ପଶିବା ପରେ ଆଉ ସମୟ ହୋଇ ନାହିଁ।

ତାର କାରଣ କଣ ଆପଣଙ୍କ ଜୀବନରେ ଆହୁରି ନୂଆ ବନ୍ଧୁ ଆସିଛନ୍ତି, ଯାହାଙ୍କୁ ଆପଣ ଅଧିକ ଦରକାରୀ ମନେକରିଛନ୍ତି?

ନା, ସେ କଥା ନୁହେଁ, କହିଲା ଚନ୍ଦ୍ରହାସ ଏବଂ ଭାବିବାକୁ ଲାଗିଲା କେବେ କେଉଁଠି କି ପରିସ୍ଥିତିରେ ତାର ପୁରୁଣା ସାଙ୍ଗମାନେ ପଛରେ ରହିଗଲେ। କୁଆଡ଼େ ଗଲା ତାର ରୁମମେଟ୍‌? ସେ ଶୁଣିଥିଲା ସେ କେଉଁଠି ଯାଇ କୋଉ କ°ପାନୀରେ ଛୋଟ ଚାକିରି କରୁଛି। ସେ ଆଉ ଖବର ନେବା ପାଇଁ ଚେଷ୍ଟା କରିନାହିଁ। ତାର ବନ୍ଧୁମାନେ କଣ ଚେଷ୍ଟା କରିଛନ୍ତି ତାର ଖବର ନେବା ପାଇଁ? ସେ କହିଲା, ବନ୍ଧୁତ୍ୱ ଏକ ପାରସ୍ପରିକ ସ°ପର୍କ। ବନ୍ଧୁତ୍ୱ କଟିଯିବା ପାଇଁ ଉଭୟ ପକ୍ଷ ଦାୟୀ।

ମୁଁ କେବଳ ଆପଣଙ୍କ କଥା ଜାଣିବାକୁ ଚାହୁଁଛି। ଆପଣ କିପରି ପୁରୁଣା ସ°ପର୍କ ସବୁକୁ କାଟି ଦେଇ ଆସିଲେ।

ସ°ପର୍କ କେହି କାଟିଦିଏ ନାହିଁ; ସ°ପର୍କ ଆପେ ଆପେ କଟିଯାଏ।

ନୋଟ ଖାତାରେ ଲେଖୁବାବେଲେ ଶର୍ବରୀ ସାମାନ୍ୟ ହସିଲା। ଆବୃତ୍ତି କରି କହିଲା, ସ°ପର୍କ କେହି କାଟିଦିଏ ନାହିଁ; ସ°ପର୍କ ଆପେ ଆପେ କଟିଯାଏ। ମୁଁ ଏ କଥାକୁ ଆପଣଙ୍କର ଉଦ୍ଧୃତି ଭାବରେ ବ୍ୟବହାର କରିବି; ଆପଣଙ୍କର ଆପତ୍ତି ନାହିଁ ତ?

ବଡ଼ ଅସମଞ୍ଜସରେ ପଡ଼ିଲା ଚନ୍ଦ୍ରହାସ। ସେ ଭୁଲି ଯାଇଥିଲା ଯେ ଏ ସାକ୍ଷାତ୍‌କାରର ପର୍ବଟି ସେ ନିଜେ ଆରମ୍ଭ କରିଥିବା ଏକ ଖେଲର ଅଂଶ ମାତ୍ର। ତାର ମନେହେଉଥିଲା ଏ ଯେମିତି ତାର ଜୀବନକୁ ବିଶ୍ଳେଷଣ କରୁଥିବା ଏକ ବିଶେଷ ରଶ୍ମି ରେଖା, ଯାହା ତାର ଜୀବନକୁ ସ°ପୂର୍ଣ୍ଣ ଭାବରେ ଉନ୍ମୁକ୍ତ କରି ପୃଥିବୀ ଆଗରେ ତାର ନଗ୍ନ ସ୍ୱରୂପକୁ ପ୍ରକଟ କରିଦେବ। ତାର ସୌଭାଗ୍ୟକୁ ଶୋଭନ ପାଖ ଟେବୁଲରୁ ଉଠି

ସେମାନଙ୍କ ପାଖକୁ ଆସିଲା ଏବଂ କହିଲା, ମୁଁ ଏମିତି ତମ ଇଣ୍ଟରଭିଉରେ ବାଧା ଦବାକୁ ଚାହୁଁ ନ ଥିଲି; କିନ୍ତୁ ଦେଖିଲି ଯେ ତୁ ଏପର୍ଯ୍ୟନ୍ତ ଭଦ୍ରମହିଲାଙ୍କୁ କିଛି ପିଇବାକୁ ଦେଇନାହୁଁ।

ମୁକ୍ତିର ନିଃଶ୍ୱାସ ନେଇ ଚନ୍ଦ୍ରହାସ କହିଲା, ମୁଁ ବିଅର ପିଇବି। ଶୋଭନ କହିଲା, ମୁଁ ଜାଣେ। ମୁଁ ତୋର ବିଅରର ଅର୍ଡର ଦେଇଦେଇଛି। ମୁଁ ଜାଣିବାକୁ ଚାହୁଁଛି, ମିସ ଯାଦବ କଣ ପିଇବେ।

ଅନେକ ଚେଷ୍ଟା ସତ୍ତ୍ୱେ ଚନ୍ଦ୍ରହାସ କେବେହେଲେ ଶର୍ବରୀକୁ କୌଣସି ପାନୀୟ ପିଆଇବାରେ ସଫଳ ହୋଇ ନ ଥିଲା। ଶର୍ବରୀ ସବୁବେଳେ କହୁଥିଲା, ମତେ ଏ ସବୁ ଭଲଲାଗେ ନାହିଁ। ଆଜି କିନ୍ତୁ ଶୋଭନର ପ୍ରଶ୍ନର ଉତ୍ତରରେ ଚନ୍ଦ୍ରହାସ ଆଡ଼କୁ ସିଧା ଅନାଇ ଶର୍ବରୀ ଉତ୍ତର ଦେଲା, ମୁଁ ବ୍ଲଡି ମେରୀ ପିଇବି। ଚନ୍ଦ୍ରହାସ ଭାବିଲା କୋଉଠି କଣ ଗୋଟାଏ ଭୁଲ ହୋଇ ଯାଉଛି। କିନ୍ତୁ ଶର୍ବରୀର ବ୍ୟବହାର ସ୍ୱାଭାବିକ ଥିଲା ଏବଂ ତାର ହାତରେ ନୋଟ ଖାତା ଓ କଲମ ଅବିଚଳିତ ଥିଲା। ଚନ୍ଦ୍ରହାସ ଶର୍ବରୀ ଆଖିକୁ ଅନାଇଲା, କିନ୍ତୁ ସେଥିରେ ମଧ୍ୟ କୌଣସି ସ୍ପଷ୍ଟୀକରଣ ନ ଥିଲା।

ସେମାନଙ୍କର ପାନୀୟ ଆସିବାରୁ ଶୋଭନ କହିଲା, ମୁଁ ତା ହେଲେ ଯାଉଛି। ମୋର ବନ୍ଧୁ କେତେବେଳେ ଆସୁଛନ୍ତି କେଜାଣି? ଯଦିଓ ଚନ୍ଦ୍ରହାସ ପ୍ରଥମେ ସେଠାରେ ଶୋଭନର ଉପସ୍ଥିତିକୁ ଚାହିଁ ନ ଥିଲା, ବର୍ତ୍ତମାନ ସେ ଚାହୁଁଥିଲା ଶୋଭନ ସେମାନଙ୍କ ପାଖରେ ବସି ରହି ତାକୁ ଏପରି ଏକ ଅଭୁତ ପରିସ୍ଥିତିରୁ ମୁକ୍ତି ଦେଉ। ଶୋଭନ କିନ୍ତୁ ଉଠି ଠିଆ ହେଲା ଏବଂ ନିଜ ଟେବୁଲ ଆଡ଼କୁ ଯାଉ ଯାଉ କହିଲା, ମିସ ଯାଦବ, ଆପଣଙ୍କର ଇଣ୍ଟରଭିଉ କରନ୍ତୁ। ମୁଁ ଆପଣଙ୍କୁ ଆଉ ଡିଷ୍ଟର୍ବ କରିବି ନାହିଁ।

ଚନ୍ଦ୍ରହାସ ଭାବିଥିଲା ଶୋଭନ ସେମାନଙ୍କ ପାଖରୁ ଉଠିଗଲେ ପୁଣି ସବୁକିଛି ସାଧାରଣ ଓ ସହଜ ହୋଇଯିବ। କିନ୍ତୁ ଶର୍ବରୀ ଅକୁଣ୍ଠିତ ଭାବରେ ତାର ଗ୍ଲାସ ଉଠାଇ ଦି ଢୁମୁକ ପିଇଲା ଏବଂ ଗ୍ଲାସକୁ ରଖି ଦେଇ ଏଥରକ ପୁଣି ହାତରେ କଲମ ଧରିଲା। ତାକୁ କହିଲା, ଏଥରକ ଆପଣ ନିଜର ପିଲାଦିନ କଥା କହନ୍ତୁ।

ଶର୍ବରୀର କ୍ଷମାହୀନ ଆଖି ଆଡ଼କୁ ଅନାଇ ଚନ୍ଦ୍ରହାସ କହିଲା, ସତ କହିବାକୁ ଗଲେ ବାପା ମା ପରିବାର ସହିତ ମୋର କେବେହେଲେ ଘନିଷ୍ଟ ସଂପର୍କ ନ ଥିଲା। ମୁଁ ସବୁବେଳେ ଯେମିତି ନିଃସଙ୍ଗ ହିଁ ଥିଲି।

ଆପଣ କଣ ଭାବୁନାହାନ୍ତି ସଂପର୍କ ପାଇଁ ମଣିଷକୁ କିଛି ଶ୍ରମ ଓ ଉଦ୍ୟମ କରିବାକୁ ହୁଏ, ଏପରିକି ତ୍ୟାଗ ବି କରିବାକୁ ହୁଏ।

ସଂପର୍କ ସବୁବେଳେ ମୋ ପାଇଁ ଏକ ଭାର ମନେହୋଇଛି, ଯାହାକୁ ଗ୍ରହଣ କରିବାକୁ ମୁଁ ସବୁବେଳେ କୁଣ୍ଠିତ।

ଲେଖ୍ୟ ଲେଖ୍ୟ ଶର୍ବରୀ କହିଲା, ଏଥରକ ଆପଣଙ୍କର ବୃତ୍ତିମୂଳକ ଜୀବନର ସଂପର୍କ ବିଷୟରେ କିଛି କହନ୍ତୁ।

ବୃତ୍ତିମୂଳକ ଜୀବନ କଥା ଭାବିଲାବେଳେ ଚନ୍ଦ୍ରହାସର କୌଣସି ନିର୍ଦ୍ଦିଷ୍ଟ ସମୟ କଥା ମନେପଡ଼େ ନାହିଁ। କେଉଁଠାରୁ ଆରମ୍ଭ ଏଭଳି ଜୀବନ, କେଉଁ ଆଡ଼କୁ ତାର ଗତି, କେଉଁଠାରେ ତାର ଶେଷ? କିଏ ତାର ସହଯାତ୍ରୀ? କାହା ନାଁ ସେ ସ୍ମରଣ କରିବ ଏଇ ମୁହୂର୍ତ୍ତରେ? ଅଥବା ଏଇ ମୁହୂର୍ତ୍ତରେ ତାର ଜୀବନ କେବଳ ଏକ ପ୍ରବହମାନ ଧାରା, ଯାହାର ଉପକୂଳରେ ବସି ଶର୍ବରୀ ତାକୁ ସ୍ରୋତ ଅନୁକୂଳରେ ଅସହାୟ ଅର୍ଥହୀନ ଭାସିଯିବାର ଦେଖୁଛି?

ଚନ୍ଦ୍ରହାସକୁ ଚୁପ ରହିବାର ଦେଖି ଶର୍ବରୀ କହିଲା, ମୁଁ ଆପଣଙ୍କୁ ପଚାରୁଥିଲି ଆପଣ ଆପଣଙ୍କ ବୃତ୍ତିମୂଳକ ଜୀବନରେ ଯେଉଁମାନଙ୍କ ସଂପର୍କରେ ଆସିଛନ୍ତି ସେମାନଙ୍କ ବିଷୟରେ କିଛି କହନ୍ତୁ।

ଚନ୍ଦ୍ରହାସ ଜାଣିଲା ଯେ ଖେଳଟି ବର୍ତ୍ତମାନ ସେମାନଙ୍କର ନିୟନ୍ତ୍ରଣର ବାହାରେ। ତା ଆଗରେ ବସି ଶର୍ବରୀ ନିରୀହ ଅଭିନୟର ଯେଉଁ ନୂଆ ସଂସାରଟି ତିଆରି କରୁଛି, ସେ କ୍ରମେ କ୍ରମେ ତା ଭିତରେ ଆବଦ୍ଧ ହୋଇ ରହିଯାଉଛି ଏବଂ ସେ ଆଉ ତା ଭିତରୁ ମୁକ୍ତି ଖୋଜି ପାଇବ ନାହିଁ। ଏଇ ଇନ୍ଦ୍ରଜାଲକୁ କାଟି ଦେବା ପାଇଁ ସେ ଶର୍ବରୀ ଉପରୁ ଆଖି ଫେରାଇ ନିଜ ଚାରି ପାଖକୁ ଅନାଇଲା। ଖରାବେଳର ହୋଟେଲ କ୍ରମେ କ୍ରମେ ଲୋକାରଣ୍ୟ ହୋଇ ଆସୁଥିଲା। ବାତାନୁକୂଳିତ ଘରର କାଚଝରକା ବାହାରେ ଜୀବନ ସ୍ୱଚ୍ଛନ୍ଦ ଭାବରେ ଚାଲୁଥିଲା। ଆଖପାଖ ଟେବୁଲମାନଙ୍କରେ ଲୋକମାନେ ଆଳାପରତ ଥିଲେ ଏବଂ ସେମାନଙ୍କ କଥାବାର୍ତ୍ତାର ଏକ ସମ୍ମିଶ୍ରିତ ମୃଦୁ ଗୁଞ୍ଜନ କୋଠରୀଟିକୁ ଜୀବନ୍ତ କରି ରଖିଥିଲା। ମୋଟ ଉପରେ ଏଇ ସମୟଟି ଥିଲା ଏକ ସାଧାରଣ ଖରାବେଳର ରହସ୍ୟରହିତ ଅତି ସାଧାରଣ ବାତାବରଣ।

ଏ କଥାକୁ ହୃଦୟଙ୍ଗମ କରି ଚନ୍ଦ୍ରହାସ ସାହସ ସଞ୍ଚୟ କଲା ଏବଂ ଧୀରେ କହିଲା, ମିସ ଯାଦବ, ଚାଲନ୍ତୁ ଏଠାରୁ ଫେରିଯିବା। ଏତିକି କହିସାରିବା ପରେ ସେ ନିଜର ଭୁଲ ବୁଝିପାରିଲା ଏବଂ ଜାଣିଲା ଯେ ସେ

ଇନ୍ଦ୍ରଜାଲ ଭିତରୁ ପୂରାପୂରି ବାହାରି ଆସିପାରି ନାହିଁ। ତଥାପି ସେ ଆଶା କଲା ଶର୍ବରୀ ତାକୁ ଏ ବିଷୟରେ ସାହାଯ୍ୟ କରିବ।

ଶର୍ବରୀ କିନ୍ତୁ ତା କଥା ଶୁଣିବାକୁ ଅସ୍ୱୀକାର କରିଦେଇ କହିଲା, ଆପଣ ଯଦି ମୋର ପୂର୍ବ ପ୍ରଶ୍ନଟିର ଉତ୍ତର ଦେବାପାଇଁ କୌଣସି ସଂକୋଚ ବୋଧ କରୁଛନ୍ତି, ତାହେଲେ ମୁଁ ଆପଣଙ୍କୁ ଏକ ନୂଆ ପ୍ରଶ୍ନ ପଚାରୁଛି। ଆପଣଙ୍କ ଜୀବନରେ କେବେ କଣ କୌଣସି ବ୍ୟକ୍ତିବିଶେଷ ବା ଘଟଣା ଆସି ଆପଣଙ୍କର ଜୀବନର ମୋଡ଼କୁ ସଂପୂର୍ଣ୍ଣ ବଦଳାଇ ଦେଇଛନ୍ତି? ସେ ବ୍ୟକ୍ତିବିଶେଷ କିଏ ଏବଂ ସେ ଘଟଣାଟି କଣ?

ପୁଣି ଚିନ୍ତାରେ ପଡ଼ିଲା ଚନ୍ଦ୍ରହାସ। ତାର ଜୀବନ ଥିଲା ସ୍ୱଚ୍ଛନ୍ଦ ଓ ବାଧାହୀନ। ତାର ସରଳରେଖାର ଜୀବନରେ କୌଣସି ବକ୍ରତା ନ ଥିଲା। ଜଳଧାରା ଉପରେ କୌଣସି ଲହରୀର ଉପଦ୍ରବ ନ ଥିଲା। କୌଣସି ଝଞ୍ଜା ଆସି ଅସ୍ତବ୍ୟସ୍ତ କରି ନ ଥିଲା ତାର ପରିବେଶକୁ। ଧୂମକେତୁ ବକ୍ର ବିଜୁଳି ଇନ୍ଦ୍ରଧନୁ ରହିତ ଥିଲା ତାର ଜୀବନର ଆକାଶ। ସେ କହିଲା, ନା, ମୋ ଜୀବନରେ ଏମିତି କୌଣସି ବ୍ୟକ୍ତିବିଶେଷ ବା ଘଟଣା ଘଟି ନାହାନ୍ତି।

ଏଇ ସମୟରେ ଶୋଭନ ପୁଣି ସେମାନଙ୍କର ଟେବୁଲ ପାଖକୁ ଆସିଲା। କହିଲା, ମୋର ବନ୍ଧୁ ଆଉ ଆସିବେ ନାହିଁ ଜଣାଯାଉଛି। ସେଥିପାଇଁ ବିଦାୟ ନେବାକୁ ଆସିଲି। ଚନ୍ଦ୍ରହାସ ଭାବିଲା ସେ ଶୋଭନକୁ ବିଦାୟ ଦେଇଦେବ, ଯାଇ ଆଗରୁ ଠିକ କରି ରଖିଥିବା କୋଠରୀକୁ ଭଡ଼ାନେବ ଏବଂ ଶର୍ବରୀ ଓ ସେ ସେଠାକୁ ଯିବେ। କିନ୍ତୁ ଶର୍ବରୀ ସହିତ ଏପରି ବିଲକ୍ଷଣ କଥାବାର୍ତ୍ତା ପରେ ସେ ହଠାତ ପୁଣି ସାଧାରଣ ଅବସ୍ଥାକୁ ଫେରିଆସିବାକୁ ସମର୍ଥ ନ ଥିଲା। ସେ ଶୋଭନକୁ ବସିବାକୁ କହିଲା।

ଶୋଭନ କହିଲା, ମୁଁ ପୁଣି ବାଧା ଦେଉ ନାହିଁ ତ? ଶର୍ବରୀ କହିଲା, ନା, ମୋର ଇଣ୍ଟରଭିଉ ଶେଷ ହୋଇଗଲାଣି। ଆପଣଙ୍କର ଯଦି ଆପତ୍ତି ନ ଥାଏ ମୁଁ ଆଉ ଗୋଟିଏ ମାତ୍ର ପ୍ରଶ୍ନ ପଚାରି ବିଦାୟ ନେବି। ଚନ୍ଦ୍ରହାସ ଆଡ଼କୁ ଅନାଇ ଶର୍ବରୀ ପଚାରିଲା, ଆପଣଙ୍କ ଜୀବନରେ କୌଣସି ପଶ୍ଚାତାପ ଅଛି କି?

ଚନ୍ଦ୍ରହାସ ଏଥରକ ସଜାଗ ହୋଇ ବସିଲା। ନା, ପରିସ୍ଥିତିକୁ ସେ ବର୍ତ୍ତମାନ ନିଜର ନିୟନ୍ତ୍ରଣକୁ ଆଣିବ। ଅବସ୍ଥାକୁ ସହଜ କରିବା ପାଇଁ ସେ ସାମାନ୍ୟ ହସି କହିଲା, ମିସ ଯାଦବ, ମୁଁ ଯଦି ଏ ପ୍ରଶ୍ନର ଉତ୍ତର ନ ଦିଏ,

ତାହେଲେ ଆପଣ କଣ ମନେକରିବେ। ଶର୍ବରୀ ତାର ଚପଳତାରେ ଯୋଗ ଦେଲା ନାହିଁ। କହିଲା, ମୌନ ମଧ୍ୟ ଏକ ପ୍ରକାରର ବକ୍ତବ୍ୟ।

ଶର୍ବରୀ ଏଥରକ ତାର ନୋଟ ଖାତା ବନ୍ଦ କରି ତାକୁ ପର୍ସ ଭିତରେ ରଖିଲା। ଗ୍ଲାସର ଅବଶିଷ୍ଟ ପାନୀୟକୁ ପିଇ ସେ ଉଠି ଠିଆ ହେଲା, କହିଲା, ଆପଣଙ୍କୁ ଅଶେଷ ଧନ୍ୟବାଦ। ସେ ଯେତେବେଳେ ଯିବାପାଇଁ ଦୁଇଜଣଙ୍କୁ ନମସ୍କାର କଲା, ଚନ୍ଦ୍ରହାସ ପ୍ରକୃତିସ୍ଥ ହେଲା, କହିଲା, ମୁଁ ଆପଣଙ୍କୁ ଛାଡ଼ିଦେଇ ଆସିବି?

ନା, ଧନ୍ୟବାଦ, କହି ଶର୍ବରୀ କ୍ଷିପ୍ର ପଦପାତରେ ଯାଇ କବାଟ ଖୋଲିଲା ଏବଂ ଚନ୍ଦ୍ରହାସକୁ ଆଉ କିଛି କହିବାର ଅବସର ନଦେଇ ବାହାରକୁ ବାହାରିଗଲା।

—

ଜରୁରୀ ପରିସ୍ଥିତି

ବିଶ୍ୱନାଥ ଅତି ବ୍ୟସ୍ତ ହୋଇ ଶାସ୍ତ୍ରୀର କୋଠରୀ ଭିତରକୁ ପଶିଲା ଏବଂ କହିଲା, ତମେମାନେ ଜାଣିଛ କି ନାହିଁ? ଆଜିଠାରୁ ଏମରଜେନ୍ସି ଘୋଷିତ ହୋଇଗଲା। ଅଫିସର ଖରାବେଳ ଖାଇବା ଛୁଟିରେ ପ୍ରସାଦ ଓ ଶାସ୍ତ୍ରୀ ସେଠାରେ ଆରାମ କରି ବସିଥିଲେ। ବିଶ୍ୱନାଥକୁ ବସିବାକୁ କହି ଶାସ୍ତ୍ରୀ କହିଲା, ତୁ ଆସିବା ଆଗରୁ ଆମେ ବି ଗୋଟାଏ ଜରୁରୀ ପରିସ୍ଥିତି କଥା ବିଚାର କରୁଥିଲୁ। ପରିସ୍ଥିତି ହେଲା ଯେ ଆମର କ୍ଲବକୁ ମାସେ ହେଲା କୌଣସି ନୂଆ ବହି ଆସି ନାହିଁ। ବିଶ୍ୱନାଥ ଶାସ୍ତ୍ରୀର ଏ ଚପଳତାରେ ଯୋଗ ଦେଲା ନାହିଁ। ମୁହଁରୁ ଝାଳ ପୋଛୁ ପୋଛୁ କହିଲା, କାଲି ରାତିରୁ ଅନେକ ଲୋକ ଜେଲକୁ ଗଲେଣି। ଆଜି ଆହୁରି ସବୁ ଧରାବନ୍ଧା ଚାଲିଛି।

ବିଶ୍ୱନାଥ ଗମ୍ଭୀର ଓ ଭୟାଳୁ ପ୍ରକୃତିର ଏବଂ ସାମାନ୍ୟ କଥାରେ ଉତ୍ତେଜିତ ହୋଇଯାଏ ବୋଲି ସମସ୍ତେ ଜାଣିଥିଲେ। ତାକୁ ଆଶ୍ୱାସନା ଦେଇ ପ୍ରସାଦ କହିଲା, ଜରୁରୀ ପରିସ୍ଥିତି ହଉ ନ ହଉ, ଲୋକ ଜେଲକୁ ଯାଆନ୍ତୁ ନ ଯାଆନ୍ତୁ, ଆମର କଣ ଅଛି? ଆମର କ୍ଲବ ଚାଲିଲେ ହେଲା। ଏ କଥାରେ ବିଶ୍ୱନାଥ ସନ୍ତୁଷ୍ଟ ହେଲା ଭଲି ଜଣାଗଲା ନାହିଁ। ତେବେ ସେ ଏ କଥାର ଜବାବ ନ ଦେଇ ଚୁପ ରହିଲା ଏବଂ ଶାସ୍ତ୍ରୀ ଉଠି ଯାଇ କପି ତିଆରି କରିବାରେ ମନୋନିବେଶ କଲା।

ପ୍ରସାଦ ଯାହାକୁ କ୍ଲବ କହୁଥିଲା, ତାର ସଭ୍ୟ ଥିଲେ ସେମାନେ ତିନିଜଣ ମାତ୍ର। ବହିର ଅର୍ଥ ଥିଲା, ଅଶ୍ଳୀଲ ବହି ଓ ପତ୍ରିକା। ଲାଇବ୍ରେରି ଥିଲା ଶାସ୍ତ୍ରୀର ଅଫିସ ଆଲମାରିର ଉପର ଥାକ। ପାଖ ପାଖ ଅଫିସରେ କାମ କରୁଥିବା ଏଇ ତିନିଜଣ ପୁରୁଣା ବନ୍ଧୁଙ୍କର ଏକମାତ୍ର ବିଲାସ ଥିଲା ଏହି ସବୁ ବହି ପଢ଼ିବା ବା ତା ବିଷୟରେ ବିଚାରବିମର୍ଶ କରିବା। ଖରାବେଳ ଖାଇବା ଛୁଟିରେ ଏକାଠି ହୋଇ ସେମାନେ ବହି ବିନିମୟ କରୁଥିଲେ ତଥା କିଏ କଣ ପଢ଼ି କି ଜ୍ଞାନ ଆହରଣ କରିଥିଲା ସେ ବିଷୟରେ ଚର୍ଚ୍ଚା କରୁଥିଲେ।

କପି ପିଉ ପିଉ ପ୍ରସାଦ କହିଲା, ମୁଁ ଗୋଟାଏ ନୂଆ ନିଷିଦ୍ଧ ପତ୍ରିକାର ସନ୍ଧାନ ପାଇଛି। ତାର କିଛି ପୁରୁଣା ସଂଖ୍ୟା ପାଇଲେ ଲାଇବ୍ରେରିକୁ ଦେଇ ଦେବି। ଶାସ୍ତ୍ରୀ କହିଲା, ଆଉ ନୂଆ ବହି କିଛି ନ ମିଳିଲେ କ୍ଲବକୁ ବନ୍ଦ କରିଦେବାକୁ ପଡ଼ିବ।

ଏତେବେଳକୁ କପି ପିଇ ବିଶ୍ୱନାଥ ସାମାନ୍ୟ ପ୍ରକୃତିସ୍ଥ ହୋଇ ସାରିଥିଲା। ସେମାନଙ୍କ କଥାରେ ଯୋଗ ଦେଇ କହିଲା, କୋଉ କୋଉ ବହି ଆମ ଲାଇବ୍ରେରିକୁ ଆସିବା କଥା, ମୁଁ ତାର ଏକ ସହଜ ଉପାୟ ପାଇଛି। ପ୍ରତିବର୍ଷ ଆମଦାନୀ ନିୟମାବଳୀର ଯୋଉ ଲାଲ ବହି ବାହାରେ ସେଥିରେ ନିଷିଦ୍ଧ ପ୍ରକାଶନର ଏକ ତାଲିକା ଥାଏ। ସେଇଟିକୁ ଦେଖିଲେ ଜାଣି ପାରିବ ସେ ବର୍ଷ କି କି ନୂଆ ଅଶ୍ଲୀଲ ପୁସ୍ତକ ଓ ପତ୍ରିକା ପ୍ରକାଶ ପାଇଛି।

ଏ ବିଷୟରେ ସବୁଠାରୁ ବେଶୀ ତାତ୍ତ୍ୱିକ ଜ୍ଞାନ ଥିଲା ଶାସ୍ତ୍ରୀର। ସେ କହିଲା, ସେମିତି ଦେଖିଲେ ବ୍ରିଟିଶ ମ୍ୟୁଜିୟମର ଗୋଟିଏ ପ୍ରାଇଭେଟ କେସ୍ କ୍ୟାଟଲଗ୍ ଅଛି ଯୋଉଥିରେ ତାଙ୍କର ନର୍ଥ ଲାଇବ୍ରେରିରେ ଥିବା ରେସ୍ଟ୍ରିକ୍ଟେଡ କଲେକ୍ସନର ତାଲିକା ଅଛି। ଏ ତାଲିକାର ବହି ହେଲା ଯେମିତି ଫ୍ୟାନି ହିଲ, ବର୍ଟନଙ୍କର କାମସୂତ୍ର ଇତ୍ୟାଦି। ଏମିତିକି ଏଇ ସଂଗ୍ରହରେ ୧୮୮୬ ମସିହାର ଟାଇମସ୍ ଖବରକାଗଜର ଗୋଟାଏ କପି ଅଛି, ଯୋଉଥିରେ କମ୍ପୋଜିଟର ଜାଣିଶୁଣି ଗୋଟିଏ ଚାରିଅକ୍ଷରିଆ ଅଶ୍ଲୀଲ ଶବ୍ଦ ବ୍ୟବହାର କରିଦେଇଥିଲା।

ପ୍ରସାଦ ଏ ସବୁ ତତ୍ତ୍ୱରେ ଆଗ୍ରହୀ ନ ଥିଲା। କହିଲା, ଏତେ ପୋଥିବାଇଗଣର ଖବର ରଖି କିଛି ଲାଭ ନାହିଁ। ମୂଳ କଥା ହେଲା ଆମକୁ କୋଉଠୁ ବହି ମିଳିବ। ଶ୍ରୀନିବାସନ ଗଲା ସପ୍ତାହରେ ବିଲାତରୁ ଫେରିଲା; କିନ୍ତୁ ଖଣ୍ଡେ ବି ବହି ଆଣିଲା ନାହିଁ। ଆଣିଲା ଫିଲ୍ମ। ମୁଁ ଭାବୁଚି ଦିନେ ଯାଇ ତା ଘରେ ଫିଲ୍ମ ଦେଖି ଆସିବା।

ବିଶ୍ୱନାଥ କହିଲା, ଆମ କ୍ଲବର ପ୍ରଥମ ଓ ମୂଳ ନିୟମ ହେଲା କେବଳ ବହି ପଢ଼ିବା। ତା ସହିତ ଫିଲ୍ମ ଦେଖିବା ସାମିଲ କଲେ ଆମକୁ ହୁଏତ କିଏ କହିବ, ଚାଲ ପୁରୁଣା ବଜାରକୁ ବି ଯିବା!

ଶାସ୍ତ୍ରୀ ତା ସହିତ ଏକମତ ହେଲା। କହିଲା, କେବଳ ବହି ଓ ପତ୍ରିକା। ପ୍ରସାଦ କହିଲା, ଆଉ ଫଟୋଗ୍ରାଫ? ଲାଇବ୍ରେରିରେ ସେଇ ଫଟୋଗ୍ରାଫ ପ୍ୟାକେଟଟା କାହିଁକି ରଖିଚ? ନିଜକୁ ସଂଶୋଧନ କରି ଶାସ୍ତ୍ରୀ କହିଲା, କେବଳ ଛପା ଜିନିଷ, ସେ ବହି ହଉ ନ ହେଲେ ଫଟୋଗ୍ରାଫ, ରହିବ ଆମ ଲାଇବ୍ରେରିରେ।

ସେଦିନ ଉଠିଲା ବେଳକୁ ନିଷ୍ଠି ହେଲା ଯେ ତା ପରଦିନ ସେମାନେ ଯାଇ ବଜାରରୁ କିଛି ନୂଆ ବହି କିଣି ଆଣି ଲାଇବ୍ରେରିକୁ ସମୃଦ୍ଧ କରିବେ। ବିଶ୍ୱନାଥ ବହି

କିଣା ଉଦ୍ୟମରେ ଯୋଗ ଦେବାକୁ ରାଜି ହେଲାନାହିଁ। ତେଣୁ ଠିକ୍ ହେଲା ଯେ ଶାସ୍ତ୍ରୀ ଓ ପ୍ରସାଦ ପରଦିନ ଖାଇବା ଛୁଟିରେ ଯାଇ ଅତ୍ତତଃ ତିନୋଟି ନୂଆ ବହି ଅଥବା ପତ୍ରିକା କିଣି ଆଣିବେ।

ଆଗରୁ କେତେ ଥର ସେମାନେ ଯାଇ ରାସ୍ତା ପାଖ ଛୋଟ ବହି ଦୋକାନରୁ ଏଭଳି ବହିମାନ କିଣିଥିଲେ। କିନ୍ତୁ ସେଦିନ ବଜାରର ସବୁ କିଛି କେମିତି ଭିନ୍ନ ଦେଖାଗଲା। ଭିଡ଼ କିଛି କମ ଥିଲା ଏବଂ କେମିତି ଏକ ଚାପା ଚାପା ପରିବେଶ ଅନୁଭୂତ ହେଉଥିଲା। ଦୋକାନରେ ଏଇ ସମୟରେ ପ୍ରାୟ ବେଶ୍ ଭିଡ଼ ଥାଏ; କିନ୍ତୁ ସେଦିନ ମାତ୍ର ଜଣେ ଦିଜଣ ଲୋକ ଥିଲେ। ଦୋକାନୀ ସେମାନଙ୍କୁ ସାମାନ୍ୟ ଜାଣିଥିଲା; କିନ୍ତୁ ଆଜି ସେମାନଙ୍କ ଆଡ଼କୁ ଅନାଇ ହସିଲା ନାହିଁ। ବରଂ ଶାସ୍ତ୍ରୀ ଯେତେବେଳେ ଦୋକାନୀକୁ ଏକ ଗୋପନୀୟ ଇସାରା ଦେଇ 'କଣ କିଛି ବହିପଢ଼ି ଅଛି କି' ବୋଲି ପଚାରିଲା, ଦୋକାନୀ ଓଠରେ ଅଙ୍ଗୁଳି ଦେଇ ତାକୁ ଚୁପ ରହିବାକୁ କହିଲା ଏବଂ ଅନ୍ୟ ଗ୍ରାହକମାନଙ୍କୁ ଅନାଇ ଇଙ୍ଗିତ କଲା।

ଅନ୍ୟମାନେ ଚାଲିଯିବା ପରେ ଦୋକାନୀ ଚୁପ ଚୁପ କହିଲା, ଏଥରକ ଆଉ ମତେ ସେ ବହିଫଢ଼ି କଥା ପଚାରିବେ ନାହିଁ। ଏ କାଳ ବେଳ କଥା ଦେଖୁ ନାହାନ୍ତି? ଶାସ୍ତ୍ରୀ ପଚାରିଲା, କାହିଁକି? ଯଦିଓ ଦୋକାନରେ ଆଉ କେହି ନଥିଲେ, ଦୋକାନୀ ଏପାଖ ସେପାଖ ଅନାଇଲା। ଏଇ ସମୟରେ ରାସ୍ତା ଉପରେ ଗୋଟାଏ ପୋଲିସ ଗାଡ଼ି ଗଲା। ତାକୁ ଦେଖାଇ ସେଇଭଳି ଧୀର ଗଳାରେ ଦୋକାନୀ କହିଲା, ଏମରଜେନ୍‌ସି। ଏଥରକ ସେ ଆଉ ସେମାନଙ୍କ ଆଡ଼କୁ ଅନାଇଲା ନାହିଁ ଏବଂ ଅନ୍ୟ ଆଡ଼କୁ ମୁହଁ କରି ଖାଡ଼ି ସାରିଥିବା ବହି ଥାକକୁ ଆଉଥରେ ଖାଡ଼ିବାରେ ମନ ପ୍ରାଣ ଲଗାଇଲା।

ଏଭଳି ଭାବରେ ବିଫଳ ମନୋରଥ ହୋଇ ଶାସ୍ତ୍ରୀ ଓ ପ୍ରସାଦ ରାସ୍ତା ଉପରକୁ ଓହ୍ଲାଇଲେ। ଦୋକାନୀକୁ ଗାଳି ଦେଉ ଦେଉ ଶାସ୍ତ୍ରୀ କହିଲା, ଏ ଦୋକାନୀଟା ବୁଦ୍ଧୁ। ଜରୁରୀ ପରିସ୍ଥିତି ହେଲା ବୋଲି ଅଶ୍ଳୀଲ ବହି ବିକ୍ରି ସାଙ୍ଗରେ ତାର କି ସମ୍ପର୍କ? ରାସ୍ତାରେ ଯାଉଥିବା ଆଉ ଗୋଟାଏ ପୋଲିସ ଗାଡ଼ିକୁ ଅନାଇ ପ୍ରସାଦ କହିଲା, ଯେତେହେଲେ ବେଆଇନ ଜିନିଷ ତ! ଆମ ଘର ପାଖ ବଜାରରେ ବିଦେଶୀ ଜିନିଷପତ୍ର ଗୋଟାଏ ଛୋଟ ଉଠା ଦୋକାନ ଥିଲା। କାଲି ରାତିରେ ସେ ଦୋକାନୀ ଅତି ଶସ୍ତାରେ ସବୁ ଜିନିଷ ବିକାବିକି କରି ତାର ଦୋକାନକୁ ବନ୍ଦ କରିଦେଲା।

ଶାସ୍ତ୍ରୀ ଚୁପ ରହିଲା। ତାର ମନରେ ସାମାନ୍ୟ ଭୟ ମଧ ଉପୁଜିଲା, କାରଣ ସେମାନଙ୍କର ବହିସବୁ ତାରି ଆଲମାରିରେ ରହୁଥିଲା। ଏହି ଭୟକୁ ଚପାଇବା ପାଇଁ

ଶାସ୍ତ୍ରୀ ଅନ୍ୟ ଏକ ତାତ୍ତ୍ୱିକ ବିଷୟର ଉତ୍ଥାପନ କରି କହିଲା, କୌଣସି ବହିକୁ ସେ ଶ୍ଳୀଳ ହେଉ ବା ଅଶ୍ଳୀଳ, ଆଇନରେ ନିଷିଦ୍ଧ ଘୋଷଣା କରିବା ଏକ ଭୁଲ୍ ଜିନିଷ। ଏହା ମଣିଷର ବ୍ୟକ୍ତିସ୍ୱାଧୀନତା ଉପରେ ହସ୍ତକ୍ଷେପ। କିଏ କଣ ପଢ଼ିବ, ତା ପ୍ରତି ଲୋକର ମୌଲିକ ଅଧିକାର ହେବା କଥା।

ପ୍ରସାଦ କହିଲା, ତା କେମିତି ହେବ? ସେ ଆଉ କିଛି କହିବା ପୂର୍ବରୁ ଶାସ୍ତ୍ରୀ କହିଲା, କାହିଁକି? ୧୯୬୭ରେ ଡେନମାର୍କ ଅଶ୍ଳୀଳ ବହି ଇତ୍ୟାଦି ଉପରୁ ନିୟନ୍ତ୍ରଣ ଉଠାଇଦେଲା। ଅଶ୍ଳୀଳ ଜିନିଷ ସେମାନେ କିଣିବେ କି ନାହିଁ ଏ ନିଷ୍ପତ୍ତି ଲୋକମାନଙ୍କ ଉପରେ ଛାଡ଼ି ଦିଆଡଲା।

ଏଠି ଯଦି ଏକଥା ହୋଇଥାଆନ୍ତା, ଆମ କ୍ଲବ ହିଁ ମୂଳରୁ ଗଢ଼ା ହୋଇ ନ ଥାନ୍ତା, ମନ୍ତବ୍ୟ କଲା ପ୍ରସାଦ।

ସେ କଥା ସତ, ଶାସ୍ତ୍ରୀ ଏକମତ ହେଲା ଏବଂ ନିଜର ଜ୍ଞାନ ପ୍ରଦର୍ଶନ କରି କହିଲା, ଡେନମାର୍କରେ ଯଦିଓ ଦୁଇବର୍ଷ ଯାଏ ଅଶ୍ଳୀଳ ଜିନିଷ ଭଲ ବିକ୍ରି ହେଲା, ତାପରେ ବଜାର ମାନ୍ଦା ପଡ଼ିଗଲା। କେବଳ ରପ୍ତାନି ଛଡ଼ା ଆଉ ବିଶେଷ ବିକ୍ରି ହେଲା ନାହିଁ ଏ ସବୁ ଜିନିଷ ସେ ଦେଶରେ।

ସେମାନେ ଯେତେବେଳେ ଅଫିସକୁ ଫେରିଲେ, ବିଶ୍ୱନାଥ ଶାସ୍ତ୍ରୀର କୋଠରୀରେ ବସି ସେମାନଙ୍କର ଅପେକ୍ଷା କରୁଥିଲା। ସେମାନଙ୍କର ଖାଲି ହାତ ଦେଖି ସେ ମଧ୍ୟ ହତାଶ ହେଲା ଏବଂ ସେମାନଙ୍କଠାରୁ ପୂରା ବିବରଣୀ ଶୁଣିସାରି କହିଲା, ଏଥରକ ଆମ କ୍ଲବ ବନ୍ଦ କରିବାକୁ ପଡ଼ିବ।

ଶାସ୍ତ୍ରୀ କହିଲା, ଏଥରକ ଆମକୁ ଏମିତି ବହି ଖୋଜିବାକୁ ପଡ଼ିବ ଯାହା ଆଇନରେ ଅଶ୍ଳୀଳ ପର୍ଯ୍ୟାୟରେ ପଡ଼ିବ ନାହିଁ, କିନ୍ତୁ ଯୋଉଥିରେ ଅନେକ ମାଲ ମସଲା ଥିବ। ଏମିତି ଅନେକ ବହି ବି ମିଳିବ ବଜାରରେ। ଏଇଭଳି ଭାବରେ ବିନା କୌଣସି ବହି ବିନିମୟ ଓ କେବଳ କଫି ପିଇବାରେ ସେଦିନର ବୈଠକ ଶେଷ ହେଲା।

ସେଦିନ ରାତିଟି ଶାସ୍ତ୍ରୀର ଅସ୍ୱସ୍ତିରେ କଟିଲା, କାରଣ ଦିନସାରା ସେ ଅଫିସ ଓ ଅଫିସ ବାହାରେ ବିଭିନ୍ନପ୍ରକାର ଉଡ଼ାଖବର ଶୁଣିଥିଲା ପୁଲିସର କାର୍ଯ୍ୟକଳାପ ବିଷୟରେ। ବିନା କାରଣରେ ଲୋକଙ୍କୁ ବାନ୍ଧି ନେଇଯିବା ଯେମିତି ଗୋଟିଏ ସାଧାରଣ ବ୍ୟାପାର ହୋଇଯାଇଥିଲା ଏ ଦି ଦିନ ଭିତରେ। ଦୋକାନ ବଜାର, ଅଫିସ ବାରଣ୍ଡାରେ ବି ଲୋକମାନେ ବଡ଼ ଭୟ ଓ ସତର୍କତାର ସହିତ ଯିବା ଆସିବା କରୁଥିଲେ। ଏପରିକି ତାର ଯୋଉ ଚିହ୍ନା ଲୋକମାନେ ଏଇ କେତେ ଦିନ ତଳେ ବଡ଼ ପାଟିରେ ରାଜନୀତି ବିଷୟରେ ଚର୍ଚ୍ଚା କରି ଗର୍ବ ଅନୁଭବ କରୁଥିଲେ, ସେମାନେ ବି

ହଠାତ ମୂକ ହୋଇଯାଇଥିଲେ। ଶାସ୍ତ୍ରୀ ରାଜନୀତିର ଧାର ଧାରୁ ନ ଥିଲା ଏବଂ କେବେ କୌଣସି ଗଣ୍ଡଗୋଳର ପାଖ ପଶୁ ନ ଥିଲା। ତାର କୌଣସି ସମ୍ପର୍କ ନ ଥିଲା ଜରୁରୀ ପରିସ୍ଥିତି ଘୋଷିତ ହେବା ନ ହେବା ସହିତ। କିନ୍ତୁ ତାର ଅଫିସ ଆଲମାରିରେ ନିଷିଦ୍ଧ ବହି ରହିଥିବା କଥା ସେ ଯେତେ ଚେଷ୍ଟା କଲେ ବି ମନରୁ ଦୂର କରିପାରୁ ନ ଥିଲା ଏବଂ ରାତିରେ ମଧ ସେ ଠିକ ଭାବରେ ଶୋଇ ପାରିଲା ନାହିଁ। ସେ ସ୍ଥିର କଲା ଯେ ଅଫିସ ଗଲେ ତାର ପ୍ରଥମ କାମ ହେବ ଏଇ କଥାର ଗୋଟିଏ ସମାଧାନ କରିବା।

ଅଫିସରେ ପହଞ୍ଚି ଶାସ୍ତ୍ରୀ ପ୍ରଥମେ ଟେଲିଫୋନ କଲା ବିଶ୍ୱନାଥକୁ, ମୋ ପାଖରେ ଯେଉ ବହି ଅଛି, ସେ କହିବାକୁ ଆରମ୍ଭ କରିଛି କି ନାହିଁ ସେପାଖରୁ 'ରଂଗ୍ ନମ୍ବର' କହି ଟେଲିଫୋନ ରଖିଦେଲା। ପୁଣି ସେ ଯେତେବେଳେ ଟେଲିଫୋନ କଲା, ବିଶ୍ୱନାଥ କହିଲା, ମୁଁ ଟିକିଏ ବ୍ୟସ୍ତ ଅଛି; ପାଞ୍ଚ ମିନିଟ ପରେ ଟେଲିଫୋନ କରିବି। କଥାଟା ଶାସ୍ତ୍ରୀକୁ କେମିତି ଅସ୍ୱାଭାବିକ ଲାଗିଲା, କାରଣ ବିଶ୍ୱନାଥ ତା ଟେଲିଫୋନ ପାଇଲେ ଖୁସି ହେଉଥିଲା କାଲେ ଶାସ୍ତ୍ରୀ ପାଖକୁ କୋଉ ନୂଆ ବହି ଆସିଥିବ ବୋଲି।

ଟେଲିଫୋନ ପାଖରୁ ଉଠିଆସି ଶାସ୍ତ୍ରୀ ଭିତରୁ କବାଟ ବନ୍ଦ କଲା ଏବଂ ଆଲମାରି ଖୋଲିଲା। ଉପର ଥାକର ଗୋଟାଏ କଣରେ ସେମାନଙ୍କର ବହି ରହିଥିଲା। ସେଥିରୁ କିଛି ବହି ସେ ହାତରେ ଉଠାଇଲା। ଅନ୍ୟ ସମୟ ହୋଇଥିଲେ, ସେ ବହି ଖୋଲି ସେଥିରୁ କିଛି ପଢ଼ିଥାନ୍ତା, ନ ହେଲେ ଅତତଃପକ୍ଷେ ଚିତ୍ର ଦେଖିଥାନ୍ତା। ଆଜି କିନ୍ତୁ ବହିକୁ ହାତରେ ଧରି ସେ ସାମାନ୍ୟ ଭୟଭୀତ ହେଲା। ଆଲମାରିର ତଳ ଥାକ ଖାଲି କରି ତାର ଗୋଟାଏ କଣରେ ସେ ବହି ସବୁକୁ ନେଇ ରଖିଲା ଏବଂ ତା ଆଗରେ ଅନ୍ୟ କାଗଜପତ୍ର ରଖି ଯେତେଦୂର ସମ୍ଭବ ତାକୁ ଘୋଡ଼ାଇ ଦେଲା। ତା ମନ ଭିତରେ ଅନେକ ପ୍ରକାରର ଯୋଜନା ଆସିଲା। ଅଫିସ ଫେରିବାବେଳେ ପ୍ରତିଦିନ କିଛି କିଛି ବହି ନେଇ ସେ ରାସ୍ତା ପାଖ ନାଳରେ ପକାଇ ଦେବ। କିମ୍ବା ବହିକୁ ଘରକୁ ନେଇ ତାକୁ ପୃଷ୍ଠା ପୃଷ୍ଠା ଚିରି ଜଳାଇ ଦେବ। ଏଇ ଦ୍ୱିତୀୟ ଯୋଜନାରୁ ତାର ମନେପଡ଼ିଲା ଯେ କୌଣସି ଚିତ୍ରରେ ଖଳନାୟକ କୌଣସି ଗୁପ୍ତ କାଗଜ ଜାଳିବା ବେଳେ ତାର ଧୂଆଁ ହିଁ ତାକୁ ଧରା ପକାଇ ଦେଇଥିଲା। ତେଣୁ ସେ ଏ ବିଷୟରେ ଭାବିବାରୁ ନିଜକୁ କ୍ଷାନ୍ତ କଲା ଏବଂ ବହି ସାମନାରେ ଆଉ କିଛି କାଗଜପତ୍ର ରଖି ଆଲମାରି ବନ୍ଦ କଲା।

ଏଥରକ ସେ ଟେଲିଫୋନକୁ ଅପେକ୍ଷା କଲା, କିନ୍ତୁ କେତେ ସମୟ ପରେ ଫୋନ ଆସିଲା ବିଶ୍ୱନାଥର ନୁହେଁ, ପ୍ରସାଦର। ପ୍ରସାଦ କହିଲା, ତୁ ତ ଏତେ ପଢ଼ାପଢ଼ି

କରିଛୁ, ଆମ ଦେଶର ଅଶ୍ଳୀଳତା ଆଇନ ବିଷୟରେ କିଛି ଜାଣିଚୁ? ଶାସ୍ତ୍ରୀ ମନେ ମନେ ଠିକ୍ କଲା ଯେ ତାର ଏ ବିଷୟରେ ପଢ଼ିବା ଜାଣିବା ନିତାନ୍ତ ଦରକାର; କିନ୍ତୁ ନିଜର ଅଜ୍ଞତାକୁ ପ୍ରକାଶ ନ କରି କହିଲା, ହଁ, ଆଜି ଖରାବେଳେ କହିବି। ଆଜି ଖରାବେଳେ ଆମର ଦେଖା ହଉଚି ନା ନାହିଁ? ପ୍ରସାଦ କହିଲା, କିଏ କହୁଥିଲା ଏଥରକ କୁଆଡ଼େ ଖାଇବା ଛୁଟି ବନ୍ଦ ହୋଇଯିବ ଏବଂ ଖରାବେଳେ ମେନ୍‌ଗେଟ୍‌ ତାଲା ବନ୍ଦ ହୋଇଯିବ। ନନ୍‌ସେନସ୍‌, ଶାସ୍ତ୍ରୀ କହିଲା, ଏଇଟା କଣ ହିଟ୍‌ଲରର ଜର୍ମାନୀ ନା କଣ?

ଏ କଥା କହିଲା ସତ, ମାତ୍ର ଶାସ୍ତ୍ରୀ ନିଜକୁ ଆଶ୍ୱସ୍ତ କରି ପାରିଲା ନାହିଁ। ସେ ବିଶ୍ୱନାଥକୁ ଟେଲିଫୋନ କଲା। ତାକୁ କିଛି କହିବାର ଅବସର ନ ଦେଇ ବିଶ୍ୱନାଥ କହିଲା, ଟେଲିଫୋନରେ ଏଭଳି କଥାବାର୍ତ୍ତା କରିବା ନିରାପଦ ନୁହେଁ। ଆଜି ଖରାବେଳେ ଦେଖାହେଲେ ସବୁ କଥା କହିବି।

ବିଶ୍ୱନାଥର କଥା ଶାସ୍ତ୍ରୀକୁ ଆହୁରି ଭୟରେ ପକାଇ ଦେଲା। ନିଷିଦ୍ଧ ବହି ପାଖରେ ରଖିବା, ସେ ରାଜନୀତିକ ହେଉ ବା ଅଶ୍ଳୀଲ ହେଉ, କି ପ୍ରକାରର ଅପରାଧ ସେ ବିଷୟରେ ତାର ଜାଣିବା ନିତାନ୍ତ ଦରକାର। ସେ ନିଶ୍ଚୟ କୋଉଠୁ ହେଲେ ଏ ବିଷୟରେ ବହି ଯୋଗାଡ଼ କରି ପଢ଼ିବ।

ସେଦିନ ଖରାବେଳେ ଏକାଠି ହେବା ପରେ ଶାସ୍ତ୍ରୀ ବିଶ୍ୱନାଥକୁ ପଚାରିଲା, ଟେଲିଫୋନରେ କଥାବାର୍ତ୍ତା କରିବା କୋଉ ଦିନୁ ବିପଜ୍ଜନକ ହୋଇଗଲାଣି? ବିଶ୍ୱନାଥ କହିଲା, ତୁ ତ ବାହାରର କିଛି ଖବର ରଖୁ ନାହୁଁ। ବର୍ତ୍ତମାନ କୌଣସି ବି ଟେଲିଫୋନ ନିରାପଦ ନୁହେଁ। କାହା ଟେଲିଫୋନ କଥାବାର୍ତ୍ତାକୁ ଟ୍ୟାପ୍‌ କରାହଉଛି କିଏ ଜାଣେ?

ଶାସ୍ତ୍ରୀ କହିଲା, ଏ ସହରରେ ହଜାର ହଜାର ଟେଲିଫୋନ। କଣ ସମସ୍ତଙ୍କ ଟେଲିଫୋନରୁ ତାର ଟାଣି ସମସ୍ତଙ୍କ କଥାବାର୍ତ୍ତା ଉପରେ ନଜର ରଖାହଉଛି? ପ୍ରସାଦ ଟେବୁଲ ଉପରୁ ଟେଲିଫୋନ ଉଠାଇ ତାର ଏ ପାଖ ସେ ପାଖ ଦେଖିଲା ଏବଂ ତାକୁ ଜୋରରେ ହଲାଇଲା। ଟେଲିଫୋନ ଭିତରୁ ଗୋଟାଏ ଛୋଟ ଗୋଲ ଚକ୍ତି ତଳେ ଖସି ପଡ଼ିଲା। ତାକୁ ଉଠାଇ ଆଣି ସମସ୍ତଙ୍କୁ ଦେଖାଇ ପ୍ରସାଦ କହିଲା, ଏଇ ଛୋଟ ଜିନିଷଟା ବି ଗୋଟାଏ ବଗ୍‌ ହୋଇଥାଇପାରେ।

ଏକଥା ପରେ ସମସ୍ତେ ହଠାତ ଚୁପ ହୋଇଗଲେ। ବିଶ୍ୱନାଥ ନିଜ ହାତରୁ ଘଡ଼ି ଖୋଲି ସେଥିରେ ପୁଣି ଥରେ ଚାବି ଦେଲା ଏବଂ ପ୍ରସାଦ ଉଠି ଯାଇ କଫି ତିଆରି କରିବାରେ ସାହାଯ୍ୟ କଲା। କଫି କପ୍‌ ଧରି ସମସ୍ତେ ପୁଣି ବସି ସାରିବା ପରେ ପ୍ରସାଦ ହିଁ ମୌନ ଭାଙ୍ଗିଲା। ସେ ଶାସ୍ତ୍ରୀକୁ ପଚାରିଲା, କଣ ଆଉ ନୂଆ ରିପୋର୍ଟ କିଛି

ମିଳିଲା? ତା କଥା ସମସ୍ତେ ବୁଝିଲେ, କିନ୍ତୁ କେହି ପାଟି କରି ହସିଲେ ନାହିଁ। ସେତେ ଯେମିତି ସେମାନଙ୍କର ହସ ସେଇ ଛୋଟ ଚକଟିଟିର ମାଧ୍ୟମରେ ଯାଇ କୋଉ କଣ୍ଟ୍ରୋଲ ରୁମରେ ଲିପିବଦ୍ଧ ହୋଇ ସେମାନଙ୍କୁ ଅସୁବିଧାରେ ପକାଇଦେବ। ଶାସ୍ତ୍ରୀ ଟେବୁଲ ଉପରକୁ ଚକଟିଟିକୁ ନେଇ ଝରକା ବାହାରେ ଯେତେ ସମ୍ଭବ ଦୂରକୁ ପାରେ ଫିଙ୍ଗି ଦେଲା। କହିଲା, ନା ସେଇ ପୁରୁଣା ରିପୋର୍ଟସବୁ ଯାହା ଅଛି।

ଏ କଥା କହିବା ପରେ ତାର ଲାଇବ୍ରେରି କଥା ମନେ ପଡ଼ିଲା। ସେ କହିଲା, ମୁଁ ତମମାନଙ୍କ ରିପୋର୍ଟସବୁ ଏବେ ଫେରାଇ ଦେବି। ପ୍ରସାଦ ଓ ବିଶ୍ୱନାଥ ତା ଆଡ଼କୁ ଅନାଇଲେ ସେ ଯେମିତି କିଛି ଅଭୁତ ଭାବରେ କଥା କହୁଛି। ସେମାନେ କିଛି ଜବାବ ଦେଲେ ନାହିଁ; କିନ୍ତୁ ସେମାନଙ୍କ ଭିତରେ ଯେମିତି କିଛି ବୁଝାଶୁଣା ହୋଇଥିଲା, ଦୁହେଁଯାକ ହଠାତ୍ ଉଠି ବାହାରିଗଲେ। ଏ ବିଷୟ ଶାସ୍ତ୍ରୀକୁ ସାମାନ୍ୟ ସନ୍ଦିହାନରେ ପକାଇଲା।

ସେମାନେ ଚାଲିଯିବା ପରେ ଆଉ କିଛି ନ କରି ଶାସ୍ତ୍ରୀ ଭାବିବାରେ ଲାଗିଲା, ବହି ସବୁକୁ କେମିତି ବିଦାୟ କରିବ। ସତ କହିବାକୁ ଗଲେ ଅନେକ ଦିନ ଆଗେ ପ୍ରସାଦ ଓ ବିଶ୍ୱନାଥ ତାକୁ କହୁଥିଲେ ସେମାନଙ୍କୁ ସବୁ ଦେଇଦବା ପାଇଁ; କିନ୍ତୁ ନିଜେ ଶାସ୍ତ୍ରୀ ହିଁ ତାଙ୍କୁ ମନାକରି ନିଜ ପାଖରେ ବହିସବୁ ରଖିବାର ଆଗ୍ରହ ଦେଖାଇଥିଲା। ସେଦିନ ସନ୍ଧ୍ୟାବେଳେ ଅଫିସରୁ ଗଲାବେଳେ ସେ ଗୋଟାଏ ଲଫାପାରେ ବନ୍ଦ କରି ଗୋଟିଏ ବହି ନେଇଗଲା, ତାକୁ କୋଉଠି ଫିଙ୍ଗି ଦେଇ ଆସିବ ବୋଲି। ଘରକୁ ଫେରିବା ରାସ୍ତାସାରା ତାକୁ ଲୋକ ହିଁ ଲୋକ ଭର୍ତ୍ତି ଦେଖାଦେଲେ ଏବଂ ଯେଉ ନର୍ଦ୍ଦମା ପାଖରେ ଲଫାପାଟିକୁ ଫିଙ୍ଗିଦେବା ସବୁଠାରୁ ସହଜ ହୋଇଥାନ୍ତା, ତା ଦୁର୍ଭାଗ୍ୟକୁ ସେଠାରେ ଗୋଟିଏ ମଞ୍ଛି ପଲ ଠିଆ ହୋଇଥିଲେ। ଘରକୁ ଯାଇ ସେ ରୋଷାଇଘରର ପରିସ୍ଥିତି ଅନୁଧ୍ୟାନ କଲା। ଝରକା ବାହାରେ ଅପର ଦିଗରେ ଥିବା ଫ୍ଲାଟ୍ର ରୋଷାଇଘର ଦେଖା ଯାଉଥିଲା ଏବଂ ସେଠାରେ ଲୋକବାକ ଚଳପ୍ରଚଳ ହେଉଥିଲେ। ଶାସ୍ତ୍ରୀ ବହିଟିକୁ ଜାଳି ଦେବାର ଚିନ୍ତାରୁ ନିବୃତ୍ତ କଲା ଏବଂ ପରଦିନ ବହିଟିକୁ ସେଇଭଳି ଲଫାପା ସମେତ ଅଫିସକୁ ଫେରାଇ ନେଲା।

ଆରଦିନ ଖରାବେଳେ ବିଳମ୍ବ ହେବାରୁ ସେ ବାରମ୍ବାର ଘଡ଼ି ଦେଖିଲା; କିନ୍ତୁ ବନ୍ଧୁ ଦୁହିଁଙ୍କର ଦେଖାଦର୍ଶନ ନାହିଁ। ସେ ସେମାନଙ୍କର ଆଶା ଛାଡ଼ି ବସିଥିବାବେଳେ ଦୁହେଁ ଆସି ପହଞ୍ଚିଲେ। ସେମାନଙ୍କୁ ଦେଖି

ଶାସ୍ତ୍ରୀ ଖୁସି ହେଲା। ପଚାରିଲା, ଆଜି ଏତେ ଡେରି କାହିଁକି? ପ୍ରସାଦ କହିଲା, ଜରୁରୀ ପରିସ୍ଥିତି। ଠିକ ସମୟ ଆଗରୁ ଅଫିସ ଛାଡ଼ିବା ମନା। କାମ ବେଶୀ, କଥା କମ। ବିଶ୍ୱନାଥ ପକେଟ ଭିତରୁ ଗୋଟାଏ ଛୋଟ ରେଡ଼ିଓ ଆଣି ଟେବୁଲ ଉପରେ ରଖ୍ ତାକୁ ବଜାଇଲା। ଆଜି ତ କୋଉଠି କ୍ରିକେଟ ମ୍ୟାଚ ନାହିଁ, ଶାସ୍ତ୍ରୀ କହିଲା। ଗୀତର ସ୍ୱରକୁ ଆଉ ଟିକିଏ ଉଚ କରି ଦଉଦଉ ବିଶ୍ୱନାଥ କହିଲା, ରେଡ଼ିଓ ବାଜିବାବେଳେ ଟେଲିଫୋନରେ ଲାଗିଥିବା ବଗ୍ କାମ କରେ ନାହିଁ।

ଯଦିଓ ସେମାନେ ଏପରି କୌଣସି କାମ କରୁନଥିଲେ ଯେ ସେମାନଙ୍କ ଟେଲିଫୋନ କଥାବାର୍ତ୍ତା କିଏ ଶୁଣିବାକୁ ଚେଷ୍ଟା କରିଥାନ୍ତା, ତଥାପି ଏଇ ରେଡ଼ିଓ ବ୍ୟବସ୍ଥାରେ ସେମାନେ ସାମାନ୍ୟ ଆଶ୍ୱସ୍ତ ହେଲେ ଏବଂ ଆଉ ଟିକିଏ ସହଜଭାବେ କଥାବାର୍ତ୍ତା କରି ପାରିଲେ। କଫି ପିଉ ପିଉ ଶାସ୍ତ୍ରୀ କହିଲା, ମୁଁ ଆଉ ଏଇ ରିପୋର୍ଟ ସବୁ ରଖ୍ ପାରିବି ନାହିଁ; ତମେମାନେ ତାକୁ ନେଇଯାଅ। ପ୍ରସାଦ ଓ ବିଶ୍ୱନାଥ ତା କଥାକୁ ଅଶୁଣା କରିଦେଲେ। ବିଶ୍ୱନାଥ କହିଲା, ତାକୁ ନେଇ ସେଇ ଦୋକାନରେ ବିକ୍ରି କରିଦିଅ। ଜରୁରୀ ପରିସ୍ଥିତି ସରିଲେ ପୁଣି କିଣି ଆଣିବା, ଯାହା ଟଙ୍କା ନଷ୍ଟ ହଉ ପଛେ। ପ୍ରସାଦ ବି ତା କଥାରେ ହଠାତ୍ ରାଜିହୋଇଗଲା। ଶାସ୍ତ୍ରୀର ମନେହେଲା ସେ ଦୁହେଁ ଯେମିତି ସଲାସୂତ୍ର କରି ଆସିଥିଲେ ଏବଂ ତାକୁ ବିପଦରେ ପକାଇବାକୁ ଚାହୁଁଥିଲେ। ସେ ପ୍ରସାଦକୁ ସେଦିନ ବହି ଦୋକାନୀର ବ୍ୟବହାର କଥା ମନେ ପକାଇ ଦେଲା। ତଥାପି ପ୍ରସାଦ କିଛି ନ କହିବାରୁ ଶାସ୍ତ୍ରୀ ଚୁପ ରହିଲା ଏବଂ ଆଉ ସେ ବିଷୟରେ କିଛି ନ କହି ଅନ୍ୟ କଥା ପକାଇଲା। ସେମାନଙ୍କର କଥାବାର୍ତ୍ତା କିନ୍ତୁ ଜରୁରୀ ପରିସ୍ଥିତିର ବିଭିନ୍ନ ବିଷୟରେ ହିଁ ସୀମିତ ରହିଲା ଏବଂ ଏସବୁ ଶାସ୍ତ୍ରୀ ପାଇଁ ଆଦୌ ସାନ୍ତ୍ୱନାଜନକ ନ ଥିଲା।

ସେମାନେ ଚାଲିଯିବା ପରେ ଶାସ୍ତ୍ରୀ ନିଷ୍ଚୟ କଲା ଯେ ସେ ଯେମିତି ହେଉ ବହି ସବୁକୁ ଅତିଶୀଘ୍ର ବିଦାୟ କରିବ। ପ୍ରସାଦ କହୁଥିଲା ସହରସାରା କୁଆଡ଼େ ମାଲ ମାଲ ହୋଇ ଗୁପ୍ତଚର ବୁଲୁଛନ୍ତି। ଶାସ୍ତ୍ରୀର ମନେହେଲା ରାସ୍ତା ସେପାଖରେ ଠିଆହୋଇ ଯେଉ ଲୋକଟା ତାର ଝରକା ଆଡ଼କୁ ଅନାଇ ରହିଥିଲା, ସେ ବି ହୁଏତ ଗୁପ୍ତଚର ହୋଇ ଥାଇପାରେ। ଗୁପ୍ତଚରମାନେ କୁଆଡ଼େ ବେଶ୍ ଟଙ୍କାପଇସା ଓ ସୁବିଧା

ସୁଯୋଗ ପାଉଥିଲେ ଏବଂ ସେଥିପାଇଁ କେତେ ପ୍ରତିଷ୍ଠିତ ଭଦ୍ରଲୋକ ମଧ୍ୟ ଖବର ଯୋଗାଉଥିଲେ। ଏକଥା ଭାବିବା ପରେ ଏକ ନିତାନ୍ତ ଅସଙ୍ଗତ ଚିନ୍ତା ଶାସ୍ତ୍ରୀ ମୁଣ୍ଡରେ ପଶିଲା। ପ୍ରସାଦ ଓ ବିଶ୍ୱନାଥ ତା ନାଁରେ ଯଦି କାହାକୁ କହନ୍ତି? ଏକଥା ହେଲେ ସେ ବି ନିଶ୍ଚେ ସେ ଦୁହିଁଙ୍କୁ ଏ ଭିତରକୁ ଟାଣିବ। କିନ୍ତୁ ଜିନିଷ ତ ତାରି ପାଖରେ ରହିଚି। ତା କଥାକୁ ବିଶ୍ୱାସ କରିବ କିଏ? ଏତିକି ଭାବିସାରି ସେ ପୁଣି ମନେପକାଇଲା ଯେ ବିଶ୍ୱନାଥ ଓ ପ୍ରସାଦ ତାର ବହୁବର୍ଷର ଅନ୍ତରଙ୍ଗ ବନ୍ଧୁ ଏବଂ ତାଙ୍କ ବିଷୟରେ ଏପରି ଚିନ୍ତା କରିବା ଅନୁଚିତ।

ସେଦିନ ଘରକୁ ଫେରିବା ବେଳେ ତାର ମନେ ହେଲା ଯେମିତି ଗୁପ୍ତଚରମାନେ ତା ଉପରେ ନଜର ରଖି ତା ପଛେ ପଛେ ଚାଲୁଛନ୍ତି। ଘରେ ବାହାରେ ଶୁଣୁଥିବା ଖବର ସବୁ ତାକୁ ଆହୁରି ଭୟଭୀତ କରି ଦେଉଥିଲେ। ପ୍ରତିଦିନ ନୂଆ ନୂଆ ଭୟ ସଂଚାରକରିବା ଭଳି ଗୁଜବମାନ ମଧ୍ୟ ଶୁଣାଯାଉଥିଲା। ସେହି ବହି ସାମନାରେ ଆହୁରି କାଗଜପତ୍ର ଭର୍ତ୍ତି କରି ତାକୁ ଲୁଚାଇବାର ଚେଷ୍ଟା କରୁଥିଲା। କିନ୍ତୁ ତାକୁ ଭୟ ଛାଡୁ ନ ଥିଲା ଏବଂ ରାତିରେ ଠିକ ଭାବରେ ନିଦ ହେଉ ନ ଥିଲା।

କ୍ଲବର କାର୍ଯ୍ୟକ୍ରମ ବନ୍ଦ ହୋଇଯିବା ପରେ ପ୍ରସାଦ ଓ ବିଶ୍ୱନାଥଙ୍କର ତା ପାଖକୁ ଖରାବେଳେ ଆସିବା ମଧ୍ୟ ଆସ୍ତେ ଆସ୍ତେ କମି ଆସିଲା। ଆଜିକାଲି ସେମାନଙ୍କର ସାକ୍ଷାତ କେବେ କ୍ୱଚିତ୍ ହେଉଥିଲା ଏବଂ ତା ଅଳ୍ପ ସମୟର ଏବଂ ମାମୁଲି ଥିଲା। ଶାସ୍ତ୍ରୀ ନିଜ କାମରେ ଆହୁରି ଏକାଗ୍ରତାର ସହିତ ମନ ଦେବାରେ ଲାଗିଲା ଏବଂ ଏକଥା ଭୁଲି ଯିବାକୁ ଚେଷ୍ଟା କଲା ଯେ ତାର ଆଲମାରି ତଳଥାକରେ କିଛି ବିସ୍ଫୋରକ ଜିନିଷ ରହିଛି। ସେ ଅଶ୍ଳୀଳତା ଆଇନ ବିଷୟରେ କିଛି ବହି ମଧ୍ୟ ଆଣି ପଢ଼ିଲା; କିନ୍ତୁ ତା ଦ୍ୱାରା ତାର ଚିନ୍ତା ବଢ଼ିଲା ସିନା କମିଲା ନାହିଁ।

ସେଦିନ ହଠାତ୍ ବାହାରକୁ ଅନାଇ ସେ ଜଣେ ଲୋକକୁ ଦେଖିଲା ଯେ କି ମୁହଁରେ ସିଗାରେଟ ଧରି ତା ଝରକା ଆଡ଼କୁ ଅନାଇ ଠିଆ ହୋଇଥିଲା। ପୂର୍ବଥର ଦେଖିବାର ଲୋକର ଚେହେରା ତାର ମନେ ନ ଥିଲା; କିନ୍ତୁ ଏ ସେଇ ଲୋକଟି ହୋଇଥିବାର ପ୍ରଚୁର ସମ୍ଭାବନା ଥିଲା। ସେ ଝରକା ପାଖରୁ ଘୁଞ୍ଚି ଆସିଲା ଏବଂ ସେ ଲୋକ ତାକୁ ଦେଖି ନ ପାରିବା ଜାଗାରେ ଠିଆ ହୋଇ ତା ଆଡ଼କୁ ଅନାଇଲା। ଲୋକଟି କିନ୍ତୁ ଆଉ କିଛି ନ କରି ଅପଲକ ତାରି ଝରକା ଆଡ଼କୁ ଏକଲୟରେ ଅନାଇ

ରହିଥିଲା। ଶାସ୍ତ୍ରୀ ଟେବୁଲ ପାଖକୁ ଆସି ଗିଲାସେ ପାଣି ପିଇଲା। ଏଇ ସମୟରେ ଟେଲିଫୋନ ବାଜିଲା ଏବଂ ସେ ଚମକି ପଡ଼ି ତାକୁ ଉଠାଇଛି କି ନାହିଁ ଲାଇନ କଟିଗଲା।

ଏସବୁ ଘଟଣାମାନ ତାକୁ ଆହୁରି ବିବ୍ରତ କରିଦେଲେ। ସେ ବିଶ୍ୱନାଥର ନମ୍ବର ମିଳାଇଲା। ବିଶ୍ୱନାଥ ଟେଲିଫୋନ ଉଠାଇଛି, କଣ ମନେକରି ଶାସ୍ତ୍ରୀ ଫୋନ ରଖ୍ୟ ଦେଲା। ସେଦିନ ଘରକୁ ଫେରିବା ବେଳେ ତାକୁ ସାରା ରାସ୍ତା ଅନେକ ପୁଲିସ ଓ ଗୁପ୍ତଚର ଦୃଶ୍ୟ ହେଲେ। ଘରେ କାହାରି ସହିତ କଥାବାର୍ତ୍ତା ନ କରି ସେ ଚୁପଚାପ ବସି ରହିଲା। ରାତିରେ ଖାଇସାରି ଶୋଇବାବେଳେ ସେ ଏ ବିଷୟରେ ଅନେକ ଚିନ୍ତା କଲା। ଶେଷରେ ସେ ନିଷ୍ପତ୍ତି କଲା ଯେ ସେ ପନ୍ଦର ଦିନ ପାଇଁ ଛୁଟି ନେଇ ଏଇ ପୁଲିସ ଗୁପ୍ତଚର, ଟ୍ୟାପ୍ ହେଉଥିବା ଟେଲିଫୋନ ଓ ପ୍ରତିମୁହୂର୍ତ୍ତରେ ନୂଆ ଗୁଜବ ଓ ଆତଙ୍କର ସହରକୁ ଛାଡ଼ି ନିଜର ଗାଁକୁ ଚାଲିଯିବ ଏବଂ ସେଠାରେ ସେ ସାଙ୍ଗରେ ନେଇଥିବା ବହିସବୁ ତାଙ୍କ ଗାଁର ନିଛାଟିଆ ନଈରେ ଭସାଇଦେବ।

ଯଦିଓ ଏ ଯୋଜନାଟି ସଂପୂର୍ଣ୍ଣ ସମସ୍ୟାରହିତ ନ ଥିଲା, ଅନେକ ଦିନ ପରେ ଶାସ୍ତ୍ରୀ ପ୍ରଥମ ଥର ପାଇଁ ସାମାନ୍ୟ ଶାନ୍ତିର ନିଦରେ ଶୋଇଲା।

———

ଲୋକସଂସ୍କୃତି

ମୁଁ ଗାଁକୁ ଫେରୁଥିଲି ଅନେକ ଦିନ ପରେ। ଗାଁ ସହିତ ମୋର ସଂପର୍କ ଅନେକଦିନରୁ କଟି ଯାଇଥିଲା। ମୋର ସ୍କୁଲ ପାଠପଢ଼ା ପରେ ମୁଁ ମାତ୍ର ଥରେ ଅଧେ ଗାଁକୁ ଯାଇଥିବି। କଲେଜରେ ପାଠ ପଢ଼ା ଓ ଚାକିରିଜୀବନ ଆରମ୍ଭ ପରେ ଗାଁ ସହିତ ସମ୍ବନ୍ଧ ବି କମି ଯାଇଥିଲା। ତା ଛଡ଼ା ଗାଁକୁ ଆମେ ପ୍ରକୃତରେ ଛାଡ଼ିଦେଇଥିଲୁ ଅନେକ ଦିନ ତଳୁ। ଗାଁରେ ଯାହା ଜମିବାଡ଼ି ଥିଲା କେତେ ଦିନରୁ ବିକ୍ରି ହୋଇଯାଇଥିଲା। ସେଠାରେ କେବଳ ଆମର ଘରଟିଏ ଥିଲା, ସେଇଟିକୁ ବିକ୍ରି କରିବାର ବ୍ୟବସ୍ଥା କରିବା ପାଇଁ ମୁଁ ଚାରିଦିନ ଛୁଟି ନେଇ ଗାଁକୁ ଯାଉଥିଲି।

ଦେଖିବାକୁ ଗଲେ ଏ ବି କିଛି ଆମର ପୁରୁଷାନୁକ୍ରମିକ ଗାଁ ନ ଥିଲା। ବାପା ଯେତେବେଳେ ସେ ଅଞ୍ଚଳରେ ପୋଷ୍ଟମାଷ୍ଟର ଥିଲେ, ପ୍ରଥମେ ଶସ୍ତାରେ ଚାଷ ଜମି କିଣିଥିଲେ ଏବଂ ପରେ ସେ ଗାଁ ପାଖରେ ରହିବା ପାଇଁ ଘର ତିଆରି କରିଥିଲେ। ମୋର ଜନ୍ମ ବି ହୋଇଥିଲା ସେଇ ଗାଁରେ। ବାପା ସେଠାରୁ ବଦଲିହୋଇ ଯିବା ପରେ ବି ଆମେ ସେଠାରେ ରହିଗଲୁ। ଆସ୍ତେ ଆସ୍ତେ ଆମର ଆଉସବୁ ଜାଗାରୁ ସଂପର୍କ କଟିଗଲା ଏବଂ ମୁଁ ସେଠାରେ ସ୍କୁଲରେ ପାଠ ପଢ଼ିଲି। ମୁଁ ଯେତେବେଳେ କଲେଜରେ ପଢ଼ିବାକୁ ଗଲି, ଆମେ ସବୁ ଗାଁ ଛାଡ଼ି ସହରକୁ ଆସିଲୁ। ବାପା ସହରରେ ଘର ନେଲେ ଏବଂ ଆମର ଆଉ ଗାଁ ସହିତ ସଂପର୍କ ରହିଲା ନାହିଁ। ଯାହା କେବେ କେମିତି ବାପା ଛୁଟି ନେଇ ଗାଁକୁ ଯାଇ ଚାଷବାସ କଥା ବୁଝୁଥିଲେ। ମଝିରେ ମଝିରେ ଗାଁରୁ କେହି କେହି ଚାଷୀ ଆସି ଆମକୁ ଧାନ ଚାଉଳ ଦେଇ ଯାଉଥିଲେ। ପରେ ଜମିଜମା ଆଇନ କାନୁନ ହେବାରୁ ବାପା ସେଠାକାର ଚାଷ ଜମି ସବୁ ବି ଆସ୍ତେ ଆସ୍ତେ ବିକ୍ରି କରିଦେଲେ ଏବଂ ଗାଁ ସହିତ ଆମର ସଂପର୍କ କମି କମି ଗଲା। କେବଳ ଆମର ରହିବା ଘରଟି ବାପା ବିକ୍ରି ନ କରି ରଖିଥିଲେ। ତାଙ୍କର ଆଶା ଥିଲା ଯେ ଭବିଷ୍ୟତରେ ଆମ ପରିବାରର କିଏ ହେଲେ କେବେ ଯାଇ ସେଠାରେ ରହିବ।

ଏ ବି ଅନେକ ଦିନ ତଳର କଥା। ବାପାଙ୍କ ମରିବା ପରେ କେବଳ ମୁଁ ହିଁ ଆମ ଘରର ଖବର ରଖୁଥିଲି। ଗାଁ ବିଷୟରେ ମୋର ଅନେକ ସୁଖଦ ଅନୁଭୂତି ଥିଲା, କାରଣ ମୋର ସଂପୂର୍ଣ୍ଣ ପିଲାଦିନ ଓ ସ୍କୁଲ ପାଠପଢ଼ା ସମୟ ଏଇ ଗାଁରେ ହିଁ କଟିଥିଲା। ଯଦିଓ ତାକୁ ମୁଁ ଆମ ଗାଁ ବୋଲି କହୁଛି, ଆମ ଘରଟି ଠିକ ଗାଁ ଭିତରେ ନ ଥିଲା। ସେ ଗାଁର ଲୋକମାନେ ଅଛବ ଥିଲେ ଏବଂ ସେତେବେଳେ ସେମାନଙ୍କ ଭିତରେ ମିଳିମିଶି ରହିବାର ପ୍ରଶ୍ନ ଉଠୁ ନ ଥିଲା। ହୁଏତ ଏତେ ଶସ୍ତାରେ ଜମି ପାଇ ନ ଥିଲେ ବାପା ଅନ୍ୟ ଜାଗାରେ ଘର ତିଆରି କରିଥାନ୍ତେ। ଆମର ଘର ଥିଲା ଗାଁ ମୁଣ୍ଡ ପୋଖରୀ ପାଖରେ, ଗାଁଠାରୁ ସାମାନ୍ୟ ଦୂରରେ। ଗାଁ ଲୋକଙ୍କଠାରୁ ପାଖରେ ଓ ଦୂରରେ ରହିବା ଦୁଇଟିଯାକର ସୁବିଧା ସୁଯୋଗ ଆମେ ପାଉଥିଲୁ।

ଯଦିଓ ଛୁଆଁଛୁଇଁ ଏକ ସମସ୍ୟା ହୋଇଥାନ୍ତା, ଆମ ପାଇଁ ଏ କଥା ବିଶେଷ ଅସୁବିଧା ସୃଷ୍ଟି କରି ନ ଥିଲା। ଚାକିରିରେ ବାରମ୍ବାର ବଦଳି ହୋଇ ବାପା ମା'ଙ୍କର ତାଙ୍କର କୌଣସି ଆମ୍ମୀୟଙ୍କ ସହିତ ଆଉ ବିଶେଷ ସଂପର୍କ ନ ଥିଲା ଏବଂ ଏଠାରେ କଣ କିଛି କଲେ ନ କଲେ ଜାତିଆଣ ସମାଲୋଚନା ହେବାର ଭୟ ନ ଥିଲା। ତେଣୁ ଆମେ ଗାଁଲୋକଙ୍କ ସହିତ ବେଶ ସୁବିଧା ସହଯୋଗରେ ଚଲି ଆସିଥିଲୁ। ଗାଁର ଅଧିକାଂଶ ଲୋକ ଭୂମିହୀନ ଚାଷୀ ଥିଲେ ଏବଂ ଚାଷବାସ ସମୟରେ କାହା କାହା ଜମିରେ କାମ କରି ପେଟ ପୋଷୁଥିଲେ। ଗାଁରେ ଗୋଟିଏ ଛୋଟ ସ୍କୁଲ ଥିଲା। ଗାଁ ପିଲାମାନେ କିଛି ଦିନ ତଳ କ୍ଲାସରେ ପଢ଼ୁଥିଲେ; କିନ୍ତୁ ସେଠାରେ ପଢ଼ା ଶେଷ ହୋଇଗଲେ କେହି ଦୂର ବଡ଼ଗାଁରେ ଥିବା ଉଚ୍ଚ ସ୍କୁଲକୁ ପଢ଼ିବାକୁ ଯାଉ ନ ଥିଲେ। କାମ କରିବା ବୟସ ହେଲେ ସେମାନେ ଚାଲି ଯାଉଥିଲେ କ୍ଷେତରେ ମଜୁରି କରିବାକୁ।

ଛୋଟ ସ୍କୁଲରେ ପଢ଼ିବା ବେଳେ ଗାଁ ଭିତରେ ମୋର ଅନେକ ସାଙ୍ଗ ଥିଲେ। ପରେ ଯେତେବେଳେ ଉଚ୍ଚ ସ୍କୁଲରେ ପଢ଼ିଲି, ମୋ ସାଙ୍ଗରେ ଗାଁର ଦି ଚାରି ଜଣ ପିଲା ବି ପଢ଼ିବାକୁ ଗଲେ। କିଛି ବର୍ଷ ପରେ ମୁଁ ସ୍କୁଲ ପାସ କରିବା ବେଳକୁ ଅବଶ୍ୟ ସେମାନେ ସମସ୍ତେ ସ୍କୁଲ ଛାଡ଼ି ସାରି ଥିଲେ। ମୋର ପିଲାଦିନ ଖୁବ ଖୁସିରେ କଟିଥିଲା ଗାଁର ପରିବେଶରେ। ଖୋଲା ପଡ଼ିଆ, ଆମ୍ବତୋଟା, ନଈ, ପାହାଡ଼, ଜଙ୍ଗଲ ଘେରା ଏଇ ଗାଁଟି କଥା ମନେପକାଇଲେ ଏବେବି ମୋ ମନ ଆନନ୍ଦ ଓ ରହସ୍ୟର ସ୍ମୃତିରେ ଭରି ଯାଉଥିଲା। ସହରର ଛୋଟ ଘରଟିରେ ବସି ମୁଁ ଅନେକ ସମୟରେ ଗାଁ ତଥା ପିଲାଦିନ କଥା ମନେପକାଉଥିଲି।

ଗାଁର ପର୍ବପର୍ବାଣିରେ ଅନେକ ପ୍ରକାରର ଯାନିଯାତ୍ରା ହେଉଥିଲା। ଗାଁରେ ଯଦିଓ କୌଣସି ବଡ଼ ମନ୍ଦିର ନ ଥିଲା, ଛୋଟ ଛୋଟ ପଥର ଘର ଓ ଗାଁ ମୁଣ୍ଡ ଗଛ ତଳେ ବିଭିନ୍ନ ପ୍ରକାରର ଦେବଦେବୀଙ୍କର ପ୍ରତିମା ଥିଲା ଓ ପର୍ବ ଦିନମାନଙ୍କରେ ସେଠାରେ ପୁରୋହିତ, ଫୁଲ ଚନ୍ଦନ, ଧୂଣା ସିନ୍ଦୂର, କୁକୁଡ଼ା ବଳି, ରଙ୍ଗୀନ ପୋଷାକ ଓ ଜରିକାଗଜର ମେଳା ଲାଗି ଯାଉଥିଲା। ଏ ଦିନଗୁଡ଼ିକ ଗାଁର ପିଲାମାନଙ୍କ ପାଇଁ ଥିଲା ସବୁଠାରୁ ଆନନ୍ଦର ଦିନ।

ଆମ ଗାଁର ସବୁଠାରୁ ପ୍ରସିଦ୍ଧ ଯାତ୍ରା ପର୍ବ ଥିଲା ବାଘନାଚ। ଫାଲଗୁନ ମାସରେ, ଯେତେବେଳେ ଚାଷବାସ କାମ ନଥାଏ, ଏଇ ତିନି ଦିନର ଯାତ୍ରା ଆରମ୍ଭ ହେଉଥିଲା। ଯାତ୍ରା ପାଇଁ ପ୍ରସ୍ତୁତି ହେଉଥିଲା ପନ୍ଦର କୋଡ଼ିଏ ଦିନ ଆଗରୁ। ପୂଜା ପାର୍ବଣ ଛଡ଼ା ଏଇ ତିନି ଦିନ ଯୋଉ ନାଚ ହେଉଥିଲା ତା ପାଖ ଆଖ ଅଞ୍ଚଳରେ ପ୍ରସିଦ୍ଧ ଥିଲା। ଆମ ଗାଁର ବାଘନାଚ ଦଳ ଅନ୍ୟ ଗାଁକୁ ମଧ ଯାଉଥିଲେ ଏବଂ କିଛି ପଇସା ବି ରୋଜଗାର କରୁଥିଲେ। ବାଘନାଚର ସର୍ଦ୍ଦାର ଥିଲା ରଘୁ ଚୌକିଦାର, ଯେ କି ଯାତ୍ରାର ବେଶ୍ କିଛି ଦିନ ଆଗରୁ ଗାଁର ଯୁବକମାନଙ୍କୁ ନାଚ ଶିଖାଉଥିଲା। ରଘୁ ଚୌକିଦାର ଆମର ଚାଷବାସ କଥା ବୁଝୁଥିଲା ଏବଂ ତାର ପୁଅ ଗୋପାଳ ମୋ ସାଙ୍ଗରେ ପାଠ ପଢ଼ୁଥିଲା। ତେଣୁ ଆମ ପରିବାର ସହିତ ସେମାନେ ବେଶ୍ ପରିଚିତ ଥିଲେ ଏବଂ ବାଘନାଚକୁ ପ୍ରସ୍ତୁତି ସମୟରୁ ଶେଷ ପର୍ଯ୍ୟନ୍ତ ଭଲଭାବରେ ଦେଖିବାର ମୁଁ ସୁଯୋଗ ପାଉଥିଲି।

ବାଘନାଚ ବି ସତରେ ଗୋଟାଏ ଦେଖିବା ଭଲି ଜିନିଷ ଥିଲା। ପନ୍ଦର କୋଡ଼ିଏ ଭେଣ୍ଡା ଯୁବକ ଯେତେବେଳେ ଖାଲି ଦେହରେ ହଳଦିଆ ପଟା ପଟା ରଙ୍ଗ ଲଗାଇ ଢୋଲ ଓ ମହୁରୀର ତାଳରେ ନାଚୁଥିଲେ, ଦେଖଣାହାରିଙ୍କ ଛାତିରେ ଭୟ ଓ ଉତ୍ତେଜନା ଜାତ ହେଉଥିଲା ଏଥିରେ ସନ୍ଦେହ ନାହିଁ। ନାଚ କେମିତି ଭଲ ଭାବେ ହେବ, ସେଥିପାଇଁ ରଘୁ ଚୌକିଦାର ଓ ଗାଁର ଯୁବକମାନେ ମଧ ବିଶେଷ ପରିଶ୍ରମ କରୁଥିଲେ। ପନ୍ଦର ଦିନ କାଳ ଖାଇବା ପିଇବା ଛାଡ଼ି ରଘୁ ଚୌକିଦାର ଢୋଲ ନେଇ ଗାଁ ମୁଣ୍ଡରେ ବସି ରହୁଥିଲା। ନାଚ ଶିଖାଇଲା ବେଳେ ଯଦି କିଏ କଣ ଭୁଲ କରୁଥିଲା, ରଘୁ ତା ଆଡ଼କୁ କଟମଟ କରି ଚାହିଁ ପାଟି କରୁଥିଲା। ଏଇ ସମୟରେ ସେ କେବେ କେମିତି ଆମ ଘରକୁ ଆସିଲେ ବାପା ତାକୁ ଯଦି କିଛି କାମ ଦେଉଥିଲେ, ସେ କହୁଥିଲା, ବାଘ ଯାତ୍ରାଟା ସରିଯାଉ, ମୁଁ କରିଦେବି।

ଗୋପାଳ ଯେତେବେଳେ ସେ ବର୍ଷ ନାଚ ଶିଖିବାକୁ ଆରମ୍ଭ କଲା, ଆମେ ପିଲାମାନେ ସାମାନ୍ୟ ବିସ୍ମିତ ଓ ଈର୍ଷାନ୍ବିତ ହୋଇଥିଲୁ। ଗୋପାଳ ବଡ଼ ଚପଳ ଓ

ଚଞ୍ଚଳ ପ୍ରକୃତିର ଥିଲା ଏବଂ ପାଠଶାଠରେ ମନ ଦେଉ ନ ଥିଲା। ସେ ସବୁ ନାଚୁଆଙ୍କଠାରୁ ବୟସରେ ସାନ; କିନ୍ତୁ ରଘୁ ଚୌକିଦାରର ପୁଅ ବୋଲି ହିଁ ଏତେ ଅଳ୍ପ ବୟସରେ ଦଳରେ ଜାଗା ପାଇଥିଲା। ତେବେ ଖୁବ ଶୀଘ୍ର ସେ ଭଲ ନାଚ ଶିଖିନେଲା ଏବଂ କେତୋଟି ବର୍ଷ ଭିତରେ ସେ ଦଳର ସବୁଠାରୁ ଭଲ ନାଚୁଆ ଭାବରେ ଖ୍ୟାତି ପାଇଲା। ସ୍କୁଲ ଛାଡ଼ି ଦେବା ପରେ ସେ ନାଚରେ ବେଶୀ ବେଶୀ ସମୟ ଦେଲା। ଅଭ୍ୟାସର ଯେଉ କେତେ ଦିନ ରଘୁ ଚୌକିଦାର ଆସି ପାରୁ ନ ଥିଲା, ସେତେବେଳେ ନାଚ ଶିଖାଇବାର ଭାର ଗୋପାଳ ଉପରେ ହିଁ ପଡ଼ୁଥିଲା।

ଆମେ ଯେତେବେଳେ ଗାଁ ଛାଡ଼ି ସହରକୁ ଆସିଲୁ, ବାପା ଆମର ଘର ଓ ଜମିବାଡ଼ି ବୁଝିବା କାମ ରଘୁ ଚୌକିଦାରକୁ ଦେଇ ଦେଇଥିଲେ। କିଛି ବର୍ଷ ପରେ ଆମେ ରଘୁ ମରିଯିବାର ଖବର ପାଇଲୁ ଏବଂ ଗୋପାଳ ହିଁ ତାର ସବୁ ଦାୟିତ୍ୱ ନେଇ ନେଲା। ମୁଁ ବୋଧହୁଏ ଏଇ ସମୟରେ କଲେଜରେ ପଢ଼ିବା ବେଳେ ଥରେ ଗାଁକୁ ଯାଇଥିଲି। ଗୋପାଳ ପାଖରେ ଘରର ଚାବି ରହୁଥିଲା ଓ ମୁଁ ଗାଁରେ ଥିବା ସମୟତକ ସେ ମୋ ଖବର ବୁଝାବୁଝି କରିଥିଲା। ତେବେ ସେତେବେଳକୁ ବାଘନାଚର ପ୍ରସ୍ତୁତି ଚାଲି ଥିବାରୁ ସେ ଖୁବ ବ୍ୟସ୍ତ ରହୁଥିଲା। ମୁଁ ଥରେ ତାଙ୍କର ଅଭ୍ୟାସ ମଧ ଦେଖିବାକୁ ଯାଇଥିଲି। ନାଚ ଶିଖୁଥିବା ଯୁବକମାନେ ଗୋପାଳକୁ ଖୁବ ମାନୁଥିଲେ ଏବଂ ଅତି ଉତ୍ସାହର ସହିତ ନାଚ ଶିଖୁଥିଲେ। ଗୋପାଳ ବର୍ତ୍ତମାନ ଗୋପାଳ ଚୌକିଦାର ନାଁରେ ଜଣାଥିଲା ଏବଂ ସମସ୍ତେ ତାକୁ ଗୋପାଳ ଚୌକିଦାର ଡାକୁଥିଲେ। ରଘୁର କୋଉ ପୂର୍ବ ପୁରୁଷରେ କିଏ କେବେ ଗାଁର ଚୌକିଦାର ଥିଲା ଜଣା ନାହିଁ, ତେବେ ଏଇ ଉପାଧ୍ ପୁରୁଷାନୁକ୍ରମିକ ଚଲି ଆସୁଥିଲା ଜଣାପଡ଼ୁଥିଲା।

ମୁଁ ଏଥରକ ଗାଁକୁ ଫେରୁଥିଲି ଦଶ ପନ୍ଦର ବର୍ଷ ପରେ। ଏ ଭିତରେ ମୋର ଗାଁ ସହିତ ଏକମାତ୍ର ସଂପର୍କ ଥିଲା ଗୋପାଳ ଚୌକିଦାର। ତା ପାଖକୁ ମୁଁ ମଝିରେ ମଝିରେ ଆମ ଘରର ଦେଖାରେଖା କରିବା ପାଇଁ ଚିଠି ଓ ମରାମତି କରିବା ପାଇଁ ଟଙ୍କା ପଠାଉଥିଲି। ଏତେ ବର୍ଷ ପରେ ମୁଁ ପୁଣି ଗାଁକୁ ଆସୁଥିବାରୁ ଏବଂ ଗୋପାଳ ସହିତ ଦେଖାହେବ ବୋଲି ଖୁସି ଥିଲି। ସଞ୍ଜବେଳେ ଷ୍ଟେସନରେ ଓହ୍ଲାଇ ଭାବିଥିଲି ଗୋପାଳ ସେଠକୁ ଆସିଥିବ। କିନ୍ତୁ ଗୋଟିଏ ଅଳ୍ପବୟସ୍କ ନୂଆ ଫେସନର ଯୁବକ ମତେ ଷ୍ଟେସନରେ ଭେଟିଲା ଓ ଗୁରୁ ଗୋପାଳ ତାକୁ ପଠାଇଛନ୍ତି ବୋଲି କହିଲା। ମୁଁ ଯେତେବେଳେ ଗାଁକୁ ବସ ଧରିବା କଥା କହିଲି, ଯୁବକଟି ମତେ ଜଣାଇଲା ଯେ ସେ ମୋ ପାଇଁ ଟ୍ୟାକ୍‌ସି ନେଇ ଆସିଛି। ଗାଁର ଏ ଅଗ୍ରଗତି କଥା ଶୁଣି ଖୁସି ହେଲି, କାରଣ ଆଗେ ଆମ ଅଞ୍ଚଳରେ ଟ୍ୟାକ୍‌ସି କଥା ଶୁଣା ନ ଥିଲା। ବସ୍ ବି ସେ ରାସ୍ତାରେ

ଖୁବ କମ ଯିବା ଆସିବା କରୁଥିଲା ଏବଂ ଆମକୁ ବସ୍ ରାସ୍ତା ପାଖରେ ଓହ୍ଲାଇଦେବା ପରେ ଆମକୁ ପୁଣି କିଛି ବାଟ କାଦୁଅ ରାସ୍ତା ଦେଇ ଯିବାକୁ ପଡ଼ୁଥିଲା।

ଟ୍ୟାକ୍ସି ଯେତେବେଳେ ସିଧା ଆମ ଗାଁ ବାଟ ଧରିଲା, ମୁଁ ଆଶ୍ଚର୍ଯ୍ୟ ହୋଇଗଲି, କାରଣ ରାସ୍ତାଟି ଖୁବ ଭଲ ହୋଇଯାଇଥିଲା। ମୁଁ ଯେତେବେଳେ ରାସ୍ତାଟି ଗ୍ରାମଗୋଷ୍ଠୀ ଯୋଜନା ପକ୍ଷରୁ ହୋଇଛି କି କଣ ବୋଲି ପଚାରିଲି, ସେ ମତେ ଜଣାଇଲା ଯେ ଆମେରିକାର କୋଡ଼ ସଂସ୍ଥା ଏଇ ରାସ୍ତାଟି ତିଆରି କରାଇଛନ୍ତି। ମୁଁ ଆଉ କଣ ପଚାରିବାକୁ ଯାଉଛି, ଟ୍ୟାକ୍ସି ଆସି ଆମ ଗାଁ ପାଖରେ ପହଞ୍ଚିଲା। ରାସ୍ତା ଭଳି ଆମ ଗାଁକୁ ମଧ ମୁଁ ଚିହ୍ନି ପାରିଲି ନାହିଁ। ସେଠାରେ ଅନେକ କିଛି ବଦଳି ଯାଇଥିଲା ଏବଂ ସବୁକିଛି ଦେଖାଯାଉଥିଲା ସମୃଦ୍ଧ ଓ ସଂପନ୍ନ। ଟ୍ୟାକ୍ସି ଆମ ଘର ସାମନାରେ ଅଟକିଲା। ଗାଁ ଭଳି ଆମ ଘର ବି ଚିହ୍ନି ହେଉ ନ ଥିଲା। ଘରଟି ନୂଆ ହୋଇ ଧଉଲା ହୋଇଥିଲା, ସେଥିରେ ବୋଧହୁଏ ଆଉ କେତୋଟି ନୂଆ କୋଠରୀ ଯୋଗ କରାଯାଇଥିଲା ଏବଂ ଘର ବାରଣ୍ଡାରେ ବିଜୁଲି ଆଲୁଅ ଜଳୁଥିଲା। ସବୁଠାରୁ ବିସ୍ମୟକର ବିଷୟ ଥିଲା ଯେ, ଘର ସାମନାରେ ଦୁଇଟି ଖୁଣ୍ଟରେ ଗୋଟିଏ ବଡ଼ ସାଇନବୋର୍ଡ଼ ଲାଗି ସେଥିରେ 'ବ୍ୟାଘ୍ର ନୃତ୍ୟ ପ୍ରତିଷ୍ଠାନ' ବୋଲି ଲେଖାଥିଲା।

ମୋର ଆଶ୍ଚର୍ଯ୍ୟର ଶେଷ ରହିଲା ନାହିଁ ମୁଁ ଯେତେବେଳେ ଆମ ଘର ବାରଣ୍ଡାରେ କେତେ ଜଣ ଗୋରା ଲୋକ ବସିଥିବାର ଦେଖିଲି। ଭାଗ୍ୟକୁ ଏତିକିବେଳେ ଗୋପାଳ ଚୌକିଦାର ଘର ଭିତରୁ ବାହାରି ମୋ ପାଖକୁ ଆସିଲା। ସେ ମଧ ଚିହ୍ନି ହେଉ ନ ଥିଲା, କାରଣ ସେ ଶାସ୍ତ୍ରୀୟ ସଙ୍ଗୀତଜ୍ଞଙ୍କ ଭଳି ପୋଷାକ ପିନ୍ଧିଥିଲା। ମୁଁ ତାକୁ 'କଣ ଗୋପାଳ, କେମିତି ଅଛୁ?' ବୋଲି କହି କୁଶଳଇବାକୁ ଯାଉଛି, ସେ 'ଗୁଡ଼ମର୍ଣ୍ଟିଂ' ବୋଲି କହି ମୋ ଆଡ଼କୁ ହାତ ବଢ଼ାଇଲା ଏବଂ ଆନ୍ତରିକତାର ସହିତ କରମର୍ଦ୍ଦନ କଲା। ଏଥରକ ମତେ ନେଇ ସେ ବାରଣ୍ଡାରେ ବସିଥିବା ଆଠ ଦଶ ଜଣ ବିଦେଶୀ ସ୍ତ୍ରୀ ପୁରୁଷଙ୍କ ସହିତ ପରିଚୟ କରାଇଦେଲା ଏବଂ ମତେ ମୋ ପାଇଁ ଠିକ କରିଥିବା କୋଠରୀକୁ ନେଇଗଲା। ମୁଁ ଦେଖି ଆଶ୍ଚର୍ଯ୍ୟ ଓ ଆନନ୍ଦିତ ହେଲି ଯେ ଗୋପାଳ ଚୌକିଦାର ବର୍ତ୍ତମାନ ସଂପୂର୍ଣ୍ଣ ଭୁଲ ଅଥଚ ଅତି ଅନର୍ଗଳ ଇଂରେଜୀରେ କଥା କହିପାରୁଥିଲା ଏବଂ ବାହାରେ ବସିଥିବା ଗୋରା ଲୋକମାନେ ତା ସହିତ ଅତି ସମ୍ଭ୍ରମର ସହିତ ବ୍ୟବହାର କରୁଥିଲେ।

ଆମେ ଦୁହେଁ କୋଠରୀରେ ଏକୁଟିଆ ବସିଥିବା ବେଳେ ଗୋପାଳ ଚୌକିଦାର ମତେ ଅଦ୍ୟାବଧ୍ୱ ଖବର ସବୁ ଦେଲା। ଏ ଭିତରେ ବାଘନାଚ କୁଆଡ଼େ ପୃଥିବୀ ପ୍ରସିଦ୍ଧ ହୋଇଯାଇଥିଲା ଏବଂ ତାର ଦଳକୁ ଦେଶ ବିଦେଶରୁ ନିମନ୍ତ୍ରଣ ଆସୁଥିଲା। ସେ

ବର୍ଷର ଅଧାଦିନ ବିଦେଶରେ ରହି ସେଠାରେ ବିଦେଶୀ ଛାତ୍ରଛାତ୍ରୀଙ୍କୁ ନାଚ ଶିଖାଉଥିଲା ଅଥବା ନିଜର ଦଳର କାର୍ଯ୍ୟକ୍ରମ ଦେଖାଉଥିଲା। ବିଦେଶରୁ ଅନେକ ସ୍ତ୍ରୀ ପୁରୁଷ ମଧ ଆମ ଗାଁକୁ ନାଚ ଶିଖିବାକୁ, ନ ହେଲେ ଗବେଷଣା କରିବାକୁ ଆସୁଥିଲେ। ଆମ ଘରଟିକୁ ବର୍ତ୍ତମାନ ଠିକଠାକ କରି ଗୋପାଲ ନିଜର ବ୍ୟବହାରରେ ଲଗାଇଥିଲା ଏବଂ ସେ ହିଁ ଘରଟିକୁ କିଣି ନେବାକୁ ଚାହୁଁଥିଲା। ସେ ଯେତେବେଳେ ରାତିରେ ଯାଇ ରିହର୍ସଲ ଦେଖିବା କଥା କହିଲା ମୁଁ ପ୍ରଥମେ ଟିକିଏ ଆଶ୍ଚର୍ଯ୍ୟ ହେଲି କାରଣ ବାଘନାଚ ପର୍ବ ଅନେକ ଦିନ ପରେ ଥିଲା। ଗୋପାଲ ମତେ ବୁଝାଇଲା ଯେ, ଆଜିକାଲି ନାଚ ବର୍ଷସାରା ହେଉଛି ଏବଂ ଖରାଦିନେ ବିଦେଶୀମାନେ ଏଠାକୁ ଆସି ପାରୁନଥିବାରୁ ପର୍ବକୁ ମଧ ଶୀତଦିନକୁ ଘୁଞ୍ଚାଇ ଦିଆହୋଇଛି। 'ଏଥିରେ ସବୁ ଲେଖା ଅଛି' ବୋଲି କହି ସେ ମତେ ଗୋଟିଏ ବହି ଧରାଇ ଦେଇ ବାହାରିଗଲା।

ବାଘନାଚ ଉପରେ ପୁସ୍ତିକାଟି ପଢ଼ି ମୁଁ ଅନେକ ନୂଆ ତଥ୍ୟ ପାଇଲି, ଯାହା ମତେ ଆଗରୁ ଜଣା ନ ଥିଲା। ବ୍ୟାଘ୍ର ନୃତ୍ୟ କୁଆଡ଼େ ଏକ ଭାରତୀୟ ଶାସ୍ତ୍ରୀୟ ନୃତ୍ୟକଳା ଯାହାକି ବ୍ୟାଘ୍ରଶାସ୍ତ୍ରମ୍ ନାମକ ନୂଆ ହୋଇ ଆବିଷ୍କୃତ ହୋଇଥିବା ତାଳପତ୍ର ପୋଥିଦ୍ୱାରା ଅନୁମୋଦିତ। ପରବର୍ତ୍ତୀ କାଲରେ ଏଇ ନୃତ୍ୟଟି ଗୋଟିଏ ବିଶେଷ ଅଞ୍ଚଳ ଅର୍ଥାତ୍ ଆମ ଗାଁରେ ସୀମିତ ହୋଇଯାଇଥିଲା ଏବଂ ପ୍ରାଦେଶିକ ଆଞ୍ଚଳିକ ପ୍ରଭାବ ଯୋଗୁ ଭ୍ରଷ୍ଟ ଓ ବିକୃତ ହୋଇଯାଇଥିଲା। ଏଇ ନୃତ୍ୟଟି ବିସ୍ମୃତିଗର୍ଭରେ ଲୀନ ହୋଇଯାଇଥାନ୍ତା ଯଦି କେତେବର୍ଷ ତଳେ ଜଣେ ଆମେରିକୀୟ ନୃତଭ୍ୟ ଗବେଷକ ଗାଡ଼ି ଖରାପ ହୋଇଯିବାରୁ ବାଘନାଚର ପ୍ରସ୍ତୁତିବେଳେ ଗୋଟିଏ ରାତି ଆମ ଗାଁରେ କଟାଇ ନଥାନ୍ତେ। ତାପରେ ଆରମ୍ଭ ହେଲା ବାଘନାଚର ପୁନରୁଦ୍ଧାର ଓ ଶୁଦ୍ଧୀକରଣ। କହିବା ବାହୁଲ୍ୟ ଯେ, ଗୁରୁ ଗୋପାଲଙ୍କର ଅଦମ୍ୟ ଉତ୍ସାହ ଓ ଅଧ୍ୟବସାୟ ଏବଂ ବିଦେଶୀ ଗବେଷକ ନୃତ୍ୟବିଦ୍ ଓ ସଂସ୍ଥାମାନଙ୍କ ସାହାଯ୍ୟ ଫଳରେ ବିଶ୍ୱବିଖ୍ୟାତ ହୋଇପାରିଥିଲା।

ବହିଟିକୁ ପଢ଼ି ମୁଁ ଏକାଧାରରେ ଆନନ୍ଦିତ ଓ ଦୁଃଖିତ ହେଲି। ମୋର ଆନନ୍ଦର କାରଣ ଥିଲା ଯେ ଆମ ଗାଁର ଗୋଟିଏ ଜିନିଷ ବର୍ତ୍ତମାନ ପୃଥିବୀ ପ୍ରସିଦ୍ଧ ହୋଇ ଦେଶ ବିଦେଶର ଦୃଷ୍ଟି ଆକର୍ଷଣ କରିଥିଲା ଏବଂ ମୋର ଜଣେ ପିଲାଦିନର ବନ୍ଧୁ ଏହାର କେନ୍ଦ୍ରସ୍ଥଳ। ମୋର ଦୁଃଖ ଏଥିପାଇଁ ହେଉଥିଲା ଯେ, ମୋର ପିଲାଦିନର ଆନନ୍ଦ ଉତ୍ସାହ ରୋମାଞ୍ଚ ଓ ହସଖୁସିରେ ଭରପୁର ଗାଁଟି ଆଉ ନ ଥିଲା ଏବଂ ଆମର ନିଜସ୍ୱ ବାଘନାଚଟି ବର୍ତ୍ତମାନ ସାର୍ବଜନିକ ହୋଇଯାଇଥିଲା। ମୁଁ ନିଜକୁ ଆଶ୍ୱାସନା ଦେଲି ଯେ ଏଥିରେ ଦୁଃଖ କରିବାର କିଛି ନାହିଁ, କାରଣ ସବୁ କିଛି ବଦଲିଯାଉଛି, ଅଗ୍ରଗତି କରୁଛି, ପୁରୁଣା ଲିଭି ହଜି ଯାଇ ପୁଣି ନୂଆ ଆସୁଛି।

ଏଇପରି କଥା ସବୁ ଭାବି ମୁଁ କୋଠରୀରୁ ବାହାରକୁ ଆସିଛି ଜଣେ ଗୋରା ଲୋକ ମୋ ପାଖକୁ ଆସିଲା। ତା କାନ୍ଧରେ କ୍ୟାମେରା ଓ ଟେପ୍‌ରେକର୍ଡର ଏବଂ ହାତରେ ନୋଟ ଖାତା ଦେଖ ମୁଁ ଜାଣିଲି ଯେ ସେ ଗବେଷକ ହୋଇଥିବ। ମୋ ପାଖକୁ ଆସି ବିନା କୌଣସି ସୌଜନ୍ୟ ବିନିମୟରେ ସେ ମୋ ମୁହଁ ଆଡ଼କୁ ମାଇକ୍ରୋଫୋନ ବଢ଼ାଇ ଦେଇ ମତେ ପଚାରିଲା, ତମେ କଣ ଗୁରୁ ଗୋପାଳଙ୍କର ଲ୍ୟାଣ୍ଡଲର୍ଡ? ମୁଁ ହଠାତ୍ ଏ ପ୍ରଶ୍ନର କୌଣସି ଉତ୍ତର ଦେଇ ପାରିଲି ନାହିଁ, କାରଣ ଗୋପାଳ ଚୌକିଦାର ପାଖରେ ଆମ ଘରର ଚାବି ରହିଥିବାରେ ଘର ମାଲିକ ଓ ଭଡ଼ାଟିଆ ସଂପର୍କର ପ୍ରଶ୍ନ ଉଠୁ ନ ଥିଲା। ମତେ ଚୁପ ରହିବା ଦେଖ ଗୋରା ନିଜର ପ୍ରଶ୍ନ ବଦଲାଇ ପଚାରିଲା, ଗୁରୁ ଗୋପାଳ ଯୋଉ ଘରେ ରହୁଚନ୍ତି, ତମେ ତାର ମାଲିକ? ମୁଁ ହଁ କଲି। ଏଥରକ ସେ ମତେ ଦ୍ୱିତୀୟ ପ୍ରଶ୍ନ କଲା, ତମେ କଣ ବ୍ରାହ୍ମଣ ନା ଶୁଦ୍ର? ମୋ ଉତ୍ତର ଶୁଣୁ ନଶୁଣୁ ସେ ପଚାରିଲା, ତମର ଗୋତ୍ର କଣ? ତାପରେ ସେ ମତେ ମୋରି କୋଠରୀ ଭିତରକୁ ନେଇ ବସାଇଲା ଓ କାନ୍ଧରୁ ଟେପ୍‌ରେକର୍ଡର ଖୋଲି ତାକୁ କାନ୍ଥରେ ବିଜୁଳି ସହିତ ଲଗାଇଲା। ଏଥରକ ମୋ ସାମ୍‌ନାରେ ବସି ସେ ମତେ ଜେରା କରିବାକୁ ଆରମ୍ଭ କଲା। ମତେ ଏକଥା ଅସ୍ୱସ୍ତିକର ଲାଗୁଥିଲେ ବି ମୁଁ ମନା କରିପାରିଲି ନାହିଁ ଏବଂ ଏହା ଗୋପାଳ ଚୌକିଦାରର ମଙ୍ଗଳରେ ଆସିବ ବୋଲି ଯଥାସମ୍ଭବ ଭଦ୍ରତା ଓ ନମ୍ରତାର ସହିତ ତାର ପ୍ରଶ୍ନର ଉତ୍ତର ଦେଲି।

ଭାଗ୍ୟକୁ କିଏ ଆସି ଆମକୁ ନାଚ ଦେଖିବାକୁ ଡାକିଲା ଏବଂ ଗୋରା କବଲରୁ ମୁକ୍ତି ପାଇ ମୁଁ ବାହାରକୁ ଆସିଲି। ନାଚ ଅଭ୍ୟାସ ପାଇଁ ଗାଁର ଆର ମୁଣ୍ଡରେ ଗୋଟିଏ ବଡ଼ ହଲ୍ ତିଆରି ହୋଇଥିଲା। ତା ଭିତରେ ବିଜୁଳି ଆଲୁଅ ଜଳୁଥିଲା ଏବଂ ଗୋଟିଏ ଅଛ ଉଚ ଆସନ ଉପରେ ଗୋପାଳ ଚୌକିଦାର ଗୁରୁ ସୁଲଭ ଗାମ୍ଭୀର୍ଯ୍ୟ ବଜାୟ ରଖ ବସିଥିଲା। ଗୋରାମାନଙ୍କ ମେଲରେ ବସି ମୁଁ ଘରର ଚାରି ଆଡ଼କୁ ଅନାଇଲି। ଗୋଟାଏ କଣରେ ଜଣେ ଗୋରା ଲୋକ କ୍ୟାମେରା ଧରି ଠିଆ ହୋଇଥିଲା ଏବଂ ଗୋପାଳ ଚୌକିଦାରର ଗୋଡ଼ ପାଖରେ ବସିଥିବା ବିଦେଶୀ ଝିଅଟି ଟେପ୍‌ରେକର୍ଡରର ମାଇକ୍ରୋଫୋନଟି ହାତରେ ଧରି ଗୋପାଳ ଆଡ଼କୁ ତନ୍ମୟ ହୋଇ ଚାହିଁ ରହିଥିଲା। ଗୋପାଳ ସାମ୍‌ନାରେ ଯୋଉ ନାଚୁଆମାନେ ବସିଥିଲେ, ସେମାନଙ୍କ ଦେହରେ ବାଘଛାଲ ଭଳି ଦିଶୁଥିବା ଭେଲଭେଟ୍‌ର ପୋଷାକ ଏବଂ ମୁହଁରେ ବାଘମୁଖା ଥିଲା। ଗୋପାଳର ବାଁ ପାଖରେ ଆଠଜଣ ସଙ୍ଗୀତଜ୍ଞ ବିଭିନ୍ନ ପ୍ରକାର ବାଦ୍ୟଯନ୍ତ୍ର ଧରି ମାଇକ୍ ସାମ୍‌ନାରେ ବସିଥିଲେ ଏବଂ ଗୁରୁଙ୍କ ନିର୍ଦ୍ଦେଶର ଅପେକ୍ଷା କରୁଥିଲେ।

ଆମେମାନେ ବସିବା ପରେ ଗୋପାଳ ଚୌକିଦାର ଆଖି ବୁଜି କଣ ମନ୍ତ୍ର ପଢ଼ିଲା ଏବଂ ଭୂମି ସ୍ପର୍ଶ କରି ଆଙ୍ଗୁଳିକୁ ମୁଣ୍ଡରେ ଲଗାଇଲା। ତାପରେ ନାଚୁଆମାନେ ଓ ଗୋଡ଼ ପାଖରେ ବସିଥିବା ଝିଅଟି ଜଣ ଜଣ କରି ଆସି ଗୋପାଳର ପାଦ ଛୁଇଁଲେ। ଏଥର ସଂଗୀତ ଆରମ୍ଭ ହେଲା ଓ ନାଚୁଆମାନେ ଉଠି ନାଚ ଆରମ୍ଭ କଲେ। ନାଚ ଖୁବ ଉଦ୍ଦୀପକ ଓ ଚିତ୍ତାକର୍ଷକ ଥିଲା। କିନ୍ତୁ ମୁଁ ପିଲାଦିନେ ଗାଁରେ ଯେଉଁ ବାଘନାଚ ଦେଖିଥିଲି, ଏ ବ୍ୟାଘ୍ର ନୃତ୍ୟର ତା ସହିତ କୌଣସି ସାମଞ୍ଜସ୍ୟ ବା ସଂପର୍କ ନ ଥିଲା ଏବଂ ଏ ନାଚ ମୋର ଛାତିକୁ ଛୁଇଁ ପାରିଲା ନାହିଁ। ନାଚ ପରେ ଯେତେବେଳେ ନାଚୁଆମାନେ ମୁହଁରୁ ମୁଖା ଖୋଲିଦେଲେ, ମୁଁ ଏ କଥା ଲକ୍ଷ୍ୟ କଲି ଯେ ସେମାନଙ୍କ ଭିତରେ ଦୁଇଜଣ ବିଦେଶୀ ପୁଅ ଓ ଗୋଟିଏ ଝିଅ ମଧ ଥିଲେ।

ନାଚ ସରିବା ପରେ ପରେ ସେ ଗୋରାଲୋକ ପୁଣି ମୋ ପଛରେ ଲାଗିଲା ମତେ ଆହୁରି ପ୍ରଶ୍ନ ପଚାରିବା ଲାଗି। ମୁଁ କିନ୍ତୁ ଅନେକ କୌଶଳ କରି ତା ହାତରୁ ଖସିଲି ସିନା କିନ୍ତୁ ଦୁର୍ଯୋଗକୁ ଅନ୍ୟ ଗୋଟିଏ ଗୋରା ଲୋକ ହାବୁଡ଼ରେ ପଡ଼ିଗଲି। ସେ ମତେ ଜଣାଇଲା ଯେ ସେ ହିଁ ଥିଲା ବାଘନାଚର ପ୍ରଥମ ତ୍ରାଣକର୍ତ୍ତା। ଏ ଲୋକଟି ଜେରା କରୁଥିବା ଗୋରା ଲୋକଠାରୁ ଅନେକ ଶାନ୍ତଶିଷ୍ଟ ପ୍ରକୃତିର ଥିଲା ଏବଂ ମତେ ପ୍ରଶ୍ନବାଣରେ ବିବ୍ରତ କରିବା ବଦଳରେ ଅନେକ ତଥ୍ୟ ଯୋଗାଇଲା। ଭାରତବର୍ଷରେ ରକ୍ଷଣାବେକ୍ଷଣ ଅଭାବରେ କିପରି ଲୋକସଂସ୍କୃତିର ବିପର୍ଯ୍ୟୟ ଘଟୁଛି ସେ ବିଷୟରେ ଅନେକ କଥା କହିଲା। ଲୋକସଂସ୍କୃତିକୁ ଭାରତୀୟ ପରଂପରା ଅନୁଯାୟୀ ଶୁଦ୍ଧ ଓ ଅମିଶ୍ରିତ ରଖିବା ପାଇଁ ଅନେକ ପ୍ରକାରର ଉଦ୍ୟମ ଆବଶ୍ୟକ। ନହେଲେ ଆସ୍ତେ ଆସ୍ତେ ସେଥିରେ ବିଭିନ୍ନ ଶଙ୍କା ଜିନିଷ ମିଶି ଲୋକସଂସ୍କୃତି କାଳକ୍ରମେ ଏକ ଅପସଂସ୍କୃତିରେ ପରିଣତ ହୋଇଯିବ ଯାହା କଳାର ବିଡ଼ମ୍ବନା ମାତ୍ର ହେବ, ଯେପରିକି ବାଘନାଚର ମୁଖା ଓ ପୋଷାକ କାଳକ୍ରମେ ଲୋପ ପାଇଯାଇଥିଲା। ଏ କଥା ଶୁଣି ମୁଁ ଖୁସି ହେଲି ଯେ ଯାହାହେଉ ବିଦେଶୀମାନଙ୍କର ଉଦ୍ୟମ ଫଳରେ ବାଘନାଚ ଆମ ଗାଁ ଲୋକଙ୍କ କବଳରୁ ବଞ୍ଚିଯାଇଛି ଏବଂ ପରିମାର୍ଜିତ ଶୁଦ୍ଧପୂତ ହୋଇ ବିଦେଶରେ ସୁନାମ ଅର୍ଜନ କରୁଛି। ରଘୁ ଚୌକିଦାର ବଞ୍ଚିଥିଲେ ଏ ବିଷୟରେ କଣ ଭାବିଥାନ୍ତା ମୁଁ ସେ କଥା ଚିନ୍ତା କରିବାରୁ ନିଜକୁ ନିବୃତ୍ତ କଲି।

ଏ ଗାଁ ଆଉ ରଘୁ ଚୌକିଦାରର ଗାଁ ନ ଥିଲା। ଏ ଥିଲା ଏକ ଆନ୍ତର୍ଜାତିକ କଳା କ୍ଷେତ୍ର। ବାଘନାଚ ସହିତ ଆମ ଗାଁ ଲୋକଙ୍କର କୌଣସି ସଂପର୍କ ନ ଥିଲା। ଏ ନୃତ୍ୟ କଳାଟି ଥିଲା ଦେଶ ବିଦେଶର ବିଦଗ୍ଧ ଲୋକଙ୍କର ଉପଭୋଗ ତଥା ନୃତତ୍ତ୍ୱବିତ୍ ସମାଜବିଜ୍ଞାନୀ ନୃତ୍ୟ ଶାସ୍ତ୍ରଜ୍ଞ ଗବେଷକମାନଙ୍କର ଅନୁଧ୍ୟାନର ବିଷୟ। ମୁଖାପିନ୍ଧା

ବାଘ ପୋଷାକ ପିନ୍ଧା ନୃତ୍ୟଶିକ୍ଷୀମାନେ ଆଉ ଆମ ଗାଁର ବାସିନ୍ଦା ନଥିଲେ। ସେମାନେ ପ୍ରତ୍ୟେକେ ଥିଲେ ଆମ ଦେଶର ଜଣେ ଜଣେ ସାଂସ୍କୃତିକ ରାଜଦୂତ।

ଏ ସବୁ କଥା ଭାବୁ ଭାବୁ ମୁଁ ଗୋପାଳ ଚୌକିଦାର ପାଖକୁ ଗଲି। ଏ ପର୍ଯ୍ୟନ୍ତ ତା ପଛରେ ଛାଇ ଭଳି ଲାଗିରହିଥିବା ଝିଅଟି ତା ପାଖ ଛାଡ଼ି ନ ଥିଲା। ହାତରେ ଗୋଟାଏ ବାଘମୁଖା ଧରି ଗୋପାଲ ବୁଝାଉଥିଲା ବାଘର ଆଖ୍ୟ କାହିଁକି ଲାଲ ରଙ୍ଗ ହୋଇଛି। ଭରତଙ୍କ ନାଟ୍ୟଶାସ୍ତ୍ର ଅନୁସାରେ ଲାଲ ରଙ୍ଗ ହେଉଛି ରୌଦ୍ରରସର ପ୍ରତୀକ। ଝିଅଟିର ମୁହଁ ଖୁସିରେ ଉଜ୍ଜ୍ୱଳ ହୋଇଗଲା ଏବଂ ଗୋପାଳକୁ ଟିକିଏ ଅପେକ୍ଷା କରିବାକୁ କହି ସେ ତାର ଖାତାରେ କଣ ଲେଖିଲା। ପଚାରି ବୁଝିଲି ଯେ ଝିଅଟି ଗୁରୁ ଗୋପାଲଙ୍କର ଏକ ପୂର୍ଣ୍ଣାଙ୍ଗ ଜୀବନୀ ଲେଖିବାରେ ନିଜକୁ ନିୟୋଜିତ କରିଛି। ଝିଅଟି ଯେତେବେଳେ ଜାଣିଲା ଯେ ମୁଁ ଗୋପାଲର ପିଲାଦିନର ସାଙ୍ଗ, ସେ ମୋ ପାଖରୁ ଗୋଟିଏ ପୁରା ଦିନର ସାକ୍ଷାତ୍କାର ନେବାର ପ୍ରତିଶ୍ରୁତି ନେଲା।

ଆମେ ଗାଁ ପଛପାଖ ଦେଇ ନୃତ୍ୟାଭ୍ୟାସ ଜାଗାରୁ ଆମ ଘରକୁ ଫେରିଲୁ। ଶୀତଦିନ ରାତିରେ ଗାଁଲୋକ ଶୋଇ ଯାଇଥିଲେ ଏବଂ ସବୁକିଛି ଚୁପଚାପ ହୋଇ ଯାଇଥିଲା। ତୋଟା ପାଖ ଦେଇ ଏଇ ରାସ୍ତାଟିକକ ପାରି ହେବାବେଳେ ଛାପିଛାପିକା ଜନ୍ଧ ଆଲୁଅ, ଶୀତ ଦିନର କୁହୁଡ଼ି, ଝିଙ୍ଗାରି ସ୍ୱର, ମାଟିର ବାସ୍ନା ଓ ବାଦୁଡ଼ିର ଉଡ଼ିଯିବାରେ ମୋର ପିଲାଦିନ କଥା ମନେ ପଡ଼ିଲା। ଏଇ ଇନ୍ଦ୍ରଜାଲଟି କିନ୍ତୁ ହଠାତ୍ କଟିଗଲା ଯେତେବେଳେ ମୋ ଆଖ୍ୟ ଆଗରେ ପଡ଼ିଲା ବିଜୁଲି ଆଲୁଅ ଜଳୁଥିବା ଆମ ଘର ଓ ତା ସାମନାରେ ପ୍ରହରୀ ଭଳି ଛିଡ଼ା ହୋଇଥିବା ପ୍ରତିଷ୍ଠାନର ଫଲକଟି।

ଆମେ ସବୁ ଖାଇ ବସିବାବେଳେ ଗୋପାଲ ମତେ ପଚାରିଲା ମୁଁ ଗାଁରେ ଆଉ କେତେ ଦିନ ରହିବି। କ୍ୟାମେରା ଟେପରେକର୍ଡର ନୋଟ୍ଖାତା ଫ୍ଲାଶ ଲାଇଟ ଜୀବନୀକାର ନୂତନ୍ନବିତ୍ ଗବେଷକମାନଙ୍କ ଆଡ଼କୁ ଅନାଇ ମୋର ମନ କିଭଳି ଖିନ୍ନ ହୋଇଗଲା। ମତେ ଏଇ ପରିବେଶରେ ନିଜକୁ ଖାପଛଡ଼ା ଲାଗିଲା ଓ ଅସ୍ୱସ୍ତି ବୋଧ ହେଲା। ମୁଁ ତାକୁ କହିଲି, ମୋର ସହରରେ ଜରୁରୀ କାମ ଅଛି; କାଲି ସକାଳୁ ଚାଲିଯିବି।

—

ସାମ୍ରାଜ୍ୟ

ଜଣେ ସଚ୍ଚୋଟ, କର୍ତ୍ତବ୍ୟନିଷ୍ଠ, କର୍ମଠ, ଅଧବସାୟୀ ଏବଂ କାର୍ଯ୍ୟଦକ୍ଷ ଅଫିସର ଭାବରେ ରଘୁପତିଙ୍କର ସୁନାମ ଥିଲା। କିନ୍ତୁ ତାଙ୍କର ଯେଉଁ ସବୁ ଗୁଣ ସହିତ ଲୋକମାନେ ବିଶେଷଭାବେ ପରିଚିତ ଥିଲେ, ସେଗୁଡ଼ିକ ହେଲା କଡ଼ା ମିଜାଜ, ଚିଡ଼ିଚିଡ଼ା ସ୍ୱଭାବ ଓ ଚାଣ ମୁହଁ। ଏଇସବୁ ଗୁଣର ପରିପୂରକ ସ୍ୱରୂପ ସେ ମୋଟା ପ୍ରେମ ଚଷମା ଲଗାଉଥିଲେ, ସିଗାର ପିଉଥିଲେ ଏବଂ କୁକୁର ପାଲିଥିଲେ। ତାଙ୍କ କୁକୁରଟି ମଧ ରୁକ୍ଷ ପ୍ରକୃତିର ଥିଲା, ଲୋକଙ୍କୁ ଦେଖିଲେ ଭୟଙ୍କର ଭୁକୁଥିଲା ଏବଂ ଦାନ୍ତ ଦେଖାଇ କାମୁଡ଼ିବାକୁ ଗୋଡ଼ାଇ ଆସୁଥିଲା। ରଘୁପତି ଯେଉଁଆଡ଼େ ଗଲେ କୁକୁରଟିକୁ ସାଙ୍ଗରେ ନେଉଥିଲେ ଏବଂ ଲୋକମାନେ ଏଇ କଳା ଜନ୍ତୁଟିକୁ ଦେଖୁଥିଲେ ତାଙ୍କର ଚରିତ୍ରର ଏକ ଜୀବନ୍ତ ପ୍ରସାରଣ ଭାବେ। ତାଙ୍କ ପାଖରେ ଯଦିଓ ବନ୍ଦୁକ ଇତ୍ୟାଦି ଅସ୍ତ୍ର ନ ଥିଲା, ସେ ପାଖ ଓ ଦୂର ଜିନିଷ ଦେଖିବା ପାଇଁ ଦୁଇଟି ଅଲଗା ଚଷମା ରଖୁଥିଲେ ଏବଂ ଗୋଟିଏ ଚଷମା ପିନ୍ଧିଥିବାବେଳେ ଅନ୍ୟ ଚଷମାଟି ତାଙ୍କ ହାତରେ ଗୋଟିଏ ଗୁଳିପୂର୍ଣ୍ଣ ପିସ୍ତଲର କାମ ଦେଉଥିଲା। ତାଙ୍କୁ ଦେଖିଲେ ଲୋକେ ଗର୍ଭିଣୀ ଗାଈ ବାଟ ଛାଡ଼ି ଦେବା ଭଳି ସଂପ୍ରତି ପ୍ରଚଳିତ ନ ଥିବା ଉକ୍ତି ମନେ ପକାଉଥିଲେ। ଯଦିଓ ସମସ୍ତେ ତାଙ୍କର କାମର ପ୍ରଶଂସା କରୁଥିଲେ, ବାଧ୍ୟବାଧକତା ନଥିଲେ କେହି ତାଙ୍କ ପାଖ ମାଡ଼ିବାକୁ ଚାହୁଁ ନଥିଲେ।

ଜିଲ୍ଲାଧୀଶ ହୋଇ ଆସିବାର ଅଳ୍ପଦିନ ଭିତରେ ରଘୁପତି ସମଗ୍ର ଜିଲ୍ଲାରେ ତାଙ୍କର କଠୋର ଅନୁଶାସନ ପ୍ରବର୍ତ୍ତିତ କରିଦେଇଥିଲେ। ତାଙ୍କର ପୂର୍ବବର୍ତ୍ତୀ ଜିଲ୍ଲାଧୀଶ ଭଦ୍ର, ବିନୟୀ, ମିଷ୍ଟଭାଷୀ, ଧର୍ମପରାୟଣ, ଲୋକପ୍ରିୟ ତଥା କାମରେ ସଂପୂର୍ଣ୍ଣ ଅପାରଗ ଥିଲେ। ରଘୁପତି ଆସିବା ପରେ ଜିଲ୍ଲାରେ ଶାସନର ଆବହାଓ ସଂପୂର୍ଣ୍ଣ ବଦଲିଗଲା। ଅଫିସ ଘରର ତାଲା ସବୁ ଠିକ ସମୟରେ ଖୋଲିଲା ଏବଂ କର୍ମଚାରୀମାନେ ସମୟାନୁବର୍ତ୍ତୀ ହେବାକୁ ଆରମ୍ଭ କଲେ। ବର୍ଷ ବର୍ଷ ଧରି ପଡ଼ି ରହିଥିବା ମୃତ ଫାଇଲ ସବୁ ହଠାତ୍ ଜୀବନ୍ୟାସ ପାଇଲେ ଏବଂ ଅଫିସ ଘରମାନଙ୍କରେ ଆଉ ଧୂଳି ଅଲନ୍ଦୁ ବୁଢ଼ିଆଣୀ ଜାଲ ଦେଖିବାକୁ ମିଲିଲା ନାହିଁ।

ପୂର୍ବାଧିକାରୀଙ୍କ କାମ ବିଷୟରେ କଥା ପଡ଼ିବାବେଳେ ଲୋକେ କହୁଥିଲେ ଯେ ସେ ଖୁବ ଭଲଲୋକ ଥିଲେ; ଏ ମନ୍ତବ୍ୟରେ ଭଦ୍ରବ୍ୟକ୍ତିଙ୍କର ଅପାରଗତା ଉହ୍ୟ ରହୁଥିଲା। ଠିକ ସେହିପରି ରଘୁପତିଙ୍କ ବିଷୟରେ କୁହାଯାଉଥିଲା ଯେ ସେ ଖୁବ ଭଲ ଅଫିସର, ଯାହାର ଅର୍ଥ ଥିଲା ଯେ ସେ ଲୋକ ହିସାବରେ ଆଦୌ ଭଲ ନ ଥିଲେ। ଏଥିରୁ ଗୋଟିଏ ନିଷ୍କର୍ଷ ବାହାରୁଥିଲା, ଯଦିଓ ଏ କଥା ପ୍ରମାଣସିଦ୍ଧ ବା ଯୌକ୍ତିକ ନ ଥିଲା, ଯେ ଭଲଲୋକ କଦାପି ଭଲ ଅଫିସର ହୋଇନପାରେ, ଅଥବା ଭଲ ଅଫିସର କଦାପି ଭଲଲୋକ ହୋଇନପାରେ।

ସେ ଯାହାହେଉ, ରଘୁପତି ଯେ ଜଣେ ଦୁର୍ଦ୍ଦାନ୍ତ ଅଫିସର ଥିଲେ, ଏ କଥା ନିଃସନ୍ଦେହ। ନିଜର ଗାମ୍ଭୀର୍ଯ୍ୟ, ଶୃଙ୍ଖଳା ଓ ନିୟମସବୁକୁ କେବଳ ଅଫିସ କାମରେ ସୀମାବଦ୍ଧ ନ ରଖି ଏଗୁଡ଼ିକୁ ସେ ତାଙ୍କର ବ୍ୟକ୍ତିଗତ ପାରିବାରିକ ଜୀବନରେ ମଧ ଉପଯୋଗ କରୁଥିଲେ। ଯାହା ଫଳରେ ତାଙ୍କର ଘର ମଧ ତାଙ୍କ ଜିଲ୍ଲା ଶାସନର ଏକ ଲଘୁ ସଂସ୍କରଣ ଥିଲା, ଯେଉଁଠାରେ ତାଙ୍କର ପତ୍ନୀ, ସନ୍ତାନ ଓ ଚାକରବାକରମାନେ ନିଜ ନିଜର ସ୍ଥାନ ଅନୁଯାୟୀ ଥିଲେ ରଘୁପତିଙ୍କର ଶୃଙ୍ଖଳାର ଅଧୀନ। ଉଦାହରଣ ସ୍ୱରୂପ, ରଘୁପତି ନିଜର ପତ୍ନୀଙ୍କ ସହିତ ବ୍ୟବହାର କରୁଥିଲେ ସେ ଯେପରି ଜଣେ ଦ୍ୱିତୀୟ ଶ୍ରେଣୀର ଅଧଷ୍ତନ କର୍ମଚାରୀ। ନିଜର ସନ୍ତାନମାନଙ୍କୁ ରଘୁପତି କେବେହେଲେ ଚତୁର୍ଥ ବର୍ଗର କର୍ମଚାରୀରୁ ଊର୍ଦ୍ଧ୍ୱରେ ଦେଖୁନଥିଲେ। ମୋଟ ଉପରେ କହିବାକୁ ଗଲେ ରଘୁପତି ଥିଲେ ଜଣେ ନିରଙ୍କୁଶ ସାର୍ବଭୌମ ସମ୍ରାଟ ଏବଂ ନିଜର ଘର ସମେତ ସମଗ୍ର ଜିଲ୍ଲାଟି ତାଙ୍କର ସୁବିସ୍ତୃତ ସାମ୍ରାଜ୍ୟ।

ଏହି ଆଦର୍ଶ ପରିସ୍ଥିତିର ଏକ ବିଶେଷ ବ୍ୟତିକ୍ରମ ଥିଲା ରଘୁପତିଙ୍କର ସବୁଠାରୁ ଛୋଟ ଝିଅ। ସେ ଅଧିକାଂଶ ସମୟ ଅସୁସ୍ଥ ଥିଲା, ବୟସ ଅନୁପାତରେ ବଢ଼ ନ ଥିଲା ଏବଂ ବିଭିନ୍ନ ପ୍ରକାର ରୋଗରେ ସଦାସର୍ବଦା ପୀଡ଼ିତ ରହୁଥିଲା। ଅନେକ ଚିକିସା ଓ ସେବା ଶୁଶ୍ରୂଷା ସତ୍ତ୍ୱେ ତାର ସ୍ୱାସ୍ଥ୍ୟ ଓ ଶାରୀରିକ ଅବସ୍ଥାର କୌଣସି ଉନ୍ନତି ହେଉ ନ ଥିଲା ଏବଂ ଏକଥା ଥିଲା ରଘୁପତିଙ୍କ ପାଇଁ ଚିନ୍ତା ଓ ଉଦ୍ବେଗର କାରଣ। ବଡ଼ ବଡ଼ ହସପିଟାଲ ଓ ଡାକ୍ତରଙ୍କ ଦ୍ୱାରା ବର୍ଷ ବର୍ଷ ଧରି ନିଦାନ ନିରୂପଣ ଓ ଉପଚାର ସବୁ ନିଷ୍ଫଳ ଥିଲା। ବିଦେଶୀ ଚିକିସାରୁ ହୋମିଓପାଥ୍‌ରୁ ଆୟୁର୍ବେଦରୁ ୟୁନାନୀ ସମସ୍ତ ପ୍ରକାର ପଦ୍ଧତିର ପରୀକ୍ଷା ନିରୀକ୍ଷା ପରେ ରଘୁପତି ଆଉ କୌଣସି ଡାକ୍ତରଙ୍କ ପାଖକୁ ଯିବା ବନ୍ଦ କରିଦେଇଥିଲେ। ତେବେ ଡାକ୍ତରଙ୍କ ପରେ ଯେଉଁମାନଙ୍କ ପାଲି ପଡ଼ିଲା, ସେମାନେ ହେଲେ ତାନ୍ତ୍ରିକ, କାପାଳିକ, ଜ୍ୟୋତିର୍ବିଦ୍ ଓ ବିଭିନ୍ନ ବେଶଭୂଷା ଓ ମତାବଲମ୍ବୀ ସାଧୁସନ୍ନ୍ୟାସୀ।

ରଘୁପତିଙ୍କର ଅଧସ୍ତନ କର୍ମଚାରୀମାନେ ଅବିଲମ୍ବେ ତାଙ୍କର ଏଇ ଏକମାତ୍ର ଦୁର୍ବଳତାର ସନ୍ଧାନ ପାଇସାରିଥିଲେ। ଏଣୁ ସେମାନେ ରଘୁପତିଙ୍କୁ ଖୁସି କରିବା ପାଇଁ ବିଭିନ୍ନ ଅଞ୍ଚଳରୁ ସାଧୁସନ୍ନ୍ୟାସୀଙ୍କୁ ଧରି ଆଣୁଥିଲେ ଏବଂ ତାଙ୍କ ଘରେ ଅଧିକାଂଶ ସମୟ ଗେରୁଆ ଲୁଗା ଓ ଜଟାଜୂଟ ଦାଢ଼ି ପିନ୍ଧିଥିବା ଲୋକଙ୍କର ମେଳା ଲାଗିରହୁଥିଲା।

ଏଇ ବିଶେଷ ସମସ୍ୟା ସତ୍ତ୍ୱେ ରଘୁପତି କେବେହେଲେ ନିଜ କାମରେ ଅବହେଳା ଅଥବା ନିର୍ଘଣ୍ଟରେ ବ୍ୟତିକ୍ରମ କରିବା ଦେଖାଯାଇ ନ ଥିଲା। ଠିକ୍ ଦଶଟା ସମୟରେ ସେ ଅଫିସରେ ପହଞ୍ଚୁଥିଲେ ଏବଂ ମନୋଯୋଗ ଓ ଦୃଢ଼ତାର ସହିତ କାମ କରୁଥିଲେ। ନିୟମାନୁଯାୟୀ ସେ ଗସ୍ତରେ ଯାଉଥିଲେ ଏବଂ ତାଙ୍କର ଆଞ୍ଚଳିକ ଅଫିସରମାନେ ତାଙ୍କ ପରିଦର୍ଶନକୁ କୋକୁଆ ଭୟ କରୁଥିଲେ। ଏଇଭଳି ଗୋଟିଏ ଗସ୍ତ ସମୟରେ ରଘୁପତି ବର୍ତ୍ତମାନ ଏକ ନିମ୍ନସ୍ଥ କାର୍ଯ୍ୟାଳୟ ପରିଦର୍ଶନ କରୁଥିଲେ ଏବଂ ତାର ଦାୟିତ୍ୱରେ ଥିବା କାମଚୋର ଏବଂ ଅଯୋଗ୍ୟ ଅଫିସର ତାଙ୍କ ଆଗରେ ବସି ନିଜ ଇଷ୍ଟଦେବତାଙ୍କୁ ସ୍ମରଣ କରୁଥିଲା। ତାର ପାଟି ଖନି ବାଜୁଥିଲା ଏବଂ ସେ ଝାଳରେ ଗାଧୋଉଥିଲା। ରଘୁପତି ତାକୁ କାମ ବିଷୟରେ ଯେଉଁ ପ୍ରଶ୍ନମାନ ପଚାରୁଥିଲେ ସେ ବାରମ୍ବାର କାଶି, ଛେପ ଢୋକି ଏବଂ ବେକ କୁଞ୍ଚାଇବା ସତ୍ତ୍ୱେ ସେଗୁଡ଼ିକର କୌଣସି ଉତ୍ତର ଦେଇପାରୁ ନ ଥିଲା। ରଘୁପତିଙ୍କର କୋପ କ୍ରମଶଃ ବଢ଼ି ଚାଲିଥିଲା। ଏବଂ ଅଫିସର୍ ଭୟ କରୁଥିଲା ଯେ ଅବିଲମ୍ୱରେ ସେ ତାଙ୍କର କ୍ରୋଧାଗ୍ନିରେ ଜଳି ଭସ୍ମ ହୋଇଯିବ। ସେଥିପାଇଁ ସେ ବହୁଦିନରୁ ତିଆରି କରି ରଖିଥିବା ଅମୋଘ ଅସ୍ତ୍ରଟି ବାହାର କଲା ସୁଯୋଗ ଦେଖି ରଘୁପତିଙ୍କର ସମ୍ମୁଖୀନ ହେବାପାଇଁ।

ରଘୁପତିଙ୍କର ବାକ୍ୟବାଣର ସ୍ରୋତ ଗୋଟିଏ ମୁହୂର୍ତ୍ତ ବିରତ ରହିଥିବାବେଳେ ସାହସ ସଂଚୟ କରି ଅଫିସର ନିଜର ସେଇ ଶରଟି ପ୍ରୟୋଗ କଲା।

ସାର୍, ପଶୁପତି ଆପଣଙ୍କୁ ଦେଖାକରିବାକୁ ଚାହୁଁଥିଲେ।

ପଶୁପତି କିଏ? ବିରକ୍ତ ଓ କ୍ରୋଧମିଶା ସ୍ୱରରେ ପଚାରିଲେ ରଘୁପତି।

ଅଫିସର ଜଣକ, ଯାହା ପାଟିରୁ ଏ ପର୍ଯ୍ୟନ୍ତ କଥା ବାହାରୁ ନ ଥିଲା, ହଠାତ୍ ବାଚାଳ ହୋଇଗଲା ଏବଂ ଶତମୁଖ ହୋଇ ପଶୁପତିର ବର୍ଣ୍ଣନା କଲା। ପଶୁପତି ତାଙ୍କ ଅଫିସର ସାମାନ୍ୟ ପିଅନ; କିନ୍ତୁ ସେ ଅଞ୍ଚଳରେ ଖ୍ୟାତ ଜଣେ ଅଷ୍ଟାବଧାନୀ ସାଧକ ଭାବରେ। ତା ପାଖରେ ତନ୍ତ୍ର ଜ୍ୟୋତିଷ ମାଲିକାର ଅନେକ ତାଳପତ୍ର ପୋଥି ଥିଲା ଏବଂ ଅଫିସ ଛୁଟି ଦିନମାନଙ୍କରେ ତା ଘରେ ଲୋକଙ୍କର ଭିଡ଼ ଲାଗିଯାଉଥିଲା। ବିଭିନ୍ନ ପ୍ରକାରର ପ୍ରଶ୍ନ ନେଇ ଲୋକମାନେ ତା ପାଖକୁ ଯାଉଥିଲେ

ଏବଂ ପୋଥି ଦେଖି ଗଣନା କରି ପଶୁପତି ପ୍ରତିଟି ସମସ୍ୟାର ସମାଧାନ ବାହାର କରୁଥିଲା।

ଏତିକି କହିସାରି ଅଫିସର ରଘୁପତିଙ୍କ ଆଡ଼କୁ ଅନାଇଲା ତାର ଅସ୍ତ୍ର କେତେଦୂର କାର୍ଯ୍ୟକାରୀ ହୋଇଛି ସେ କଥା ଅନ୍ଦାଜ କରିବା ପାଇଁ। ଅନେକ ସାଧୁ ସନ୍ୟାସୀଙ୍କ କ୍ରିୟାକଳାପ ସହିତ ସମ୍ପୂର୍ଣ୍ଣ ପରିଚିତ ରଘୁପତିଙ୍କ ଉପରେ ତାର କଥାର ବିଶେଷ ପ୍ରଭାବ ପଡ଼ୁ ନ ଥିଲା ଦେଖି ଅଫିସର ବର୍ତ୍ତମାନ ବର୍ଣ୍ଣନାର ଗତିକୁ ସମ୍ପୂର୍ଣ୍ଣ ବଦଲାଇ ଦେଲା।

ପଶୁପତିକୁ ମଝିରେ ଚାକିରିରୁ ବରଖାସ୍ତ କରି ଦିଆହୋଇଥିଲା।

କାହିଁକି? ସାମାନ୍ୟ କୌତୂହଳର ସହିତ ପଚାରିଲେ ରଘୁପତି।

ଅଫିସର ବୁଝିଲା ତାର ଅସ୍ତ୍ର କାମ କରୁଛି। ସେ କହିଲା, କାହାକୁ କିଛି ନକହି, ଅଫିସରୁ ଛୁଟି ନନେଇ ପଶୁପତି ହିମାଳୟକୁ ତପସ୍ୟା କରିବାକୁ ଚାଲିଗଲା। ଏପରିକି ତା ଘରେ ମଧ୍ୟ ଏ କଥା କାହାରିକୁ ଜଣା ନ ଥିଲା। କେବଳ କେତେ ଦିନ ପରେ ତାଙ୍କ ଗାଁର କେତେ ଲୋକ କେଦାର ବଦ୍ରୀ ଯାଇଥିବାବେଳେ ଦେଖିଲେ ଯେ ଗୋଟାଏ ବଡ଼ ଦାଢ଼ିଆ ଛେଲି ଉପରେ ବସି ପଶୁପତି ହିମାଳୟ ଆଡ଼କୁ ଯାଉଛି। ପାଞ୍ଚବର୍ଷ ପରେ ପଶୁପତି ପୁଣି ମନକୁ ମନ ଗାଁକୁ ଫେରିଲା। ସେତେବେଳକୁ ତାକୁ ଚାକିରିରୁ ବରଖାସ୍ତ କରି ଦିଆହୋଇଥିଲା। କିନ୍ତୁ ସମସ୍ତେ ତାକୁ ଚାକିରିରେ ରଖିବାକୁ ସୁପାରିଶ କଲେ, ଏପରିକି ତାଙ୍କ ମନ୍ତ୍ରୀ ମଧ୍ୟ।

କୋଉ ନିୟମ ଅନୁସାରେ ପାଞ୍ଚବର୍ଷ ବିନା ଦରଖାସ୍ତରେ ନିରୁଦ୍ଦେଶ ହୋଇଥିବା ଲୋକକୁ ପୁଣି ନିଯୁକ୍ତି ଦିଆଗଲା, ପଚାରିବାକୁ ଯାଉଥିଲେ ରଘୁପତି। ତାଙ୍କର ମୁହଁ ଦେଖି ତାଙ୍କର ଅଭିପ୍ରାୟକୁ ଅଫିସର ଠଉରାଇ ନେଲା। କହିଲା, ମନ୍ତ୍ରୀଙ୍କର ଭଣଜା ବହୁ ଦିନରୁ ଶ୍ୱାସରୋଗରେ ଭୋଗୁଥିଲା। ପଶୁପତି ଗୋଟାଏ ହପ୍ତାରେ ତାକୁ ଠିକ କରିଦେଲା।

ରଘୁପତିଙ୍କ ମନରେ ସନ୍ଦେହ ହେଲା ଯେ ଏ ଅପାରଗ ଅଯୋଗ୍ୟ କର୍ମକୁଣ୍ଠ ଅଫିସର ତାଙ୍କର ଦୁର୍ବଳତାର ସୁଯୋଗ ନେଉଛି। ସେ ଭାବିଲେ ସେ ପୁଣି ତାଙ୍କ ପରିଦର୍ଶନ ପ୍ରଶ୍ନାବଳୀକୁ ଫେରିଯିବେ। କିନ୍ତୁ ମନ୍ତ୍ରୀଙ୍କର ଭଣଜା ଆରୋଗ୍ୟ ହେବା କଥା ତାଙ୍କୁ ସାମାନ୍ୟ ଦ୍ୱନ୍ଦରେ ପକାଇଦେଲା। ସେ ଆଉ କିଛି ଭାବିବା ପୂର୍ବରୁ ଅଫିସର ମଧ୍ୟ ସତର୍କ ହୋଇଗଲା ଏବଂ ସ୍ୱୟଂ ପଶୁପତିକୁ ଆଣି ଜିଲ୍ଲାଧୀଶଙ୍କ ଆଗରେ ହାତଯୋଡ଼ି ଠିଆ କରାଇଦେଲା।

ଖାକି ପୋଷାକ ପିନ୍ଧା, ଦାଢ଼ି ରଖି ନଥିବା, ନିତାନ୍ତ ସାଧାରଣ ପିଅନ ଭଳି ଦିଶୁଥିବା ଲୋକଟିକୁ ଦେଖି ରଘୁପତି ନିରାଶ ହେଲେ। ତେବେ ଏଇ ବିଷୟଟିର ସମାଧାନ କରିବା ପାଇଁ ସେ ତାଙ୍କର କାଗଜପତ୍ର ଏକାଠି କରି ପରିଦର୍ଶନ ସେଟିକିରେ ବନ୍ଦ କଲେ ଏବଂ ପଶୁପତି ଆଡ଼କୁ ମନ ଦେଲେ। ତାଙ୍କୁ ଏ କଥାରେ ସାହାଯ୍ୟ କରିବା ପାଇଁ ହଠାତ୍‍ କେଉଁ ଆଡୁ ଚା ବିସ୍କୁଟ ଆସି ପହଞ୍ଚିଲା, ପରିସ୍ଥିତି ସହଜ ହୋଇଗଲା ଏବଂ ଅଫିସର ନିର୍ଭୟରେ କଥା କହିବାକୁ ଆରମ୍ଭ କଲା।

କଣ ସାହେବଙ୍କ ଝିଅ ଭଲ ହୋଇଯିବ ତ? ସାହେବଙ୍କ ଆଡ଼କୁ ତିର୍ଯ୍ୟକ୍‍ ଅନାଇ

ପଶୁପତିକୁ ପଚାରିଲା ଅଫିସର।

ପଶୁପତି ଆଖି ବୁଜି ଭଗବାନଙ୍କ ନାଁ ନେଲା; କହିଲା, ସବୁ ଦୟାମୟଙ୍କ ଇଚ୍ଛା।

କଥାଟି ଦ୍ୱୈଥବୋଧକ ଏବଂ ରଘୁପତିଙ୍କ ପାଇଁ ବିଶେଷ ଆଶ୍ୱାସନାଜନକ ନ ଥିଲା। ଅଫିସର ମଧ ଏ କଥା ବୁଝିଲା ଏବଂ କହିଲା, ସାହେବ କେବେ ତମ ପାଖକୁ ଯିବେ?

ହଜୁର ଯେତେବେଳେ ଚାହିଁବେ, ଜବାବ ଦେଲା ପଶୁପତି।

କାଲି ରବିବାର କେମିତି ହେବ? କାଲି ତମର ପୂଜା ଅଛି ତ?

ରବିବାର ପୂଜା ନ ହୋଇ କେମିତି ହବ? କାଲି ପୁଣି ପୂର୍ଣ୍ଣିମା। ହଜୁର କାଲି ଆସନ୍ତୁ।

ପିଅନକୁ ବିଦାୟ ଦେଇ ଅଫିସର ରଘୁପତିଙ୍କ ମୁହଁକୁ ଅନାଇ ଅଧ୍ୟୟନ କଲା। ଏ ପର୍ଯ୍ୟନ୍ତ ସଂପୂର୍ଣ୍ଣ ପ୍ରଭାବିତ ହୋଇ ନଥିଲେ ରଘୁପତି। ତାଙ୍କୁ ଆଉ ଭାବିବାର ଅବସର ନଦେଇ ଅଫିସର କହିଲା, କାଲି ତ ସାର ରବିବାର। ଏଇ ପାଖରେ ପଶୁପତିର ଘର। ମୁଁ ଭାବୁଚି ଥରେ ଯାଇ ଦେଖି ଆସିଲେ କିଛି କ୍ଷତି ନାହିଁ।

ନା କରି ପାରିଲେ ନାହିଁ ରଘୁପତି। ତେବେ କହିଲେ, ମୋ ପାଖରେ ତ କୋଷ୍ଠୀ ଜାତକ କିଛି କାଗଜ ନାହିଁ।

ପୁଣି ପଶୁପତିକୁ ଡକାଇଲା ଅଫିସର। ସେ ଆସି ହାତଯୋଡ଼ି ଠିଆ ହେବାରୁ ତାକୁ ପଚାରିଲା, ସାର କାଲି ତମ ଗାଁକୁ ଯିବେ। କଣ ଜାତକ ଦରକାର?

ଜନ୍ମ ତାରିଖ ଆଉ ଲଗ୍ନ ମନେଥିଲେ ଚଳିବ।

ହଉ, ତମେ ଯାଅ କହି ପିଅନକୁ ବାହାର କରି ଅଫିସର ପଚାରିଲା, ସାର ଆପଣଙ୍କ ଜନ୍ମ ତାରିଖ ଲଗ୍ନ ମନେ ଅଛି ତ? ରଘୁପତି ହଁ କରିବାରୁ ଅଫିସର ତୁରନ୍ତ

ପରଦିନ ପିଅନର ଗାଁକୁ ଯିବାର ବ୍ୟବସ୍ଥା କରିବାରେ ଲାଗିଲା । ଠିକ୍ ହେଲା ଯେ ସେମାନେ ଖୁବ୍ ସକାଳୁ ବାହାରିବେ, ଯେମିତି ଖରା ଆଗରୁ ପିଅନର ଗାଁରେ ପହଞ୍ଚି ଶୀଘ୍ର ଶୀଘ୍ର ଫେରି ଆସିବେ ।

ଅଫିସର ଭଳି ପଶୁପତି ମଧ୍ୟ କାମଚୋର ଥିଲା, ଅଫିସକୁ ଠିକ ସମୟରେ ଆସୁ ନ ଥିଲା ଏବଂ କାମରେ ଅବହେଳା କରୁଥିଲା । ଅଫିସର ନିଜେ ପଶୁପତିର ଦୈବଶକ୍ତିରେ ବିଶ୍ୱାସ କରୁ ନ ଥିଲା ଏବଂ କେବେହେଲେ ତା ଗାଁକୁ ଯାଇ ନ ଥିଲା ଅଥବା କୌଣସି ଜିନିଷରେ ତାର ପରାମର୍ଶ ନେଇ ନ ଥିଲା । ତେଣୁ ସେଦିନ ରାତିରେ ଯାଇ ସେ ପଶୁପତି ଗାଁର ଖବର ନେଲା, ଡ୍ରାଇଭରକୁ ରାସ୍ତା ବିଷୟରେ ବୁଝାଇଲା ଏବଂ ପରଦିନ ସକାଳୁ ସକାଳୁ ଯାଇ ରଘୁପତି ରହୁଥିବା ବଙ୍ଗଳାରେ ପହଞ୍ଚିଲା । ଶୀତଦିନ ଆରମ୍ଭରେ ସକାଳେ ସାମାନ୍ୟ ଥଣ୍ଡା ପଡୁଥିଲା ଏବଂ ରଘୁପତି ସୁଟ୍ ପିନ୍ଧି କୁକୁରକୁ ତିଆରି କରାଇ ବାହାରକୁ ଆସିଲେ ଠିକ ସାତଟାବେଳେ । ଡ୍ରାଇଭର ଯେତେବେଳେ କହିଲା ଯେ ସେଠାରେ ଭିଡ଼ ଆରମ୍ଭ ହୋଇଯାଇଥିବ, ଅଫିସର କହିଲା, କିଛି ବ୍ୟସ୍ତ ହବାର ନାହିଁ । ମୁଁ ସାରଙ୍କ କାମ ଆଗ କରାଇଦେବି ।

ପିଅନର ଗାଁ ଅନେକ ଦୂରରେ ଥିଲା ଓ ରାସ୍ତା ଆବୁଡ଼ାଖାବୁଡ଼ା ଥିଲା । ସେଥିପାଇଁ ଯିବାକୁ ବେଶ୍ ସମୟ ଲାଗିଲା । ଖରା ଚାଣ ହୋଇଗଲା ଏବଂ ରଘୁପତିଙ୍କ ପାଖରେ ବସିଥିବା କୁକୁର ବିନା କାରଣରେ ଭୁକିବାରେ ଲାଗିଲା । ତାକୁ ରଘୁପତି କିଛି କହିବା ପୂର୍ବରୁ ଅଫିସର କହିଲା, ଆଗରେ ଯୋଉ ବୁଦା ବୁଦା ଜଙ୍ଗଲ ଦିଶୁଛି, ତାକୁ ପାର ହେଲେ ଆମେ ଜାଗାରେ ପହଞ୍ଚିବା । କିନ୍ତୁ ବୁଦା ବୁଦା ଜଙ୍ଗଲ ପାରି ହେବା ପରେ ପୁଣି ରାସ୍ତା ଓ ବୁଦାବୁଦା ଜଙ୍ଗଲ ପଡ଼ିଲା ଏବଂ ଅଫିସର ରଘୁପତିଙ୍କୁ ଭୁଲାଇବା ପାଇଁ ଅନେକ ଅପ୍ରାସଙ୍ଗିକ କଥାମାନ କହି ତାଙ୍କର ଚିତ୍ତବିନୋଦନର ଚେଷ୍ଟାରେ ଲାଗିଲା ।

ଜାଗାରେ ପହଞ୍ଚିବାବେଳକୁ ବେଶ୍ ଦିନ ହୋଇଯାଇଥିଲା । ଖରା ଓ ସାମାନ୍ୟ ରାଗରେ ରଘୁପତିଙ୍କ ମୁହଁ ଲାଲ ଦେଖାଯାଉଥିଲା ଏବଂ କୁକୁର ମଧ୍ୟ ଜୋରରେ ଭୁକିବାକୁ ଆରମ୍ଭ କରିଥିଲା । ଗାଁ ମୁଣ୍ଡରେ ମେଳା ଲାଗି ନଥିଲେ ବି ବେଶ୍ ଜନସମାଗମ ଥିଲା । ଖରା, ସାମାନ୍ୟ ଭୋକ, ବକବକ କରୁଥିବା ଅଧସ୍ତନ କର୍ମଚାରୀ ଓ କୁକୁର ଭୁକା ଜନିତ ବିରକ୍ତି ଭିତରେ ରଘୁପତି ଗାଡ଼ିରୁ ଓହ୍ଲାଇଲେ ଏବଂ ସେଠାରେ ଆଗରୁ ଅପେକ୍ଷା କରୁଥିବା ଅଧସ୍ତନ କର୍ମଚାରୀର ଅଧସ୍ତନ କର୍ମଚାରୀ ତାଙ୍କୁ ପାଛୋଟି ନେଲା । ପିଅନର ଘର ଥିଲା ଗାଁ ମୁଣ୍ଡରେ ଏବଂ ଧୂଳି ଧୂସରିତ ସଂକୀର୍ଣ୍ଣ ଗଳିରେ । ଲଙ୍ଗଳା ପିଲାଙ୍କ ଭିଡ଼ ଭିତର ଦେଇ ସେଠାକୁ ଯିବାର ରାସ୍ତା

ଥିଲା। ଖାଲ ବୋହି ଦେହରେ ଲାଗି ଯାଉଥିବା କଳାସୂତ ଭିତରେ ରଘୁପତି ଖୁବ ଅସ୍ୱସ୍ତି ବୋଧ କରୁଥିଲେ, ଯଦିଓ ସେ ଗାଁ ଲୋକଙ୍କ ପାଇଁ ବର୍ତ୍ତମାନ ଏକ ଦର୍ଶନର ସାମଗ୍ରୀ ଥିଲେ। ଗାଁ ମଝିରେ ହଠାତ୍ ଗୋଟାଏ ତୋରଣ ଦେଖାଗଲା, ଯାହାକୁ ପ୍ରଥମେ ରଘୁପତି ଭାବିନେଲେ ତାଙ୍କ ଅଭ୍ୟର୍ଥନା ନିମିତ୍ତ ଉଦ୍ଦିଷ୍ଟ ବୋଲି। କିନ୍ତୁ ସେ ଯେତେବେଳେ ତୋରଣରୁ ବାହାରିଥିବା ରଙ୍ଗୀନ କାଗଜର ସାଜସଜ୍ଜା ପିଅନ ଘର ଆଡ଼କୁ ଲମ୍ବିଥିବାର ଦେଖିଲେ, ତାଙ୍କର ଏ ଧାରଣା ଦୂର ହେଲା ଏବଂ ସେ ନିରାଶ ହୋଇଗଲେ। ତାଙ୍କୁ କିଏ ବୁଝାଇ ଦେଲା ଯେ ଏ ସାଜସଜ୍ଜା ହୋଇଥିଲା ପୂର୍ଣ୍ଣମୀ ଦିନର ପୂଜା ପାଇଁ।

     ଏ କୁକୁରଟାକୁ କିଏ ଏ ଭିତରକୁ ଆଣିଲା? କିଏ ଜଣେ ଚଢ଼ା ଗଳାରେ କହିଲା। ରଘୁପତିଙ୍କର ପାଦ ଅଟକିଗଲା ଏବଂ ସେ ପଛକୁ ବୁଲି ଦେଖିଲେ ଯେ ଦୁଇଜଣ ଲୋକ ତୋରଣ ଭିତରକୁ ପାଦ ବଢ଼ାଇଥିବା ତାଙ୍କ କୁକୁରକୁ ଜଗି ରହିଛନ୍ତି। ଅଫିସର ଧୀର ସ୍ୱରରେ କହିଲା, ବିଲାତି କୁକୁର, ସାହେବଙ୍କର, ଛାଡ଼ିଦିଅ। କିନ୍ତୁ ଜଗିଥିବା ଲୋକ କହିଲା, ଗୋସାଇଁଙ୍କ ଆସ୍ଥାନ ଏଇଠାରୁ ଆରମ୍ଭ। ଯ଼ା ଭିତରକୁ କୁକୁର ବିଲେଇ ମାଛ ମାଂସ ପଶିବା ମନା। ତାଙ୍କ କୁକୁରକୁ ମାଛ ମାଂସ ଓ ବିଲେଇ ସହିତ ଏକାଠି କରି ଦେଉଥିବା ଲୋକ ଆଡ଼କୁ ମୁହୂର୍ତ୍ତେ କଟମଟ କରି ଚାହିଁଲେ ରଘୁପତି, କିନ୍ତୁ ପରେ ନିଜକୁ ସଂଯତ କରି ଜଣେ ତଳିଆ କର୍ମଚାରୀ ଜିମାରେ କୁକୁରକୁ ଛାଡ଼ି ଆଗକୁ ପାଦ ବଢ଼ାଇଲେ।
     ଦି ପାଦ ଆଗକୁ ଯାଇଛନ୍ତି କି ନାହିଁ, ପୁଣି ଗୋଟାଏ ତୋରଣ ଭଳି ଜାଗା ପଡ଼ିଲା ଯେଉଁଠାରୁ ରାସ୍ତା ଦାହାଣକୁ ଭାଙ୍ଗୁଥିଲା। ସେଠାରେ ଚଟି ଜୋତା ସବୁ ରଖା ହୋଇଥିଲା।   ଅଫିସର କହିଲା, ସାର ଆପଣ ଜୋତା ପିନ୍ଧି ଚାଲନ୍ତୁ; ଭିତରେ ରଖିଦେବେ। କିନ୍ତୁ କୁକୁର କଥା ମନେପକାଇ ପାଦରୁ ଜୋତା ଖୋଲିଦେଲେ ରଘୁପତି ଯଦିଓ ଧୂଳି ରାସ୍ତାରେ ଠିଆ ହୋଇ ଖାଲ ସରସର ଗୋଡ଼ରୁ ଜୋତା ମୋଜା ଖୋଲି ଖାଲି ପାଦରେ ଚାଲିବା ପ୍ରୀତିକର ନ ଥିଲା। ସେଇଭଳି ସେ ସିଗାର ପିଇବାର ପ୍ରବଳ ଇଚ୍ଛାକୁ ମଧ ଦମନ କଲେ, କାରଣ କୁକୁର ଓ ଜୋତା ପରେ ସେ ଧୂଆଁ ଟାଣିବାକୁ ସାହସ କରି ପାରିଲେ ନାହିଁ।
     ନୁଆଁଣିଆ ଚାଲତଲେ ଦୁଆରବନ୍ଧ ଡେଇଁ ସେମାନେ ବର୍ତ୍ତମାନ ଗୋସାଇଁଙ୍କର ଖାସ ଗାଦି ପାଖରେ ପହଞ୍ଚିଲେ। ଛୋଟ ସଂକୀର୍ଣ୍ଣ ଅଗଣାର ଗୋଟିଏ ପାଖରେ ଛୋଟ ଚାନ୍ଦୁଆଟିଏ ତଳେ ଗୋଟିଏ ଉଚ ବସିବା ଜାଗା ତିଆରି ହୋଇଥିଲା ଏବଂ ତା ଉପରେ ପଶୁପତି ପିଅନ ତାଲପତ୍ର ପୋଥି ପରିବେଷ୍ଟିତ ହୋଇ ପଦ୍ମାସନରେ ବିଜେ

ହୋଇଥିଲା । ତା ଚାରିପାଖେ ଧୂପଦୀପ ଜଳୁଥିଲା । ଗାଧୋଇ ପାଧୋଇ, ମଠା ଲୁଗା ପିନ୍ଧି, ମୁଣ୍ଡରେ ଚନ୍ଦନ ସିନ୍ଦୁର ଓ ଆଖିରେ ଚଷମା ଲଗାଇ ପଶୁପତି ତାଳପତ୍ର ପୋଥି ହାତରେ ଧରି ମନେ ମନେ ଗୁଣୁଗୁଣୁ ହୋଇ କଣ ସବୁ ପଢୁଥିଲା । ଅଗଣାରେ ତଳେ ବସି ତା ପାଖକୁ ଆସିଥିବା ଗୁହାରିଆମାନେ ତା ଆଡ଼କୁ ତନ୍ମୟ ହୋଇ ଚାହିଁ ବସି ରହିଥିଲେ । ସେମାନେ ଗାଉଁଲିଆ ମଳିମୁଣ୍ଡିଆ ବ୍ୟାଧିଗ୍ରସ୍ତ ଲୋକ ଥିଲେ ଏବଂ ଅଧିକାଂଶ ପଶୁପତି ପାଖକୁ ଆସିଥିଲେ ବିଭିନ୍ନ ପ୍ରକାରର ଦୁଃସାଧ୍ୟ ରୋଗର ନିରାକରଣ ପାଇଁ । ଏମାନଙ୍କ ଭିତରେ କେବଳ ଜଣେ ସଫାସୁତୁରା ଲୋକ ଥିଲା ଯେ କି ହୁଏତ ଦୂରରୁ କେଉଁଠାରୁ ଆସିଥିଲା ଏବଂ ବର୍ତ୍ତମାନ ତଳକୁ ମୁହଁ ପୋତି ବସିଥିଲା । ଏ ବ୍ୟବସ୍ଥା ଦେଖି ଅଫିସର କହିଲା, ସାର୍ ଟିକିଏ ଅପେକ୍ଷା କରନ୍ତୁ, ମୁଁ ଚଉକି ଆଣି ଦଉଚି । ଏତିକି କହି ସେ ଉଭାଇଗଲା ଏବଂ ରଘୁପତି ଜାଣିଲେ ଯେ ସେ ଆଉ ଫେରିବ ନାହିଁ । ଏ ଗାଁରେ କାହାଘରେ ଚଉକି ଥିବାର ସମ୍ଭାବନା ନ ଥିଲା, ଚଉକି ଯଦି ବି ମିଳିଥାନ୍ତା, ସେଠାରେ ଗୋସାଇଁଙ୍କଠାରୁ ଉଚ୍ଚ ଆସନରେ ବସିବା ଧର୍ମଦ୍ରୋହ ବୋଲି ଧରାଯାଇଥାନ୍ତା ଏଥିରେ ସନ୍ଦେହ ନାହିଁ । ରଘୁପତି ମଇଳା ଅସନା ଲୋକଙ୍କ ଭିତରଦେଇ ସେଇ ସଫାସୁତୁରା ଲୋକ ପାଖକୁ ଯାଇ ଚକା ପକାଇ ବସିଲେ । ଏତେ ଭିଡ଼ ଭିତରେ ବସିବାର ଜାଗା ନ ଥିଲା ଏବଂ ବିଲାତି ପୋଷାକଟି ମଧ ଚକା ପକାଇ ବସିବା ପାଇଁ ତିଆରି ନୁହେଁ । ସୂର୍ଯ୍ୟ ବର୍ତ୍ତମାନ ଠିକ ଉପରେ ଥିଲା ଏବଂ ଖରା ଆସି ସିଧା ପଡୁଥିଲା ମୁଣ୍ଡ ଉପରେ ।

ରଘୁପତି ଏକ ଲୟରେ ପଶୁପତି ଆଡ଼କୁ ଚାହିଁ ରହିଲେ, କିନ୍ତୁ ସେ ଆଉ କେଉଁଆଡ଼େ ନ ଅନାଇ ଗୋଟିଏ ପରେ ଗୋଟିଏ ପୋଥି ଖୋଲୁଥିଲା ଏବଂ ସେଥିରୁ କିଛି ପଢ଼ି ତା ଆଗରେ ବସିଥିବା ଲୋକକୁ ନ ବୁଝିପାରିବା ଭାଷାରେ ବୁଝାଉଥିଲା । ବିଚରା ଲୋକଟି କୋଉ ଅସାଧ୍ୟ ବେମାରରୁ ଉପଶମ ପାଇଁ ତା ପାଖକୁ ଆସିଥିଲା, କିନ୍ତୁ ପଶୁପତି ତାକୁ ପଚାରୁଥିଲା, ପୋଥିରୁ ଚକ୍ର ବୋଲି ବାହାରୁଛି । ତମ ଘରେ କିଛି ଚକ୍ର ଅଛି? ରଘୁପତି ଭାବିଲେ ତାଙ୍କୁ ଯଦି ଗୋସାଇଁ ଏଇ ଅଭୁତ ପ୍ରଶ୍ନଟି ପଚାରିଥାନ୍ତେ ସେ କଣ ଉତ୍ତର ଦେଇଥାନ୍ତେ ପ୍ରଶ୍ନର । ବିଚରା ଲୋକଟି କିନ୍ତୁ ସିଧାସଳଖ ଜବାବ ଦେଲା, ନାହିଁ । ଏ ଉତ୍ତର ଶୁଣି ପଶୁପତି କିଛି କଞ୍ଚାପତ୍ର ନେଇ ତାଳପତ୍ର ଉପରେ ଘଷିଲା, ଚଷମାକୁ ଠିକ କରି ପିନ୍ଧିଲା ଏବଂ ପଚାରିଲା, ତା ହେଲେ କଣ ଚିତ୍ର ଅଛି? ଲୋକଟି ପୁଣି ନା କହିବାରୁ ପଶୁପତି ପାଖ ଲୋକକୁ କହିଲା, ଟିକିଏ ଭାଇଙ୍କୁ ଡାକ । ସେ ପଢ଼ି ଦେଖନ୍ତୁ । ପଶୁପତିର ବଡ଼ଭାଇ, ଯେ କି ପୋଥିପଢ଼ା କାମରେ ତାର ସହାୟକ ଥିଲା, ଆସି ତାଳପତ୍ରରେ ଆହୁରି କିଛି ପତ୍ର

ଘଷି, ଆଖିର ଚଷମାକୁ ଆଣ୍ଠୁରି ଠିକ ଭାବରେ ସୂତା ଦେଇ କାନରେ ବାନ୍ଧି ଶବ୍ଦଟିକୁ ଆଣ୍ଠୁରି ଶୁଦ୍ଧ ଭାବରେ ପଢ଼ିବାକୁ ଚେଷ୍ଟା କଲା।

ଅନେକ ସମୟ ସିଧାସଳଖ ତା ଆଡ଼କୁ ଅନାଇବା ପରେ ପଶୁପତି ତାଙ୍କ ଆଡ଼କୁ ମୁହଁ ବୁଲାଇଲା ଏବଂ ରଘୁପତି ଭାବିଲେ ଯେ ସେ ତାକୁ ବର୍ତ୍ତମାନ ପାଖକୁ ଡାକି ପ୍ରଥମେ ତାଙ୍କ ସମସ୍ୟାର ସମାଧାନ କରିଦେବ। କିନ୍ତୁ ତାଙ୍କ ସହିତ ଆଖି ମିଶିବା କ୍ଷଣି ପଶୁପତି ଆଖି ବୁଲାଇନେଲା ଏବଂ ଭାଇ ହାତରୁ ପୋଥି ଟାଣିନେଇ ତାକୁ ଆଖି ପାଖରେ ରଖି ପଢ଼ିବାକୁ ଚେଷ୍ଟାକଲା। ରଘୁପତି ଭାବିଲେ ସେ ସେଠାରୁ ଉଠିଯିବେ, ଖୋସାମତିଆ ଅଫିସରକୁ ଗାଳିଗୁଲଜ କରି ତାର ଚରିତ୍ରଲିପିକୁ ସମ୍ପୂର୍ଣ୍ଣ ନଷ୍ଟ କରିଦେବେ ଏବଂ ନିୟମର ଉଲ୍ଲଂଘନ କରି ହୋଇଥିବା ପିଅନର ପୁନର୍ନିଯୁକ୍ତି ଆଦେଶକୁ ବାତିଲ କରିଦେବେ। କିନ୍ତୁ ଟାଣ ଖରାରେ ଏତେ ଭକ୍ତଙ୍କର ଶ୍ୱାସରୁଦ୍ଧ ଅପେକ୍ଷା, ଚନ୍ଦନ ସିନ୍ଦୁର ମଠା ଶୋଭିତ ଗୋସାଇଁ ଏବଂ ଗଦା ହୋଇଥିବା ପୁରୁଣା ତାଳପତ୍ର ପୋଥି ଆଡ଼କୁ ସାମାନ୍ୟ ଭୟରେ ଅନାଇବାବେଳେ ତାଙ୍କର ମନେପଡ଼ିଲା ଟିଆର ମୁହଁ ଓ ମନ୍ତ୍ରୀଙ୍କ ଭଣ୍ଡାର ଏକ ପରିକଳ୍ପିତ ଚେହେରା ଏବଂ ସେ ଏ ଚିନ୍ତାମାନ ମନରୁ ଦୂର କଲେ।

ଏଇ ସମୟରେ ରଘୁପତିଙ୍କ ଆଖିରେ ପଡ଼ିଗଲା ଖୋସାମତିଆ ଅଫିସର ବାରଣ୍ଡା ଛାଇରେ ଆରାମରେ ଛିଡ଼ା ହୋଇଥିବା ଅବସ୍ଥାରେ। ଅଫିସର ମୁହଁ ବୁଲାଇ ପଳାଇଯିବା ପୂର୍ବରୁ ରଘୁପତି ତା ଆଡ଼କୁ କଟମଟ କରି ଅନାଇଲେ। ସେଇ ଜାଗାରେ ଥାଇ ଅଫିସର ସଂକେତରେ ବୁଝାଇଲା ଯେ ସେ ଖୁନ୍ଦାଖୁନ୍ଦି ବସିଥିବା ଲୋକମାନଙ୍କ ଭିତରେ ପଶି ତାଙ୍କ ପାଖରେ ପହଞ୍ଚି ପାରିବ ନାହିଁ। ଏହାପରେ ସେ ହାତ ଓ ଅଙ୍ଗୁଳିର ମୁଦ୍ରା ଏବଂ ଆଖି ଓ ଓଠର ବିଭିନ୍ନ ପ୍ରକାର ଇଙ୍ଗିତରେ ଯାହା ସବୁ କହିଲା ତାର ମର୍ମ ଏଇପରି ଥିଲା : ସାର୍‌, ମୁଁ ଆପଣଙ୍କ ପାଇଁ ଚଉକି ଆଣିବା ପାଇଁ ଲୋକ ପଠାଇଛି। ଆପଣ ଟିକିଏ ଧୈର୍ଯ୍ୟ ଧରିବା ହୁଅନ୍ତୁ; ଚଉକି ଆସିଲେ ଆରାମ କରି ବସିବେ। ତା ଛଡ଼ା ମୁଁ ବର୍ତ୍ତମାନ ଯାଇ ଗୋସାଇଁଙ୍କୁ କହୁଚି ସେ ଏଇ ବିଚରା ଲୋକଟି କଥା ବୁଝିସାରିବା ପରେ ସାଙ୍ଗେ ସାଙ୍ଗେ ଆପଣଙ୍କୁ ପାଖକୁ ଡାକି ଆପଣଙ୍କ ଟିଆକୁ ନୀରୋଗ କରିଦେବେ।

ସାଙ୍କେତିକ ଭାଷାରେ ଏ ସବୁ କଥା କହିସାରି ଅଫିସର ଅତିଶୀଘ୍ର ରଘୁପତିଙ୍କ ଆଖି ଆଗରୁ ପଳାଇଗଲା। ରଘୁପତି ମନେମନେ ଅଫିସରର ବଂଶୋଦ୍ଧାର କଲେ। କାରଣ ସେ ବର୍ତ୍ତମାନ ଭଲ ଭାବରେ ଜାଣିସାରିଥିଲେ ଯେ ଏ ଜାଗାରେ ସେଇ ଅଫିସର ତ ଛାର ସ୍ୱୟଂ ରଘୁପତିଙ୍କର ନିଜର କର୍ତ୍ତୃତ୍ୱ ବି ଚଳିବ ନାହିଁ। ଏଇ ନୁଆଁଣିଆ ଛୋଟ ଚାଳଘର ଭିତରେ ଯେଉଁ ସ୍ୱତନ୍ତ୍ର ସାମ୍ରାଜ୍ୟଟି ଥିଲା ତାର ଏକଛତ୍ର

ସମ୍ରାଟ ଥିଲା ପିଅନ ପଶୁପତି ଏବଂ ତଳେ ବସିଥିବା ଲୋକମାନେ ଥିଲେ ତାର ଅନୁଗ୍ରହପ୍ରାର୍ଥୀ। ଏ କଥା ହୃଦୟଙ୍ଗମ ହେବାପରେ ଧୀରସ୍ଥିର ହୋଇ ବସି ରଘୁପତି ନିଜର ପାଳିକୁ ଅପେକ୍ଷା କଲେ।

—

ସହୋଦର

ଗାଁର କାଦୁଅ ରାସ୍ତାରେ ଯେତେବେଳେ ଟ୍ୟାକ୍ସି ଦ୍ୱିତୀୟ ଥର ପାଇଁ ଅଟକିଲା, ସୁବୋଧ ହତୋସ୍ଵାହିତ ହୋଇଗଲା। ଆଗରୁ ଯେତେ ଥର ସେ ଗାଁକୁ ଆସିଥିଲା, ଶୀତଦିନେ। ସେଥିପାଇଁ ତା ଆଖିରେ ଗାଁ ରାସ୍ତାର ଏ ଦୟନୀୟ ଅବସ୍ଥା କେବେ ହେଲେ ପଡ଼ି ନ ଥିଲା। ବର୍ତ୍ତମାନ କାଦୁଅ ଅରମା ବୁଦା ଜଙ୍ଗଲ ଓ ପୋକଜୋକ ଯଦିଓ ତାକୁ ପିଲାଦିନ କଥା ମନେପକାଇ ଦେଉଥିଲେ, ଟ୍ୟାକ୍ସିରୁ ଓହ୍ଲାଇ ଘାସରେ ଜୋତାରୁ ପାଣି କାଦୁଅ ପୋଛିବା ବେଳେ ମନେ ମନେ ବିରକ୍ତ ହେଲା ସୁବୋଧ। ଆଉ କିଛି ଦିନ ପରେ ହୁଏତ ଆସିଥିଲେ ହୋଇଥାନ୍ତା। କିନ୍ତୁ ବାପାଙ୍କର ସାଂଘାତିକ ଅବସ୍ଥା ଶୁଣିବା ପରେ ସେ ଆଉ ରହି ପାରିଲା ନାହିଁ। ତା ଛଡ଼ା ତାର ଦିଲ୍ଲୀରେ ମଧ ଏଇ ସମୟରେ କାମ ଥିଲା। ସେ ଯଦି ଦିଲ୍ଲୀରେ କଥାବାର୍ତ୍ତା କରି ତାଙ୍କର ସେମିନାରକୁ ଏବର୍ଷ ଶୀତଦିନରେ କରାଇ ଦେଇ ପାରିବ, ତେବେ ସେତେବେଳେ ପିଲାଝିଲାଙ୍କୁ ନେଇ ପୁଣି ଭାରତକୁ ଆସି ପାରିବ।

ସୁବୋଧର ଆମେରିକାରେ ରହିବାର ଚଉଦବର୍ଷ ହୋଇଗଲାଣି। ପ୍ରଥମେ ପ୍ରଥମେ ତାର ମନେପଡୁଥିଲେ ଘର ବାପା ମା ଭାଇମାନେ ଏବଂ ସର୍ବୋପରି ନିଜର ଗାଁ ସହର ଦେଶର ଲୋକବାକ ପାଣିପାଗ ଆଚାର-ବ୍ୟବହାର ସ୍ନେହ ସୌହାର୍ଦ୍ୟ କଥା। ସେ ଭାବୁଥିଲା ଆମେରିକାରେ କିଛି ବର୍ଷ ରହି ଟଙ୍କାପଇସା ରୋଜଗାର କରି ପୁଣି ଦେଶକୁ ଫେରି ଆସିବ। କିନ୍ତୁ ଟଙ୍କା ପଇସା ମୋହର ତ କୌଣସି ଅନ୍ତ ନାହିଁ! ଆହୁରି ବେଶୀ ଟଙ୍କା ରୋଜଗାର କରିବା ପାଇଁ ସେ ଗୋଟିଏ ବିଶ୍ୱବିଦ୍ୟାଳୟରୁ ଅନ୍ୟ ବିଶ୍ୱବିଦ୍ୟାଳୟକୁ ଗଲା, ପୁଣି କମ୍ପାନୀ ଚାକିରି ନେଲା। କିସ୍ତି ସୂତ୍ରରେ ସେ ବଡ଼ ଘର କିଣିଲା ଏବଂ ତାର ପଇସା ସବୁ ଶୁଝିବା ପାଇଁ ତାକୁ ଆହୁରି ବଡ଼ ଚାକିରି ଖୋଜିବାକୁ ହେଲା। ତାର ଅଳ୍ପ ପାଠ ପଢ଼ିଥିବା ସ୍ତ୍ରୀ ମଧ ଦୁଇ ପୁଅ ଟିକିଏ ବଡ଼ ହୋଇଯିବା ପରେ ସେଠାରେ କଣ ସବୁ ଟ୍ରେନିଂ ନେଇ ବର୍ତ୍ତମାନ ହସପିଟାଲରେ ଚାକିରି କରି ବେଶ୍ ପଇସା ରୋଜଗାର କରୁଥିଲା। ପୁଅ ଦୁହେଁ ଯେ କେବଳ ଜନ୍ମସୂତ୍ରରୁ ଆମେରିକାର ନାଗରିକ ଥିଲେ ତା ନୁହେଁ, ସେମାନଙ୍କର କଥାବାର୍ତ୍ତା, ବେଶଭୂଷା, ଚାଲିଚଲଣ ଓ

ଚିନ୍ତାଧାରା ମଧ୍ୟ ଥିଲା ସେଠାକାର ପିଲାମାନଙ୍କ ଭଳି। ସୁବୋଧ ବର୍ତ୍ତମାନ ଆଉ ନିଜର କାର୍ଯ୍ୟକାଳ ଭିତରେ ଭାରତକୁ ଫେରି ଆସିବା କଥା ଭାବୁ ନ ଥିଲା। ତେବେ ତାର ଚାକିରି ସରିଗଲେ ଓ ପୁଅମାନେ ସେଠାରେ ବସବାସ କରିଗଲେ ସେ ଭାରତକୁ ଫେରିବାର ଏକ ଅସ୍ପଷ୍ଟ ବାସନା ରଖିଥିଲା ମନ ଭିତରେ।

ନିଜ ବିଗତ ଜୀବନର ହାନିଲାଭ ସୁଖଦୁଃଖର ରୋମନ୍ଥନ କରିବା ପାଇଁ ଯଦିଓ ଏଇଟି ପ୍ରକୃଷ୍ଟ ସମୟ ବା ସ୍ଥାନ ନ ଥିଲା, ଟିପିଟିପି ବର୍ଷାରେ ଛତା ଧରି ଗାଁ ରାସ୍ତା କରରେ ଛିଡ଼ା ହୋଇ ପଛ କଥା ମନେପକାଇଲା ସୁବୋଧ। ନିଜର ଅଭାବଗ୍ରସ୍ତ ପରିବାର, ଦରିଦ୍ର ଗାଁ ଓ ଦୁଃଖରେ କଟିଥିବା ପିଲାଦିନକୁ ପଛରେ ଅନେକ ପଛରେ ଛାଡ଼ିଆସିଥିଲା ସେ। ତାର ପିଲାମାନେ ବର୍ତ୍ତମାନ ଭଲ ସ୍କୁଲରେ ପାଠ ପଢ଼ୁଥିଲେ ଏବଂ ସେମାନଙ୍କର ସମସ୍ତ ପ୍ରୟୋଜନ ଓ ଦାବିକୁ ସେ ସହଜରେ ପୂରଣ କରୁଥିଲା। ସେ ନିଜେ ନିଜର କାମରେ ସନ୍ତୁଷ୍ଟ ଥିଲା। ଛୁଟି ଦିନେ ସେମାନେ ପିଲାମାନଙ୍କୁ ନେଇ ବୁଲିବାକୁ ଯାଉଥିଲେ। କେବଳ ଏତିକି ଦୁଃଖ ଥିଲା ଯେ ସେଠାରେ ସେମାନଙ୍କର ସାଙ୍ଗସାଥୀ କେହି ନଥିଲେ। ଏକଥା ଯଦିଓ ସେମାନଙ୍କର ପରିବାରକୁ ଆହୁରି ଘନିଷ୍ଠ ଓ ଅନ୍ତରଙ୍ଗ ହେବାରେ ସାହାଯ୍ୟ କରୁଥିଲା, ସେ ଅନେକ ସମୟରେ ଅନୁଭବ କରୁଥିଲା ସାମାଜିକ ସଂପର୍କର ଅଭାବ। ମଝିରେ ମଝିରେ ସେ ନିଜର ଓ ସ୍ତ୍ରୀର ସହକର୍ମୀମାନଙ୍କୁ ଶନିବାର ସଂଧ୍ୟାରେ ଘରକୁ ଡାକୁଥିଲା। କିନ୍ତୁ ଏ ପର୍ବଟି ମଧ୍ୟ ସେ ଦେଶର ଜୀବନଯାପନର ବିଭିନ୍ନ ପ୍ରଣାଳୀ ଭଳି କେବଳ ସୌହାର୍ଦ୍ଧ୍ୟପୂର୍ଣ୍ଣ ଥିଲା ଏବଂ ଏଥିରେ ଅଭାବ ଥିଲା ଉଚ୍ଛ୍ୱସିତ ଆନ୍ତରିକତାର। ଅତିଥିମାନେ ଚାଲିଯିବା ପରେ ସ୍ତ୍ରୀକୁ ବାସନ ଧୋଇ ସଫା କରିବାରେ ସାହାଯ୍ୟ କରିବାବେଳେ ତାର ମନ କିପରି ଏକ ଅବସନ୍ନତାରେ ଭରିଯାଉଥିଲା। ଏଇ ସମୟରେ ତାର ଦେଶ କଥା ମନେ ପଡ଼ୁଥିଲା ଏବଂ ତା ଆଖି ଆଗରେ ଆସି ଦେଖାଯାଉଥିଲେ ଶୈଶବ କୈଶୋର ଯୌବନର ସୁପରିଚିତ ଅଜ୍ଞ ପରିଚିତ ମୁହଁ ସବୁ। ତା ଆଖିକୁ ଦେଖି ସ୍ତ୍ରୀ ବୋଧହୁଏ ତା ମନ କଥା ବୁଝିପାରୁଥିଲା। ପଚାରୁଥିଲା, ତମର ପୁଣି କେବେ ଦିଲ୍ଲୀରେ ସେମିନାର ହେବ?

ଏଇ ଦିଲ୍ଲୀର ସେମିନାର ଥିଲା ଦେଶ ସହିତ ସୁବୋଧର ଏକ ସହଜ ଯୋଗସୂତ୍ର। ନିଜ ହାତରୁ ଖର୍ଚ୍ଚ ନ କରି ଏବଂ ଚାକିରିରୁ ଛୁଟି ନ ନେଇ ସେ କିଛି ଦିନ ପାଇଁ ଘରକୁ ଯାଇପାରୁଥିଲା। ଏଇ ଅବସରରେ ସେ ନିଜ ସହିତ ସ୍ତ୍ରୀ ପିଲାପିଲିକୁ ବି ନେଇ ଆସୁଥିଲା କେବେ କେବେ। ତେବେ ଏଥରକ ଆସିବା ପାଇଁ ତାକୁ ନିଜ ଟଙ୍କା ଖର୍ଚ୍ଚ କରିବାକୁ ପଡ଼ିଥିଲା ଏବଂ ଛୁଟି ନେବା ପାଇଁ ବି କମ ଅସୁବିଧା ହୋଇ ନ ଥିଲା। ଏଇ ଆର୍ଥିକ କ୍ଷତିଜନିତ ମନସ୍ଥିତିରେ ସେ ଡ୍ରାଇଭରକୁ ପଚାରିଲା, କଣ ଗାଡ଼ି ଠିକ

ହେଲା ନା ଆଉ କିଛି ସମୟ ଲାଗିବ? ଡ୍ରାଇଭର ଗାଡ଼ିର ବନେଟ ବନ୍ଦ କଲା; କହିଲା, ଇଞ୍ଜିନରେ ପାଣି ପଶିଯାଇଛି; ଶୁଖୁବାକୁ ସମୟ ଲାଗିବ। ଗାଡ଼ି ଭିତରେ ବସିଯାଆନ୍ତୁ। ଏତିକି କହି ଝିପିଝିପି ବର୍ଷାରେ ତିନ୍ତି ତିନ୍ତି ଡ୍ରାଇଭର ସିଗାରେଟ ଲଗାଇଲା ଓ ଛତା ବନ୍ଦ କରି ସୁବୋଧ ଯାଇ ଗାଡ଼ି ଭିତରେ ବସିଲା। ଦୀର୍ଘ ଘଣ୍ଟାର ଉଡ଼ାଜାହାଜ ଯାତ୍ରା ପରେ ସେ ଅତ୍ୟନ୍ତ କ୍ଲାନ୍ତ ବୋଧ କରୁଥିଲା ଏବଂ ଗାଡ଼ି ଭିତରେ ଆଖି ବନ୍ଦ କରି ବସି ସ୍ତ୍ରୀ ଓ ପିଲା ଦୁହିଁଙ୍କ କଥା ଭାବୁ ଭାବୁ ତା ଆଖିକୁ ସାମାନ୍ୟ ନିଦ ଆସିଗଲା।

ଏଇ ସମୟରେ ଗାଁରେ ତାର ଉପର ଭାଇ ମନବୋଧ ଓ ପ୍ରବୋଧ ଦାଣ୍ଡପିଣ୍ଡାରେ ତାକୁ ଅପେକ୍ଷା କରି ବସି ବସି ସେଦିନ ସୁବୋଧ ଆସିବାର ଆଶା ଛାଡ଼ି ଦେଇଥିଲେ। ସାତଦିନ ତଳେ ଯଦିଓ ସେମାନେ ଟେଲିଗ୍ରାମ ପଠାଇଥିଲେ, ସେଇଟି କେବେ ଯାଇ ସୁବୋଧ ପାଖରେ ପହଞ୍ଚିବ ତାର କି ଭରସା? ତା ଛଡ଼ା ନିଜର ଜରୁରୀ କାମ ସବୁ ଛାଡ଼ି ଏତେ ଟଙ୍କା ପଇସା ଖର୍ଚ୍ଚ କରି ଏତେ ଦୂରରୁ ସୁବୋଧ ଆସିବ କି ନାହିଁ କାହାକୁ ଜଣା? ତଥାପି ସେମାନେ ଭାବୁଥିଲେ ସୁବୋଧ ନିଶ୍ଚୟ ଆସିବ। ଯଦିଓ ସୁବୋଧ ସେମାନଙ୍କ ପାଖକୁ ନିୟମିତ ଚିଠିପତ୍ର ଦେଉ ନ ଥିଲା, ତେବେ ଦିଲ୍ଲୀ ଆସିଲେ ନିଶ୍ଚୟ ଘରକୁ ଆସୁଥିଲା। ଆଗରୁ କୌଣସି ଖବର ଅନ୍ତର ନାହିଁ, ଏମିତି ହଠାତ୍ ଟ୍ୟାକ୍ସି କରି ଗାଁରେ ପହଞ୍ଚୁଥିଲା ଏବଂ ଗୋଟିଏ ଦିନ ରହି ପରଦିନ ସେ ପୁଣି ବାହାରିଯାଉଥିଲା। ଅବଶ୍ୟ ମା ମରିବାବେଳେ ଆସି ପାରି ନ ଥିଲା ସୁବୋଧ। ତାକୁ ଆସିବାକୁ ଖବର ଦେବେ ନା ନାହିଁ, ଏଇ କଥା ଭାବୁ ଭାବୁ ମା ଚାଲିଗଲା ଏବଂ ତାର ମରିବାର ଖବର ହିଁ ଭାଇମାନେ ତାର କରି ଜଣାଇ ଦେଇଥିଲେ ତାକୁ। ସେଥରକ ସୁବୋଧ ପାଖରୁ କିଛି ଚିଠି ଆସି ନ ଥିଲା, ତେବେ ବଡ଼ଭାଇ ମନବୋଧ ଠିକଣାରେ ଅଢ଼େଇଶହ ଡଲାରର ଚେକ ଆସିଥିଲା, ଯାହାକୁ ଭଙ୍ଗାଇବାକୁ ଅନେକ ସମୟ ଲାଗିଥିଲା।

ଏଥରକ ସେଥିପାଇଁ ବାପାଙ୍କ ଦେହ ବେଶୀ ଖରାପ ହେବାମାତ୍ରେ ହିଁ ମନବୋଧ ପ୍ରବୋଧକୁ ଡକାଇ ପଠାଇଥିଲା ଏବଂ ଦୁହେଁ ମିଶି ସୁବୋଧକୁ ଟେଲିଗ୍ରାମ ଦେଇଥିଲେ। ବଡ଼ପୁଅ ମନବୋଧ ଗାଁରେ ରହି ଚାଷ କାମ ଦେଖୁଥିଲା ଏବଂ ମଝିଆ ପ୍ରବୋଧ ପାଖ ସହରର କଲେଜରେ ଲେକଚରର୍ ଥିଲା। ବାପା ବହୁତ ବୁଢ଼ା ହୋଇଯାଇଥିଲେ ଏବଂ ବାରମ୍ବାର ବେମାର ପଡ଼ୁଥିଲେ। ଏପରିକି ମନବୋଧର ବୟସ ମଧ୍ୟ କିଛି କମ ନ ଥିଲା ଏବଂ ତାକୁ ମଧ୍ୟ ରୋଗ ଜର ଲାଗି ରହୁଥିଲା। ଉଭୟଙ୍କର ନିଜ ନିଜର ପାରିବାରିକ ସମସ୍ୟାମାନ ଥିଲା ଏବଂ କେବେ କାହାରି ଦେହ ଖରାପ ହେଲେ, ନହେଲେ ଜମିଜମାର କିଛି ସମସ୍ୟା ହେଲେ ବା ଫସଲ ଅମଲ ହେବାବେଳେ ସେମାନଙ୍କର ଦେଖା ହେଉଥିଲା। ବାପା ଆଗେ ମନ୍ଦିରେ ମନ୍ଦିରେ

ପ୍ରବୋଧ ପାଖରେ ଯାଇ ରହୁଥ୍ବାରୁ ଦୁଇ ପରିବାର ଭିତରେ କିଛି ସଂପର୍କ ରହୁଥିଲା। ତେବେ ଆଜିକାଲି ଦେହ ଖରାପ ହେଉଥ୍ବାରୁ ସେ ଗାଁରେ ହିଁ ରହୁଥିଲେ ଏବଂ ଦୁଇ ଭାଇଙ୍କ ଭିତରେ ଯୋଗାଯୋଗ ଅନେକ କମିଯାଇଥିଲା।

ଗାଁ ପାଖ ଡିସ୍‌ପେନ୍‌ସାରିର ଡାକ୍ତର ଆସି ବାପାଙ୍କୁ ଦେଖୁଥିଲା। ଯଦିଓ ସେ ଆଶ୍ୱାସନା ଦେଉଥିଲା ଯେ ସବୁ ଠିକ ଅଛି, ଦୁଇ ଭାଇ ଜାଣିଥିଲେ ଯେ ଏଥରକ କଣ ହେବ କିଛି କହି ହେବ ନାହିଁ। ସେମାନେ ଆହୁରି ମଧ ଜାଣିଥିଲେ ଯେ ସୁବୋଧ ଯଦି ଆସେ, ସହରରୁ ବଡ଼ ଡାକ୍ତର କାହିଁକି ଡକାଇଲ ନାହିଁ ବୋଲି ପଚାରିବ। ସେମାନେ ବର୍ତ୍ତମାନ ସେଇ ବିଷୟରେ ଆଲୋଚନା କରୁଥିଲେ।

ମୁଁ ଆସିବାବେଳେ ସାଙ୍ଗରେ ଡାକ୍ତର ନେଇ ଆସି ପାରିଥାନ୍ତି, ପ୍ରବୋଧ କହିଲା, କିନ୍ତୁ ଆଜିକାଲି ତ ଜାଣିଚ ବଡ଼ ଡାକ୍ତରଙ୍କର ଭାଉ କଣ। ଆଗେ ଫିସ ମାଗିବେ, ପୁଣି ଟ୍ୟାକ୍‌ସିରୁ କମରେ କଥାବାର୍ତ୍ତା ନାହିଁ। ଯଦି ପହିଲା ପର କଥା ହୋଇଥାନ୍ତା, ଯାହା ଖର୍ଚ ପଡ଼ୁ ପଛେ ନେଇଆସିଥାନ୍ତି। କିନ୍ତୁ ତମ ପାଖରୁ ଖବର ପହଞ୍ଜିଲା ପଚିଶ ତାରିଖରେ।

ମୁଁ ବି ଏକା ଲୋକ; କଣ କରିଥାନ୍ତି? କୈଫିୟତ ଦେବା ସ୍ୱରରେ କହିଲା ମନବୋଧ, ଏ ଆଡ଼େ ଚାଷ କାମ ବି ପନ୍ଦର ଦିନ ହେଲା ବନ୍ଦ ପଡ଼ିଲାଣି। ପୁଣି ଆଜିକାଲି ନିଜେ ଦେଖାରଖା ନ କଲେ ଜମିରୁ ବି କିଛି ମିଲିବ ନାହିଁ।

ଏ କଥାରେ ନିହିତ ଥିବା ସାମାନ୍ୟ ଇଙ୍ଗିତ ବି ବୁଝିଲା ପ୍ରବୋଧ। ସେ କେବଳ ଆସୁଥିଲା ଫସଲବେଳେ ନିଜର ଭାଗ ନେବାପାଇଁ। ଥରେ ଥରେ ସେ ଭାବୁଥିଲା ସେ ତ ଜମି କଥା କିଛି ବୁଝାବୁଝି କରୁନାହିଁ, ସବୁ ଫସଲ ବଡ଼ଭାଇ ମନବୋଧକୁ ଛାଡ଼ିଦେବ। କିନ୍ତୁ ନିଜର ଆର୍ଥିକ ଟଣାଓଟରା ଭିତରେ ଏ କଥା ସମ୍ଭବ ହେଉ ନ ଥିଲା। ସେ କହିଲା, ଭାଇ, ଆଜିକାଲି ମୁଠାଏ ଖାଇ ଚଳିବା ବି କଷ୍ଟକର ହେଲାଣି। ମତେ କେତେ ଟଙ୍କା ବା ମିଳୁଚି ଚାକିରିରୁ? କୋଡ଼ିଏ ତାରିଖ ହଉ ନ ହଉଣୁ ଦରମା ଗଣ୍ଡାକ ଶେଷ।

ଏଇ ସମୟରେ ଭିତରୁ କଣ ଆବାଜ ଶୁଭିଲା ଓ ମନବୋଧ ଭିତରକୁ ଗଲା। ବାହାରକୁ ଆସି କହିଲା, ବାପା ପାଣି ମାଗୁଥିଲେ। ଭିତର ଘରେ ବାପା ବିଛଣାରେ ପଡ଼ିଥିଲେ ଓ ତାଙ୍କୁ ଘେରି ଘରର ସ୍ତ୍ରୀ ପିଲାମାନେ ବସିଥିଲେ। ତାଙ୍କର ବର୍ତ୍ତମାନ ଉଠିବା, ବସିବା, କଥା କହିବା ଶକ୍ତି ନ ଥିଲା। ସେ ଚୁପଚାପ ପଡ଼ି ରହିଥିଲେ ଏବଂ ମଝିରେ ମଝିରେ କେବେ ନିଃଶ୍ୱାସ ନେବାରେ କଷ୍ଟ ହେଲେ ତାଙ୍କର ଯନ୍ତ୍ରଣାଯୁକ୍ତ କାତର ସ୍ୱର ଶୁଣାଯାଉଥିଲା।

ପ୍ରବୋଧ କହିଲା, ମୁଁ ତମ ପାଖରୁ ଖବର ପାଇ ଚାଲିଆସିଲି ସିନା, କିନ୍ତୁ ମୋ ମନ ଯାଇ କୁନା ପାଖରେ। ପାଠପଢ଼ା ତ ନାଁ ଧରୁ ନ ଥିଲା, ଥାର୍ଡ ଡିଭିଜନରେ ପାସ କଲା। ବର୍ତ୍ତମାନ ତାର କୋଉଠି କେମିତି ଆଡ୍‌ମିଶନ୍ ହେବ ସେଇ ସମସ୍ୟା। ମୁଁ ଯଦି ଏତେବେଳେ ସେଠି ଥାନ୍ତି, କୋଉଠି ଧରାଧରି କରିଥାନ୍ତି। ଦୁର୍ଭାଗ୍ୟକୁ ମଣିଷ ଏଠି ପାଞ୍ଚଦିନ ହେଲା ବସିରହିଛି।

ମନବୋଧର ପିଲାମାନେ ପାଠଶାଠ ଛାଡ଼ି ଘରେ ରହି ଚାଷ କଥା ବୁଝୁଥିଲେ। ତାର ବଡ଼ ପୁଅ ଗଲାବର୍ଷ ବାହା ବି ହୋଇଯାଇଥିଲା। ଜମି ଉପରେ ସଂପୂର୍ଣ୍ଣ ନିର୍ଭର କରି ରହୁଥିବାରୁ ମନବୋଧ ମୁଣ୍ଡରେ ସବୁବେଳେ ଚାଷବାସର ଚିନ୍ତା ଲାଗି ରହୁଥିଲା। ସେ କହିଲା, ମୁଁ ବି ତ ଅନେକ ଦିନ ହେଲା କ୍ଷେତଆଡ଼େ ଯାଇ ପାରିନାହିଁ।

ପ୍ରବୋଧ କହିଲା, ମୁଁ ତ ଏଠି ଅଛି, ତମେ କାହିଁକି ବସି ରହିବ? ତମେ ବରଂ ଯାଇ ଜମି କଥା ଦେଖ଼ ଆସ।

ସୁବୋଧ ଆସିଗଲେ ତାପରେ ଯାଇ ଯୋଉ କଥା, ମନବୋଧ କହିଲା, ତୁ ଏବେ ଚା ପିଇବୁ କି?

ହଉ। ତାଙ୍କୁ କହିବ ମୋ ଚା'ରେ ଟିକେ କମ ଚିନି ପକାଇବେ। ଟିକିଏ ପରେ ହଠାତ୍ କଣ ମନେପଡ଼ିବାରୁ ପ୍ରବୋଧ କହିଲା, ଭଲ ଚା ପ୍ୟାକେଟ ଆଣିବା କଥା କଣ ହେଲା? ସୁବୋଧ ଆସିବା ଆଗରୁ କାହାକୁ ପଠାଇ ମଗାଇ ଦିଅ।

ସେମାନେ ବାରଣ୍ଡାରେ ବସି ଚା ପିଉଥିବାବେଳେ ସୁବୋଧର ଟ୍ୟାକ୍‌ସି ଆସି ଅଟକିଲା। ହଠାତ୍ କୁଆଡୁ ଗାଁର ପିଲାମାନେ ଆସି ଜମା ହୋଇଗଲେ ଟ୍ୟାକ୍‌ସି ଚାରିପାଖେ। ଟ୍ୟାକ୍‌ସିବାଲାର ପଇସା ଛିଣ୍ଡାଇ ସୁବୋଧ କାହା ହାତକୁ ତାର ସୁଟକେସ ବଢ଼ାଇଦେଲା, ଭାଇମାନଙ୍କ ମୁହଁକୁ ଅନାଇ ବୁଝିଲା ଯେ ବାପା ଏ ପର୍ଯ୍ୟନ୍ତ ବଞ୍ଚିଛନ୍ତି ଏବଂ ସାମାନ୍ୟ ଆଶ୍ୱସ୍ତ ହୋଇ ପଚାରିଲା, ବାପା କେମିତି ଅଛନ୍ତି?

ତିନି ଭାଇ ମିଶି ସିଧା ଭିତରକୁ ଗଲେ ବାପାଙ୍କୁ ଦେଖ଼ିବାକୁ। ଘରେ ଆଉ କେହି ନ ଥିଲେ, କାରଣ ସୁବୋଧକୁ ଦେଖ଼ିବାକୁ ସମସ୍ତେ ବାହାରକୁ ଚାଲି ଆସିଥିଲେ। ବାପା ନିଦରେ ଶୋଇଥିଲେ ଏବଂ ତାଙ୍କର ନିଃଶ୍ୱାସ ବର୍ତ୍ତମାନ ଅତି ଧୀର ଓ ଅନିୟମିତ ଥିଲା। ତାଙ୍କର ଚୁଗ୍ଣ ଓ ବିବର୍ଣ୍ଣ ମୁହଁକୁ ମୁହୂର୍ତ୍ତେ ଚାହିଁ ଭାଇମାନଙ୍କ ଆଡ଼କୁ ଅନାଇଲା ସୁବୋଧ ଏବଂ ସମସ୍ତେ ପୁଣି ବାହାରକୁ ଆସିଲେ। ସେ କିଛି କହିବା ପୂର୍ବରୁ ପ୍ରବୋଧ କହିଲା, ଆମେ ବଡ଼ ଡାକ୍ତର ଡକାଇବାକୁ ଠିକ କରିଥିଲୁ, ତେବେ ଏଠା ଡାକ୍ତର କହିଲେ କିଛି ଚିନ୍ତାର ବିଷୟ ନାହିଁ। ମନବୋଧ କାହାକୁ ପଠାଇଲା ଡାକ୍ତରଙ୍କୁ ଡାକି ଆଣିବାକୁ, ସେ ଯେମିତି ଆସି ସୁବୋଧକୁ ବାପାଙ୍କ ଅବସ୍ଥା ବିଷୟରେ

ବୁଝାଇ ପାରିବେ। ସୁବୋଧକୁ ଅନାଇଁ କହିଲା, ଯୋଉଦିନ ଆମେ ତାର ପଠାଇଲୁ, ସେଦିନ ତାଙ୍କ ଅବସ୍ଥା ସତକୁ ସତ ବହୁତ ଖରାପ ଥିଲା।

ମତେ ବହୁତ ଜରୁରୀ କାମ ଛାଡ଼ି ଆସିବାକୁ ପଡ଼ିଲା, ସୁବୋଧ କହିଲା, ତା ଛଡ଼ା ଆଜିକାଲି ଯିବା ଆସିବା ଖର୍ଚ୍ଚ ବି ବହୁତ ବଢ଼ିଗଲାଣି।

ସୁବୋଧ ପାଇଁ ଘରେ ଗୋଟିଏ ଅଲଗା ଛୋଟ କୋଠରୀ ଖାଲି କରି ଦିଆ ହୋଇଥିଲା ଏବଂ ତାକୁ ଯେତେ ସମ୍ଭବ ସଫାସୁତରା କରି ସେଥିରେ ତା ପାଇଁ ବିଛଣା ପଡ଼ିଥିଲା। କୋଠରୀ ଭିତରକୁ ଯାଇ ସୁବୋଧ ତାର ପୋଷାକ ବଦଳାଇ ବାହାରକୁ ଆସି ବାରଣ୍ଡାରେ ଭାଇମାନଙ୍କ ପାଖରେ ବସିଲା। ତାର ମନେପଡ଼ିଲା ଯେ ମନବୋଧ ତା ପାଖକୁ ଅନେକ ଦିନ ତଳେ ଚିଠି ଲେଖିଥିଲା ତାର ପିଲାମାନଙ୍କ ପାଇଁ କଣ ସବୁ ଛୋଟ ଛୋଟ ଜିନିଷ ଆଣିବା ପାଇଁ। ତେବେ ଏଥରକ ତରତରରେ ଆସିଥିବାରୁ ସେ କିଛି ବି ଆଣିପାରି ନ ଥିଲା କାହାରି ପାଇଁ।

ବଉର୍ତମାନ ଅନ୍ଧାର ହୋଇ ଆସୁଥିଲା ଏବଂ କିଏ ବାରଣ୍ଡାରେ ମିଞ୍ଜିମିଞ୍ଜି ଜଳୁଥିବା ଲଣ୍ଠନଟିଏ ଆଣି ରଖିଯାଇଥିଲା। ଘରେ ଯଦିଓ ବିଜୁଳି ତାର ଚଣା ହୋଇଥିଲା, ଗାଁକୁ ଏପର୍ଯ୍ୟନ୍ତ ଆସିବ ଆସିବ ବୋଲି ବିଜୁଳି ଆସି ନ ଥିଲା। ଗାଁର କିଛି ଲୋକ ଆସି ସେମାନଙ୍କୁ ଦେଖା କରିଗଲେ। ସୁବୋଧ ଥିଲା ଏ ଗାଁର ଏକମାତ୍ର ବିଦେଶୀ ଲୋକ। ଯଦିଓ ସେ ଆଗେ ଏମାନଙ୍କ ଭିତରୁ ଅନେକଙ୍କୁ ଭଲ ଭାବେ ଜାଣିଥିଲା, ବଉର୍ତମାନ ଆଉ ସେ ପୁରୁଣା ସଂପର୍କ ସବୁ ଖୋଜି ବାହାର କରି ସେମାନଙ୍କ ସହିତ ପୁଣି ଅନ୍ତରଙ୍ଗ ହେବା ସମ୍ଭବ ନ ଥିଲା। ତେଣୁ ଚିହ୍ନା ପରିଚୟ ଗାଁବାଲାଙ୍କର ତା ସହିତ ସାକ୍ଷାତ କେବଳ ନମସ୍କାର ଆଦାନପ୍ରଦାନରେ ହିଁ ସୀମିତ ଥିଲା। ନିଜର ମା ପେଟର ଛୋଟ ଭାଇ ଆମେରିକାରେ ରହୁଥିବା ବିଷୟରେ ମନବୋଧ ଗର୍ବ ଅନୁଭବ କରୁଥିଲା ଏବଂ ଏକଥା ତାକୁ ଗାଁବାଲାଙ୍କ ଭିତରେ କିଛି ସମ୍ମାନ ମଧ ଦେଇଥିଲା। ସୁବୋଧ ପାଖରୁ ନିୟମିତ ଚିଠିପତ୍ର ନ ଆସୁଥିଲେ ମଧ ଗାଁର ଲୋକମାନଙ୍କ ଆଗରେ ତାର କାଳ୍ପନିକ ଚିଠିର ମିଛ ବିବରଣୀ ଦେଇ ସନ୍ତୋଷ ଅନୁଭବ କରୁଥିଲା ମନବୋଧ। ସୁବୋଧ କେବେ କେମିତି ଆସିଲେ ମନବୋଧ ତା ପାଖରୁ ଆମେରିକାର ରାସ୍ତାଘାଟ, ଜୀବନଯାପନ ବିଷୟରେ ପ୍ରଶ୍ନମାନ କରି ପୁଙ୍ଖାନୁପୁଙ୍ଖ ଜ୍ଞାନ ଆହରଣ କରୁଥିଲା, ଭିବଷ୍ୟତରେ ଏ ସବୁ ତାର କାମରେ ଆସିବ ବୋଲି। ଗାଁବାଲା ବୁଝନ୍ତୁ ନ ବୁଝନ୍ତୁ, ସେ ସେମାନଙ୍କୁ ଚମକପ୍ରଦ ଖବର ଦେବାରେ ବିଶ୍ୱାସ କରୁଥିଲା; ଯଥା, ସୁବୋଧର ପୁଅ ଦୁର୍ହିଙ୍କର ନାଁ ସେଠାରେ କେମିତି ବଦଳିଗଲାଣି; ଜନ୍ତେଜୟ ହୋଇଗଲାଣି ଜନ୍ ଓ ଯୟାତି ଜର୍ଜ।

ଗାଁର ଚିହ୍ନାପରିଚୟ ଲୋକ ସବୁ ଦେଖାକରି ଚାଲିଯିବା ପରେ ବାପାଙ୍କର ଦେହ କଥା ମନେପକାଇ ମନବୋଧ କହିଲା, ଆମେରିକାରେ ତମର ସବୁ ଦେହପା ଖରାପ ହେଲେ କଣ କର? ପ୍ରବୋଧର ଗୋଟିଏ ବଦଭ୍ୟାସ ଥିଲା ଯେ ସେ ସବୁ ବିଷୟରେ ତାର ପଠିତ ଜ୍ଞାନର ପ୍ରଦର୍ଶନ କରିବାକୁ ଚାହୁଁଥିଲା। ସୁବୋଧ କିଛି କହିବା ଆଗରୁ ସେ କହିଲା, ଦେହ ଖରାପ ସବୁଠାରେ ସମାନ। ଆମେରିକାରେ ବଡ଼ଧରଣର ରୋଗ, ବଡ଼ ଡାକ୍ତର, ବଡ଼ ବଡ଼ ହସ୍ପିଟାଲ, ବେଶୀ ଦାମର ଭେଜାଲ ହୋଇ ନଥିବା ଭଲ ଔଷଧ, ଏଇ ତ, ଆଉ କଣ? ସୁବୋଧ ତା କଥା ଶୁଣି ଟିକିଏ ହସିଲା; କହିଲା, ନା, ଏମିତି ନୁହେଁ। ସେଠି ଦେହ ପାଇଁ ବି ଇନ୍ସ୍ୟୁରାନ୍ସ ନେବାକୁ ହୁଏ।

ଏଇ ସମୟରେ ଡାକ୍ତର ଆସି ସାଇକେଲରୁ ଓହ୍ଲାଇଲା। ସେ ମଧ୍ୟ ଆମେରିକାର ଡାକ୍ତରଙ୍କ କଥା ଜାଣିବାକୁ ଚାହୁଁଥିଲା। ସୁବୋଧକୁ ତେଣୁ ଏ ବିଷୟରେ ଏକ ଦୀର୍ଘ ବିବରଣୀ ଦେବାକୁ ହେଲା। କଥା ଯେତେବେଳେ ସ୍ୱାସ୍ଥ୍ୟ ଇନ୍ସ୍ୟୁରାନ୍ସରୁ ଯାଇ କୋଉ ଚିତ୍ରତାରକା ତାଙ୍କ ଗୋଡ଼କୁ କେତେ ଲକ୍ଷ ଡଲାରରେ ଇନ୍ସିଓର କରିବା କଥାରେ ପହଞ୍ଚିଲା, ମନବୋଧର ମଧ୍ୟ ଆଉ ଧୈର୍ଯ୍ୟ ରହିଲା ନାହିଁ। ସେ ଡାକ୍ତରକୁ କହିଲା, ଚାଲନ୍ତୁ, ବାପାଙ୍କୁ ଦେଖି ଆସିବା।

ଭାଇମାନେ ଡାକ୍ତରଙ୍କୁ ନେଇ ଘର ଭିତରକୁ ଗଲେ। ବାପା ଏତେବେଳକୁ ନିଦରେ ଶୋଇଯାଇଥିଲେ। ବର୍ତ୍ତମାନ ତାଙ୍କର ନିଃଶ୍ୱାସ ନିୟମିତ ଚାଲୁଥିଲା, ଯଦିଓ ଜଣାପଡୁଥିଲା ସେ ଖୁବ କଷ୍ଟ ପାଉଛନ୍ତି। ଡାକ୍ତର ସ୍ଟେଥୋସ୍କୋପ ଲଗାଇ ଛାତି ପରୀକ୍ଷା କଲା, ନିଜେ ଦେଇଥିବା ପ୍ରେସକ୍ରିପ୍ସନକୁ ଆଉ ଥରେ ପଢ଼ିଲା, ପାଖରେ ଥିବା ବୋତଲକୁ ଉଠାଇ କେତେ ଔଷଧ ସରିଛି ଠଉରାଇଲା ଏବଂ କହିଲା, ସବୁ ଠିକ ଅଛି।

ସେମାନେ ବାହାରକୁ ଆସିବାରୁ ଡାକ୍ତର ସୁବୋଧକୁ ବାପାଙ୍କର ଦେହ ଖରାପ ହେବା ଏବଂ ତାର ଚିକିସାର ଏକ ସମ୍ପୂର୍ଣ୍ଣ ଧାରାବିବରଣୀ ଦେଲା। କିନ୍ତୁ ସେ ଯେତେବେଳେ ସୁବୋଧଠାରୁ ଆମେରିକାର ହସ୍ପିଟାଲ ଓ ଡାକ୍ତରମାନଙ୍କ ବିଷୟରେ ଅଧିକ ଜାଣିବା ପାଇଁ ପ୍ରଶ୍ନ କରିବାକୁ ଲାଗିଲା, ମନବୋଧର ଏ ବିଷୟରେ ଆଉ ବିଶେଷ ଆଗ୍ରହ ନ ଥିବାରୁ ସୁବୋଧକୁ କହିଲା, କଣ ଭୋକ ହେଲାଣି ନା ନାହିଁ? ସୁବୋଧ ହାଇମାରି କହିଲା, ନା, ଭୋକ ନାହିଁ; ତେବେ ନିଦ ଲାଗିଲାଣି। ଡାକ୍ତରକୁ ପରଦିନ ସକାଳେ ଆସିବାକୁ କହି ମନବୋଧ ସମସ୍ତଙ୍କୁ ବିଦାକଲା। ତାପରେ ସେମାନେ ଯାଇ ଖାଇ ବସିଲେ। ଖାଇ ସାରି କଥାବାର୍ତ୍ତା କରୁ କରୁ କେତେବେଳେ ଯେ ତାକୁ ନିଦ ହୋଇଗଲା, ସୁବୋଧକୁ ଜଣା ନାହିଁ।

ପରଦିନ ନିଦ ଭାଙ୍ଗିବାବେଳେ ସୁବୋଧ ଦେହରୁ କମ୍ବଳ ଖସିଯାଇଛି ବୋଲି ଆଖ୍ ଖୋଲିବାରୁ ତାର ମନେପଡ଼ିଲା ଯେ ସେ ଗାଁରେ ଅଛି ଏବଂ ଦିନ ଅନେକ ହୋଇ ଯାଇଛି। ତାର ମନେପଡ଼ିଲା ଆମେରିକାରେ ଛାଡ଼ି ଆସିଥିବା ସ୍ତ୍ରୀ ପିଲାଙ୍କ କଥା। ଏତେ ବର୍ଷ ସେଠାରେ ରହିବା ପରେ ବି ତାକୁ ସେଠାରେ ପ୍ରବାସୀ ଭଳି ଲାଗେ ଏବଂ ପିଲାଙ୍କୁ ଏକୁଟିଆ ଛାଡ଼ି ଆସିବା ନିରାପଦ ମନେହୁଏ ନାହିଁ। ସେ ଏ କଥାକୁ ମନରୁ ଦୂର କଲା ଏବଂ ଧଡ଼ପଡ଼ ହୋଇ ଉଠି ବାପାଙ୍କ କୋଠରୀକୁ ଗଲା। ସେ ଉଠିସାରିଥିଲେ; ତାକୁ ଦେଖ୍ ଚିହ୍ନିଲେ ଓ ସାମାନ୍ୟ ଖୁସି ହେବା ଭଳି ଜଣାପଡ଼ିଲେ। ସେ ଯେତେବେଳେ ତାଙ୍କର ଆହୁରି ପାଖକୁ ଗଲା ସେ କଣ କହୁଥିବା ଭଳି ଜଣାଗଲେ ଯଦିଓ ତାଙ୍କ ପାଟିରୁ କିଛି କଥା ବାହାରିଲା ନାହିଁ। ସୁବୋଧ ସେଠାରୁ ବାହାରି ଆସିଲା ଓ ମୁହଁ ହାତ ଧୋଇ ନିଜ ବିଛଣାକୁ ଗଲା। କୋଟ ପକେଟରୁ ବିଦେଶୀ ରେଜା ପଇସା ବାହାର କରି ରଖିଲା ପିଲାମାନଙ୍କୁ ଦେଇଦେବ ବୋଲି। ନିଜ ଜିନିଷପତ୍ରକୁ ଠିକଠାକ କରି ସେ ସେଠାରେ କିଏ ରଖ୍ ଦେଇ ଯାଇଥିବା ଚା ପିଇଲା ଓ ବାରଣ୍ଡାକୁ ଆସିଲା।

ବାହାରେ ତାର ଭାଇ ଦୁହେଁ ତାକୁ ଅପେକ୍ଷା କରି ବସିଥିଲେ। ସେ ବସିବା କ୍ଷଣି ମନବୋଧ ପୁଣି ଚାଷବାସର ସମସ୍ୟା କଥା ଉଠାଇଲା। ସୁବୋଧ କହିଲା, ଭାଇ, ଏ ଜମିବାଡ଼ିର ହାନିଲାଭ କଥା ମୁଁ କଣ ବୁଝିବି ଯେ ମତେ କହୁଚ? ଖାଲି ବାପା ଯାହା ବଞ୍ଚିଛନ୍ତି ବୋଲି ଗାଁକୁ ଆସିବା କଥା। ଟିକିଏ ରହି କହିଲା, ଏ ଜମି ବିଷୟରେ ଯଦି କିଛି କାଗଜପତ୍ର ଲେଖାଲେଖ୍ କରିବା କଥା, ମତେ କହିଲେ ମୁଁ ଦସ୍ତଖତ ଦେଇଦେବି ଏଥର ଯିବା ଆଗରୁ। ମନବୋଧ କହିଲା, ଆଗେ ବାପାଙ୍କ ଦେହ ଠିକ ହୋଇଯାଉ; ତାପରେ ଯୋଉ କଥା।

ପ୍ରବୋଧ ଅନେକ ଦୋଦୋପାଞ୍ଝ ହୋଇ ମନ ଭିତରେ ରଖିଥିବା କଥାଟି କହିଲା। ଆଜିକାଲି ଆମ ଲେକ୍‌ଚରର୍ ଚାକିରିରେ ଆଉ ଆଗକୁ ଯିବାର ବାଟ ନାହିଁ। ତେବେ ଅଧିକ କିଛି ଡିଗ୍ରୀ କରି ପାରିଲେ ଯଦି କିଛି ହୁଏ। ଏ ଆଡୁ ତ ଅନେକ ଲୋକ ଯାଇ ଆମେରିକାରେ ପାଠ ପଢ଼ି ଆସୁଛନ୍ତି; ସେମିତି କିଛି ସୁବିଧା ହବ କି ମୋ ପାଇଁ? ସୁବୋଧ ଯଦି ସାମାନ୍ୟ ବି ଆଶାଜନକ ଉତ୍ତର ଦେଇଥାନ୍ତା ଖୁସି ହୋଇଥାନ୍ତା ପ୍ରବୋଧ। କିନ୍ତୁ ସେ ରୋକ୍‌ଠୋକ୍ କହିଲା, ଆଜିକାଲି ଆଉ ସେ ଦିନ ନାହିଁ। ମୁଁ ଯେବେ ଯାଇଥିଲି, ଦରଖାସ୍ତ କରୁ କରୁ ୟୁନିଭର୍ସିଟିରେ ସିଟ୍ ପୁଣି ଫେଲୋଶିପ୍। ଆଜିକାଲି ବହୁତ କଡ଼ାକଡ଼ି। ପ୍ରଥମେ ବର୍ଷେ ଖଣ୍ଡେ ନିଜ ହାତରୁ ଖର୍ଚ କରି ଚଳିବାକୁ ପଡ଼ିବ। ତାପରେ ଯାଇ ଯୋଉ କଥା। ପ୍ରବୋଧର ମୁହଁ ଦେଖ୍ ତାର ହତୋସାହ କଥା

ବୁଝି ପାରିଲା ସୁବୋଧ। କହିଲା, ତମେ ଦରଖାସ୍ତ ପଠାଅ; ଦେଖିବା କଣ ହଉଚି। ପ୍ରବୋଧ ଚୁପ ରହିଲା, କାରଣ ସେ ଜାଣିଥିଲା ଯେ ତାର ମନ ରଖିବାକୁ ସୁବୋଧ ଏ କଥା କହୁଛି ଏବଂ ତା କଥାରେ ଆଦୌ ଆନ୍ତରିକତା ନାହିଁ।

ଏଇ ସମୟରେ ଡାକ୍ତର ଆସି ପହଞ୍ଚିଲା ଏବଂ ତା ସହିତ ବାପାଙ୍କୁ ଦେଖିବା ପାଇଁ ସମସ୍ତେ ଭିତରକୁ ଗଲେ। ପରୀକ୍ଷା କରି ଡାକ୍ତର କହିଲା, ଆଜି ଅନେକ ଭଲ ଅଛନ୍ତି। ଦିନ କେତୋଟାରେ ପୁରା ଭଲ ହୋଇଯିବେ। ସତକୁ ସତ ସେ ପୂର୍ବ ଦିନ ଅପେକ୍ଷା ଅନେକ ସତେଜ ଦେଖାଯାଉଥିଲେ। ସୁବୋଧକୁ ଏତେ ଦୂରରୁ ଅଯଥା ଡକାଇ ଥିବାରୁ ବର୍ତ୍ତମାନ ଭାଇ ଦୁହେଁ ନିଜକୁ ସାମାନ୍ୟ ଦୋଷୀ ମଣୁଥିଲେ ଏବଂ ନିଜ କାମର ଯଥାର୍ଥତା ପ୍ରମାଣ କରିବା ପାଇଁ ଡାକ୍ତରଙ୍କୁ କହିଲେ, କିନ୍ତୁ କେତେ ଦିନ ଆଗରୁ ତ ଆପଣ କହୁଥିଲେ ଅବସ୍ଥା ଅତି ସାଂଘାତିକ ବୋଲି। ନ ହେଲେ ଆମେ ...। ଡାକ୍ତର କହିଲା, ମୁଁ ଯୋଉଦିନ ପ୍ରଥମେ ଆସିଲି, ଅବସ୍ଥା ସତକୁ ସତ କ୍ରିଟିକାଲ ଥିଲା। ତେବେ ମୁଁ ମୂଳରୁ ଠିକ ଧରିପାରି ଔଷଧ ଆରମ୍ଭ କରିଦେଲି। ସେ ପ୍ରେସ୍କ୍ରିପସନ୍କୁ ପୁଣି ଥରେ ପଢ଼ିଲା ଓ ସେଥିରୁ ଗୋଟିଏ ଔଷଧର ନାଁ କାଟି ଅନ୍ୟ ଔଷଧର ନାଁ ଲେଖିଲା। କହିଲା, ଆଜି ତ ଟିକିଏ ଭଲ ହୋଇ ଆସିଲେଣି, ମୁଁ ଔଷଧଟା ବଦଲାଇ ଦେଉଛି। ଦିନ ଦୁଇ ତିନିଟାରେ ପୁରା ଭଲ ହୋଇଯିବେ।

ବାହାରକୁ ଆସି ଡାକ୍ତର ଚାଲି ନଯାଇ ସେମାନଙ୍କ ପାଖରେ ବସିଲା। ଅନ୍ୟ ଗାଁବାଲାଙ୍କ ଭଳି ତା ପାଇଁ ମଧ୍ୟ ସୁବୋଧ ଥିଲା ବିଦେଶ ସହିତ ନିକଟତମ ସଂପର୍କ। ସେ ତା ପାଖରୁ ଜାଣିବାକୁ ଚାହୁଁଥିଲା ଆମେରିକା ବିଷୟରେ ଏବଂ ବିଶେଷରେ ଡାକ୍ତରମାନଙ୍କ ପାଇଁ ସେଠାରେ କି ପ୍ରକାର ସୁବିଧା ସୁଯୋଗ ଅଛି। କାରଣ ସେ ଶୁଣିଥିଲା ଏ ଆଡ଼ର ଡାକ୍ତରମାନେ କୁଆଡ଼େ ସେଠାରେ ଯାଇ ଲକ୍ଷ ଲକ୍ଷ ଟଙ୍କା ରୋଜଗାର କରି ରଜା ଭଳି ରହିଚନ୍ତି। ସୁବୋଧ ଡାକ୍ତର ଏବଂ ଅନ୍ୟମାନଙ୍କର ଆମେରିକା କଥା ଶୁଣିବାର ଆଗ୍ରହ କଥା ବୁଝିପାରୁଥିଲେ ମଧ୍ୟ ଚୁପ ରହିଲା, କାରଣ ତାର ମନ ଯାଇ ଥିଲା ନିଜ ପିଲା ଦୁହିଁଙ୍କ ପାଖରେ। ଯଦିଓ ସେ ଜାଣିଥିଲା ଏ କଥା ସମ୍ଭବ ନୁହେଁ, ପଚାରିଲା, ଏଠାରେ କୋଉ ଡାକଘରୁ ଆମେରିକାକୁ ଟେଲିଫୋନ କରିହେବ?

ଏ ବିଷୟରେ ନାସ୍ତିସୂଚକ ଉତ୍ତର ପାଇ ସେ ମୁଣ୍ଡ ଖେଲାଇଲା ତାର ଦିଲ୍ଲୀ ସେମିନାର ବିଷୟରେ। ଯଦି କୋଉଠୁ ଟାଇପରାଇଟର ମିଳନ୍ତା, ସେ ଦିଲ୍ଲୀକୁ ଅତ୍ତତଃ ଯିବା ଆଗରୁ ଗୋଟାଏ ଚିଠି ଲେଖି ପାରନ୍ତା। ସେ ଆଶା ବି ନ ଥିଲା। ତେଣୁ ସେ ଠିକ କଲା ହାତରେ ଚିଠି ଲେଖି ସେମିନାର ବ୍ୟବସ୍ଥା କରୁଥିବା ତାର ବନ୍ଧୁଙ୍କ ପାଖକୁ

ପଠାଇ ଦେବ। 'ଟିକିଏ ଭିତରୁ ଆସୁଛି' କହି ସେ ସେଠାରୁ ଉଠି ଚାଲିଗଲା ଏବଂ ଡାକ୍ତର ମଧ ନିରୁତ୍ସାହିତ ହୋଇ ନିଜ ସାଇକେଲ ଆଡ଼କୁ ଗଲା।

ମନବୋଧ ପୁଣି ସେଇ ଜମି କଥା ଉଠାଇଲା। ଜମି ବିଷୟରେ ପ୍ରବୋଧର ଆଗ୍ରହ ଥିଲା ଯେ ସେ ଜମିରୁ କିଛି ଧାନ ପାଉଥିଲା। ତେବେ ସେ ଚାହୁଁଥିଲା ଯେ ଯଦି ଜମି ବିକ୍ରି ହୋଇ ତାର ଭାଗ ଟଙ୍କାଟା ତାକୁ ମିଳିଯାନ୍ତା, ସେ ସହରରେ ଘରଟିଏ କରିବାର ଚେଷ୍ଟା କରନ୍ତା। କିନ୍ତୁ ମନବୋଧ କେବଳ ଚାଷବାସର ସମସ୍ୟା କଥା କହୁଥିଲା ଏବଂ ସେ ସବୁକଥା ଶୁଣିବା ପାଇଁ ପ୍ରବୋଧର ଆଦୌ ଇଚ୍ଛା ନ ଥିଲା। ଏଇ ସମୟରେ ଗାଁର ପୁରୁଣା ବୁଢ଼ାମାଷ୍ଟ୍ରେ ଆସି ଘର ଆଗରେ ଠିଆହୋଇ ମନବୋଧକୁ ଡାକିଲେ। ତାଙ୍କର ବୟସ ଅନେକ ହୋଇଯାଇଥିଲା; କିନ୍ତୁ ସେ ଚାଲବୁଲ କରି ପାରୁଥିଲେ ଏବଂ ଏ ପର୍ଯ୍ୟନ୍ତ ତାଙ୍କ ଠାଜଳିଆ ସ୍ଵଭାବକୁ ବଜାୟ ରଖିଥିଲେ। ଗାଁର ଛୋଟ ବଡ଼ ସମସ୍ତଙ୍କୁ ସେ କେବେ ନା କେବେ ପାଠ ପଢ଼ାଇଥିଲେ ଏବଂ ତାଙ୍କୁ ସମସ୍ତେ ଡାକୁଥିଲେ ବୁଢ଼ା ମାଷ୍ଟ୍ରେ ବୋଲି। ସେ ସୁବୋଧର ଆସିବା ଖବର ପାଇଥିଲେ ଏବଂ ସେଥିପାଇଁ ଆସି ପହଞ୍ଚିଥିଲେ। ତାଙ୍କୁ ବସିବାକୁ କହି ମନବୋଧ ସୁବୋଧକୁ ଭିତରୁ ଡାକି ଆଣିଲା। ବୁଢ଼ା ମାଷ୍ଟ୍ରେ ସବୁ ଭାଇମାନଙ୍କ ଆଡ଼କୁ ଥରେ ଥରେ ଅନାଇଁ କହିଲେ, ପିଲାଦିନେ ତମେ ତିନିହେଁ ଏକାଭଳି ଦେଖାଯାଉଥିଲ; ଏକାଭଳି ଚଲୁଥିଲ। ସମସ୍ତେ ମୋ ପାଖରୁ ମାଡ଼ ଖାଇଛ। ଏବେ ତ ସବୁ ବଡ଼ ହୋଇଗଲଣି; ସମସ୍ତଙ୍କର ନିଜ କଥା ନିଜକୁ। ଟିକିଏ ରହି କହିଲେ, ଥରେ ତିନିଜଣଯାକ ପୋଖରୀରେ ବୁଡ଼ି ଯାଉଥିଲ। ନକୁଳ ଯାଇ ତମକୁ ପାଣିରୁ ବାହାର କଲା।

ବୁଢ଼ାମାଷ୍ଟ୍ରଙ୍କ କଥା ଶୁଣି ପିଲାଦିନ କଥା ମନେପକାଇଲା ସୁବୋଧ। ପାଣିରେ ବୁଡ଼ିଯିବା କଥା ମନେପଡୁନାହିଁ, ତେବେ ମନେପଡୁଛି ଯେ ସେମାନେ ଖେଳୁଥିଲେ, ବୁଲୁଥିଲେ, ପାଠ ପଢୁଥିଲେ ସାଙ୍ଗ ହୋଇ। ଏ କଥା ଭାବିବାବେଳେ ତାର ମନ ତାର ଭାଇମାନଙ୍କ ପ୍ରତି ଶ୍ରଦ୍ଧା ଓ ସ୍ନେହରେ ଭରିଗଲା। ସେ ସେମାନଙ୍କ ଆଡ଼କୁ ଅନାଇଲା। ସତରେ କେହି ଆଉ କାହାରି ଭଳି ଦେଖାଯାଉ ନାହାନ୍ତି। ବୟସ ଓ ପୃଥକ ଜୀବନ ସହିତ ସେମାନଙ୍କର ଚେହେରା ବି ବଦଲିଯାଇଛି। ଦେଖିଲେ କେହି କହିବ ନାହିଁ ସେମାନେ ଭାଇ ଭାଇ ବୋଲି। କେବଳ ପିଲାଦିନର କିଛି ସ୍ମୃତି ହିଁ ଏକାଠି କରୁଛି ସେମାନଙ୍କୁ। ତେବେ ପିଲାଦିନ କଥା ଭାବିବାକୁ ବି କାହାର ସମୟ କାହିଁ?

ବୃଢ଼ାମାଷ୍ଟେ ସୁବୋଧକୁ ପଚାରିଲେ, ତମ ଆମେରିକାରେ ମୋ ଭଳି ବୃଢ଼ାମାଷ୍ଟେ ଅଛନ୍ତି? ତାଙ୍କ ମୁହଁକୁ ବୋକା ଭଳି ଅନାଇଲା ସୁବୋଧ। ଶୁଷ୍କ କେଶ, ପଲିତ ଚର୍ମ, ଆଖିକୁ ଭଲଭାବେ ଦେଖାଯାଉ ନଥିବା, ଗାଁଯାକର ସମସ୍ତଙ୍କର ମାଷ୍ଟର ହୋଇଥିବା ବୃଢ଼ା ସହିତ ଆମେରିକାରେ କାହାକୁ ଅବା ତୁଳନା କରିହେବ? ସେ ଭାବିଲା ତାଙ୍କୁ ସେ ଦେଶର ଶିକ୍ଷାପଦ୍ଧତି ବିଷୟରେ କହିବ। କିନ୍ତୁ ପୁଣି କଣ ଭାବି ଖାଲି କହିଲା, ସେ ଦେଶ କଥା ଅଲଗା। ତାଙ୍କ ପିଲା, ତାଙ୍କ ପାଠପଢ଼ା, ତାଙ୍କ ମାଷ୍ଟ ... ମନେ ମନେ ଭାବିଲା, ସତରେ ସବୁ ଅଲଗା ସେଠାରେ, କେବଳ ପାଠପଢ଼ା କାହିଁକି?

ମାଷ୍ଟେ ଯିବା ପରେ ଗାଁର ଅନ୍ୟ ଲୋକ ଆସିଲେ ସେମାନଙ୍କୁ ଦେଖା କରିବାକୁ। ସେମାନଙ୍କୁ ବିଦାୟ ଦେଇ, ଖାଇପିଇ ସାରି ଯେତେବେଳେ ପୁଣି ବାପାଙ୍କୁ ଦେଖିବାକୁ ଗଲେ, ତାଙ୍କର ଅବସ୍ଥାରେ ଆହୁରି ଅନେକ ଉନ୍ନତି ହୋଇଯାଇଥିଲା। ଯଦିଓ ଔଷଧ ଯୋଗୁ ସେ ନିଦରେ ଅଚେତ ଭଳି ପଡ଼ିଥିଲେ, ସୁବୋଧକୁ ଦେଖି ଆଖି ଖୋଲିଲେ ଓ ସେ କେବେ ଆସିଛି ଓ ତାର ଭଲ ମନ୍ଦ ପଚାରିଲେ। ସେ ପୁଣି ଆଖି ବନ୍ଦ କରିବାରୁ ସୁବୋଧ ନିଜ କୋଠରୀକୁ ଯାଇ ଦିଲ୍ଲୀକୁ ଲେଖିଥିବା ଚିଠିଟି ଆଣିଲା ଓ ତାକୁ ଡାକରେ ପକାଇ ଦେବା ପାଇଁ ଦେଲା।

ଏଇ ଅବସରରେ ପ୍ରବୋଧ କହିଲା, ବାପାଙ୍କ ଦେହ ତ ଭଲ ହୋଇ ଆସିଲାଣି, ମୁଁ ଭାବୁଛି ଆଜି ସଂଜ ବସରେ ଫେରିଯିବି। ମତେ କୁନାର ଆଡ଼ମିଶନ୍ ଚିନ୍ତା ଲାଗି ରହିଛି। ସୁବୋଧ କହିଲା, ମୁଁ ବି ଫେରିଯିବା କଥା ଭାବୁଥିଲି; କିନ୍ତୁ ପ୍ଲେନରେ ସିଟ କରାଇଛି ଦୁଇଦିନ ପର ପାଇଁ। ଏଠାକାର ଯାହା ସବୁ ବ୍ୟବସ୍ଥା, ମୁଁ ଭାବୁନାହିଁ ଆଗରୁ ଯିବା ସମ୍ଭବ ହେବ। ପ୍ରବୋଧକୁ ଲକ୍ଷ୍ୟ କରି କହିଲା, ତମେ ବି ଆଉ ଦୁଇ ଦିନ ରହିଯାଅ। ଗଲାବେଳେ ତମକୁ ସାଙ୍ଗରେ ନେଇ ଛାଡ଼ିଦେବି। ତମ ଘରେ ବି ସମସ୍ତଙ୍କ ସାଙ୍ଗରେ ଦେଖା ହୋଇଯିବ। ମନବୋଧ ଏ ବ୍ୟବସ୍ଥାରେ ଖୁସି ହେଲା। ପ୍ରବୋଧ ଘରେ ରହିଲେ ସେ ସୁବୋଧକୁ ନେଇ ଜମିରେ ଚାଷବାସ କାମ ଦେଖାଇ ଦେଇ ଆସିବ।

ଏତିକି କଥାବାର୍ତ୍ତା ପରେ ଭାଇମାନେ ବାରଣ୍ଡାରେ ଚୁପଚାପ ବସିରହିଲେ। ବାପାଙ୍କ ଦେହ ଭଲ ହୋଇ ଆସୁଥିବାରୁ ଯେଉଁ ଯୋଗସୂତ୍ରଟି ସେମାନଙ୍କୁ ଏକାଠି କରୁଥିଲା, ତା ବର୍ତ୍ତମାନ ଛିଣ୍ଡି ଆସୁଥିଲା। ସୁବୋଧ ଆମେରିକାରେ ଛାଡ଼ି ଆସିଥିବା ପିଲାମାନଙ୍କ କଥା ମନେ ପକାଉଥିଲା। ପିଲାମାନେ କଣ କରୁଥିବେ କେଜାଣି? ପ୍ରବୋଧ ଭାବୁଥିଲା କୁନା କଥା ଏବଂ ଏ ମାସରେ ଏଠାକୁ ଯିବା ଆସିବାରେ ଯାହା ସବୁ ଅଧିକା ଖର୍ଚ୍ଚ ହୋଇଗଲା, ଆରମାସ ଦରମାରୁ ତାକୁ କେମିତି ସମ୍ଭାଳିବ।

କଲେଜରୁ ଛୁଟି ନେଇ ଆସିଥିବାରୁ ମଧ ତାକୁ କେମିତି ଅସ୍ୱସ୍ତି ଲାଗୁଥିଲା, କାରଣ ପ୍ରାଇଭେଟ୍ କଲେଜରେ କଣ ହେବ ଠିକ ନାହିଁ। ମନବୋଧ ଭାବୁଥିଲା ସେ ଅନେକ ଦିନ ହେଲା ଜମି ପାଖକୁ ଯାଇ ନ ଥିଲା। ଆଜିକାଲି ନିଜେ ଯାଇ ଠିଆ ନହେଲେ କାମରେ କାହାକୁ ବିଶ୍ୱାସ ନାହିଁ।

କେବେ କେଉଁ ସୁଦୂର ଅତୀତରେ ତିନି ଭାଇ ଏକାଭଳି ଥିଲେ, ଏକା ସ୍କୁଲରେ ପାଠ ପଢୁଥିଲେ, ପୋଖରୀରେ ବୁଡ଼ି ଯାଉଥିବାବେଳେ ଏକା ଲୋକ ହାତରେ ଉଦ୍ଧାର ପାଇଥିଲେ। ସେ ସବୁ ଘଟଣା ଆଉ କାହାରି ମନେନାହିଁ। ଏବେ ଆଉ ପରସ୍ପର ସହିତ କଥାବାର୍ତ୍ତା କରିବା ପାଇଁ ସେମାନଙ୍କ ପାଖରେ କୌଣସି ସାଧାରଣ ବିଷୟବସ୍ତୁ ନାହିଁ। ତିନିଜଣ ବର୍ତ୍ତମାନ ଅଲଗା ଅଲଗା ଲୋକ, କେବଳ କିଛି ସମୟ ପାଇଁ ଏକାଠି ହୋଇଛନ୍ତି ଏବଂ ଆଉ ଦୁଇ ଦିନ ସମୟ ଏମିତି କଟିଯିବ ଅତି ମୂଲ୍ୟହୀନ କଥାବାର୍ତ୍ତା କରିବାରେ।

ସଞ୍ଜ ଅନ୍ଧାର ହୋଇ ଆସିବାରୁ ସେମାନଙ୍କର ଚୁପ ବସି ରହିଥିବା ଯେତେବେଳେ ମାଡ଼ି ମାଡ଼ି ପଡ଼ିଲା, ମନବୋଧ କହିଲା, ବାପାଙ୍କ ଦେହ ଟିକିଏ ଭଲ ହୋଇଗଲେ ତାଙ୍କ ସାଙ୍ଗରେ ଫଟୋ ଉଠାଇବା। ଅନ୍ୟ ଦୁଇ ଭାଇ ଏ କଥାରେ ଅତି ଆଗ୍ରହରେ ହଁ ଭରିଲେ, ସତେ ଯେମିତି ଫଟୋର କାଗଜ ଟୁକୁଡ଼ାରେ ସେମାନଙ୍କର ଲିଭି ହଜି ଯାଇଥିବା ପୁରୁଣା ସଂପର୍କ ସବୁ ଯୋଡ଼ି ହୋଇ ସେମାନଙ୍କୁ ପୁଣି ଏକାଠି କରିଦେବ।

———

ଇଚ୍ଛାପୂରଣ

ଅବସର ଗ୍ରହଣ ପରେ ନିଜକୁ ସେ କି କି ଗୁରୁତ୍ୱପୂର୍ଣ୍ଣ କାମରେ ବିନିଯୋଗ କରିବ, ସେ ବିଷୟରେ ଏକ ସୁଚିନ୍ତିତ, ବିସ୍ତୃତ ଓ ବିଧିବଦ୍ଧ ଚିଠା ପ୍ରସ୍ତୁତ କରି ରଖିଥିଲା ବାସୁଦେବ। ଏହି ତାଲିକାରେ ସମାଜସେବା, ସାହିତ୍ୟ ଚର୍ଚ୍ଚା, ଗବେଷଣା ଭଳି ମହତ ଯୋଜନା ସହିତ ନିଜ ଘର ଉପରେ ଆଉ ଗୋଟିଏ ମହଲା ତିଆରି କରିବା ଭଳି ବିଷୟବାଦୀ ସାଂସାରିକ କାର୍ଯ୍ୟକ୍ରମ ମଧ ସମ୍ମିଳିତ ଥିଲା। ଅବସର ଗ୍ରହଣର ଅନେକ ପୂର୍ବରୁ ଚିଠାଟିକୁ ବାରମ୍ବାର ଅନୁଧ୍ୟାନ କରି ସେ ତାକୁ ସଂଶୋଧିତ, ପରିବର୍ଦ୍ଧିତ ଓ ମାର୍ଜିତ କରିବାରେ ଲାଗିଥିଲା। ଅଫିସ ଚଉକିରେ ବସି ଫାଇଲ ଦେଖୁ ଦେଖୁ ବିରକ୍ତ ଲାଗିଲେ ସେ ବାଁପାଖ ଟେବୁଲ ଡ୍ରୟର ଭିତରୁ ସଯତ୍ନରେ ଚିଠାଟି ବାହାର କରି ସେଥିରେ ମନୋନିବେଶ କରୁଥିଲା। ମନେ ମନେ ଭାବୁଥିଲା, କେମିତି ଏଇ ଚାକିରିର ଦାସତ୍ୱରୁ ଶୀଘ୍ର ମୁକ୍ତି ପାଇ ମୋର ନିଜସ୍ୱ କାମରେ ଲାଗନ୍ତି! ଏ କଥା ମୁଣ୍ଡକୁ ଆସିବା ମାତ୍ରେ ସେ ଡ୍ରୟରରୁ ଆଉ ଗୋଟିଏ କାଗଜ ବାହାର କରୁଥିଲା; ଏଇଟି ଥିଲା ସେ ଅବସର ନେବା ପରେ ତାକୁ କେତେ ପେନସନ ଓ ଅନ୍ୟ ଆର୍ଥିକ ସମ୍ବଳ ମିଳିବ ଏବଂ ତାର ଆୟର ହିସାବ ଫର୍ଦ। ଯୋଜନା ଚିଠାଟି ତାକୁ ଯେତିକି ଉଲ୍ଲସିତ କରୁଥିଲା ସେତିକି ତାକୁ ଅବସନ୍ନ କରି ଦେଉଥିଲା ଏଇ ଅନ୍ୟ କାଗଜଟି। ଦୁଇଟିଯାକ କାଗଜକୁ ପାଖାପାଖି ରଖି ସେ ଏକ ତୁଳନାତ୍ମକ ବିଶ୍ଳେଷଣରେ ବ୍ୟସ୍ତ ରହୁଥିଲା ଅନେକ କ୍ଷଣ। ଥରେ କୌଣସି ଏକ ଉଦ୍ଦୀପିତ ମୁହୂର୍ତ୍ତରେ ସେ ଆୟ ବୃଦ୍ଧି ଏବଂ ଭବିଷ୍ୟତ କାର୍ଯ୍ୟକ୍ରମ ଉଭୟ ତାଲିକାରେ ରାଜନୀତି ବୋଲି ଲେଖିଦେଇଥିଲା। କିନ୍ତୁ କିଛି ଦିନ ପରେ ରାଜନୀତି କରିବା କଥା ଭାବୁ ଭାବୁ ତାକୁ ବର୍ତ୍ତମାନର ଯୁବକ ନେତାମାନଙ୍କ କଥା ମନେପଡ଼ିଲା ଏବଂ ସେମାନଙ୍କର ମତି ଗତି ଆଚରଣକୁ ଧ୍ୟାନ ରଖି ସେ ଡ୍ରୟରରୁ କାଗଜ ଫର୍ଦ ଦୁଇଟି ବାହାର କରି ସେଥିରେ ରାଜନୀତି ପାଖରେ ଗୋଟିଏ ପ୍ରଶ୍ନ ଚିହ୍ନ ମଧ ଲେଖିଦେଲା।

ଯଦିଓ ଅବସର ଗ୍ରହଣର ଅନେକ ବର୍ଷ ଆଗରୁ ସେ ଯୋଜନା ଓ ପ୍ରସ୍ତୁତି କରି ରଖିଥିଲା, ଏଇ ସମୟଟି ନିକଟ ହୋଇ ଆସିବାରୁ ତା ମୁଣ୍ଡକୁ ଏକ ନୂଆ ଚିନ୍ତା ଆସିଲା। ସେଇଟି ହେଲା, କିପରି ସେ ଚାକିରିରେ ଆଉ କିଛି ବର୍ଷ ରହିପାରିବ। ଏ

ଚିତ୍ତାଟି ମନକୁ ଆସିବା ପରେ ସେ ନିଜର ଅବସର ପରବର୍ତ୍ତୀ ଯୋଜନାମାନଙ୍କ କଥା ଭୁଲିଯାଇ କିପରି ଚାକିରିକୁ ଆଉ କିଛି ବର୍ଷ ଆଗକୁ ଟାଣିବ, ସେଥିରେ ମନୋନିବେଶ କଲା। ଏଥିପାଇଁ ସେ ଅନେକ ପ୍ରକାରର କଳବଳ କୌଶଳ ପ୍ରୟୋଗ କଲା; ଯଥା, ଡାକ୍ତରୀ ସାର୍ଟିଫିକେଟ, ନିଜର ବୟସ ବିଷୟରେ ମିଛ ଆଫିଡେବିଟ, ଉପରିସ୍ଥ କର୍ତ୍ତାଙ୍କୁ ଖୋସାମତ, ତା ଅଭାବରେ ତାର କାମ ଅଚଳ ହୋଇଯିବାର ଅତିରଞ୍ଜିତ ଯୁକ୍ତି ଇତ୍ୟାଦି। ଚାକିରିର ଶେଷ ଦିନ ପର୍ଯ୍ୟନ୍ତ ସେ ଆଶା କରି ରହିଥିଲା ଯେ କୌଣସି ଏକ ଦୈବୀ ଆଶୀର୍ବାଦ ବଳରେ ତାର କାର୍ଯ୍ୟକାଳକୁ ଆହୁରି ପାଞ୍ଚବର୍ଷ ପର୍ଯ୍ୟନ୍ତ ବଢ଼ାଇ ଦିଆଯିବ। କିନ୍ତୁ ଏପରି କିଛି ବି ହେଲା ନାହିଁ। ଅଠାବନ ବର୍ଷ ପୂରିବାର ନିର୍ଦ୍ଦିଷ୍ଟ ଦିନଟିରେ ତାକୁ ଚାକିରିରୁ ଅବ୍ୟାହତି ଦିଆଗଲା।

ଏହିପରି ଅତ୍ୟନ୍ତ ନିରାଶ ମନରେ ସେ ଅଫିସ ଛାଡ଼ିଲା। ଏବଂ ତାର ବନ୍ଧୁମାନଙ୍କୁ ମନା କରିଦେଲା ଯେ ସେ କୌଣସି ବିଦାୟୀ ସମ୍ବର୍ଦ୍ଧନାରେ ଯୋଗ ଦେବ ନାହିଁ। ତାର ବ୍ୟକ୍ତିଗତ କାଗଜସବୁ ଅଫିସରୁ ନେଇ ସେ ଘରେ ପହଞ୍ଚି କାହା ସାଙ୍ଗରେ କଥାବାର୍ତ୍ତା ନ କରି ଚୁପଚାପ ବସିରହିଲା ସଂଧ୍ୟାବେଳ ସାରା। ଏହି ସମୟରେ ତାର ସମଗ୍ର ସଂସାର ପ୍ରତି କ୍ରୋଧ ଓ ବିତୃଷ୍ଣା ଆସିଲା ଏବଂ ତାର କାର୍ଯ୍ୟକାଳ ବୃଦ୍ଧିରେ ଯେଉଁମାନେ ସହାୟକ ହୋଇ ନଥିଲେ ସେମାନଙ୍କୁ ମନେ ମନେ ଗାଳିଦେଲା। ସେ ନିଜର ଆର୍ଥିକ ବ୍ୟବସ୍ଥା କଥା ମନେପକାଇଲା। ତାର ସହକର୍ମୀମାନେ, ଯେଉଁମାନେ ତାରି ଭଳି ଦରମା ପାଉଥିଲେ, ସେମାନେ କିପରି ତାଠାରୁ ଭଲଭାବରେ ଚଳି ଅବସର ଗ୍ରହଣ ପରେ ବଡ଼ ଘରେ ଆହୁରି ସୁଖରେ ରହୁଥିଲେ, ବାସୁଦେବ ପାଇଁ ଏ କଥାଟି ସବୁବେଳେ ଏକ ରହସ୍ୟ ହୋଇ ରହିଥିଲା। ଯଦିଓ ଏ କଥାଟି ବର୍ତ୍ତମାନ ସଂପୂର୍ଣ୍ଣ ଅପ୍ରାସଙ୍ଗିକ ଥିଲା, ଆଜି ସଂଜବେଳେ ଏକାକୀ ବସି ବାସୁଦେବ ଏ କଥାର ସମାଧାନରେ ମନ ଦେଲା; ତାକୁ କୌଣସି ଉତ୍ତର ମିଳିଲା ନାହିଁ।

ଦେଖିବାକୁ ଗଲେ ବାସୁଦେବ ତାର ସାଂସାରିକ ସ୍ଥିତିକୁ ସୁଚାରୁରୂପେ ଚଳାଇ ଆସିଥିଲା। ତାର ପିଲାମାନେ ଘର ପରିବାର କରି ସୁଖରେ ଥିଲେ ଏବଂ ବାସୁଦେବ ଓ ତାର ସ୍ତ୍ରୀ ଭଲଭାବେ ଚଳିବା ପାଇଁ ବାସୁଦେବ ପାଖରେ ସମ୍ବଳ ଥିଲା। ତଥାପି ଅନ୍ୟମାନଙ୍କ ସହିତ ତୁଳନା କରି ନିଜକୁ ନିକୃଷ୍ଟ ମନେକଲା ବାସୁଦେବ। ନିଜର ସାଧୁତା ଓ ସଂକୋଚତାକୁ ଦୋଷ ଦେଇ ସେ ବର୍ତ୍ତମାନ ଭାବିଲା ଯେ ସେ ଯଦି ଅନ୍ୟମାନଙ୍କ ଭଳି ଅସତ୍ ଉପାୟ ଅବଲମ୍ବନ କରିଥାନ୍ତା, ତେବେ ସେ ଆହୁରି ସୁଖୀ ହୋଇପାରିଥାନ୍ତା। ଆହୁରି ପଛକୁ ଫେରିଯାଇ ସେ ଭାବିଲା ଯେ ଯଦି ଅର୍ଥନୀତି ନ ପଢ଼ି ସେ ଡାକ୍ତରୀ ପଢ଼ିଥାନ୍ତା, ତେବେ ଅନେକ ପଇସା ରୋଜଗାର କରି ପାରିଥାନ୍ତା ଏବଂ ଚାକିରି ସରିବା ପରେ ମଧ ପ୍ରାଇଭେଟ ପ୍ରାକ୍ଟିସ କରି ଟଙ୍କା କରିବା ସଙ୍ଗେ

ସଙ୍ଗେ ସମୟ ବି କଟାଇ ପାରିଥାନ୍ତା। ଏ କଥା ଭାବିବା ମାତ୍ରେ ସେ ତାର ବାପାଙ୍କୁ, ଯେ କି ଅନେକ ଅନେକ ବର୍ଷ ତଳୁ ମରିଯାଇଥିଲେ, ତାଙ୍କୁ ଡାକ୍ତରୀ ବଦଳରେ ଅର୍ଥନୀତି ପଢ଼ାଇଥିବାରୁ ଦୋଷ ଦେଲା। ତା ସହିତ ସେ ଦୋଷ ଦେଲା ନିଜର ଭାଗ୍ୟକୁ, ଯାହା ଯୋଗୁ ସେ ଜନ୍ମ ନେଇଥିଲା ଗୋଟେ ନିମ୍ନ ମଧ୍ୟବିତ୍ତ ପରିବାରରେ, ପାଠ ପଢ଼ିଥିଲା ଗାଁ ସ୍କୁଲରେ ଏବଂ ପଢ଼ା ସରୁ ସରୁ ପଶିଥିଲା ଛୋଟ ଚାକିରିରେ। ଏଇ ସମୟରେ ତାର କାନରେ ସ୍ତ୍ରୀ ରୋଷେଇଘରେ ଚଳପ୍ରଚଳ ହେଉଥିବାର ଶବ୍ଦ ଶୁଭିଲା ଏବଂ ଛତିଶ ବର୍ଷ ତଳେ ଆଉ କାହାକୁ ବାହା ହୋଇଥିଲେ, ଏ କଥା ଭାବିଲାବେଳେ ସେ ଦୁଇ ଚାରିଟି ନିର୍ଦ୍ଦିଷ୍ଟ ନାଁକୁ ମଧ୍ୟ ମନେପକାଇଲା, ତାର ଜୀବନ କିଭଳି ହୋଇଥାନ୍ତା, ସେ ଅସଙ୍ଗତ ଚିନ୍ତାକୁ ମଧ୍ୟ ପ୍ରଶ୍ରୟ ଦେଲା ବାସୁଦେବ।

ରାତିରେ ତାର ଆଖିକୁ ନିଦ ଆସିଲା ନାହିଁ। ଯଦି ସ୍ତ୍ରୀ ସେ ଘରେ ଶୋଇ ନଥାନ୍ତା, ସେ ଆଲୁଅ ଜାଳି ତାର ପୁରୁଣା କାଗଜପତ୍ରକୁ ଦେଖିଥାନ୍ତା ଏବଂ ଭବିଷ୍ୟତର କିଛି ଗୋଟାଏ କାର୍ଯ୍ୟକ୍ରମ ତିଆରି କରିଥାନ୍ତା। ସେ ଥରକୁ ଥର ଘଣ୍ଟା ଦେଖିଲା; କିନ୍ତୁ ସମୟ ଖୁବ ଧୀରେ ଧୀରେ ଯାଉଥିଲା, ସକାଳ ହେବାକୁ ଆହୁରି ଅନେକ ଡେରି ଥିଲା ଏବଂ ମନ ଭିତରେ ବିଭିନ୍ନ ପ୍ରକାରର ଦୁଶ୍ଚିନ୍ତା କ୍ରୋଧ ଆକ୍ରୋଶ ହତୋସାହ ଅଭିମାନ ଖେଳି ବୁଲୁଥିଲେ। ଅନିଦ୍ରାଜନିତ ଅସ୍ୱସ୍ତି ଭିତରେ ସେ ନିଜକୁ ଆଶ୍ୱାସନା ଦେଲା ଯେ ସେ ଏଥରକ ସମ୍ପୂର୍ଣ୍ଣ ସ୍ୱାଧୀନ ଓ ଯାହା ଚାହିଁବ ତା କରିବ ଏବଂ ନିଶ୍ଚୟ କଲା ଯେ ସେ ଆଗରୁ ନିର୍ଣ୍ଣୟ କରିଥିବା ଯୋଜନାମାନଙ୍କୁ ବଦ୍ଧପରିକର ହୋଇ କାର୍ଯ୍ୟରେ ପରିଣତ କରିବ। ଏଇଭଳି ଚିନ୍ତା କରୁ କରୁ କେତେବେଳେ ତାକୁ ନିଦ ଆସିଗଲା ସେ ଜାଣି ପାରିଲା ନାହିଁ।

ପରଦିନ ସକାଳେ ନିଦ ଭାଙ୍ଗିଲା ଅନେକ ଡେରିରେ। ତାକୁ ଠିକ ସମୟରେ ନିଦରୁ ଉଠାଇ ଦେଇ ନ ଥିବାରୁ ସେ ସ୍ତ୍ରୀ ଉପରେ ବିରକ୍ତି ପ୍ରକାଶ କରିବାକୁ ଯାଉଛି, ତାର ମନେପଡ଼ିଲା ଯେ ତାର ଆଉ ଅଫିସ ନାହିଁ। ସ୍ତ୍ରୀ ପୂଜାରେ ବ୍ୟସ୍ତ ଥିଲା। ତାକୁ ବିରକ୍ତ ନ କରି ବାସୁଦେବ ଗାଧୁଆ ଘରକୁ ଗଲା। ମୁହଁ ଧୋଉ ଧୋଉ ଝରକା ବାହାରକୁ ଅନାଇ ସେ ତାର ଚିରପରିଚିତ ଦୃଶ୍ୟମାନ ହିଁ ଦେଖିବାକୁ ପାଇଲା। ସେ ଯାହା ଭାବିଥିଲା ଯେ ଆଜି ଦିନଟିରେ ତାର ଜୀବନରେ ହୋଇଥିବା ଏଇ ବିଶେଷ ପରିବର୍ତ୍ତନର ଛାଇ ସାରା ପୃଥିବୀ ଉପରେ ପଡ଼ିଥିବ, ଏପରି କିଛି ନ ଥିଲା। ସବୁଦିନ ଭଳି ଉତ୍ତେଜନାରହିତ ଥିଲା ଆଜିର ସକାଳଟି। ସାମାନ୍ୟ ହତୋସାହ ହୋଇ ସେ ନିତ୍ୟକର୍ମରେ ମନ ଦେଲା ଏବଂ ନ'ଟା ବେଳେ ହଠାତ୍ ଆବିଷ୍କାର କଲା ଯେ ସେ ତାର ଅଫିସ ଯିବାର ପୋଷାକ ପିନ୍ଧି ହାତରେ ତାର ଦୈନନ୍ଦିନ ବ୍ୟାଗଟି ଧରି ଠିଆହୋଇଛି।

ଏଇ ଅଭ୍ୟାସଗତ ଭୁଲଟି ବିଷୟରେ ସଚେତନ ହୋଇ ସେ ଭାବିଲା ତାର ପୋଷାକପତ୍ର ଖୋଲି ରଖ୍ଦେଇ ସେ ଅନ୍ୟ କାମରେ ମନ ଦେବ। କିନ୍ତୁ ଏଥିପାଇଁ ସ୍ତ୍ରୀ ଆଗରେ ଅପ୍ରସ୍ତୁତ ହେବାକୁ ପଡ଼ିବ, ସେଥିପାଇଁ ଅଫିସରେ କିଛି କାମ ବାକି ରହିଯାଇଛି ବୋଲି ସ୍ତ୍ରୀକୁ କହି ସେ ଘରୁ ବାହାରି ପଡ଼ିଲା। ତାକୁ କାର୍ଯ୍ୟକାଳ ବୃଦ୍ଧି ଦେଇନଥିବା ଅଫିସ୍ର ସେ ଆଉ ମୁହଁ ଦେଖିବ ନାହିଁ ବୋଲି ସ୍ଥିର କରିଥିଲେ ମଧ୍ୟ ତାର ପାଦ ଦୁଇଟି ଯେମିତି ତାକୁ ଟାଣିନେଲେ ସେଇ ପୁରୁଣା ଅଫିସ ଆଡ଼କୁ। ଫାଟକ ପାଖରେ ପହଞ୍ଚି ବାସୁଦେବ ନିଜକୁ ଧ୍କ୍କାରିଲା ଏବଂ ତାକୁ ଅଫିସ୍ର କେହି ଲୋକ ଦେଖିବା ଆଗରୁ ମୁହଁକୁ ଲୁଚାଇ ଅନ୍ୟ ଦିଗରେ ଚାଲିବାକୁ ଆରମ୍ଭ କଲା।

ଟିକିଏ ବାଟ ପରେ ତାକୁ ଆଗରେ ଗୋଟିଏ ଡାକଘର ଦେଖାଗଲା। ଏଇଟିକୁ ଦେଖିବାମାତ୍ରେ ହିଁ ସେ ମନେ ମନେ ଗୋଟିଏ ନୂଆ ନିଷ୍ପତ୍ତି ନେଇନେଲା ଯେ ତା ହାତରେ ଯେହେତୁ ପ୍ରଚୁର ସମୟ, ସେ ଏଥରକ ତାର ସବୁ ପୁରୁଣା ସାଙ୍ଗସାଥୀ ବନ୍ଧୁବାନ୍ଧବଙ୍କ ପାଖକୁ ନିୟମିତ ଚିଠି ଲେଖିବ। ପକେଟରେ କେତେ ଟଙ୍କା ଅଛି ଦେଖି ସେ ଠିକ କଲା ତିରିଶଟି ଲଫାପା କିଣିବ। ଡାକଘରୁ ଯାଇ ଲଫାପା କିଣିବା ତା ପାଇଁ ଏକ ନୂଆ ଅଭିଜ୍ଞତା ହେଲା, କାରଣ ଏତେ ବର୍ଷ ଧରି ଅଫିସ ପିଅନ ତା ପାଇଁ ଏଇ କାମଟି କରିଦେଉଥିଲା। ଯେଉଁଟିକୁ ସେ ଅତି ସାମାନ୍ୟ ଜିନିଷଟିଏ ବୋଲି ଭାବିଥିଲା ତା ପ୍ରକୃତରେ ଏତେ ସହଜ ବା ସରଳ ନ ଥିଲା। ଲଫାପା କିଣିବା ପାଇଁ ଆଗକୁ ମାଡ଼ି ଯିବାବେଳେ ସାମନାରେ ଠିଆ ହୋଇଥିବା ଲୋକ ତାକୁ କ୍ୟୁରେ ଆସିବା ପାଇଁ କହିଲା ଏବଂ କ୍ୟୁରେ ଅନେକ ସମୟ ଠିଆ ହୋଇ ସେ ଯେତେବେଳେ ସାମନାକୁ ଆସିଲା, ଜାଣିଲା ଯେ ସେ ଭୁଲ ଲାଇନରେ ଠିଆ ହୋଇଥିଲା। ଯାହାହେଉ, ନୂଆ ଲାଇନରେ ଯାଇ, ଲଫାପାର ଦାମ ହିସାବ କରି, ଛିଣ୍ଡା ନୋଟ ବଦଳାଇ, ରେଜା ପଇସା ନଥିବାରୁ ଅଦରକାରୀ ଟିକଟ କିଣି ବାହାରକୁ ଆସିବାବେଳେ ସେ ଉପଲବ୍ଧ କଲା ଯେ ତାର ପ୍ରଚୁର ଅବସର ସମୟ ମଧ୍ୟରୁ ବେଶ୍ କିଛି ସମୟ ତାକୁ ଡାକଘରୁ ଲଫାପା କିଣିବା ପାଇଁ ଅଲଗା ରଖିବାକୁ ପଡ଼ିବ।

ସେ ଏତେ ବର୍ଷ ଧରି ଯେପରି ଡାକଘରକୁ ଯାଇ ନ ଥିଲା, ସେହିପରି ବ୍ୟାଙ୍କର କାର୍ଯ୍ୟକଳାପ ମଧ୍ୟ ତାର ଅଜଣା ଥିଲା। ତେଣୁ ସେ ଠିକ କଲା ଯେ ଅବସରପ୍ରାପ୍ତ ଜୀବନର ପ୍ରଥମ ଦିନରେ ହିଁ ଡାକଘର, ମ୍ୟୁନିସିପାଲିଟି, ବ୍ୟାଙ୍କ ଇତ୍ୟାଦିର କାର୍ଯ୍ୟପ୍ରଣାଳୀ ବିଷୟରେ ଅଭିଜ୍ଞତା ହାସଲ କରିବ। ତେଣୁ ଦରକାର ନଥିବା ସତ୍ତ୍ୱେ, ପରୀକ୍ଷାସୂତ୍ରରେ ସେ ସେହିଦିନ ହିଁ କିଛି ଟଙ୍କା ବ୍ୟାଙ୍କରୁ ବାହାର କରିବ। ଏହି ଉଦ୍ଦେଶ୍ୟ ନେଇ ସେ ବ୍ୟାଗ ଭିତରୁ ଚେକ ବହିଟି ବାହାର କଲା ଏବଂ ସେଥିରୁ ଠିକଣା ଦେଖି ବ୍ୟାଙ୍କରେ ଯାଇ ପହଞ୍ଚିଲା। ବ୍ୟାଙ୍କର ନୀତି ନିୟମମାନ ଆହୁରି ଜଟିଳ ଥିଲା।

ପ୍ରଥମ ସମସ୍ୟା ଥିଲା ଚେକରେ ଲେଖିବା ପାଇଁ ତା ପାଖରେ କଲମ ନ ଥିଲା। ସେ ଯାହାକୁ ଯାଇ ପ୍ରଥମରେ କଲମ ମାଗିଲା, ସେ ଭଦ୍ରବ୍ୟକ୍ତି ତାକୁ ସିଧାସଳଖ ତାଙ୍କ ପାଖରେ କଲମ ନାହିଁ ବୋଲି ମନାକରିଦେଲେ, ଯଦିଓ ତାଙ୍କ ଛାତି ପକେଟରେ କଲମଟିଏ ଚକଚକ କରୁଥିଲା। ଦ୍ୱିତୀୟ ବ୍ୟକ୍ତି ଅନ୍ୟ ଏକ ମିଛର ଆଶ୍ରୟ ନେଇ କହିଲେ ଯେ ତାଙ୍କ କଲମରେ କାଳି ନାହିଁ। ବାସୁଦେବ ଏଥରକ ଜଣେ ବୁଢ଼ା ଲୋକ ପାଖକୁ ଯାଇ କଲମ ମାଗିଲା। ବୁଢ଼ାଲୋକ ତାକୁ ଦେବାପାଇଁ ପକେଟରୁ କଲମ ବାହାର କଲେ; କିନ୍ତୁ ସେଇଟିକୁ ତାକୁ ଦେବା ଆଗରୁ ଉପଦେଶ ଦେଲେ, ବ୍ୟାଙ୍କୁ ଆସିଲେ ନିଜ କଲମ ନେଇ ଆସିବେ।

କଲମ ମିଳିବା ପରେ ପରବର୍ତ୍ତୀ ସମସ୍ୟା ହେଲା ଚେକଟିକୁ କାହା ଉପରେ ରଖି ଲେଖିବ। ଦୂରରେ ଗୋଟାଏ ଖାଲି ଟେବୁଲ ଦେଖାଗଲା; କିନ୍ତୁ ସେ ପର୍ଯ୍ୟନ୍ତ ଗଲେ ସେ ବୁଢ଼ା ଆଖିରୁ ଅଦୃଶ୍ୟ ହୋଇଯିବ ଏବଂ ଏ କଥା ବୁଢ଼ାକୁ ଭଲ ଲାଗିନପାରେ। ଶେଷରେ କିଛି ଉପାୟ ନ ଦେଖି ବାସୁଦେବ ତଳେ ବସିପଡ଼ିଲା ଓ ନିଜର ବ୍ୟାଗ ଉପରେ ଚେକ ଖାତାଟି ରଖି ଲେଖିବାକୁ ଆରମ୍ଭ କଲା। ବୁଢ଼ା ଏଇ ସମୟରେ କହିଲେ, ମୋର ଯିବାକୁ ଡେରି ହଉଚି। ତରତରରେ ଚେକଟି ଭର୍ତ୍ତି କରି ବାସୁଦେବ ତାଙ୍କୁ କଲମଟି ଫେରାଇ ଦେଲା ଏବଂ ମନେ ମନେ ଲୋକଟିକୁ 'ଶଳା ବୁଢ଼ା' ବୋଲି ଗାଳିଦେଲା। ଏଥରକ ବ୍ୟାଙ୍କୁ ଆସିବାବେଳେ କି କି ପ୍ରସ୍ତୁତି କରିବାକୁ ହେବ ସେ ତାର ଏକ ମାନସିକ ତାଲିକା କଲା। ଚଳନ୍ତି ଟେବୁଲ ସାଙ୍ଗରେ ନ ଆଣି ପାରିଲେ ହେଁ ଅତ୍ତତଃ ଚଳନ୍ତି କଲମ ତାକୁ ନିଶ୍ଚୟ ଆଣିବାକୁ ହେବ। ଏ କଥା ସହିତ ତାର ଆହୁରି ମଧ ମନେହେଲା ଯେ ବ୍ୟାଙ୍କ ସମ୍ବନ୍ଧୀୟ ଏଇ ଅଭିଜ୍ଞତାଟି ତାକୁ ଅନେକ ବର୍ଷ ଆଗରୁ କରି ନେବା ଉଚିତ ଥିଲା।

ବ୍ୟାଙ୍କରେ ତାକୁ ପୁରା ଦୁଇ ଘଣ୍ଟା ସମୟ ଲାଗିଲା, କାରଣ ବିଭିନ୍ନ ଲୋକଙ୍କୁ ପଚାରି ତାକୁ ଚେକ ଦାଖଲ ଓ ଟଙ୍କା ପାଇବା ଇତ୍ୟାଦିର ଠିକ କାଉଣ୍ଟରମାନ ଠାବ କରିବାକୁ ହେଲା। ତା ମାଝିରେ ଅନେକ ସମୟ ଧରି ତାକୁ କାଉଣ୍ଟରରେ ବସିଥିବା ଲୋକର ଚା ପିଆ ଶେଷ କରିବାକୁ ମଧ ଅପେକ୍ଷା କରିବାକୁ ପଡ଼ିଲା। ଏଇ ସମୟରେ ସେ ପ୍ରଥମ ଥର ପାଇଁ ଉପଲବ୍ଧ କଲା ସେ ନିଜେ ଅଫିସରେ ବସି ଚା ପିଉଥିବା ବେଳେ ତାକୁ ଦେଖା କରିବାକୁ ଆସି ବାହାରେ ବସି ରହିଥିବା ଲୋକମାନଙ୍କର ମନୋଦଶା କଣ ହୋଇଥିବ। ସେ ଏ କଥା ମଧ ଉପଲବ୍ଧ କଲା ଯେ ପିଅନ ବ୍ୟାଙ୍କର ଚେକ ଭଙ୍ଗାଇ ଫେରିବାରେ ଡେରିକଲେ ସେ ତାକୁ ଯେଉଁ ଗାଳିଗୁଲଜ କରୁଥିଲା ତାହା ଅନ୍ୟାୟ ଥିଲା। ଯାହାହେଉ, ଶେଷରେ ଟଙ୍କା ଧରି ସେ

ବାହାରକୁ ଆସୁଛି, ଜଣେ କିଏ ତାକୁ କଲମ ମାଗିଲା। ଯଦିଓ ବାସୁଦେବ ଅତ୍ୟନ୍ତ ନରମ ସ୍ୱରରେ ତା ପାଖରେ କଲମ ନାହିଁ ବୋଲି ଜଣାଇଲା, ଲୋକଟି ତା କଥାକୁ ବିଶ୍ୱାସ କଲାନାହିଁ ଜଣାଗଲା ଏବଂ ସେ ଚାପା ଗଳାରେ ଯାହା କହିଲା, ତା ଥିଲା 'ଶଳା ବୁଢ଼ା'।

ଏହିପରି ବିଭିନ୍ନ ଭାବରେ ଅବସନ୍ନ ଓ ଅପଦସ୍ତ ହୋଇ ଘରକୁ ଫେରିଲା ବାସୁଦେବ। ଆଗରୁ ସେ ଭାବୁଥିଲା ଯେ ଚାକିରି ସରିଲେ ସେ ସବୁଦିନେ ଖରାବେଳେ ନିଶ୍ଚିନ୍ତ ଶୋଇବ। ବିଛଣାରେ ପଡ଼ି ରହି ସେ କିନ୍ତୁ ଆଜି ଦେଖିଲା ଯେ କ୍ଳାନ୍ତି ସତ୍ତ୍ୱେ ବି ତାକୁ ନିଦ ଆସୁନାହିଁ। ଖଟ ଉପରୁ ଉଠି ସେ ପାଖ କୋଠରୀକୁ ଗଲା ଅଫିସରୁ ଘରକୁ ଆଣିଥିବା ତାର ବ୍ୟକ୍ତିଗତ କାଗଜ ସବୁକୁ ଦେଖିବା ପାଇଁ। ସେ ଚାହୁଁଥିଲା ଯେ ଯେତେ ସବୁ ପୁରୁଣା ଅଦରକାରୀ କାଗଜ ତାକୁ ସେ ଫିଙ୍ଗିଦେଇ ତାର ଜୀବନକୁ ସୁସଂଯତ କରି ନୂଆ ଭାବରେ ଆରମ୍ଭ କରିବ। ଏଇ ପୁରୁଣା କାଗଜମାନଙ୍କ ଭିତରେ ଥିଲା ତାର ପ୍ରଥମ ଚାକିରିର ନିଯୁକ୍ତିପତ୍ର, ଛୁଟି ଦରଖାସ୍ତର ନକଲ, ବିଭିନ୍ନ ସମୟରେ ତାକୁ ମିଳିଥିବା ବେତନ ବୃଦ୍ଧିର ଚିଠା ଇତ୍ୟାଦି। ଏଗୁଡ଼ିକ ବର୍ତ୍ତମାନ କୌଣସି କାମର ନ ଥିଲା; ତଥାପି ଏ ସବୁକୁ ଚିରି ଦେବା ପାଇଁ ତାର ହାତ ଗଲା ନାହିଁ। ପ୍ରତ୍ୟେକଟି କାଗଜକୁ ସେ ପୁଙ୍ଖାନୁପୁଙ୍ଖ ଭାବେ ପଢ଼ିଲା ଏବଂ ପଦୋନ୍ନତି ଚିଠି ପଢ଼ି ଖୁସି ହେବା ସଙ୍ଗେ ସଙ୍ଗେ ତାକୁ ଦିଆଯାଇଥିବା ଚେତାବନୀମାନ ପଢ଼ି ଦୁଃଖିତ ମଧ ହେଲା। ଏଇଭଳି କାଗଜ ସବୁ ପଢ଼ୁ ପଢ଼ୁ ବେଶ୍ କେତେ ଘଣ୍ଟା ବ୍ୟତୀତ ହୋଇଗଲା। ବାସୁଦେବ ମନକୁ ମନ କହିଲା, ଆଜି ଏତିକି ଥାଉ; ପୁଣି ଥରେ ଭଲଭାବେ ଦେଖି ଅଦରକାରୀ ଜିନିଷକୁ ଚିରି ଦେବି।

ଏଥରକ ସେ ସମାଜସେବା ଇତ୍ୟାଦି ଲେଖାଥିବା କାଗଜଟିକୁ ଆଣି ଟେବୁଲ ପାଖରେ ବସିଲା। ଏ ତାଲିକାରେ ଗବେଷଣା ବୋଲି ଗୋଟିଏ ଜିନିଷ ମଧ ଲେଖା ଥିଲା। ଏମ.ଏ. ପାସ କରିବା ପରେ ଓ ଚାକିରିରେ ପଶିବା ପୂର୍ବରୁ ସେ କିଛିଦିନ ଗବେଷଣା କରୁଥିଲା ଏବଂ ତାର ଇଚ୍ଛା ଥିଲା ଯେ କେବେ ନା କେବେ ସେ ଏଇ ଗବେଷଣାକୁ ସମାପ୍ତ କରିବ। ଏ କଥା ମନେପଡ଼ିବାରୁ ସେ ଯାଇ କଲେଜ ବେଳାର ସେଇ ପୁରୁଣା କାଗଜ ଖୋଜିବାକୁ ଗଲା। ସୌଭାଗ୍ୟକୁ ଗବେଷଣାର କାଗଜ ତାକୁ ହଠାତ୍ ମିଳିଗଲା। ଏ କଥା ସେ ଆଶା କରି ନ ଥିଲା ଏବଂ କାଗଜ ସବୁ ସହଜରେ ମିଳିଯିବାକୁ ଏକ ଐଶ୍ୱରିକ ଆଶୀର୍ବାଦ ମନେକରି ସେ ଆଶା କଲା ଯେ ସେ ଗବେଷଣା ସଂପୂର୍ଣ୍ଣ କରିବାରେ ମଧ ସଫଳକାମ ହେବ।

କିନ୍ତୁ କାଗଜ ଖୋଲି ଗବେଷଣାର ବିଷୟବସ୍ତୁ ଓ ସେତେବେଳେ କରିଥିବା ରୂପରେଖ ପଢ଼ିବାବେଳେ ତା ମନ ଭିତରେ ସଂଶୟ ଉପୁଜିଲା। ସତ କହିବାକୁ ଗଲେ ସେ ସେଇ ପୁରୁଣା ଲେଖିଥିବା ଜିନିଷର ଅଧିକାଂଶ ବିଷୟ ବର୍ତ୍ତମାନ ବୁଝିପାରୁନଥିଲା। ଲେଖାଗୁଡ଼ିକୁ ବାରମ୍ବାର ପଢ଼ିବା ପରେ ତାହା ବାସୁଦେବର ବୋଧଗମ୍ୟ ହେଲା ନାହିଁ। ବରଂ ତାର ପ୍ରତ୍ୟୟ ଜନ୍ମିଲା ଯେ ଏ ବିଷୟରେ ଗବେଷଣା ବର୍ତ୍ତମାନ ତାର ବୁଦ୍ଧି, ଜ୍ଞାନ ଓ ସାମର୍ଥ୍ୟର ବାହାରେ। ପୁରୁଣା କାଗଜ ସବୁକୁ ସେ ଚିରି ଫିଙ୍ଗିଦେଲା ଏବଂ ତାର ଗବେଷଣା ବିଷୟଟିକୁ କାଟିଦେଲା।

ଅବସର ଗ୍ରହଣର ଦ୍ୱିତୀୟ ଦିନଟି ପ୍ରଥମ ଦିନଠାରୁ ଆହୁରି ଦୁର୍ବ୍ୟହ ହୋଇଗଲା ଏବଂ ଜଣାଗଲା ଯେପରି ଦିନ ଆଉ ସରିବ ନାହିଁ। ସେଇ ପୁରୁଣା ଚାକିରିର କାଗଜ ସବୁକୁ ଆଉ ପଢ଼ି ଦେଖିବା ପାଇଁ ମଧ ତାର ଇଚ୍ଛା ହେଲା ନାହିଁ। ତେଣୁ ବାସୁଦେବ ତାର ତାଲିକାରେ ଥିବା ସମାଜ ସେବା କଥାରେ ମନ ଦେଲା। ସମାଜ ସେବା ଶୁଣିବାକୁ ଖୁବ ସୁନ୍ଦର ଓ ମହତ୍ ଜଣାଯାଉଥିଲା, କିନ୍ତୁ ସେବା କିପରି ଭାବରେ କରିବାକୁ ହେବ ସେ ବିଷୟରେ ବାସୁଦେବର କୌଣସି ଧାରଣା ନ ଥିଲା। ତାର ଗୋପବଂଧୁଙ୍କ କଥା ମନେପଡ଼ିଲା; କିନ୍ତୁ ଏ ସହରରେ ବନ୍ୟା ହେବାର କୌଣସି ସମ୍ଭାବନା ନ ଥିଲା। ଏପରିକି ଏଠାରେ କେବେ ମହାମାରୀ, ମଡ଼କ ବା ସାଂପ୍ରଦାୟିକ ଦଙ୍ଗା ହୋଇଥିବା କଥା ତାର ମନେ ପଡ଼ିଲା ନାହିଁ। ଖରାଦିନେ ଜଳଛତ୍ର ଖୋଲିବା ବାସୁଦେବକୁ ତୁଚ୍ଛ ଜଣାଗଲା ଏବଂ ଗରିବ ପିଲାଙ୍କ ପାଇଁ ସ୍କୁଲ ଖୋଲିବା ଅସାଧ। ସମାଜ ସେବା କରି ସମୟ କଟାଇବାର ମହତ ଯୋଜନା ଉପରେ ତାର ଆଉ ଆସ୍ଥା ରହିଲା ନାହିଁ।

ଏଭଳି ଭାବରେ ନିଜର ଉଚ୍ଚାକାଂକ୍ଷାମାନଙ୍କରେ ବ୍ୟାହତ ହୋଇ ସେ ଠିକ କଲା ଯାହା ସବୁ ବ୍ୟକ୍ତିଗତ ବାକି କାମ ରହିଯାଇଛି, ଯାହାକୁ ସେ ଅଫିସ କାମ ଚାପରେ କରି ପାରୁ ନ ଥିଲା ବୋଲି ଭାବୁଥିଲା, ଯଥା, ମ୍ୟୁନିସିପାଲିଟି ଟ୍ୟାକ୍ସ ଦେବା, ଆଖି ଡାକ୍ତର ପାଖରେ ନୂଆ ଚଷମା କରାଇବା, ବୀମା କମ୍ପାନୀକୁ ଚିଠି ଲେଖିବା, ପୁରୁଣା ସୁଟକେସ ମରାମତି କରିବା ଇତ୍ୟାଦି ଇତ୍ୟାଦି, ସେ ସବୁକୁ ତୁଲାଇବ। ଏ ସବୁ କାମରେ ସେ ଭାବିଥିଲା ତାର ପୁରା ଜୀବନ ଅତିବାହିତ ହୋଇଯିବ; କିନ୍ତୁ ଆଶ୍ଚର୍ଯ୍ୟର କଥା ମାତ୍ର ତିନି ଦିନରେ ସବୁ ବାକି କାମ ସୁଚୁଖୁରେ ହୋଇଗଲା। ତା ପରଦିନଠାରୁ ପୁଣି ଆରମ୍ଭ ହେଲା ତାର ସମୟ ନ କଟିବାର କଷ୍ଟ। ଏ

ଯାବତ୍ ସେ ନିଜର ଚାକିରି ନେଇ ବ୍ୟସ୍ତ ଥିଲା, ତେଣୁ ତାର ସ୍ତ୍ରୀ ନିଜର ସମୟ କଟାଇବା ପାଇଁ ପୂଜାପାଠ ଇତ୍ୟାଦିର ଆଶ୍ରୟ ନେଇଥିଲା। ବର୍ତ୍ତମାନ ଯେତେବେଳେ ବାସୁଦେବ ନିଜର ଖାଲି ସମୟରେ ସ୍ତ୍ରୀର ସାହଚର୍ଯ୍ୟ ଖୋଜିଲା, ତା ଆଉ ମିଳିଲା ନାହିଁ; କାରଣ ସ୍ତ୍ରୀ ଘରକାମ ଓ ପୂଜାର ଏକ ସଂପୂର୍ଣ୍ଣ ନିର୍ଘଣ୍ଟ ତିଆରି କରିନେଇଥିଲା ଯେଉଁଥିରେ ବାସୁଦେବର ସ୍ଥାନ ନ ଥିଲା।

ଭାଗ୍ୟକୁ ଏଭଳି ମନଃସ୍ଥିତି ବେଳେ ବାସୁଦେବକୁ ଚନ୍ଦ୍ରମଣିଙ୍କ କଥା ମନେପଡ଼ିଲା। ଚନ୍ଦ୍ରମଣିବାବୁ ତାଙ୍କରି ଅଫିସରେ କାମ କରୁଥିଲେ ଏବଂ ବର୍ଷକ ତଳେ ଚାକିରିରୁ ଅବସର ନେଇଥିଲେ। ସମଗ୍ର ଜୀବନଟାକୁ ଗୋଟାଏ ହସକୌତୁକପୂର୍ଣ୍ଣ ଖେଳ ମନେକରି କଟାଇ ଦେବା ଲୋକମାନଙ୍କ ଭିତରେ ଚନ୍ଦ୍ରମଣି ଥିଲେ ଅନ୍ୟତମ। ଚାକିରି ବିଷୟରେ କିମ୍ବା ତାଙ୍କର ନିଜ କାମରେ ତାଙ୍କୁ କେହି କେବେ ଚିନ୍ତା କରିବାର ଦେଖି ନାହିଁ। ସେ ସବୁବେଳେ ଖୁସି ଓ ଦାୟିତ୍ୱଶୂନ୍ୟ ଜଣାପଡୁଥିଲେ। ଏହାର ଗୋଟାଏ କାରଣ ହୋଇପାରେ ଯେ ସେ ବିବାହ କରିନଥିଲେ, ଅଥବା, ଏ କଥା କେହି ସଠିକ ଜାଣିବାକୁ ଚେଷ୍ଟା କରି ନାହାନ୍ତି, ବିପତ୍ନୀକ ଓ ସନ୍ତାନହୀନ ଥିଲେ। ତାଙ୍କର ଅନେକ ବଦଭ୍ୟାସ ଥିଲା। ପାନ ଓ ସିଗାରେଟ ତ ତାଙ୍କ ମୁହଁରେ ସବୁବେଳେ ରହୁଥିଲା, ସେ ମଦ ମଧ୍ୟ ପିଉଥିଲେ। ଏହାଛଡ଼ା ତାଙ୍କର ଅନ୍ୟ ଚରିତ୍ରଗତ ଦୋଷ ଥିଲା ବୋଲି ମଧ୍ୟ ଶୁଣାଯାଉଥିଲା। ତେବେ ମୋଟକଥା ହେଲା, ସେ ସୁଖୀ ଲୋକ ଥିଲେ, ସମସ୍ତଙ୍କ ସହିତ ସଦ୍‌ଭାବ ରଖିଥିଲେ, ବେଖାତିର ଥିଲେ, ଯାହା ଚାହୁଁଥିଲେ କରୁଥିଲେ ଏବଂ ସବୁଠାରୁ ବଡ଼ କଥା, ଅବସର ଗ୍ରହଣବେଳେ ଆଦୌ ଦୁଃଖୀ ନଥିଲେ।

ବାସୁଦେବ ଚନ୍ଦ୍ରମଣିବାବୁଙ୍କର ଠିକ ଓଲଟା। ନିର୍ଦ୍ଦିଷ୍ଟ କୌଣସି ଦାୟିତ୍ୱ ନ ଥିଲେ ମଧ୍ୟ ସେ ଚିନ୍ତାଶୀଳ ରହୁଥିଲା; ସବୁବେଳେ ମନେକରୁଥିଲା ଯେ ଅଫିସ୍ୟାକର ସମସ୍ତ ଭାର ତା ମୁଣ୍ଡରେ। ତାର କୌଣସି ବଦଭ୍ୟାସ ନ ଥିଲା; ପାନ ସିଗାରେଟ ତ ଦୂରର କଥା, ସେ ନିରାମିଷାଶୀ ଥିଲା। ସେ ମଦ୍ୟପାନର ପାଖ ମାଡ଼ିନଥିଲା ଏବଂ ତା ଜୀବନରେ କୌଣସି ସ୍ଖଳନ ନ ଥିଲା। ଏପରିକି ସେ ଅଫିସରେ ଚନ୍ଦ୍ରମଣି ବାବୁଙ୍କ ପାଖରୁ ଯେତେ ସମ୍ଭବ ଦୂରରେ ରହୁଥିଲା।

ଆଜି କିନ୍ତୁ ଘରେ ବିରକ୍ତ ମନରେ ଏକା ବସି ରହିଥିବାବେଳେ ତାର ମନେହେଲା ଯେ ସେ ତାର ଜୀବନରୁ କିଛି ପାଇନାହିଁ, ଅଥଚ ଚନ୍ଦ୍ରମଣିବାବୁ ସାରା ଜୀବନ ଯେତେ ଯେଉଁଠାରେ ଯାହା ପାଇଛନ୍ତି ଦି ହାତରେ ଜାବୁଡ଼ି ନେଇଛନ୍ତି। ଜୀବନପାତ୍ର ଆଡ଼କୁ ଅନାଇ ସେ ନୀତିନିୟମ, ଔଚିତ୍ୟ, ବୈଧତା, ଲୋକଲଜ୍ଜା ଇତ୍ୟାଦି କଥା ଭାବିବାବେଳେ ଚନ୍ଦ୍ରମଣିବାବୁ ଅକୁଣ୍ଠିତ ଆଗ୍ରହରେ ତାକୁ ଅନାୟାସ ଆକଣ୍ଠ ପାନ କରିଛନ୍ତି। ଚନ୍ଦ୍ରମଣିବାବୁଙ୍କୁ ସେ ଆଗରୁ ଭାବୁଥିଲା ଜଣେ ଚିନ୍ତାଶୂନ୍ୟ, ଦାୟିତ୍ୱହୀନ, ଅସାମାଜିକ ଲୋକ ବୋଲି। ଆଜି କିନ୍ତୁ ବାସୁଦେବର ମନେହେଲା ଚନ୍ଦ୍ରମଣି ଜଣେ ସଂପୂର୍ଣ୍ଣ ମଣିଷ; ଜୀବନକୁ ପୂର୍ଣ୍ଣାଙ୍ଗ ଭାବରେ ନିର୍ବାହ କରିଥିବାର ସଫଳ ଉଦାହରଣ। ଚନ୍ଦ୍ରମଣିଙ୍କର ଦୋଷ ଗୁଣ ବିଷୟରେ ଅନୁଶୀଳନ କଲା। ତାଙ୍କର ଯାହା କିଛି ଦୋଷ ଦୁର୍ବଳତା ଥାଉ ପଛେ, ସେ କେବେ କାହାରି କିଛି କ୍ଷତି କରି ନଥିଲେ, ଅଫିସ କାମ ଯେତେ ସମ୍ଭବ ଠିକ କରୁଥିଲେ ଏବଂ ସମସ୍ତଙ୍କ ସହିତ ମିଳିମିଶି ଚଳୁଥିଲେ। ବାସୁଦେବର ମନେହେଲା ଯେ ଭଦ୍ରବ୍ୟକ୍ତିଙ୍କ ଚରିତ୍ରକୁ ଆକ୍ଷେପ କରି ତାଙ୍କ ପ୍ରତି ବିଦ୍ୱେଷ ପୋଷଣ କରିବା ଅନ୍ୟାୟ ହୋଇଛି। ସେ ମନେ ମନେ ଠିକ କଲା ଯାଇ ଚନ୍ଦ୍ରମଣିଙ୍କୁ ସାକ୍ଷାତ କରିବ।

ଚନ୍ଦ୍ରମଣିଙ୍କ କଥା ମନେ କରିବା ବେଳେ ବାସୁଦେବ ଭାବିଲା ସେ ଯଦି ତାଙ୍କ ଭଳି ଜୀବନ ଯାପନ କରିଥାନ୍ତା, କଣ କ୍ଷତି ଲାଭ ହେଇଥାନ୍ତା। ମନେକର ସେ ନିରାମିଷାଶୀ ନ ହୋଇ ମାଛ ମାଂସ ଖାଇଥାନ୍ତା। ପୃଥିବୀର ଏତେ ଧାର୍ମିକ ଲୋକ ତ ନିରାମିଷାଶୀ ନୁହନ୍ତି! ଏପରିକି ନିଜର ପିଲାମାନଙ୍କୁ ମଧ ସେ ନିରାମିଷାଶୀ କରାଇ ପାରିଲା ନାହିଁ। ସେ ଜାଣିଥିବା ଅନେକ ନୈଷ୍ଠିକ ଲୋକ ମଧ ମାଛ ମାଂସ ଖାଆନ୍ତି। ତାର ଅନେକ ଘଟଣା ମନେପଡ଼ିଲା ଯେତେବେଳେ ସେ ଭୁଲରେ ମାଂସ ଖାଇ ଦେଇଥିଲା। ଯଦିଓ ଜାଣିବା ପରେ ସେ ଖାଇବାରୁ ନିବୃତ୍ତ ହୋଇଥିଲା, କେବେ ଏ ଖାଇବା ତାକୁ ଅରୁଚିକର ମନେହୋଇ ନ ଥିଲା। ଏ ସବୁ କଥା ଭାବିଲାବେଳେ ତାର ମନ ଭିତରେ ମାଂସ ଖାଇବାର ପ୍ରବଳ ଇଚ୍ଛା ଜାଗ୍ରତ ହେଲା। ତା ଆଖି ଆଗରେ ଦେଖାଗଲା ମାଂସର ବିଭିନ୍ନ ପ୍ରକାରର ବ୍ୟଞ୍ଜନ। ଯଦିଓ ତାକୁ ଭୋକ ଲାଗୁନଥିଲା, ତାର ମନେହେଲା ଯେ ସେ

ସେଇ ମୁହୂର୍ତ୍ତରେ ଯାଇ ଆସ୍ୱାଦନ କରିବ ଏତେଦିନର ନିଷିଦ୍ଧ ଭୋଜନକୁ। ପୂଜା ଘରେ ଥିବା ସ୍ତ୍ରୀକୁ କାମ ଅଛି ବୋଲି କହି ରାସ୍ତାକୁ ଓହ୍ଲାଇଲା ବାସୁଦେବ। ମାଂସ ଖାଇବାର ସାମାନ୍ୟ ଇଚ୍ଛା ପଛରେ ଯେ ଏତେ ପ୍ରଚଣ୍ଡ ଆବେଗ ଥାଇପାରେ ପ୍ରଥମଥର ପାଇଁ ଆବିଷ୍କାର କଲା ସେ। ତେବେ ଖରାବେଳେ ହୋଟେଲରେ ପହଞ୍ଚି ବାସୁଦେବର ସାମାନ୍ୟ ଭୟ ଓ ଦୁର୍ବଳତା ଆସିଲା। ଏତେ ଦିନର ସଂସ୍କାରକୁ ସେ ଭାଙ୍ଗି ଦେବାକୁ ଯାଉଛି। କଣ ପାଇଁ? ଜିହ୍ୱା ସ୍ୱାଦ ପାଇଁ? ତାର ଶୁଷ୍କ ଜୀବନରେ ସାମାନ୍ୟ ବିଳମ୍ବିତ ରସ ସଂଚାର ପାଇଁ? ଅଥବା ଏ ଥିଲା ତାକୁ ଏତେ ଦିନ ଦମନ କରି ରଖିଥିବା ଅନ୍ଧ ଅନୁଶାସନ ବିରୁଦ୍ଧରେ ଏକ ପ୍ରତୀକାମ୍ୟକ ପ୍ରତିବାଦ? ଅଥବା ସାମାନ୍ୟ ଦାମ୍ଭିକତା ମାତ୍ର। ଟେବୁଲ ପାଖରେ ବସି ମେନୁ ଦେଖିବା ବେଳେ ତା ମନରେ ଏଇଭଳି ଅନେକ ଦ୍ୱନ୍ଦ ଉପୁଜିଲା। ତାର ଦେହ ତାର ମନ ସହିତ ସହଯୋଗ କରିବ ତ? କାହିଁକି ସେ ଅନେକ ବର୍ଷ ଆଗରୁ ଏ ନିର୍ଣ୍ଣୟ ନେଲା ନାହିଁ? ଶେଷରେ ତାର କ୍ଷୁଧାର ହିଁ ଜୟ ହେଲା ଏବଂ ମାଂସ ବଦଳରେ ସେ ଅଣ୍ଡା ଅମଲେଟର ଅର୍ଡର ଦେଲା।

ଅମଲେଟଟି ସ୍ୱାଦିଷ୍ଟ ଓ ପୌଷ୍ଟିକ ଥିଲା; କିନ୍ତୁ ଘରକୁ ଫେରିବା ବେଳେ ବାସୁଦେବର ସାମାନ୍ୟ ପଶ୍ଚାତ୍ତାପ ହେଲା। ଏହି ପଶ୍ଚାତ୍ତାପ ସହିତ ପୁଣି ସେଇ ହୋଟେଲକୁ ଫେରିଯାଇ ବିଭିନ୍ନ ମାଂସର ବ୍ୟଞ୍ଜନ ଖାଇବାର ଇଚ୍ଛା ମଧ ତା ମନ ଭିତରେ ଜାଗ୍ରତ ହେଲା। ଥରେ ଥରେ ଭାବିଲା ତାର ଏଇ ବିଚଳନ ବିଷୟରେ ସ୍ତ୍ରୀକୁ କହିବ; କିନ୍ତୁ ସେ ନିଜକୁ ଏଥିରୁ କ୍ଷାନ୍ତ କଲା। ଯଦିଓ ଅଣ୍ଡା ଖାଇଥିବାର ଘଟଣାଟି ତାକୁ ଦୁଇଦିନ କାଳ ବିଚଳିତ କରି ରଖିଲା, ତୃତୀୟ ଦିନ ବାସୁଦେବ ସେଇ ହୋଟେଲକୁ ଯାଇ ମାଂସ କଟଲେଟର ଅର୍ଡର ଦେଲା। ଏଥରକ ତାର ନକଲି ଦାନ୍ତ ତା ସହିତ ବିଶେଷ ସହଯୋଗ କଲା ନାହିଁ ଏବଂ ପରଦିନ ତାର ପେଟର ଅସ୍ୱସ୍ତି ତାକୁ ମନେହେଲା କଟଲେଟ ଜନିତ। ତଥାପି ସେ ନିଜର ସଂକଳ୍ପରେ ଦୃଢ଼ ରହିଲା ଏବଂ ସମୟ ଅସମୟରେ ଯାଇ ହୋଟେଲର ପୃଷ୍ଠପୋଷକତା କଲା ଏବଂ ନିଜକୁ ମାଂସର ବିଭିନ୍ନ ବ୍ୟଞ୍ଜନ ସହିତ ପରିଚିତ କରାଇଲା।

ଏସବୁ ତା ପାଇଁ ଏକ ଦୁଃସାହସରେ ପରିଣତ ହୋଇଗଲା, କାରଣ ସ୍ତ୍ରୀ ପାଖରୁ ଏକଥା ଗୋପନ ରଖିବା, ମଝିରେ ମଝିରେ ପେଟ ଖରାପ ହେବା, ଘରେ ନ ଖାଇବା, ମିଛ ବାହାନା କରିବା ବର୍ତ୍ତମାନ ତାର ଦୈନଦିନ ଜୀବନଯାତ୍ରାର ଅଙ୍ଗ ଥିଲା। କିନ୍ତୁ ସେ ଯେ ଏ କଥା ଉପଭୋଗ

କରୁନଥିଲା ତା ନୁହେଁ। ବରଂ ଏଥରକ ତା ମନରେ ମଦ୍ୟପାନ କରିବାର ଏକ ପ୍ରବଳ ଇଚ୍ଛା ଜାଗ୍ରତ ହେଲା। ଏ କାମଟି କିନ୍ତୁ ହୋଟେଲରେ ଯାଇ ମାଂସ ଖାଇବା ଭଳି ସହଜସାଧ ନ ଥିଲା। ତେଣୁ ବାସୁଦେବ ସ୍ଥିର କଲା ଏ ବିଷୟରେ ଚନ୍ଦ୍ରମଣିବାବୁଙ୍କର ସାହାଯ୍ୟ ନେବ।

ସେ ଭାବିଥିଲା ଯେ ଏତେବେଳକୁ ଚନ୍ଦ୍ରମଣିବାବୁ ତାଙ୍କର ଶୋଇବା ଘରେ କୌଣସି ଅପରିଚିତା ସ୍ତ୍ରୀଲୋକ ସହିତ ବସି ମଦ୍ୟପାନ କରୁଥିବେ। ସ୍ତ୍ରୀଲୋକଟିର ବୟସ ଓ ଚେହେରାର ଗୋଟିଏ ମୋଟାମୋଟି ଧାରଣା ମଧ କରିନେଇଥିଲା ସେ। କିନ୍ତୁ ବାସୁଦେବ ଯେତେବେଳେ ସଂଧ୍ୟାରେ ଯାଇ ତାଙ୍କ ଘରେ ପହଞ୍ଚିଲା, ଲୁଙ୍ଗି ଓ ଗେଞ୍ଜି ପିନ୍ଧି ବାରଣ୍ଡାରେ ବସି ଚନ୍ଦ୍ରମଣିବାବୁ ଚା ପିଉଥିଲେ। ବାସୁଦେବକୁ ଦେଖ୍ ସେ ଖୁସି ହେଲେ। ନିଜର ପ୍ରକୃତ ଅଭିପ୍ରାୟକୁ ଗୋପନ ରଖ୍ ବାସୁଦେବ କହିଲା, ମୁଁ ଏ ବାଟେ ଯାଉଥିଲି, ଭାବିଲି ଦେଖ୍ଯିବି ଆପଣ କେମିତି ଅଛନ୍ତି। ଚନ୍ଦ୍ରମଣି ତାକୁ ଅଫିସ କଥା ପଚାରିଲେ। ସେ ଚା ପିଇବାକୁ ରାଜି ହେବାରୁ ଚନ୍ଦ୍ରମଣି ଭିତରକୁ ଚା କରି ଆଣିବାକୁ ଗଲେ, କାରଣ ତାଙ୍କ ଘରେ ଆଉ କେହି ରହୁନଥିଲେ। ଚନ୍ଦ୍ରମଣିବାବୁଙ୍କ ବ୍ୟକ୍ତିଗତ କାର୍ଯ୍ୟକଳାପ ପାଇଁ ଏ ଏକ ଆଦର୍ଶ ବ୍ୟବସ୍ଥା, ମନେ ମନେ ଭାବିଲା ବାସୁଦେବ। ଚନ୍ଦ୍ରମଣି ତାଠାରୁ ବୟସରେ ବଡ଼, କିନ୍ତୁ ସେ ବେଶ୍ ସୁସ୍ଥ ସବଳ ଥିଲେ ଏବଂ ବାସୁଦେବ ଠାରୁ ଅଳ୍ପବୟସ୍କ ଦେଖାଯାଉଥିଲେ। ସମସ୍ତ ଅସଂଯମ ଓ ଆତିଶଯ୍ୟ ସତ୍ତ୍ୱେ ସେ ତତ୍ପର ଓ ପୂର୍ଣ୍ଣ ଜଣାପଡ଼ୁଥିଲେ ଏବଂ ସବୁଠାରୁ ବଡ଼ ଜିନିଷ ଥିଲା ଯେ ସେ ସେଇ ପୂର୍ବପରି ପ୍ରସନ୍ନ ଥିଲେ।

ଚା ଆଣି ଚନ୍ଦ୍ରମଣିବାବୁ କହିଲେ, ଚାଲନ୍ତୁ, ଭିତରେ ବସିବା। ତାଙ୍କର ବସିବା ଘରଟି ସୁରୁଚିପୂର୍ଣ୍ଣ ଥିଲା ଏବଂ ଗୋଟିଏ କଣରେ ପଡ଼ିଥିବା ଚଉକି ଉପରେ ଜଣେ ସୁନ୍ଦରୀ ସ୍ତ୍ରୀକୁ କଳ୍ପନା କରି ବାସୁଦେବ ନିଜର କୌତୂହଲ ମେଣ୍ଟାଇଲା। ମନେ ମନେ ଭାବିଲା, ମୁଁ ବହୁତ ଶୀଘ୍ର ଆସିଗଲି; ଟିକିଏ ଡେରିରେ ଆସିଥିଲେ ଚା ବଦଳରେ ପାନୀୟ ମିଳିଥାନ୍ତା ଏବଂ ତା ସହିତ ଦେବୀ ଦର୍ଶନ ମଧ ହୋଇଥାନ୍ତା। ଯାହାହେଉ, ଏଇ ସବୁ ଅଭାବ ସତ୍ତ୍ୱେ ବାସୁଦେବର ସଂଧାଟି ଭଲରେ କଟିଲା, କାରଣ ଚନ୍ଦ୍ରମଣିବାବୁ ଅତିଥିବତ୍ସଲ, ସ୍ନେହୀ ଲୋକ ଥିଲେ।

କିଛିଦିନ ପୂର୍ବରୁ ଆମିଷ ଖାଇବାର ଇଚ୍ଛା ଭଳି ବର୍ତ୍ତମାନ ମଦ୍ୟପାନର ଇଚ୍ଛା ତାକୁ ଘାରି ରହିଲା। ମଦର ସ୍ୱାଦ ସଂପର୍କରେ ଯଦିଓ ତାର ସମ୍ୟକ ଧାରଣା ନ ଥିଲା, ଏହାକୁ ସେ ଏକ ସୁମିଷ୍ଟ, ସୁସ୍ୱାଦ ଓ ରୋମାଞ୍ଚକର ପାନୀୟ ବୋଲି ଭାବୁଥିଲା। ମଦର କ୍ଷତିକାରକତାକୁ ସେ ମନଭିତରୁ ସଂପୂର୍ଣ୍ଣ ଦୂର କରିଦେଲା। ଦୁଇ ଦିନ ପରେ ଇଚ୍ଛାର ତାଡ଼ନାରେ ସେ ପୁଣି ଯାଇ ଚନ୍ଦ୍ରମଣିଙ୍କ ଦ୍ୱାରସ୍ଥ ହେଲା। ଯଦିଓ ସମୟଟି ପ୍ରକୃଷ୍ଟ ଥିଲା, ଏଥର କେଜାଣି କାହିଁକି ମିଛ ବାହାନାରେ ଯାଇ ଚନ୍ଦ୍ରମଣିଙ୍କୁ ବିରକ୍ତ କରିବା ପାଇଁ ବାସୁଦେବର ଇଚ୍ଛା ହେଲା ନାହିଁ। ସେ ବୁଝିଲା ଯେ ମାଂସ ଖାଇବା ଓ ମଦ୍ୟପାନ କରିବା ଯେପରି କଷ୍ଟ ଓ ଆୟାସସାଧ୍ୟ, ଏ ବୟସରେ ନୂଆ ବନ୍ଧୁତା କରିବା ମଧ ସେତିକି ଦୁଷ୍କର। ଚନ୍ଦ୍ରମଣିଙ୍କ ସହିତ ସେ ଆଗରୁ ବନ୍ଧୁତ୍ୱ କରିପାରିଥାନ୍ତା କି!

ମଦ୍ୟପାନର ଅଦମ୍ୟ ଆକାଂକ୍ଷା ତାକୁ ଏଥରକ ନେଇଗଲା ମଦ ଦୋକାନ ପାଖକୁ। କୋଉ ହୋଟେଲର ଅନ୍ଧାରୁଆ ବାର୍ ଭିତରେ ମଦ୍ୟପମାନଙ୍କ ମେଳରେ ଯାଇ ପାନୀୟର ଅର୍ଡର ଦେବା ପାଇଁ ତାର ସାହସ ନ ଥିଲା। ତେଣୁ ସେ ଠିକ କରିଥିଲା ମଦ ବୋତଲଟିଏ କିଣି ତାକୁ ସୁବିଧା ଦେଖି ଘରେ ନେଇ ପିଇବ। ଦୋକାନ ଆଗରେ ଟଙ୍ଗା ହୋଇଥିବା ବିଭିନ୍ନ ପ୍ରକାର ପାନୀୟର ଦରଦାମ ତାଲିକା ବାସୁଦେବର ବିଶେଷ ବୋଧଗମ୍ୟ ହେଲାନାହିଁ। ଦୋକାନରେ ଭିଡ଼ ଥିଲା। ବାସୁଦେବ ଭାବିଲା, ଗହଳି ଟିକିଏ କମିଲେ ଆସି ଦୋକାନୀ ସହିତ ପରାମର୍ଶ କରି କିଣିବ। ଦୋକାନ ପାଖରୁ ଟିକିଏ ଦୂରରେ ରାସ୍ତାପାଖରେ ପତ୍ରପତ୍ରିକା ବିକ୍ରି ହେଉଥିବା ଜାଗାରେ ଯାଇ ବାସୁଦେବ ଛିଡ଼ା ହେଲା। ସମୟ କଟାଇବା ପାଇଁ ପତ୍ରିକା ଓଲଟାଉ ଓଲଟାଉ ତା ଆଖିରେ ପଡ଼ିଲା ପିନ୍ ଦେଇ ବନ୍ଦ କରାହୋଇଥିବା ରଙ୍ଗୀନ ପତ୍ରିକାଟିଏ। ସେଇଟିକୁ ଉଠାଇ ବାସୁଦେବ ମଲାଟରେ ନଗ୍ନ ସ୍ତ୍ରୀର ଚିତ୍ର ଦେଖିଲା ଏବଂ ଜାଣିଲା ଯେ ଏଇଟି ଅଶ୍ଳୀଲ ପତ୍ରିକା। ପିନ୍ ସତ୍ତ୍ୱେ ପତ୍ରିକା ଭିତରଟି ଯେତେଦୂର ଖୋଲି ଦେଖି ହେବ ତା ଭିତରକୁ ଅନାଇଲା ବାସୁଦେବ, କିନ୍ତୁ କିଛି ଠିକ ଭାବରେ ଦେଖି ପଢ଼ି ପାରିଲା ନାହିଁ।

ଏଇ ସମୟରେ ପତ୍ରିକାବାଲା ତା ପାଖକୁ ଆସି କହିଲା, ୟାଠାରୁ ଆହୁରି ବଢ଼ିଆ ଜିନିଷ ମୋ ପାଖରେ ଅଛି, ଦେବି? ଏପାଖ ସେପାଖ ଅନାଇ ବାସୁଦେବ ଦେଖିଲା ଯେ କେହି ଚିହ୍ନା ଲୋକ ନାହାନ୍ତି। କହିଲା,

ହଉ ଆଶ, ଦେଖୁବା। ଯୋଉ ଭଙ୍ଗା ବାକ୍ସ ଉପରେ ସେ ବସୁଥିଲା, ତାରି ଭିତରୁ ଦୋକାନୀ ଖବରକାଗଜରେ ଗୁଡ଼ାଇ ଗୋଟାଏ ବହି ବାହାର କଲା। ତାକୁ ବାସୁଦେବ ହାତରେ ଧରାଇ କହିଲା, ଏଠାରେ ଖୋଲିବେ ନାହିଁ; ଦଶଟଙ୍କା। ବହିଟିକୁ ହାତରେ ନେଇ ବାସୁଦେବର ମନ କୌତୂହଳ ଭୟ ଉତ୍ତେଜନାରେ ଭରିଗଲା। ମୁହୂର୍ତ୍ତେ ସେ ଭାବିଲା ବହିଟିର ଦାମ ନେଇ ଦର କଷାକଷି କରିବ। କିନ୍ତୁ ଏହି ସମୟରେ ଦି ଚାରିଜଣ ଲୋକ ଆସି ସେଠାରେ ପତ୍ରିକା ଦେଖିବାକୁ ଆରମ୍ଭ କଲେ। ତରତର କରି ବହିଟିକୁ ବ୍ୟାଗରେ ରଖି ବାସୁଦେବ ଦୋକାନୀକୁ ଦଶଟଙ୍କା ବଢ଼ାଇ ଦେଲା।

ବର୍ତ୍ତମାନ ମଦ ଦୋକାନକୁ ଯିବାବେଳେ ସେ ମନସ୍ଥିର କରିନେଲା ସେ କଣ କିଣିବ। ସିଧାସଳଖ ସେ ଦୋକାନୀ ପାଖକୁ ଯାଇ ଗୋଟାଏ ଛୋଟ ବୋତଲ ଜିନ୍ ମାଗିଲା ଏବଂ ତାକୁ ବ୍ୟାଗରେ ରଖିଲା। ସ୍ତ୍ରୀ ପାଖରୁ ଏ ଜିନିଷକୁ ଲୁଚାଇବା ପାଇଁ ସେ ଔଷଧ ଦୋକାନକୁ ଯାଇ ସେଠାରୁ କିଛି ଅଦରକାରୀ ଔଷଧ କିଣିଲା ଏବଂ ଘରକୁ ଯାଇ ଔଷଧ, ମଦ ଓ ବହିକୁ ଠିକଣା ଜାଗାରେ ରଖିଲା। ବର୍ତ୍ତମାନ ତାର ଏକମାତ୍ର ଲକ୍ଷ୍ୟ ଥିଲା କେମିତି କେତେ ଶୀଘ୍ର ସେ ଜିନ୍ ପିଇବ ଓ ବହିଟି ପଢ଼ିବ। ସେ ଜିନ୍ ଏଣ୍ଡ ଲାଇମ୍ କଥା ପଢ଼ିଥିଲା ଏବଂ ସେଇଥିପାଇଁ ଏତେ ପାନୀୟ ଭିତରୁ ଜିନ୍‌କୁ ହିଁ ବାଛିଥିଲା। ବର୍ତ୍ତମାନ ପେଟ ଖରାପ ଅଛି ବାହାନାରେ ଯାଇ ଲେମ୍ବୁପାଣି ତିଆରି କଲା। ସ୍ତ୍ରୀ ପୂଜା କରୁଥିବାର ସୁଯୋଗ ନେଇ ସେ ଗ୍ଲାସରେ କିଛି ଜିନ୍ ମିଶାଇଲା ଓ ତାକୁ ଚାଖିଲା। ସ୍ୱାଦରେ କୌଣସି ବିଶେଷ ନୂତନତ୍ୱ ନ ପାଇ ସେ ଏଥରକ ବେଶ୍ କିଛି ଜିନ୍ ଢାଳିଲା ଏବଂ ଏକା ନିଶ୍ୱାସରେ ତାକୁ ପିଇଦେଲା।

ମନ ଓ ଦେହ ହାଲୁକା ଲାଗିବା ସହିତ ପେଟର ଅସ୍ୱସ୍ତି, ମୁଣ୍ଡ ଧରିବା ଏବଂ ବାନ୍ତି ବାନ୍ତି ଭାବ, ଏଇ କଣ ମଦ୍ୟପାନର ସୁଖ? ନା ତାର ଭାଗମାପରେ କିଛି ଭୁଲ ହୋଇଗଲା? ତାର ଦେହ କେମିତି ଅବସନ୍ନ ଲାଗିଲା ଓ ସେ ଖଟ ଉପରକୁ ଶୋଇବାକୁ ଗଲା। ବଜାରରୁ ଆଣିଥିବା ବହିଟିକୁ ପଢ଼ିବାକୁ ତାର ଅଦମ୍ୟ ଇଚ୍ଛା ହେଲା, କିନ୍ତୁ ପାଖରେ ଚଳପ୍ରଚଳ ହେଉଥିବା ସ୍ତ୍ରୀ ଆଡ଼କୁ ଅନାଇ ତାର ସାହସ ହେଲା ନାହିଁ। ତେବେ ବହିଟିରେ କି ବିଷୟ ଥାଇପାରେ ପ୍ରବଳ ମୁଣ୍ଡବ୍ୟଥା ସତ୍ତ୍ୱେ ତାର ଏକ ଉଦ୍ୱୀପକ କଳ୍ପନା କରୁ କରୁ ବାସୁଦେବ ନିଦରେ ଶୋଇଗଲା।

ବାସୁଦେବ ନିଦରୁ ଉଠିବା ବେଳକୁ ସଂଧ୍ୟା ହୋଇ ଆସୁଥିଲା ଏବଂ ସ୍ତ୍ରୀ ମନ୍ଦିରକୁ ବାହାରି ଯାଇଥିଲା। ତାର ମୁଣ୍ଡ ଭାରିଭାରି ଲାଗୁଥିଲା; କିନ୍ତୁ ସେ ସିଧା ଯାଇ ଲୁଚାଇ ରଖିଥିବା ଜାଗାରୁ ବହିଟିକୁ ବାହାରକଲା। ଘର କବାଟ ଠିକଭାବେ ବନ୍ଦ ଅଛି କି ନା ଦେଖି ସେ ଟେବୁଲ ଲ୍ୟାମ୍ପ ଜ୍ୱଳାଇଲା ଓ ଚଷମାକୁ ଭଲଭାବେ ପୋଛି ଆଖିରେ ଲଗାଇ ବହିଟି ଖୋଲିଲା। ବହିଟିକୁ ଏକା ନିଶ୍ୱାସରେ ପଢି ନେଲା ବାସୁଦେବ। ବହିଟି ସଂପୂର୍ଣ୍ଣ ଅଶ୍ଳୀଳ ଓ କାମୋଦ୍ଦୀପକ ଥିଲା ଏବଂ ବିଭିନ୍ନ ଯୌନକ୍ରିୟାର ପ୍ରାଂଜଳ ବର୍ଣ୍ଣନାରେ ଭରପୂର ଥିଲା। ତାର ବଥାଉଥିବା ମୁଣ୍ଡ ଭିତର ଦେଇ କାମବାସନାର ଗୋଟିଏ ଝଡ଼ ବହି ଚାଲିଗଲା। କିନ୍ତୁ ମନ ସହିତ ଇନ୍ଦ୍ରିୟ ସହଯୋଗ କଲା ନାହିଁ। ଦୁଃଖର ସହିତ ବାସୁଦେବ ଲକ୍ଷ୍ୟ କଲା ଯେ ତା ଉପରେ କୌଣସି ଦୈହିକ ପ୍ରତିକ୍ରିୟା ହେଲା ନାହିଁ ଏ ସବୁର।

ବହିଟିକୁ ରଖିଦେଇ ସେ ଆସି ଟେବୁଲ ଲ୍ୟାମ୍ପ ଲିଭାଇ ଦେଇ ଅନ୍ଧାରରେ ବସି ରହିଲା। ସେ ହଠାତ୍ ଯେମିତି ତାର ବାର୍ଦ୍ଧକ୍ୟକୁ ଅନୁଭବ କଲା। ତାର ନକଲି ଦାନ୍ତ, ଅଣ୍ଡା ବେମାରି, ମୋଟା କାଚର ଚଷମା, ବ୍ୟାଙ୍କରେ କିଏ ତାକୁ "ଶଳା ବୁଢ଼ା" ବୋଲି କହିଥିବା କଥା, ଏସବୁ ତାର ମନେ ପଡ଼ିଲା। କିଛି ଦିନ ତଳେ ସେ ଯାହା ଠିକ କରିଥିଲା ଯେ ଚନ୍ଦ୍ରମଣିବାବୁଙ୍କ ସାଙ୍ଗରେ କୋଉ ସ୍ତ୍ରୀଲୋକ ପାଖକୁ ଯିବ, ବାସୁଦେବ ସେ କଥା ମନ ଭିତରୁ ଦୂର କରିଦେଲା। ବରଂ ସେ ଠିକ କଲା ଯେ ଆଗାମୀ କାଲିଠାରୁ ସ୍ତ୍ରୀ ସହିତ ନିୟମିତ ମନ୍ଦିରକୁ ଯିବ।

—

ସମସ୍ୟା

ପୃଥିବୀର ଅନ୍ୟ ଦେଶମାନଙ୍କରେ ନିୟମ ବହିର୍ଭୂତ କାମ କରାଇବା ପାଇଁ ଲୋକେ ଲାଞ୍ଚ ଦେଇଥାନ୍ତି, କିନ୍ତୁ ଆମ ଦେଶରେ ନିଜର ନ୍ୟାଯ୍ୟ କାମ ପାଇଁ ଲାଞ୍ଚ ଦେବାକୁ ହୁଏ। ଅନେକ ଶ୍ରମ, ସମୟ ଓ ଅର୍ଥଶ୍ରାଦ୍ଧ କରି ଏଇ କଠୋର ସତ୍ୟକୁ ଉପଲବ୍ଧ କଲା ଜୟରାମ। ତାର କାରଖାନା ବସାଇବାର ଆଉ ସବୁ କାମ ସରିଯାଇଥିଲା, କେବଳ ବିଜୁଳି ଲାଗିବା ବାକି ଥିଲା। କାରଖାନା ପାଇଁ ଜମି ଠିକ୍ କରିବା, ବ୍ୟାଙ୍କରୁ ରଣ ନେଇ ମେସିନ ମଗାଇବା, ଘର ତିଆରି କରିବା ଇତ୍ୟାଦି କାମ ସୁଚାରୁରୂପେ ହୋଇଗଲା, କିନ୍ତୁ ସମସ୍ୟା ଉପୁଜିଲା ବିଜୁଳି ଯୋଗାଣ ନେଇ। ସେ ଲାଞ୍ଚ ଦେଇ କାମ କରାଇବା ପାଇଁ ପ୍ରସ୍ତୁତ ଥିଲା, କିନ୍ତୁ ଅସୁବିଧା ଥିଲା ଏଇ ଯେ କେଉଁ ସ୍ତରରେ କାହାକୁ କେମିତି ଓ କେତେ ଲାଞ୍ଚ ଦେବାକୁ ହେବ, ସେ ବିଷୟରେ କୌଣସି ଧରାବନ୍ଧା ନିୟମ ନାହିଁ। ତଳୁ ଉପର ପ୍ରତ୍ୟେକ ସ୍ତରରେ ଲାଞ୍ଚ ନେଉଥିବା ଅଫିସରକୁ ବାଛିବା, ତା ସହିତ ଯୋଗସୂତ୍ର ସ୍ଥାପନ କରିବା ପାଇଁ ଦଲାଲ ଠିକ୍ କରିବା ଓ ଲାଞ୍ଚର ମାତ୍ରା ନିର୍ଦ୍ଧାରିତ କରିବା ସମୟ ଓ ବ୍ୟୟସାପେକ୍ଷ ବ୍ୟାପାର। କେତେବେଳେ ଠିକ୍ ଲୋକଟି ଛୁଟିରେ ଚାଲିଯାଇଥିଲା ତ ପୁଣି କେତେବେଳେ ଦଲାଲ ଟଙ୍କା ଖାଇ ଫେରାର ହୋଇଯାଉଥିଲା। ନିର୍ଦ୍ଧିଷ୍ଟ ଟଙ୍କା ନେଇ ସାରିବାପରେ ଅଫିସରର ଲୋଭ ବଢ଼ି ଯାଉଥିଲା ଓ ସ୍ଥିର ଚିକିସ୍ଥା ଆଳରେ ତାର ଆହୁରି ଟଙ୍କା ଦରକାର ହେଉଥିଲା। ତେଲ ପଡ଼ିଲେ ଚକ ବୁଲିବା ଭଳି ଜୟରାମର ବିଜୁଳି ଯୋଗାଣ ଫାଇଲଟି ଲାଞ୍ଚ ଦେବା- ନେବାର ପ୍ରକ୍ରିୟା ସହିତ ତାଲ ରଖି ଚାଲୁଥିଲା।

ଏତେବେଳକୁ କାରଖାନା ଘର ତିଆରି ସରିଥିଲା ଏବଂ ସେଥିରେ ମେସିନ ବସି ସାରିଥିଲା। ଏପରିକି, ତାର ମୋଟା ଦରମା ନେଉଥିବା ଇଂଜିନିୟର ଆସି ପ୍ରତିଦିନ ପାଖ କାରଖାନାରୁ ଚୋରାରେ ବିଜୁଳି ଆଣି ମେସିନକୁ ପରୀକ୍ଷାମୂଳକ ଭାବେ ଚଲାଉଥିଲା; ଜୟରାମକୁ କହୁଥିଲା, ଭଲ ମେସିନ ତିନି ସିଫ୍ଟରେ ଶହେ କୋଡ଼ିଏ ପ୍ରତିଶତ ଉପ୍ରାଦନ ଦବ। ଜୟରାମ ଏ କଥାରେ ଖୁସି ଓ ଆଶ୍ୱସ୍ତ ହେଉଥିଲା ଏବଂ ଦଲାଲକୁ ଡାକି କହୁଥିଲା, ଆଉ ଯାହା ଟଙ୍କା ପଡ଼ିବପଛେ, ଶୀଘ୍ର ଫାଇଲ ବାହାର କର।

ଏଇଭଳି ଦେଢ଼ବର୍ଷ ବିତିଗଲା, କିନ୍ତୁ ଫାଇଲ ତାର କଚ୍ଛପ ଗତି ଅବ୍ୟାହତ ରଖି ବାହାରକୁ ବାହାରିଲା ନାହିଁ। ଦିନେ ସକାଳୁ ହଠାତ୍ ଦଲାଲ ମୁହଁ ଶୁଖାଇ ଆସି ପହଞ୍ଚିଲା ଏବଂ ଜୟରାମକୁ କହିଲା, ଫାଇଲ କାଲି ମନ୍ତ୍ରୀଙ୍କ ପାଖକୁ ଚାଲିଗଲା। ଦଲାଲ ବୁଝାଇଲା ଯେ ମୁଖ୍ୟଯନ୍ତ୍ରୀ ତାଙ୍କ ସ୍ତରରେ କାମଟି କରିଦେଲେ କାଲେ କିଏ ତାଙ୍କୁ ଉତ୍କୋଚ ନେଇଚି ବୋଲି ଅଭିଯୋଗ କରିବ, ସେଥିପାଇଁ ସେ ଫାଇଲକୁ ଉପରକୁ ପଠାଇଦେଲେ। ଏଇଟି ଥିଲା ଏକ ବିଶେଷ ଦୁଃସମ୍ବାଦ। ବିଜୁଳି ମନ୍ତ୍ରୀଙ୍କର ଅଫିସ ଥିଲା ହଜିଥିବା ଫାଇଲର ଗଣ୍ତାଘର; ଥରେ ସେଠାକୁ ଫାଇଲ ଗଲେ ତାକୁ ଉଦ୍ଧାର କରିବା ପାଇଁ ଅନେକ ଉଦ୍ୟମ ଓ ଅର୍ଥ ବିନିଯୋଗ କରିବାକୁ ପଡ଼ୁଥିଲା। ଇଂଜିନିୟର ବର୍ତ୍ତମାନ ମେସିନର ଦକ୍ଷତାକୁ ଶହେ ତିରିଶ ପର୍ଯ୍ୟନ୍ତ ଟାଣି ଆଣିଥିଲା ଏବଂ ଏଇ ଅବସ୍ଥାରେ ଫାଇଲ ଫେରାର ହୋଇଯିବା ଜୟରାମ ପାଇଁ ଥିଲା ହୃଦୟ ବିଦାରକ। ଦଲାଲ ପାଖରୁ ମାରାମ୍ବକ ଖବରଟି ପାଇ ଜୟରାମ କିଛି ସମୟ ମୁଣ୍ଡ ପୋତି ବସି ରହିଲା; ଶେଷକୁ ଦମ୍ଭ ନେଇ କହିଲା, ଠିକ ଅଛି। ଯାହା ପଡ଼ିବ ପଡ଼ୁ ପଛେ, ମନ୍ତ୍ରୀ ପାଖରୁ ଫାଇଲ ବାହାର କର।

ସବୁ ଦୁର୍ଦ୍ଦିନର ଶେଷ ଅଛି। ଯଥୋଚିତ ସେବା ଉପଚାର ପରେ ଫାଇଲଟି ଅଜ୍ଞାତବାସରୁ ଫେରିଲା ଅନୁକୂଳ ଆଦେଶ ନେଇ। ଜୟରାମର ଆନନ୍ଦର ସୀମା ରହିଲା ନାହିଁ। ତେବେ ମନେ ମନେ ଭାବିଲା, ଭଗବାନ କରନ୍ତୁ ତାକୁ ଆଉ ଯେମିତି କୌଣସି ଅଫିସର ଦ୍ୱାରସ୍ଥ ହେବାକୁ ନପଡ଼େ। କାରଖାନାକୁ ଏଥର ଖୋଲାଖୋଲି ବିଜୁଳି ତାର ଟଣା ହେଲା ଏବଂ ଇଂଜିନୟର ଆସି ଆହୁରି ଆଶାଜନକ କଥାମାନ ଶୁଣାଇଲା। ଦୁଇ ବର୍ଷ ପରେ ଜୟରାମ ମୁହଁରେ ହସ ଦେଖାଗଲା। ସେ ସ୍ତ୍ରୀ ଓ ଦୁଇ ଛୋଟ ପୁଅ ଝିଅଙ୍କ ସାଙ୍ଗରେ ପୁଣି ଭଲରେ କଥାବାର୍ତ୍ତା କଲା। କୋଉଦିନ ଠିକ କେତେବେଳେ କାରଖାନା ଚାଲୁ କରାଯିବ, ପାଞ୍ଜି ଦେଖି ତାର ଶୁଭ ସମୟ ନିର୍ଦ୍ଧାରିତ ହେଲା ଏବଂ ପୁରୋହିତ ମଧ ଠିକ ହୋଇଗଲା।

ସୁଦିନ ମଧ ଅନେକ ସମୟରେ କ୍ଷଣସ୍ଥାୟୀ ହୋଇଥାଏ। ଯୋଉଦିନ କାରଖାନା ଆରମ୍ଭ ହେବାର ଥିଲା, ତାର ଦିନକ ଆଗରୁ ରାଜ୍ୟରେ ବିଜୁଳି କାଟ ହୋଇଗଲା। ଉପଯୁକ୍ତ ପରିମାଣରେ ବର୍ଷା ନ ହେବାରୁ ବନ୍ଧ ଶୁଖିଗଲା ଏବଂ ବିଜୁଳି ଉତ୍ପାଦନ ହାର କମିଗଲା। ଜୟରାମର ଫାଇଲ ବର୍ତ୍ତମାନ ସ୍ୱୟଂ ଇନ୍ଦ୍ରଙ୍କ ଅଫିସରେ ପହଞ୍ଚିଯାଇଥିଲା। ସେଠାରୁ କାଗଜ ବାହାର କରିବା ପାଇଁ ଉପଯୁକ୍ତ ଦଲାଲ ମିଲିଲେ ଓ ଦରଦାମ ଉଚିତ ହେଲେ ସେ ସେଠାରେ ମଧ ଲାଞ୍ଚର ଆଶ୍ରୟ ନେଇଥାନ୍ତା। କିନ୍ତୁ ଏହା ଏକ ଚପଲ ଚିନ୍ତା ମାତ୍ର। ଏକ ଘୋର ନୈରାଶ୍ୟରେ ବୁଡ଼ିଗଲା ଜୟରାମ। ତାର

ଏତେ ବର୍ଷର ପରିଶ୍ରମ, ସମସ୍ତ ଗଚ୍ଛିତ ପୁଞ୍ଜିର ବିନିଯୋଗ ସବୁ ବର୍ତ୍ତମାନ ବ୍ୟର୍ଥ। ଇଞ୍ଜିନିୟର ତାକୁ ଛାଡ଼ି ଅନ୍ୟ କମ୍ପାନୀକୁ ଚାଲିଗଲା। ଦଲାଲ ଯୋଉ ଟଙ୍କା ଫେରସ୍ତ ଦେବାର ଥିଲା ଫେରାଇଲା ନାହିଁ। ରଣ ଟଙ୍କା ଫେରାଇବା ପାଇଁ ବ୍ୟାଙ୍କରୁ ତାଗିଦା ଆସିଲା ଏବଂ ମେସିନ ଯୋଗାଇଥିବା ସଂସ୍ଥାରୁ ବଳକା ଟଙ୍କା ପଇଠ କରିବାର ନୋଟିସ। ତାର ଆର୍ଥିକ ଅବସ୍ଥା ଖରାପ ହୋଇଯିବା ସଙ୍ଗେ ସଙ୍ଗେ ତାର ସ୍ତ୍ରୀ ମଧ ତା ସହିତ ଆଉ ଭଲ ବ୍ୟବହାର କଲା ନାହିଁ। ନିଜର ଦୁଃଖ ଓ ଚିନ୍ତାର ଭାରରେ ସେ ପୁଣି ପିଲା ଦୁହିଁଙ୍କ ପାଖରୁ ଦୂରେଇଗଲା। ଏଭଳି ମନସ୍ଥିତିରେ ପଡ଼ି ହଠାତ୍‍ ସେ ଠିକ୍ କଲା ଯେ ସେ ବୈସାଖୀବାବାଙ୍କ ଆଶ୍ରମକୁ ଚାଲିଯିବ।

ଯଦିଓ ସେ ଆନ୍ତର୍ଜାତିକ ପ୍ରସିଦ୍ଧି ପ୍ରାପ୍ତ ଯୋଗୀ ଓ ଭଗବାନଙ୍କ ଭଳି ଏତେ ବିଖ୍ୟାତ ନ ଥିଲେ, ବୈସାଖୀବାବାଙ୍କର ଖ୍ୟାତି କିଛି କମ ନ ଥିଲା। ସହରରୁ ଅନେକ ଦୂରରେ ନଈକୂଳରେ ଗଛଲତା ଝରଣା ପରିବେଷ୍ଟିତ ତାଙ୍କର ବିରାଟ ଆଶ୍ରମ ଥିଲା। ବାବାଙ୍କର ଅନେକ ବିଦେଶୀ ଭକ୍ତ ମଧ ଥିଲେ ଏବଂ ଦେଶ ବିଦେଶରୁ ଆସିଥିବା ଭକ୍ତମାନଙ୍କୁ ନେଇ ଆଶ୍ରମ ସବୁବେଳେ ଭରପୂର ରହୁଥିଲା। ଜୟରାମର ପରିଚିତ ଅନେକ ଲୋକ ବୈସାଖୀବାବାଙ୍କର ଭକ୍ତ ଥିଲେ ଏବଂ ତାଙ୍କ ବିଷୟରେ ପ୍ରଶଂସାସୂଚକ କଥାମାନ କହୁଥିଲେ। ତାଙ୍କର ଯେ ଅନେକ ନିନ୍ଦୁକ ନଥିଲେ ତା ନୁହେଁ। ମଝିରେ ମଝିରେ ବୈସାଖୀବାବା ଏବଂ ତାଙ୍କ ଆଶ୍ରମ ବିଷୟରେ ପତ୍ରପତ୍ରିକାରେ ଅନେକ ଗୁଜବ ପ୍ରକାଶ ପାଉଥିଲା। ବାବାଙ୍କର ସି.ଆଇ.ଏ. ସଂପର୍କ, ଆଶ୍ରମରେ କିଏ ଜଣେ କେବେ ଆମ୍ଭହତ୍ୟା କରିଥିବା, ବିଦେଶୀ ଝିଅଟିଏ ସେଠାରେ ନିରୁଦ୍ଦିଷ୍ଟ ହୋଇଯାଇଥିବା, ଆଶ୍ରମର ଟଙ୍କା ତୋଷରପାତ ଇତ୍ୟାଦି ଜନରବ ସତ୍ତ୍ୱେ ବୈସାଖୀବାବାଙ୍କ ଭକ୍ତମାନେ ତାଙ୍କ ପ୍ରତି ନିଷ୍ଠାବାନ ରହିଥିଲେ ଏବଂ ସେମାନଙ୍କର ସଂଖ୍ୟା ବଢ଼ିଚାଲିଥିଲା।

ବୈସାଖୀବାବା କେଉଁଠାରୁ କେବେ ଆସି ଏଇ ଆଶ୍ରମ କରିଥିଲେ କାହାରିକି ଜଣା ନ ଥିଲା। ତାଙ୍କର ବୟସ କେତେ ଏବଂ ସେ କେଉଁଠାର ଲୋକ ସେ ବିଷୟରେ ମଧ ସନ୍ଦେହ ଥିଲା । ସେ ଅନେକ ଭାଷା ଜାଣୁଥିଲେ ଓ ବୁଝୁଥିଲେ; କିନ୍ତୁ ଆଜିକାଲି ବିଦେଶୀ ଭକ୍ତମାନଙ୍କ ସହାୟତାର୍ଥ କେବଳ ଇଂରେଜୀରେ କଥାବାର୍ତ୍ତା କରୁଥିଲେ ଓ ପ୍ରବଚନ ଦେଉଥିଲେ। ତାଙ୍କର ନାଁର ଉପୃତ୍ତି ନେଇ ମଧ ମତଦ୍ୱୈଧ ଥିଲା। କିଏ କିଏ କହୁଥିଲେ ଯେ ତାଙ୍କର ଜନ୍ମ ବୈଶାଖ ମାସରେ ବୋଲି ତାଙ୍କର ଏଇ ନାଁ। ଆଉ କେହି କେହି କହୁଥିଲେ ଯେ ହିନ୍ଦୀ ଭାଷାରେ ବୈସାଖିର ଅର୍ଥ ଛୋଟା ଲୋକର କ୍ରଚ୍ ବା ଆଶାବାଡ଼ି। ବାବା କୁଆଡ଼େ କେବେ ଏଇଟିକୁ ବ୍ୟବହାର କରୁଥିଲେ କିନ୍ତୁ ଦିନେ

ହଠାତ୍ ତାଙ୍କ ଗୁରୁଙ୍କର ନିର୍ଦ୍ଦେଶରେ ବାଡ଼ିଟିକୁ ଫିଙ୍ଗି ଦେଇ ସମସ୍ତଙ୍କ ଆଗରେ ସିଧା ଚାଲିବାକୁ ଆରମ୍ଭ କଲେ। ତାଙ୍କର ନାଁ କିନ୍ତୁ ରହିଗଲା ବୈସାଖୀବାବା।

ଜୟରାମ ପିଲାଦିନୁ ସାଧାରଣ ଭାବରେ ଧାର୍ମିକ ଥିଲା, କେବେ କେବେ ମନ୍ଦିରକୁ ଯାଉଥିଲା; କିନ୍ତୁ ପ୍ରତିଦିନ ନିୟମିତ ଭାବରେ ପୂଜାପାଠ କରିବା କଥା ସେ କେବେ ହେଲେ ଭାବିନଥିଲା। ତେବେ ବ୍ୟବସାୟରେ ମନ ଦେବା ଦିନଠାରୁ ସେ କ୍ରମେ କ୍ରମେ ଦେବଦେବୀ, ଧର୍ମ ପୂଜାପାଠ ଇତ୍ୟାଦିରେ ଅଧିକ ଅଧିକ ବିଶ୍ୱାସ କରିବାରେ ଲାଗିଲା। ବ୍ୟବସାୟଜନିତ କ୍ଷୟକ୍ଷତିର ସମ୍ଭାବନା ଓ ଦାରିଦ୍ର୍ୟ ଯେତିକି ବଢ଼ିବାରେ ଲାଗିଲା, ଜୟରାମ ଲକ୍ଷ୍ୟ କଲା ଯେ ସେ କ୍ରମେ କ୍ରମେ ସେତିକି ଧର୍ମ ନିର୍ଭରଶୀଳ ହୋଇଯାଉଛି। କାରଖାନା ଲଗାଇବାର ସମୟତକ ଏଇଥିପାଇଁ ସେ ହୋଇଯାଇଥିଲା ଲକ୍ଷ ଘଡ଼ି ପୁରୋହିତ ପୂଜା ପଦ୍ଧତି ସର୍ବସ୍ୱ। ଯେଉଁଦିନ ବିଦ୍ୟୁତ୍ ସରବରାହ ବଞ୍ଚିତ ହୋଇ ସେ କାରଖାନା ଚଳାଇବାର ସମସ୍ତ ଆଶା ହରାଇଲା, ତାର ଧର୍ମବିଶ୍ୱାସ ମଧ୍ୟ ହଠାତ୍ ଅଭୁତ ଭାବରେ ବ୍ୟାହତ ହୋଇଗଲା। ତଥାପି ତାର ସାମାନ୍ୟ ଭୟ ରହିଥିଲା ଯେ ସେ ଯଦି ଏଇ ଅବସ୍ଥାରେ ଦେବଦେବୀଙ୍କ ଉପରେ ତାର ଆସ୍ଥାକୁ ସଂପୂର୍ଣ୍ଣରୂପେ ପ୍ରତ୍ୟାହାର କରି ନିଏ, ହୁଏତ ତା ପାଇଁ ଆହୁରି ଅନେକ ଦୈବଦୁର୍ବିପାକ ଆସିପାରନ୍ତି। ଏଇଭଳି ସନ୍ଦିଗ୍ଧ ଅବସ୍ଥାରେ ସେ ବୈସାଖୀବାବାଙ୍କ କଥା ମନେ ପକାଇଲା।

ବାବାଙ୍କ ଆଶ୍ରମକୁ ଯାଇ ତାଙ୍କର ଦୀକ୍ଷା ନେବା ଅଥବା ସେଠାରେ ରହିବାର ନୀତି ନିୟମ ଜୟରାମର ଅଜଣା ଥିଲା। ସେ ତାର ବନ୍ଧୁମାନଙ୍କ ପାଖରୁ ଏ ବିଷୟରେ ପରାମର୍ଶ ନେଇ ପାରିଥାନ୍ତା, କିନ୍ତୁ ନିଜର ଏଇ ଦୟନୀୟ ଅବସ୍ଥାରେ ନିଜକୁ ସେମାନଙ୍କ ପାଖରୁ ଦୂରେଇ ରଖୁଥିଲା ଜୟରାମ। ସେ ସ୍ଥିର କଲା ଯେ ସେ ଏକା ଯାଇ ଆଶ୍ରମରେ ପହଞ୍ଚି ନିଜର ଭାଗ୍ୟ ଓ ବାବାଙ୍କର ମାହାମ୍ୟର ପରୀକ୍ଷା କରିବ। ଆଗରୁ ସେ ବାହାରେ କେଉଁଠାକୁ ଯିବାକୁ ଥିଲେ ତାର ଅଫିସର ଲୋକ ଯାଇ ରେଲ ବା ଉଡ଼ାଜାହାଜ ଟିକେଟ କରିଆଣୁଥିଲା ଏବଂ ତାର ଡ୍ରାଇଭର ତାକୁ ଷ୍ଟେସନ ବା ଏୟାରପୋର୍ଟରେ ଛାଡ଼ି ଆସୁଥିଲା। ଆଶ୍ରମକୁ ଯିବା ପାଇଁ ସେ ଠିକ କଲା ସେ ଏକା ବସରେ ଯିବ। ପ୍ରଥମେ ସେଠାରେ ଯାଇ ପାଞ୍ଚସାତ ଦିନ ରହି ତା ପରେ ନିଜର କାର୍ଯ୍ୟପନ୍ଥା ଠିକ କରିବ। ସେଥିପାଇଁ ସେ ତାର ସୁଟକେସରେ ଜାମାପଟା ସଜାଡ଼ିଲା। ସୁଟକେସଟି ଯେତେବେଳେ ପୂରିଗଲା, କଣ ଭାବି ଜୟରାମ ସବୁ ଜିନିଷ ବାହାର କରି ରଖିଦେଲା। ଗୋଟିଏ କାନ୍ଧ ମୁଣିରେ ନିତାନ୍ତ ଆବଶ୍ୟକ ଅଳ୍ପ ଜିନିଷ ରଖି ନିଜେ ଯାଇ ବସ ଟିକେଟ କିଣିଆଣି ସ୍ତ୍ରୀକୁ କହିଲା, ମୁଁ ପାଞ୍ଚସାତ ଦିନ ପାଇଁ ବାହାରକୁ

ଯାଉଛି। ସ୍ତ୍ରୀ ତାକୁ କିଛି କହିଲା ନାହିଁ; ଏପରିକି ପଚାରିଲା ନାହିଁ ଯେ ସେ କୁଆଡ଼େ ଯାଉଛି।

ରାତି ଦଶଟାବେଳେ ଛାଡ଼ିବା ବସ ଛାଡ଼ିଲା ରାତି ବାରଟାରେ। କଷ୍ଟଦାୟକ ସିଟରେ ଦୁଃଖ ବିରକ୍ତି ଅସ୍ଥିରତା ଭିତରେ ବସି ରହି ନିଜର ଜୀବନକୁ ସମୀକ୍ଷା କରିବାକୁ ଚେଷ୍ଟାକଲା ଜୟରାମ। କିନ୍ତୁ ବସ ଭିତରେ ଖରାଦିନର ଗରମ ଓ ଅସ୍ୱସ୍ତି ବ୍ୟତୀତ ଆଉ କିଛି ତା ମୁଣ୍ଡ ଭିତରେ ପଶିଲା ନାହିଁ। ବସ ଚାଲିବାକୁ ଆରମ୍ଭ କରିବାରୁ କିଛି ଥଣ୍ଡା ପବନ ଦେହରେ ବାଜିଲା ଏବଂ ବନ୍ଧୁର ରାସ୍ତାରେ ଗାଡ଼ିର ଉତ୍‌ଥାନପତନ ଓ ବସିବାର ଅସ୍ୱାଚ୍ଛନ୍ଦ୍ୟ ସତ୍ତ୍ୱେ ଜୟରାମ ନିଦରେ ଶୋଇଗଲା। ତାର ନିଦ ଭାଙ୍ଗିଲା ଯେତେବେଳେ ବସ ଯାଇ ଅଟକିଲା ପରଦିନ ଭୋର ସକାଳେ।

ଅଧା ନିଦରେ ବସରୁ ଓହ୍ଲାଇ ଜୟରାମ ଯାଇ ନଈକୂଳ ପାହାଚ ଉପରେ ବସିଲା। ସେତେବେଳକୁ ପୂରାପୂରି ସକାଳ ହୋଇ ନଥାଏ ଏବଂ ସାମାନ୍ୟ ଅନ୍ଧାର ଥାଏ। ଦୂରରେ ମନ୍ଦିରଟି ଅସ୍ପଷ୍ଟ ଦେଖାଯାଉଥାଏ। ଲୋକ ଚଳପ୍ରଚଳ ହେବା ଆରମ୍ଭ କରିନଥାନ୍ତି ଏବଂ ସବୁଆଡ଼ୁ ଶାନ୍ତ ଓ ଶୂନଶାନ ଥାଏ। ଜାଗାଟିର ନାଁ ଶେଷନାଥ ଏବଂ ଜଣାଯାଉଥାଏ ସବୁ କିଛି ଯେପରି ଏଠାରେ ଆସି ଏଇ ଜାଗାରେ ସମାପ୍ତ ଓ ଶେଷ ହୋଇଯାଇଛି। ଏଠାରେ ଯେମିତି ଘର ନାହିଁ, ପରିବାର ନାହିଁ, ବ୍ୟାଙ୍କ ନାହିଁ, ଇଂଜିନିୟର ନାହାନ୍ତି, ଦଲାଲ ନାହାନ୍ତି, ମନ୍ତ୍ରୀ ନାହାନ୍ତି ଏ ଜାଗାରେ। ଏପରିକି ଏଠାରେ ଇନ୍ଦ୍ର ବି ନାହାନ୍ତି। ଏଠାରେ କେବଳ ନଈର ଅସରନ୍ତି କୁଳୁକୁଳୁ ଶବ୍ଦ ଏବଂ ଅଶେଷ ଶାନ୍ତି।

ଆଖିରୁ ନିଦ ପୂରାପୂରି ଚାଲିଯିବା ପରେ ଜୟରାମ ନଈ ପାଣିରେ ଯାଇ ମୁହଁ ହାତ ଧୋଇଲା। ତା ପାଖରେ ପାହାଚ ଉପରେ ବସି ମୁହଁ ଧୋଉଥିବା ଲୋକଟିକୁ ସେ ବାବାଙ୍କ ଆଶ୍ରମ ବିଷୟରେ ପଚାରିଲା ଏବଂ ଶୁଣି ହତାଶ ହେଲା ଯେ ଆଶ୍ରମଟି ନଈ ଆରପାଖରେ ଏବଂ ଏପାଖରେ ଥିବା ଶେଷନାଥ ମନ୍ଦିର ସହିତ ବାବାଙ୍କର କୌଣସି ସମ୍ପର୍କ ନାହିଁ। ତେବେ ଲୋକଟି ତାକୁ ଆଶ୍ୱାସନା ଦେଲା ଯେ ନଈ ପାର ହେବା ପାଇଁ ତାକୁ ଡଙ୍ଗା ମିଳିଯିବ। ସତକୁ ସତ ତାରି ପାଖରେ ଆସି ଡଙ୍ଗାଟିଏ ଅଟକିଲା। ଜୟରାମ ଭାବିଥିଲା ଯେ ସେ ପ୍ରଥମେ ମନ୍ଦିରକୁ ଯାଇ ଦର୍ଶନ କରିବ; କିନ୍ତୁ ଡଙ୍ଗାଟି ଦେଖି ତା ଉପରକୁ ଉଠିଗଲା। ଡଙ୍ଗା ଭିତରେ ଆଉ ଯେଉଁ କେତେଜଣ ଲୋକ ବସିଥିଲେ, ସେମାନେ ଦୁଧ ଭାର ଧରି ନଈ ଆରପାଖକୁ ଯାଉଥିଲେ। ହାତ ବଢ଼ାଇ ନଈପାଣିକୁ ଛୁଇଁଲା ଜୟରାମ। ବର୍ତ୍ତମାନ ପୂରାପୂରି ସକାଳ ଏବଂ ଖରା; ଆଉ ଟିକିଏ ପରେ ଗରମ ଆରମ୍ଭ ହୋଇଯିବ।

ଆରକୁଲରେ ପହଞ୍ଚି ସେ ଡଙ୍ଗାବାଲାକୁ ପଇସା ଯାଚିଲା, କିନ୍ତୁ ସେ ପଇସା ନେଲା ନାହିଁ। ଦୁଧବାଲାଙ୍କ ପାଖରୁ ବୁଝିଲା ଯେ ଆଶ୍ରମ ନଈ କୂଲରୁ ପାଞ୍ଚ ମାଇଲ ରାସ୍ତା, ପାହାଡ଼ିଆ ରାସ୍ତାରେ ଚାଲି ଚାଲି ଉପରକୁ ଯିବାକୁ ହେବ। ଦୁଧବାଲାମାନେ ବି ସେଇଠାକୁ ଯାଉଥିଲେ। ଚାଲିବା ବ୍ୟତୀତ ସେଠାରେ ପହଞ୍ଚିବାର ଅନ୍ୟ କୌଣସି ଉପାୟ ନାହିଁ। ବିଦେଶୀମାନେ କିପରି ସେଠାକୁ ଯାନ୍ତି ପଚାରିବାରୁ ଦୁଧବାଲା କହିଲା ଯେ ସେଠାକୁ ଉଡ଼ାଜାହାଜ ଯାଏ। ଜୟରାମର ମନେପଡ଼ିଲା ସେ କୋଉଠାରେ ପଢ଼ିଥିଲା ବିଦେଶୀ ଭକ୍ତଙ୍କ ପାଇଁ ହେଲିପ୍ୟାଡ୍ ତିଆରି ହୋଇଛି ସେଠାରେ। ବର୍ତ୍ତମାନ ତାକୁ ଚାଲିଚାଲି ଯିବାକୁ ହେବ ଏଇ ପାହାଡ଼ିଆ ଦୁଃସାଧ୍ୟ ରାସ୍ତା ଦେଇ।

ପାଞ୍ଚମାଇଲ ଚାଲିବା କଥା ଶୁଣି ଜୟରାମ ନିରାଶ ହୋଇଗଲା। ଅନେକ ବର୍ଷ ଧରି ସେ ପାଦରେ ଚାଲି କୁଆଡ଼େ ଯାଇ ନ ଥିଲା। ଦୁଧବାଲାମାନେ ତାଙ୍କର ଭାର ଉଠାଇ ଯିବାକୁ ବାହାରିଲେ ଏବଂ ଜୟରାମ ଠିକ କଲା ସେମାନଙ୍କ ସହିତ ଚାଲିବ। ନିଜର ଓଜନ ଭାର ଧରି ସେମାନେ ଜୋରରେ ଚାଲିବାକୁ ଆରମ୍ଭ କଲେ, କିନ୍ତୁ ଚାରି ପାଦ ଯାଇ ଥକିଗଲା ଜୟରାମ। ପାଞ୍ଚ ମିନିଟ ଚାଲିଚି କି ନାହିଁ ତାର ମନେହେଲା ସେ ଯେମିତି ଆଉ ଚାଲି ପାରିବ ନାହିଁ ଏବଂ ପାଞ୍ଚ ମାଇଲ ଚାଲିବା ତା ପକ୍ଷରେ ସଂପୂର୍ଣ୍ଣ ଅସମ୍ଭବ। ଦୁଧବାଲା ଅନାୟାସରେ ଧାଇଁଧାଇଁ ଚାଲିଥିଲେ ଏବଂ ବର୍ତ୍ତମାନ ତାଠାରୁ ଅନେକ ଆଗରେ ଥିଲେ। କିଛି ସମୟ ପରେ ରାସ୍ତାର ମୋଡ଼ରେ ସେମାନେ ବି ଅଦୃଶ୍ୟ ହୋଇଗଲେ। ନିଜକୁ ଏକାକୀ ଓ ନିଃସଙ୍ଗ ବୋଧକଲା ଜୟରାମ। ସେ ଉପଲବ୍ଧ କଲା ଯେ ଅନେକ ବର୍ଷ ପରେ ପ୍ରଥମ ଥର ପାଇଁ ତାର ବ୍ୟବସାୟର ହାନିଲାଭ କଥା ଚିନ୍ତା କରୁନଥିଲା। ବର୍ତ୍ତମାନ ତାର ଏକମାତ୍ର ଚିନ୍ତା ଥିଲା ପାଞ୍ଚମାଇଲ ବାଟ ଚାଲି କେମିତି ଯାଇ ବାବାଙ୍କ ଆଶ୍ରମରେ ପହଞ୍ଚିବ।

ସେ ଭାବିଲା, ବାହାରିବା ଆଗରୁ ନଈ ଆରପାଖେ କୋଉଠି ଚା ପିଇ ଆସିଥିଲେ ଭଲ ହୋଇଥାନ୍ତା। ପୁଣି ଭାବିଲା, ଯଦି ଚା ପିଉ ପିଉ ଡଙ୍ଗା ଚାଲିଯାଇଥାନ୍ତା, ପୁଣି ଡଙ୍ଗା ମିଳିଥାନ୍ତା କି ନା କେଜାଣି? ପୁଣି ଖରା ବି ହୋଇ ଆସୁଥିଲା। ସେ ବାହାରିବାରେ ଯେତିକି ଡେରି କରିଥାନ୍ତା, ତାକୁ ସେତିକି ବେଶୀ ଖରା ସହିବାକୁ ପଡ଼ିଥାନ୍ତା। ଏ ମାସରେ ଏତେ ଗରମ ପଡ଼ିଲାଣି, ଆରମାସକୁ କେତେ ଗରମ ହେବ କିଏ କହିବ? ଆଶ୍ରମ ବି କଣ ଏତିକି ଗରମ ଜାଗା ହୋଇଥିବ? ହୁଏତ ଆଉ ଟିକିଏ ଦୂର ଗଲେ ଗଛ ପତ୍ର ଆରମ୍ଭ ହୋଇଯିବ, ଗଛ ଗହଳରେ ଆଶ୍ରମ ବି ଥଣ୍ଡା ଥିବ। ସୁଟକେସ ବଦଳରେ ସେ ଛୋଟ ଝୁଲାମୁଣି ନେଇ ଆସିଥିଲା ବୋଲି ସିନା! ସୁଟକେସ ନେଇ ଆସିଥିଲେ କଣ କରିଥାନ୍ତା? ଆଉ ଯେଉଁମାନେ ଆଶ୍ରମକୁ

ଆସନ୍ତି, ସମସ୍ତେ କଣ ଖାଲି ହାତରେ ଆସୁଥିବେ? ନା, ବୋଧହୁଏ କୁଲି ଭାରୁଆ ମିଳୁଥିବେ କୋଉଠାରେ। କିନ୍ତୁ ସେ ଏଭଳି ଲୋକ ଡଙ୍ଗାଘାଟରେ ଦେଖିନଥିଲା। ହୁଏତ ଏଇଟା ତିଥି ନ ଥିଲା, ତେଣୁ ବେଶୀ ଲୋକ ଯିବା ଆସିବା କରୁ ନଥିଲେ କିମ୍ବା ସଂଧ୍ୟାରେ ବେଶୀ ଲୋକ ହେଉଥିବେ। ମୁଣିକୁ ଗୋଟିଏ କାନ୍ଧରୁ ଅନ୍ୟ କାନ୍ଧକୁ ନେଇ ମନେ ମନେ ଆଣିଥିବା ଜିନିଷର ତାଲିକା କଲା ଜୟରାମ। ଆଉ କିଛି ଜିନିଷ କମାଇ ହୋଇଥାନ୍ତା ସେଥିରୁ ନା ଆଉ କିଛି ଅଧିକା ଜିନିଷ ଆଣି ହୋଇଥାନ୍ତା ଏ କଥା ଅବଶ୍ୟ ନିର୍ଭର କରିବ ସେ ଆଶ୍ରମରେ କେତେ ଦିନ ରହିବ ତା ଉପରେ। ସେଠାରେ ସେ କେତେ ଦିନ ରହିବ ସେ କଥା ନିର୍ଭର କରିବ ବୈସାଖୀବାବାଙ୍କ ଉପରେ। ବାବା ତାକୁ ଦେଖିଲେ ତା ସହିତ କି ପ୍ରକାର ବ୍ୟବହାର କରିବେ ସେ କଥା କିଏ କହିପାରିବ? ଯଦି ତାକୁ ଭଲଲାଗେ, ବେଶ୍ କିଛିଦିନ ରହିଯିବ ସେଠାରେ। ରହିବାର କି ପ୍ରକାର ବ୍ୟବସ୍ଥା ଥିବ ଆଶ୍ରମରେ? ଯେତେବେଳେ ବିଦେଶୀ ଭକ୍ତ ଆସୁଛନ୍ତି, ପଞ୍ଚତାରକା ସୁବିଧା ନ ଥିଲେ ବି ରହିବା ଖାଇବାର ନିଶ୍ଚୟ ଭଲ ବ୍ୟବସ୍ଥା ଥିବ। ତାକୁ କଣ ରହିବା ପାଇଁ ଟଙ୍କା ଦେବାକୁ ହେବ? ପକେଟରେ ହାତ ମାରି ସାଙ୍ଗରେ ଆଣିଥିବା ଚେକ ଖାତାକୁ ଠାବ କଲା ଜୟରାମ।

ଚେକ ଖାତାକୁ ଛୁଇଁଲା ମାତ୍ର ଗୋଟାଏ ମୁହୂର୍ତ୍ତ ପାଇଁ ବ୍ୟାଙ୍କ କଥା ଏବଂ ସେଥିରୁ କାରଖାନା କଥା ମନେ ପଡ଼ିଲା। କିନ୍ତୁ ଅନାୟାସ ତାର ମନ ପୁଣି ଫେରିଗଲା ବର୍ତ୍ତମାନକୁ। ତାର ଜୋତା ହଲକ ତା ଗୋଡ଼କୁ କଷ୍ଟ ଦେବାକୁ ଆରମ୍ଭ କରିଥିଲେ। ଯଦି ଚାଲିବାକୁ ପଡ଼ିବ ଜାଣିଥାନ୍ତା, ସେ ଭିନ୍ନ ପ୍ରକାରର ଜୋତା ପିନ୍ଧି ଆସିଥାନ୍ତା। ତା ପାଖରେ ଅବଶ୍ୟ ପାହାଡ଼ିଆ ରାସ୍ତାରେ ଚାଲିବା ପାଇଁ ଜୋତା ନ ଥିଲା, ତେବେ ସେ ଏଥିପାଇଁ ନୂଆ ଜୋତା ହେଲେ କିଣିପାରିଥାନ୍ତା। ତାର ଏଇ ବୟସରେ କିଛି ନା କିଛି ବ୍ୟାୟାମ କରିବା ଦରକାର; କିନ୍ତୁ ସେ କିଛି କରୁନଥିଲା। ତାର ଅନ୍ତତଃ ପ୍ରତିଦିନ ସକାଳେ ଅଭ୍ୟାସ କରି କିଛି ସମୟ ଚାଲିବା ଦରକାର। ଆଶ୍ରମରେ ରହିବା ଦିନତକ ସେ ପ୍ରାତଃ ଭ୍ରମଣର ଅଭ୍ୟାସ ଆରମ୍ଭ କରିବ। ଘରେ ଥିଲାବେଳେ ଯଦିଓ ସେ କେତେଥର ସକାଳେ ଉଠି ଚାଲିବ ବୋଲି ଠିକ କରିଥିଲା, ସକାଳୁ ଟେଲିଫୋନ ବାଜୁଥିଲା, ଖବରକାଗଜ ଆସି ଯାଉଥିଲା ଏବଂ ତାକୁ ଛାଡ଼ି ବାହାରକୁ ଯିବାକୁ ମନ ହେଉ ନ ଥିଲା। ନିର୍ଦ୍ଦିଷ୍ଟ ସମୟରେ ରେଡ଼ିଓରୁ ସଂବାଦ ଶୁଣିବାକୁ ଇଚ୍ଛା ହେଉଥିଲା। ଘଣ୍ଟାର ଧରାବନ୍ଧା ନିର୍ଘଣ୍ଟରେ ବାନ୍ଧି ହୋଇଯାଇଥିଲା ମଣିଷ।

ନିଜ ହାତ ଘଡ଼ିକୁ ଅନାଇଲା ଜୟରାମ। ସେ ଯାହା ଭାବିଥିଲା ଯେ ସେ ପ୍ରାୟ ଘଣ୍ଟାଏ ହେଲା ଚାଲିବାକୁ ଆରମ୍ଭ କଲାଣି, ଭୁଲ। ଡଙ୍ଗାରୁ ଓହ୍ଲାଇ ଚାଲିବାର ମାତ୍ର

କୋଡ଼ିଏ ମିନିଟ ହୋଇଥିଲା। ଆଉ କେତେ ବାଟ ଅଛି ଜାଣିବାର ଉପାୟ ନ ଥିଲା। ଘରୁ ବାହାରିବାବେଳେ ସେ ଭାବିଥିଲା ଯେ ଶେଷନାଥରେ ଓହ୍ଲାଇବାମାତ୍ରେ ହିଁ ଆଶ୍ରମ ପଡ଼ିବ। କିଏ ଜାଣିଥିଲା ନଙ୍କର ଆରପାଖଟା ବି ଶେଷନାଥ ଏବଂ ସେଠାରୁ ଆହୁରି ପାଞ୍ଚ ମାଇଲ ଚାଲିବାକୁ ହେବ। ତାଛଡ଼ା ଏଇ ନାଉରିଆ ଦୁଧବାଲାଙ୍କ କଥାରେ ବି କି ଭରସା। ପାଞ୍ଚ ମାଇଲଟା ପାଞ୍ଚ କୋଶ ବି ହୋଇଥାଇପାରେ। ଏଇଟା ପାଞ୍ଚ କିଲୋମିଟର ହୋଇଥାନ୍ତି କି! ଯଦି ଏତେ କଷ୍ଟ ରାସ୍ତା ଜାଣିଥାନ୍ତା, ଯାହା ଟଙ୍କା ପଡ଼ୁପଛେ, ହେଲିକପ୍ଟର କଥା ବୁଝିଥାନ୍ତା। କେଉଠୁ ହେଲିକପ୍ଟର ଆସୁଥିବ କେଜାଣି।

ତାର କାହିଁକି ହଠାତ୍ ସିଗାରେଟ ପିଇବାକୁ ଇଚ୍ଛା ହେଲା। କେତେ ବର୍ଷ ତଳେ ସେ ପ୍ରଚୁର ସିଗାରେଟ ପିଉଥିଲା। ଡାକ୍ତର କହିଲେ ଯେ ସେ ଯଦି ଏ ବଦଭ୍ୟାସ ଛାଡ଼ି ନ ଦିଏ, ତାର ହୃଦ୍‌ରୋଗ ହୋଇଯିବ। ଭୟରେ ସେ ଏ ନିଶା ଛାଡ଼ିଦେଲା। ପ୍ରଥମେ ପ୍ରଥମେ ସେ କି କଷ୍ଟ! ତାର ମନେହୋଇଥିଲା ସିଗାରେଟ ନ ପିଇଲେ ବଞ୍ଚିବା ଯାହା ମରିଯିବା ବି ସେଇଆ। କିନ୍ତୁ ଆସ୍ତେ ଆସ୍ତେ ଅଭ୍ୟାସ ହୋଇଗଲା। ସିଗାରେଟ ପିଇବା ବି ଯେମିତି ଗୋଟାଏ ଅଭ୍ୟାସ, ସିଗାରେଟ ନ ପିଇବା ବି ସେମିତି ଅଭ୍ୟାସରେ ପଡ଼ିଗଲା। ତାର ଜଣେ ବନ୍ଧୁ ସିଗାରେଟ ଛାଡ଼ିବା ପାଇଁ ପାନ ଅଭ୍ୟାସ କରିଥିଲେ; କିନ୍ତୁ ଅଭ୍ୟାସ ଛାଡ଼ି ପାରିଲେ ନାହିଁ। ଶେଷରେ ସେ ପାନ ସିଗାରେଟ ଦୁଇଟିଯାକ ବଦଭ୍ୟାସରେ ପଡ଼ିଗଲେ।

ଏଇ ଚାଲିବା ବି ସେମିତି ଅଭ୍ୟାସର କଥା। ବାହାରିବାବେଳେ ଅଷ୍ଟ ବାଟ ଚାଲିବା ପରେ ମନେହୋଇଥିଲା ଅସମ୍ଭବ। କିନ୍ତୁ ଏବେ ତ ଅତତଃ ଅଧା ରାସ୍ତା, କିଏ ଜାଣେ ଅଧା କି କଣ, ଚାଲି ଆସିଲାଣି। ଆଉ ଅସମ୍ଭବ ଜଣାପଡ଼ୁନାହିଁ ରାସ୍ତାଟା। ପାଦ ବି ଅଭ୍ୟସ୍ତ ହୋଇଗଲାଣି ଏଇ ଆବୁଡ଼ାଖାବୁଡ଼ା ଉପରକୁ ଉଠି ଯାଇଥିବା ରାସ୍ତା ସହିତ। ଖାଲି ପହଞ୍ଚିବା ପାଇଁ ଯାହା ସମୟ ଲାଗିବ। ଅନ୍ୟ ପରିସ୍ଥିତିରେ ସେ ଭାବିଥାନ୍ତା, ଏତେ ଗୁଡ଼ାଏ ସମୟ ନଷ୍ଟ ହୋଇଗଲା ମାତ୍ର ଏତିକି ବାଟ ପହଞ୍ଚିବାରେ। ବର୍ତ୍ତମାନ କିନ୍ତୁ ସମୟର କୌଣସି ଡର ନ ଥିଲା। ଘରେ ଥିଲାବେଳେ ସମୟ— ବର୍ଷର ବାରଟି ମାସ, ମାସର ଦିନ, ଦିନର ଘଣ୍ଟା, ଘଣ୍ଟାର ମିନିଟ—ବାନ୍ଧିକୁନ୍ଦି ହୋଇ ଆଧିପତ୍ୟ ଜମାଇ ଦେଉଥିଲେ। ବ୍ୟାଙ୍କୁ କିସ୍ତି ଶୁଝାଇବାର ତାରିଖ, ଆସୋସିଏସନ ମିଟିଙ୍ଗର ଦିନ, ବ୍ଲଡ୍ ପ୍ରେସର ମାପ କରିବାର ନିର୍ଦ୍ଧାରିତ ଦିନ, ଚା ପିଇବାର ସମୟ।

ସକାଳେ କପେ ଚା ପିଇଥିଲେ ମନ୍ଦ ହୋଇନଥାନ୍ତା। ଶେଷନାଥ ମନ୍ଦିର ପାଖରେ ଚା ଦୋକାନ ଥିଲା ନିଶ୍ଚୟ, କିନ୍ତୁ ଏତେ ସକାଳୁ ଖୋଲିନଥିଲା। ଏସବୁ ଦୋକାନରେ ଖୁବ ଖରାପ ଚା ମିଳେ, ଭଲ ଚା ମାଗିଲେ ବେଶୀ ଦୁଧ, ବେଶୀ ଚିନି। କାରଖାନା ଘର ତିଆରି ହେଲାବେଳେ ଥରେ ରାସ୍ତାପାଖ ଦୋକାନରୁ ଚା ମଗାଇ ପିଇଥିଲା। ତା ପରଠାରୁ କାରଖାନାକୁ ଗଲେ ଘରୁ ଫ୍ଲାସ୍କରେ ଚା ତିଆରି କରି ନେଇଯାଉଥିଲା। ସିଗାରେଟ ଭଳି ଚା ଅଭ୍ୟାସ ମଧ ସେ ଛାଡ଼ି ଦେଇ ପାରିବ। ତାର ଏଇ ମୁହୂର୍ତ୍ତରେ ମନେହେଲା ସେ ଆହୁରି ବି କେତେ କଣ ଛାଡ଼ି ଦେଇପାରିବ— ଖବରକାଗଜ, ରେଡ଼ିଓ, ଆମିଷ ଭୋଜନ, ଯୌନ ଜୀବନ, ବଡ଼ ଘରେ ରହିବା, ସ୍ତ୍ରୀ ପୁତ୍ର ପରିବାର, ସାଙ୍ଗସାଥୀ, ସାମାଜିକ ଚଳଣି। ତେବେ ସେ ବଞ୍ଚିବ ବା କାହିଁକି ତା ହେଲେ? ଜୀବନର କଣ ବା ମୂଲ୍ୟ ରହିଯିବ ସବୁ ସମ୍ପର୍କ ଏମିତି କଟିଗଲେ?

ଆଗରେ ଗଛ ତଳେ ଦିଜଣ ଦୁଧବାଲା ଖାଲି ଭାର ତଳେ ରଖି ବସି ବିଡ଼ି ପିଉଥିଲେ। ସେମାନେ ବୋଧହୁଏ ଆଶ୍ରମରୁ ଫେରୁଥିଲେ। ଜୟରାମ ଯାଇ ତାଙ୍କ ପାଖରେ ବସିଲା। ତା ଆଡ଼କୁ ମୁହୂର୍ତ୍ତେ ଅନାଇ ସେ ଦୁହେଁ ନିଜର କଥୋପକଥନରେ ବ୍ୟସ୍ତ ହୋଇଗଲେ। ତାଙ୍କ ଭିତରୁ ଜଣେ ଗୋଡ଼ରୁ ଛିଣ୍ଡା କନା ଖୋଲି ଖଣ୍ଡିଆ ଜାଗାରେ ଗୋଟାଏ ପତ୍ରରୁ ରସ ବାହାର କରି ଲଗାଇଲା ଓ ପୁଣି କନା ବାନ୍ଧିଦେଲା। କହିଲା, ଏ ଜୀବନରେ ମଣିଷ ଜୋତା ଚପଲ ହେଲେ ବି କିଣି ପିନ୍ଧି ପାରିଲା ନାହିଁ। ଆର ଲୋକ କିଛି ନକହି ବିଡ଼ି ପିଇବାରେ ଲାଗିଲା। ଜୟରାମର ନିଜର ଜୋତା ଥାକ କଥା ମନେ ପଡ଼ିଲା। ଦାରିଦ୍ର୍ୟର ସାମନାସାମନି ଭେଟ ହେବା, ନୂଆ କଥା ନୁହେଁ। ତେବେ ଆଗରୁ ଯେତେବେଳେ ଦୈନ୍ୟକୁ ଦେଖିଛି, ଏକ ଭିନ୍ନ ବିନ୍ଦୁରୁ; ପାଠକ ହିସାବରେ ଗରିବ ଲୋକଟି ବିଷୟରେ ପଢ଼ିବାବେଳେ, ଗାଡ଼ି ଭିତରେ ବସି ଅନ୍ଧ ଭିକାରିର ଟିଣ ଡବାକୁ ପଇସା ଫୋପାଡ଼ି ଦେବାବେଳେ, ଅଫିସ ଚଉକିରେ ବସି ସାମନାରେ ହାତ ଯୋଡ଼ି ଠିଆହୋଇ ଥିବା ଲୋକଟିର ଦୁଃଖ ଶୁଣିବାରେ। ବର୍ତ୍ତମାନ ଏକା ଗଛର ଛାଇ ତଳେ ତାରି ଭଳି ଥକା ମାରି ବସିରହିଥିବା ଲୋକଙ୍କର କାତରୋକ୍ତି ଶୁଣୁଥିଲା ସେ। ଆର ଲୋକଟି କହିଲା, ତମେ ତ ଜୋତା କଥା କହୁଚ। ଆର ବର୍ଷ ଶୀତ ଦିନେ ମୋର ବୁଢ଼ୀମା ମରିଗଲା। ଘୋଡ଼େଇ ହେବାପାଇଁ କମ୍ବଳ ମାଗିଲା। କମ୍ବଳ କୋଉଠୁ ଆସିବ? ଯେତେ ଯାହା ଦେଲେ ତାର ଶୀତ ସହିଲା ନାହିଁ। କମ୍ବଳ କମ୍ବଳ ବୋଲି କହି ପ୍ରାଣ ଛାଡ଼ିଦେଲା। ଜୟରାମର ମନେପଡ଼ିଲା ତାର ଶୀତତାପ ନିୟନ୍ତ୍ରିତ ଘର କଥା। ସରି ଯାଇଥିବା ବିଡ଼ିକୁ ଫିଙ୍ଗିଦେଇ ଦୁହେଁଯାକ ଭାର ଉଠାଇ ଠିଆହେଲେ ଏବଂ ଲମ୍ବା ଲମ୍ବା ପାଦ ପକାଇ ତଳକୁ ଓହ୍ଲାଇଗଲେ। ଜୟରାମ

ଦେଖ୍ଲା ଯେ ସେ ବସି ରହିଥିଲେ ବସି ରହିଥିବ । ଗଛ ତଳୁ ଉଠି ଆସି ସେ ରାସ୍ତା ଉପରେ ପାଦ ବଢ଼ାଇଲା ।

ସେ ଭାବିଥିଲା ଯେ ଏ ରାସ୍ତା ଆଉ ସରିବ ନାହିଁ; କିନ୍ତୁ ଏମିତି ଚାଲୁ ଚାଲୁ ଗୋଟିଏ ମୋଡ଼ ଭାଙ୍ଗିବା ପରେ ରାସ୍ତା ହଠାତ୍‌ ସରିଗଲା ଏବଂ ଆଗରେ ଆଶ୍ରମର ଫାଟକ ଓ ଫଳକ ଦେଖାଗଲା । ଆଶ୍ରମ ଆଗରେ ଅନେକ ଗୁଡ଼ିଏ ଗାଡ଼ି ଧାଡ଼ି ଧାଡ଼ି ହୋଇ ରହିଥିଲା ଏବଂ ସେଥିମଧରେ କେତୋଟି ଟ୍ୟାକ୍‌ସି ବି ଥିଲା । ନଇ ଓ ପାହାଡ଼ ରାସ୍ତା ଡେଇଁ ଗାଡ଼ିସବୁ କେମିତି ଆସି ସେଠାରେ ପହଞ୍ଜିଲେ, ଜୟରାମକୁ ମନେହେଲା ଚମକ୍‌ାର ଭଳି । ଆଶ୍ରମ ଭିତରକୁ ପଶିବା ଆଗରୁ ଏଇ ରହସ୍ୟର ସମାଧାନ କରିବା ପାଇଁ ସେ ଫାଟକ ଆଡ଼କୁ ନୟାଇ ଗାଡ଼ି ପାଖକୁ ଗଲା । ଡ୍ରାଇଭରମାନଙ୍କ ସହିତ କଥାବାର୍ତ୍ତା କରି ସେ ଯେଉଁ ବ୍ୟାଖ୍ୟା ଶୁଣିଲା ସେଥିରେ ଆଶ୍ଚର୍ଯ୍ୟ ହେବାର କିଛିନଥିଲା । ନଇ ଡଙ୍ଗାରେ ପାରି ହୋଇ ପାହାଡ଼ିଆ ରାସ୍ତାରେ ଚାଲି ଆଶ୍ରମକୁ ଆସିବା ବ୍ୟତୀତ ସେଠାରେ ପହଞ୍ଜିବା ପାଇଁ ଅନ୍ୟ ଏକ ସହଜ ରାସ୍ତା ମଧ ଥିଲା । ଗାଡ଼ି ସବୁ ଶେଷନାଥରୁ ଟିକିଏ ଦୂରରେ ଥିବା ପୋଲ ପାରି ହୋଇ ଭଲ ରାସ୍ତା ଧରି ସୁବିଧାରେ ଆଶ୍ରମରେ ପହଞ୍ଜି ପାରୁଥିଲେ । ବିଦେଶରୁ ଯେଉଁ ଭକ୍ତମାନେ ଆସୁଥିଲେ, ସେମାନେ ବି ଏଇ ରାସ୍ତାରେ ଆସୁଥିଲେ । ଅନେକ ଭକ୍ତ ସହରରେ ରହୁଥିଲେ ଏବଂ ଗାଡ଼ି କରି ସକାଳେ ଆଶ୍ରମକୁ ଆସି ପୁଣି ସଂଧ୍ୟାରେ ଫେରିଯାଉଥିଲେ । ତେବେ ଆଶ୍ରମକୁ ଖୁବ କମ ଲୋକ ଆସୁଥିବାରୁ ଏବଂ ମଝିରେ ଆଉ କୌଣସି ଗାଁଗଣ୍ଡା ଜନବସତି ନ ଥିବାରୁ ସେ ରାସ୍ତାରେ ବସର ଯାତାୟାତ ନ ଥିଲା । ଲୋକେ ନିଜ ଗାଡ଼ିରେ ନହେଲେ ଟ୍ୟାକ୍‌ସି ନେଇ ସେଠାକୁ ଆସୁଥିଲେ ।

ଜୟରାମ ଖୁସି ହେଲା ଯେ ତାକୁ ସେଇ ଭଲ ରାସ୍ତା କଥା ଜଣା ନ ଥିଲା, ଯାହାଫଳରେ ସେ ଏକ ନୂଆ ଅଭିଜ୍ଞତାରୁ ବଞ୍ଚିତ ହୋଇଥାନ୍ତା । ଆଶ୍ରମର ଫାଟକ ଖୋଲାଥିଲା ଓ ଭିତରେ ଧାଡ଼ି ଧାଡ଼ି ଘର ଦେଖାଯାଉଥିଲା । ଆଉ ଟିକିଏ ଭିତରକୁ ଯାଇ ଜୟରାମ ଦେଖ୍ଲା ଯେ ଘରଗୁଡ଼ିକ ସାଦାସିଧା ଥିଲା ଏବଂ ସେଠାରେ ସେ ଶୁଣିଥିବା ଭଳି ପଞ୍ଚତାରକା ଆବହାଓାର କୌଣସି ଲକ୍ଷଣ ଦେଖାଯାଉନଥିଲା । ଆଶ୍ରମ ଭିତରେ ଭେଟିଥିବା ପ୍ରଥମ ଲୋକଟିକୁ ସେ କେଉଁଠି ରହିବାର ସୁବିଧା ଅଛି ବୋଲି ପଚାରିଲା ଏବଂ ଲୋକଟି ତାକୁ ଗୋଟିଏ ବଡ ଘର ଆଡ଼କୁ ଅଙ୍ଗୁଲି ଦେଖାଇଦେଲା ।

ସେ ଘରଟିରେ କେତୋଟି ବଡ଼ ବଡ଼ କୋଠରୀ ଥିଲା ଏବଂ ପ୍ରତିଟି କୋଠରୀ ରେଲ‌ଷ୍ଟେସନର ପ୍ରତୀକ୍ଷା କୋଠରୀ କଥା ମନେପକାଇ ଦେଉଥିଲା । ସେଠାରେ

ଅନେକ ଲୋକ ଥିଲେ ଏବଂ ସମସ୍ତଙ୍କର ଜିନିଷପତ୍ର ଖୋଲା ହୋଇ ଇତସ୍ତତଃ ପଡ଼ିଥିଲା। ସଂଲଗ୍ନ ଗାଧୁଆ ଘର ଭିତରୁ ଲୋକମାନେ ଖାଲି ଦେହରେ ଗାଧୋଇ ବାହାରୁଥିଲେ ଏବଂ ଏଇ ପ୍ରତୀକ୍ଷାଳୟ ଭଳି କୋଠରିରେ ସମସ୍ତଙ୍କ ଆଗରେ ପୋଷାକ ବଦଳାଉଥିଲେ। ବର୍ତ୍ତମାନ ଜୟରାମ କୋଠରିର ଗୋଟିଏ କୋଣରେ କେତେ ସ୍ତ୍ରୀ ଲୋକଙ୍କୁ ଦେଖିବାକୁ ପାଇଲା। ସେମାନେ ମଧ୍ୟ ନିର୍ବିକାର ଭାବରେ ନିଜର ପ୍ରସ୍ତୁତିରେ ଲାଗିଥିଲେ। ଆଉ କାହାକୁ କିଛି ନ ପଚାରି ଜୟରାମ ଗୋଟିଏ ଖାଲି ଗାଧୁଆ ଘର ଭିତରକୁ ପଶିଲା। ପାଣି ବହୁତ ଥଣ୍ଡା ଥିଲା ଏବଂ ସେ ଭଲଭାବରେ ଗାଧୋଇଲା। ରାତିସାରା ବସରେ ବସି ଆସିଥିବାର ଅସ୍ୱାଚ୍ଛନ୍ଦ୍ୟ, ରାସ୍ତା ଚଲାର କ୍ଲାନ୍ତି ଓ ଅସଂଲଗ୍ନ ଚିନ୍ତାମାନଙ୍କର ଦୌରାତ୍ମ୍ୟରୁ ସାମାନ୍ୟ ମୁକ୍ତି ପାଇବା ପାଇଁ ସେ ଗାଧୁଆ ଘର ଚଟାଣରେ କିଛି କ୍ଷଣ ବସି ରହିଲା। ଏପରି ଅବସ୍ଥାରେ କେତେବେଳେ ଯେ ତାର ଆଖି ଲାଗିଗଲା ସେ ଜାଣି ପାରିଲା ନାହିଁ। ତାର ଏଇ ନିଦ ଭାଙ୍ଗିଲା ଘଣ୍ଟର ଆବାଜରେ।

ତରତର ହୋଇ ପୋଷାକପତ୍ର ପିନ୍ଧି ବାହାରକୁ ଆସି ଦେଖିଲା ଯେ ଚାରିଆଡ଼ ଶୂନଶାନ। କୋଠରୀ ଭିତରେ ଯେତେ ଲୋକ ଥିଲେ ସମସ୍ତେ ବର୍ତ୍ତମାନ ଆଖି ବନ୍ଦକରି ଚୁପଚାପ ପଦ୍ମାସନରେ ବସିଥିଲେ। କିଂକର୍ତ୍ତବ୍ୟବିମୂଢ଼ ହୋଇ ସେ ବାହାରକୁ ଆସିଲା ଓ ଆଶ୍ରମ ଭିତରେ ଥିବା ଅନ୍ୟ ଘର ଆଡ଼କୁ ଗଲା। ସବୁଠାରେ ଏକାଭଳି ଅବସ୍ଥା। ପ୍ରତି ଘରେ ଯେ ଯେଉଁଠାରେ ଆଖି ବନ୍ଦକରି ଚୁପଚାପ ବସିଥିଲେ। ଆଉ ଟିକିଏ ଆଗରେ ଆଶ୍ରମର ରୋଷେଇ ଘର ଦେଖାଗଲା। ସେଠାକୁ ଯାଇ ତା ଭିତରକୁ ଢୁଙ୍କି ଜୟରାମ ଦେଖିଲା ଯେ ନିଆଁ ଜଳୁଥିଲା, କିନ୍ତୁ ଘର ଭିତରେ ଚାରିଜଣ ଲୋକ, ରୋଷେଇ କରିବା ଲୋକ ନିଶ୍ଚୟ, ତଳେ ଆଖି ବନ୍ଦ କରି ଆସନରେ ବସିଥିଲେ।

ସମସ୍ତେ ଏଇ ଭଳି ଧ୍ୟାନମଗ୍ନ ଥିବା ବେଳେ ଜୟରାମ ଆଶ୍ରମ ପରିକ୍ରମା କରିନେଲା। ଆଶ୍ରମରେ ଗୋଟିଏ ଅଫିସ ଘର ଥିଲା, ଅଭ୍ୟାଗତ କକ୍ଷ ଥିଲା, ଖାଇବାର ଘର ଥିଲା, ପ୍ରାର୍ଥନା କୋଠରୀ ଥିଲା। ଯେହେତୁ ସେ ଏଠାରେ କିଛିଦିନ ରହିବା ପାଇଁ ଆସିଥିଲା, ରହିବା ଘର ସବୁ କିପରି ଜୟରାମର ଦେଖିବାକୁ ଇଚ୍ଛା ହେଲା। ଗୋଟିଏ ଦୁଇ ମହଲା ଘରେ ଛୋଟ ଛୋଟ କୋଠରୀ ଥିଲା। କବାଟ ସବୁ ଖୋଲା ଥିଲା ଏବଂ ଜୟରାମ ଦେଖିଲା ଯେ ପ୍ରତ୍ୟେକ କୋଠରୀର ଲୋକ ଆଖି ବୁଜି ବସି ରହିଛନ୍ତି। ଉପର ମହଲାର ଗୋଟିଏ କୋଠରୀରେ କାହାରିକୁ ନ ଦେଖି ଜୟରାମ ତା ଭିତରେ ପଶିଲା ସେଥିରେ ସୁବିଧା ସୁଯୋଗ ଅନୁଧ୍ୟାନ କରିବା ପାଇଁ। କୋଠରୀଟି ବେଶ୍ ସଫାସୁତୁରା ଥିଲା। ସଂଲଗ୍ନ ଗାଧୁଆଘରଟି ମଧ୍ୟ ପରିଷ୍କାର

ପରିଚ୍ଛନ୍ନ ଥିଲା । ଖଟ ଉପରର ଗଦିଟି କେତେ ନରମ ପରୀକ୍ଷା କରିବା ପାଇଁ ଜୟରାମ ତା ଉପରେ ଶୋଇଲା ଏବଂ ପରିବେଶକୁ ଉପଭୋଗ କରିବା ପାଇଁ ଆଖି ବନ୍ଦ କଲା ଏବଂ ନିଜର ଅଜାଣତରେ ଗାଢ଼ ନିଦରେ ଶୋଇଗଲା ।

ଯେତେବେଳେ ତାର ନିଦ ଭାଙ୍ଗିଲା, ସେ ମୁହୂର୍ତ୍ତେ ଆଖି ଖୋଲି ଘଡ଼ିରେ ସମୟ ଦେଖିଲା । ସେ ଦେଢ଼ଘଣ୍ଟା ଶୋଇ ସାରିଥିଲା । ପୁଣି ଆଖି ବନ୍ଦ କରି ସେ ନିଜର ପରିପାର୍ଶ୍ୱକୁ ମନେପକାଇବାକୁ ଚେଷ୍ଟା କଲା । ସମସ୍ତେ ଆଖି ବୁଜି ବସିଥିବା ବେଳେ ସେ ଶୋଇପଡ଼ିଥିଲା । ବର୍ତ୍ତମାନ ବାହାରେ ଲୋକମାନେ ଚଳପ୍ରଚଳ ହେଉଥିବା ଓ କଥାବାର୍ତ୍ତା କରୁଥିବାର ମୃଦୁ ଗୁଞ୍ଜନ ଶୁଭୁଥିଲା । ଛାତ ଉପରେ ପଂଖା ବୁଲୁଥିବାର ଶବ୍ଦ ଓ ପବନ ସଂଚାର ଗରମରୁ ଆଶ୍ୱସ୍ତି ଦେଉଥିଲା । ଜୟରାମର ମନ ଭିତରେ ଏଇ ବର୍ତ୍ତମାନ ମୁହୂର୍ତ୍ତର କ୍ଲାନ୍ତି ଓ ଅବସାଦରୁ ନିଦ ଦେଇ ଉଦ୍ଧାର ବ୍ୟତୀତ ଅନ୍ୟ କୌଣସି ଚିନ୍ତା ବା ଅନୁଭବ ନ ଥିଲା । ସେ ମନେପକାଇଲା ଯେ ଏଭଳି ତାକୁ ବୋଧ ହେଉଥିଲା ପିଲାଦିନେ ପରୀକ୍ଷା ପରେ ଦୀର୍ଘ ଖରାଛୁଟି ସମୟରେ । ଜୀବନର ପରବର୍ତ୍ତୀ ସମୟରେ ସେ ପରିଭ୍ରମଣରେ ଯିବାବେଳେ ବି ନିଜକୁ ଏତେ ହାଲୁକା ଅନୁଭବ କରୁନଥିଲା । ଏପରିକି ଥରେ ହସପିଟାଲରେ କୋଡ଼ିଏ ଦିନ ବିଶ୍ରାମ ନେଉଥିବା ବେଳେ ମଧ ତାକୁ ଏଭଳି ଅନୁଭୂତି ଆସି ନ ଥିଲା କାରଣ ସବୁବେଳେ ତା ଆଗରେ ରହିଥିଲା ପୁଣି ନିଜର ଦୈନନ୍ଦିନ ଜୀବନ ପ୍ରଣାଳୀକୁ ଫେରିଯିବାର ଧମକ ।

ଏଥର ପୂରାପୂରି ଜାଗ୍ରତ ହୋଇ ସେ ଖଟ ଉପରେ ଉଠି ବସିଲା । ତା ଆଗରେ ଚଉକି ଉପରେ ଜଣେ ବୟସ୍କ ଭଦ୍ରବ୍ୟକ୍ତି ବସିଥିଲେ । ତାଙ୍କ କୋଠରୀରେ ଅନଧିକାର ପ୍ରବେଶ କରି ତାଙ୍କ ବିଛଣା ଉପରେ ବିନାନୁମତି ଶୋଇଥିବାରୁ ଜୟରାମ ଲଜ୍ଜିତ ହେଲା । କିନ୍ତୁ ସେ କ୍ଷମା ପ୍ରାର୍ଥନା କରିବା ପୂର୍ବରୁ ଭଦ୍ରବ୍ୟକ୍ତି କହିଲେ, ମତେ କ୍ଷମା କରିବେ, ଆପଣଙ୍କର ନିଦ ଭାଙ୍ଗି ଦେଲି ।

ଜୟରାମ କହିଲା, ମୁଁ ଏମିତି ଅଯାଚିତ ଭାବରେ ...

ତାକୁ ଆଉ କିଛି କହିବାର ଅବସର ନଦେଇ ଭଦ୍ରବ୍ୟକ୍ତି କହିଲେ, ଆପଣ ଯଦି ଆଉ ଶୋଇବାକୁ ଚାହିଁବେ, ମୁଁ ବାହାରକୁ ଯାଇ କବାଟ ଆଉଜାଇ ଦେବି । କିନ୍ତୁ ମୁଁ ଭାବୁଛି ଆପଣ ପ୍ରଥମେ ଖାଇନିଅନ୍ତୁ ।

ଆଉ କୌଣସି ବାକ୍ୟ ବିନିମୟ ନ କରି ଭଦ୍ରବ୍ୟକ୍ତି ତାକୁ ସାଙ୍ଗରେ ନେଇ ଖାଇବା ଘରକୁ ଗଲେ । କହିଲେ, ମୁଁ ଅବଶ୍ୟ ଖାଇ ସାରିଛି । ତେବେ ଆପଣଙ୍କ ପାଖରେ ବସିବି ।

ସେତେବେଳକୁ ଅଧିକାଂଶ ଲୋକ ଖାଇସାରିଥିଲେ; ଖାଇବା ଘରର ଗୋଟିଏ କଣରେ ମାତ୍ର ଅଳ୍ପ କେତେ ଲୋକ ବସିଥିଲେ। ସେମାନଙ୍କ ପାଖରେ ବସି ଭଦ୍ରବ୍ୟକ୍ତି ଜୟରାମ ପାଇଁ ଖାଇବାକୁ ଅଣାଇଲେ। କହିଲେ, ଦେଖନ୍ତୁ, ଏପର୍ଯ୍ୟନ୍ତ ମୁଁ ଆପଣଙ୍କୁ ମୋର ନାଁ ବି କହିନାହିଁ। ମୋ ନାଁ ପ୍ରଫେସର ରାମ। ମୁଁ ଅନେକ ଦିନରୁ ବାବାଙ୍କର ଭକ୍ତ। ମଝିରେ ମଝିରେ ଆଶ୍ରମରେ ଆସି ରହେ। ଆପଣ ପ୍ରଥମଥର ପାଇଁ ଏଠାକୁ ଆସିଛନ୍ତି ବୋଧହୁଏ।

ଜଳଖିଆ ଖାଉଖାଉ ଜୟରାମ ହଁ ଭରିଲା। ତାକୁ ବର୍ତ୍ତମାନ ଭୋକ ଲାଗୁଥିଲା ଏବଂ ଖାଇବା ଜିନିଷ ସ୍ୱାଦିଷ୍ଟ ଓ ସାତ୍ତ୍ୱିକ ମନେହେଲା। ପ୍ରଫେସର ଖାଇବାବେଳେ ତାର ଯତ୍ନ ନେଲେ ଏବଂ ଜୟରାମ ତାଙ୍କୁ ନିଜର ସଂକ୍ଷିପ୍ତ ପରିଚୟ ଦେଲା। ନିଜର ସମସ୍ୟା ବିଷୟରେ ନକହି କେବଳ ଜଣାଇଲା ଯେ ସେ ବାବାଙ୍କୁ ଦର୍ଶନ କରିବା ପାଇଁ ଆସିଛି। ପ୍ରଫେସର କହିଲେ, ଆପଣ ଆଦୌ ବ୍ୟସ୍ତ ହୁଅନ୍ତୁ ନାହିଁ। ସବୁ ବ୍ୟବସ୍ଥା ହୋଇଯିବ।

ସେଇ ମୁହୂର୍ତ୍ତରୁ ସତକୁ ସତ ପ୍ରଫେସର ଜୟରାମର ସମସ୍ତ ଦାୟିତ୍ୱ ନେଇନେଲେ। ତାକୁ ନିଜ କୋଠରୀକୁ ନେଇ ସେଠାରେ ସେ ଆଉ ଗୋଟିଏ ଖଟ ବିଛଣାର ବ୍ୟବସ୍ଥା କରାଇଲେ ଏବଂ ସେ ତାଙ୍କ ସହିତ ଯେତେଦିନ ଖୁସି ରହିପାରେ ବୋଲି ଜଣାଇଦେଲେ। ତାର ଆଶ୍ରମରେ ରହିବାର ତାତ୍କାଲିକ ସମସ୍ୟା ଏପରି ସହଜରେ ସମାଧାନ ହୋଇଯିବ ବୋଲି ସେ ଭାବିନଥିଲା। ଏଥର ଜୟରାମ ନିଶ୍ଚିନ୍ତ ହୋଇ ପ୍ରଫେସରଙ୍କ କୋଠରୀରେ ବସିଲା। ଏବଂ ତାଙ୍କ ସହିତ ଆଳାପ ଆରମ୍ଭ କଲା। ଜୟରାମ ତାଙ୍କୁ ଜଣାଇଲା ଯେ ସେ ବୈଶାଖୀବାବାଙ୍କ ବିଷୟରେ ସାମାନ୍ୟ କିଛି ଜାଣିଥିଲା ଏବଂ ଆଶ୍ରମ ବିଷୟରେ ତାର ସଠିକ ଧାରଣା ନ ଥିଲା; ସେଥିପାଇଁ ବିନା ଖବର ଦେଇ ଏଠାରେ ଆସି ପହଞ୍ଚି ଯାଇଥିଲା।

ପ୍ରଫେସର କହିଲେ, ଆପଣଙ୍କର ଏଠାକୁ ଆସିବା ପାଇଁ ହଠାତ୍ ଏପରି ଇଚ୍ଛା ହେଲା କାହିଁକି?

ପ୍ରକୃତ କାରଣକୁ ଲୁଚାଇ ରଖି ଜୟରାମ କହିଲା, ମୁଁ ଅନେକ ଦିନରୁ ଆସିବି ଭାବୁଥିଲି; କାଲି ରାତିରେ ମନହେଲା, ବସ ଧରି ଚାଲିଆସିଲି।

ଆପଣ ସାଧୁ ଲୋକ। ଅଧିକାଂଶ ଲୋକ ଏଠାକୁ ନିଜନିଜର ବ୍ୟକ୍ତିଗତ ସମସ୍ୟାରୁ ମୁକ୍ତି ପାଇବାକୁ ଆସିଥାନ୍ତି।

ଆପଣ ବି କଣ ସେଇଭଳି ଆସିଥିଲେ?

ହଁ, ମୁଁ ବି ମୋର ସମସ୍ୟା ନେଇ ଏଠିକି ପ୍ରଥମେ ଆସିଥିଲି। ଜୟରାମ ତାଙ୍କ ଆଡ଼କୁ ପ୍ରଶ୍ନବାଚୀ ଦୃଷ୍ଟିରେ ଅନାଇ ରହିଥିବାର ଦେଖି ପ୍ରଫେସର ଯୋଗ କଲେ, ପରିଣତ ବୟସରେ ଛୋଟ ଝିଅଟିର ପ୍ରେମରେ ପଡ଼ିଗଲି। ଝିଅଟି ମୋର ଛାତ୍ରୀ ଥିଲା।

ଏ କଥା କହିଲାବେଳେ ଭଦ୍ରବ୍ୟକ୍ତି ଯଦି ଗମ୍ଭୀର ହୋଇ ଯାଇ ନଥାନ୍ତେ, ଜୟରାମ ଏହାକୁ ଏକ ପରିହାସ ବୋଲି ଭାବିଥାନ୍ତା। ତା ଆଡୁ ମୁହଁ ବୁଲାଇ ପ୍ରଫେସର ବର୍ତ୍ତମାନ ଝରକା ବାହାରକୁ ଶୂନ୍ୟଦୃଷ୍ଟିରେ ଅନାଇଥିଲେ। ତାଙ୍କୁ ଏ ପ୍ରଶ୍ନ କରିଥିବାରୁ ଜୟରାମ ଅନୁତପ୍ତ ହେଲା। ନିଜ ବିଷୟରେ କିଛି ନଜଣାଇ ସେ ଭଦ୍ରବ୍ୟକ୍ତିଙ୍କର ଅତି ଗୋପନୀୟ ଜିନିଷ ଜାଣିବାକୁ ଆଗ୍ରହ କରିଥିଲା। ଏ କଥା କେବଳ ଶାଳୀନତା ବିରୋଧୀ ନ ଥିଲା, କେତେକ ପରିମାଣରେ ନିର୍ଦ୍ଦୟ ମଧ୍ୟ।

ପ୍ରଫେସର ଚୁପ ରହିଲେ। ଜୟରାମ ମଧ୍ୟ ତାଙ୍କୁ ଆଉ କିଛି ପଚାରିବାକୁ ସାହସ କଲା ନାହିଁ। କିଛି ସମୟ ପରେ ପ୍ରଫେସର ଝରକାଆଡୁ ମୁହଁ ଫେରାଇ କହିଲେ, ଚାଲନ୍ତୁ ତଳକୁ ଯିବା; ବାବା ବୁଲିବାକୁ ବାହାରିଛନ୍ତି।

ତଳକୁ ଓହ୍ଲାଇଲାବେଳେ ଜୟରାମ ତା ମନ ଭିତରେ ଖେଳି ବୁଲୁଥିବା ପ୍ରଶ୍ନଟିରୁ ନିଜକୁ ସମ୍ବରଣ କରି ପାରିଲା ନାହିଁ। ପ୍ରଫେସରଙ୍କୁ ପଚାରିଲା, ଆପଣଙ୍କ ସମସ୍ୟାର ସମାଧାନ ହୋଇଗଲା?

ହଁ; ବାବା ମୋର ସମସ୍ୟାଟିକୁ ନେଇନେଲେ।

ଯଦିଓ ଏ ଉତ୍ତରର ତାତ୍ପର୍ଯ୍ୟ ଜୟରାମ ପାଇଁ ଅସ୍ୱସ୍ତ ଓ ଅପୂର୍ଣ୍ଣ ରହିଗଲା, ଆଉ କିଛି ନ ପଚାରି ସେ ଚୁପ ରହିଲା। ଆଠ ଦଶ ଲୋକଙ୍କ ଗହଣରେ ଯାଉଥିବା ବାବାଙ୍କ ପାଖକୁ ଯିବା ପାଇଁ ଦୁହେଁ ତରତର ହୋଇ ପାଦ ପକାଇଲେ।

ଜୟରାମ ଆଗରୁ ବୈଶାଖୀବାବାଙ୍କର ଫଟୋ ଦେଖିଥିଲା। ତାଙ୍କ ବିଷୟରେ ସେ ବିଭିନ୍ନ ସମୟରେ ବିଭିନ୍ନ ପ୍ରକାରର ସମ୍ମାନସୂଚକ ତଥା ନିନ୍ଦାମୂଳକ ଲେଖାମାନ ପଢ଼ିଥିଲା। ପରିଚିତ ଲୋକଙ୍କ ପାଖରୁ ତାଙ୍କର ସଫଳତା ଓ ଦୁର୍ବଳତାର କାହାଣୀମାନ ଶୁଣିଥିଲା। ତେବେ ବର୍ତ୍ତମାନ ସେ ସାମନାସାମନି ଯେଉଁ ଦାଢ଼ିଆ ବାବାଜୀଙ୍କୁ ଦେଖୁଥିଲା ସେ ତାର କଳ୍ପନାର ସର୍ବଗୁଣଶକ୍ତିସଂପନ୍ନ ସିଦ୍ଧ ପୁରୁଷ ଭଳି ଆଦୌ ଦେଖା ଯାଉ ନଥିଲେ। ଏପରିକି ସେ ଯଦି ଦାଢ଼ିଆ ଲୋକଙ୍କ ମେଳ ଭିତରେ ଛିଡ଼ା ହୋଇଥାନ୍ତେ, ଜୟରାମ ବୈଶାଖୀବାବାଙ୍କୁ ଚିହ୍ନି ମଧ୍ୟ ପାରିନଥାନ୍ତା।

ବାବା ବର୍ତ୍ତମାନ ଆଠ ଦଶ ଜଣ ସ୍ୱଦେଶୀ ଓ ବିଦେଶୀ ଲୋକଙ୍କ ଗହଣରେ ଆଶ୍ରମ ପରିକ୍ରମା କରୁଥିଲେ। ଖାଲି ପାଦରେ ଗେରୁଆ ବସ୍ତ୍ର ପିନ୍ଧି ସେ ଆଗରେ ଆଗରେ ଚାଲୁଥିଲେ ଏବଂ ତାଙ୍କ ପାଖରୁ ସମ୍ମାନଜନକ ଦୂରତ୍ୱ ରଖି ଭକ୍ତମାନେ ତାଙ୍କର ପଦାନୁସରଣ କରୁଥିଲେ। ହଠାତ୍ ଗୋଟାଏ ଖୋଲା ଜାଗାରେ ଠିଆ ହୋଇ ବାବା ତାଙ୍କର ଘୋଡ଼ାଇ ହୋଇଥିବା ଚାଦରକୁ ଠିକ କଲେ ଏବଂ ଡାହାଣ ହାତର ତର୍ଜନୀରେ ଗୋଟିଏ ଅର୍ଦ୍ଧ ବୃତ୍ତ ତିଆରି କରି କହିଲେ, ମୋର ଚଉଷଠିଟି ଗୁମ୍ଫା ଦରକାର।

ଅତି ସହଜରେ ହୋଇଯିବ ବାବା, ବିଦେଶୀ ଭକ୍ତ ତାର ନୋଟ ଖାତାରେ ଲେଖୁ ଲେଖୁ କହିଲା।

ଚଉଷଠିଟି ଗୁମ୍ଫା, ଯେଉଁଥିରେ ଏକା ସମୟରେ ଚଉଷଠି ଜଣ ଧ୍ୟାନ କରି ପାରିବେ। ଧ୍ୟାନ କରିବା ପାଇଁ ଶାନ୍ତ ବାତାବରଣ ଦରକାର।

ଗୁମ୍ଫାକୁ ସାଉଣ୍ଡପ୍ରୁଫ୍ କରି ଦିଆଯାଇ ପାରିବ, ବିଦେଶୀ କହିଲା।

ଗୁମ୍ଫା ଭିତର ସବୁବେଳେ ଶୀତଳ ରହିବା ଦରକାର, ଯେପରି ଦେହକୁ କଷ୍ଟ ନହୁଏ ଏବଂ ଶାରୀରିକ ଅସ୍ୱସ୍ତି ମନ ଉପରେ ପ୍ରଭାବ ନ ପକାଏ। ମୋର ମହାଭାରତ ଶାନ୍ତି ପର୍ବ କଥା ମନେପଡୁଛି। ଭୀଷ୍ମ ଶରଶଯ୍ୟାରେ ପଡ଼ିଥିବା ବେଳେ କୃଷ୍ଣ ତାଙ୍କୁ ଧର୍ମ ଅର୍ଥ ଯୋଗ ବିଷୟରେ କହିବାକୁ ଅନୁରୋଧ କଲେ। ଭୀଷ୍ମ କହିଲେ, ଶରମାନେ ତାଙ୍କୁ ଏତେ କଷ୍ଟ ଦେଉଛନ୍ତି ଯେ ତାଙ୍କର ମନ କାମ କରୁନାହିଁ। କୃଷ୍ଣ ତାଙ୍କୁ ଶାରୀରିକ କଷ୍ଟରୁ ମୁକ୍ତ କରିଦେଲେ।

ଗୁମ୍ଫାକୁ ଏୟାର କଣ୍ଡିସନ ..

ନା, ମୁଁ ଚାହୁଁଛି ସ୍ୱାଭାବିକ ପ୍ରାକୃତିକ ବ୍ୟବସ୍ଥା। ଯେମିତି ଗୁମ୍ଫା ପାଖ ଦେଇ କଳ କଳ ନାଦରେ ନଦୀ ବହିଯାଉଛି ଏବଂ ତାର ସୁଲୁସୁଲିଆ ପବନ ଧ୍ୟାନ କରୁଥିବା ଲୋକମାନଙ୍କର ଆମ୍ବ ପାଖରେ ଯାଇ ପହଞ୍ଚୁଛି। ଏତିକି କହି ବାବା ଆଖି ବନ୍ଦ କଲେ, ଯେପରିକି ସେ ନିଜେ ଏଇପରି ଏକ ଶୁଦ୍ଧ ପୂତ ନଦୀ ତୀରର ଧୀର ସମୀରର ଶୀତଳ ବ୍ୟଜନରେ ଧ୍ୟାନମଗ୍ନ ରହିଛନ୍ତି।

ଅତି ସହଜରେ ହୋଇ ପାରିବ ବାବା, ବିଦେଶୀ ଭକ୍ତ, ଯେ କି ଜଣେ ଫରାସୀ ଆର୍କିଟେକ୍ଟ ବୋଲି ପ୍ରଫେସର ଜୟରାମକୁ ଜଣାଇଲେ, ତାର ନୋଟ ଖାତାରେ ଗାର ଟାଣି ବାବାଙ୍କ ସାମନାରେ ସେଇଟିକୁ ଆଣି ଦେଖାଇଲା। ବାବା ସନ୍ତୁଷ୍ଟ ହେଲା ଭଳି ଜଣାପଡ଼ିଲେ। କିନ୍ତୁ ହଠାତ୍ କଣ ହେଲା, ବାବା ନୋଟଖାତାକୁ ତଳେ ପକାଇ ଦେଇ ନିଜର ପରିଧାନକୁ ହାତରେ ସମ୍ଭାଳି ଧାଇଁବାରେ ଲାଗିଲେ। ତାଙ୍କ ପଛେ ପଛେ

ଅନ୍ୟମାନେ ମଧ ଧାଇଁଲେ ଏବଂ ଘଟଣାଟିକୁ ଆଉ ବିଶଦଭାବେ ବୁଝାଇବାର ଚେଷ୍ଟା ନ କରି ଜୟରାମ ମଧ ପ୍ରଫେସରଙ୍କ ସହିତ ଏହି ଦୌଡ଼ ପ୍ରତିଯୋଗିତାରେ ଭାଗ ନେଲା। କିଛି ଦୂରରେ ବର୍ତ୍ତମାନ ଗୋଟିଏ ହରିଣ ଛୁଆ ଦୃଷ୍ଟିଗୋଚର ହେଲା। ଆଶ୍ରମକୁ ପ୍ରାକୃତିକତା ଦେବା ପାଇଁ ଏବଂ ତାକୁ ପୌରାଣିକ ଯୁଗର ଆଶ୍ରମ ଆଦର୍ଶରେ ଗଢ଼ିବା ପାଇଁ ଏଠାରେ କିଛି ହରିଣ ଏବଂ ମୟୂର ଥିଲେ। ବାବା ଏଇ ହରିଣ ଛୁଆଟିକୁ ଧରିବାକୁ ଧାଇଁଥିଲେ। ତାକୁ ଧରିବାରେ ବାବାଙ୍କର କିଛି ଅସୁବିଧା ହେଲା ନାହିଁ, କାରଣ ସମସ୍ତେ ମିଶି ବର୍ତ୍ତମାନ ହରିଣ ଛୁଆଟିକୁ ଘେରି ରହିଥିଲେ ଏବଂ ସେ ଆଉ କୁଆଡ଼େ ପଳାଇ ଯିବାକୁ ବାଟ ପାଉନଥିଲା। ବାବା ତଳେ ବସି ହରିଣ ଛୁଆଟିକୁ ଦୃଢ଼ ଭାବରେ ଧରିଲେ ଏବଂ କିଛି ଘାସ ଛିଣ୍ଡାଇ ତାକୁ ହରିଣର ମୁହଁ ପାଖରେ ରଖିଲେ। ହରିଣ ଛୁଆ ଯଦିଓ ମୁହଁ ହଲାଇ ଘାସ ଖାଇବାକୁ ଅନିଚ୍ଛା ପ୍ରକାଶ କଲା, ଦୃଶ୍ୟଟି ଅତ୍ୟନ୍ତ ମନୋରମ ଓ ହୃଦୟସ୍ପର୍ଶୀ ଥିଲା। ଏଇ ମୁହୂର୍ତ୍ତଟିକୁ ଅମର କରି ରଖିବା ପାଇଁ କ୍ୟାମେରା ଧରିଥିବା ଲୋକଟି, ଯେ କି ଜଣେ ପ୍ରସିଦ୍ଧ ଫଟୋଗ୍ରାଫର ବୋଲି ଜୟରାମ ଜାଣିଲା, ବାବା ଓ ହରିଣ ଛୁଆର ଫଟୋ ଉଠାଇଲା। ବାବା ମଧ ଫଟୋ ଉଠାଇବା ପର୍ବରେ ସଂପୂର୍ଣ୍ଣ ଯୋଗଦାନ କରି ବିଭିନ୍ନ ଦିଗରୁ ହରିଣକୁ ଧରି ଓ ତାକୁ ଘାସ ଖୁଆଇବାର ଅଭିନୟ କରି ଏଇ ସୁକୁମାର ସମ୍ବେଦନଶୀଳ ମୁହୂର୍ତ୍ତଟିକୁ କାଳଜୟୀ କରିବାରେ ସାହାଯ୍ୟ କଲେ।

ହରିଣ ଛୁଆଟି ଏଥରକ ଆଉ ବାବାଙ୍କ ସହିତ ସହଯୋଗ କଲା ନାହିଁ, ଘାସ ପାଖରୁ ମୁହଁ ବୁଲାଇ ନେଲା ଏବଂ ଚାଲିଯିବା ପାଇଁ ଛଟପଟ ହେଲା। ହରିଣଟିକୁ ଛାଡ଼ିଦେଇ ବାବା ସେଇ ଜାଗାରେ ପଦ୍ମାସନ କରି ବସିଲେ ଏବଂ କାନ୍ଧ ଉପରେ ଚାଦରଟିକୁ ଟାଣି ଠିକ କଲେ। ତାଙ୍କର ଏ ଗତିବିଧ୍ ସହିତ ଭକ୍ତମାନେ ସମ୍ୟକ ପରିଚିତ ଥିଲେ ବୋଲି ଜଣାଗଲା, କାରଣ ସମସ୍ତେ ବର୍ତ୍ତମାନ ତାଙ୍କ ଆଗରେ ପଦ୍ମାସନ କରି ବସିଗଲେ।

ବାବା କହିଲେ : ବ୍ରହ୍ମଦତ୍ତ ଯେତେବେଳେ କାଶୀର ରାଜା ଥିଲେ, ବୁଦ୍ଧ ସେଠାରେ ଗୋଟିଏ ହରିଣ ଛୁଆ ହୋଇ ଜନ୍ମ ନେଇଥିଲେ।

ତା ପରେ ବାବା ସେମାନଙ୍କୁ ମହାଧନକ ଜାତକ ଗଳ୍ପଟି ଶୁଣାଇଲେ। ଜୟରାମ ଏ ଗଳ୍ପଟି ଆଗରୁ ଶୁଣିନଥିଲା। ତା ବ୍ୟତୀତ ବାବାଙ୍କର କାହାଣୀ ଶୁଣାଇବାର ଭଙ୍ଗୀ ଅତି ମନୋହର ଓ ଚିତ୍ତାକର୍ଷକ ଥିଲା। ମୁଗ୍ଧ ହୋଇ ଜୟରାମ ଗଳ୍ପଟି ଶୁଣିବାରେ ମନ ଦେଲା। ସୁନା ହରିଣର ମହାନତା ଓ ମହାଧନକର ଲୋଭ ତାର ମନକୁ ଛୁଇଁଲା।

ଗଳ୍ପଟି ଶେଷ କରି ବାବା କହିଲେ, ମୁଁ ହିଁ ଥିଲି ସେଇ ସୁନାର ହରିଣ ଏବଂ ଦେବଦତ୍ତ ଥିଲେ ମହାଧନକ।

କାହାଣୀଟି ସରିଯିବା ପରେ ମଧ ସମସ୍ତେ କିଛି କ୍ଷଣ ଚୁପଚାପ ବସି ରହିଲେ। ଏଥର କ ବାବା ଉଠି ଠିଆ ହେଲେ ଏବଂ ଯିବାକୁ ବାହାରିଲେ। ତାଙ୍କ ପଛରେ ସମସ୍ତେ ଯିବାକୁ ବାହାରିଥିଲେ; କିନ୍ତୁ ବାବା ହାତ ଦେଖାଇଲେ। ଶେଷରେ ବାବା ଏକା ସେଠାରୁ ଧୀରେ ଧୀରେ ନିଷ୍କ୍ରାନ୍ତ ହୋଇଗଲେ।

ପ୍ରଫେସର କହିଲେ, ଚାଲନ୍ତୁ ଏଥର ପ୍ରାର୍ଥନା ଘରକୁ ଯିବା। ଜୟରାମର ମନ ଏପର୍ଯ୍ୟନ୍ତ ଜାତକ କାହାଣୀର ପ୍ରଭାବ ମୁକ୍ତ ହୋଇନଥିଲା। ସେ ଚୁପଚାପ ପ୍ରଫେସରଙ୍କୁ ଅନୁସରଣ କରିବାରେ ଲାଗିଲା। ପ୍ରାର୍ଥନା ଘର ପାଖରେ ପହଞ୍ଚି ପଚାରିଲା, ଏଠାରେ କଣ ପ୍ରାର୍ଥନା କରିବା କିଛି ବିଶେଷ ନିୟମାବଳୀ ଅଛି? କିଏ ଦେବଦେବୀ ଅଛନ୍ତି ମନ୍ଦିରରେ? ପ୍ରଫେସର କହିଲେ, ଏଇଟି ମନ୍ଦିର ନୁହେଁ; ଗୋଟିଏ ସାଧାରଣ ବଡ଼ କୋଠରୀ। କୋଠରୀଟି ଅନ୍ଧାର ଥାଏ। ଯିଏ ଯେତେବେଳେ ଚାହେଁ, ତା ଭିତରେ ବସି ନିଜର ଇଚ୍ଛାନୁଯାୟୀ ପ୍ରାର୍ଥନା କରିପାରେ। ଆପଣଙ୍କର ଯେମିତି ମନ ଖୁସି ପ୍ରାର୍ଥନା କରି ପାରନ୍ତି।

ପ୍ରାର୍ଥନା ଘର ଭିତରକୁ ଯିବାକୁ ହେଲେ ଅନେକ କବାଟ ଓ ମୋଟା ପର୍ଦ୍ଦା ଭିତର ଦେଇ ଯିବାକୁ ହେଉଥିଲା। ବାହାରର ଆଲୁଅରୁ ଆସି ହଠାତ୍ ଏଠାରେ ପଶିଲେ ସବୁ ଅନ୍ଧାରୁଆ ଦେଖାଯାଉଥିଲା। ଏମିତିକି ଅଭ୍ୟସ୍ତ ନହେଲେ ପ୍ରଥମ ବେଢ଼ାରେ ହିଁ କିଛି ଠିକ ଦେଖାଯାଉନଥିଲା। ପ୍ରଫେସର ତାର ହାତ ଧରି ଭିତରକୁ ନେଇଗଲେ। ସବା ଭିତରର ପ୍ରାର୍ଥନା ଘର ସଂପୂର୍ଣ୍ଣ ଅନ୍ଧକାରାଚ୍ଛନ୍ନ ଥିଲା। ତେବେ ଏତେ ସମୟ ପ୍ରାୟ ଅନ୍ଧାରରେ ଯାଇ ଜୟରାମ ମୋଟାମୋଟି ଜାଣିଲା ଯେ ଏଇ ଘରଟି ଭିତରେ ତଳେ ଗାଲିଚା ଉପରେ ବସି ଅନେକ ଲୋକ ପ୍ରାର୍ଥନାରତ ଅଛନ୍ତି। କେତେକ ପ୍ରାର୍ଥନାକାରୀଙ୍କୁ ଟୁଣ୍ଡିବା ପରେ ପ୍ରଫେସର ଓ ସେ ସାମାନ୍ୟ ଖାଲି ଜାଗା ଦେଖି ତଳେ ବସିଲେ। ପ୍ରଫେସର ତାକୁ ବୁଝାଇଥିଲେ ଯେ ପ୍ରାର୍ଥନା ସମୟରେ ପାଖରେ ବସିଥିବା ପ୍ରାର୍ଥନାକାରୀର ହାତକୁ ଧରିବା ହିଁ ଏକମାତ୍ର ନିୟମ। ପ୍ରଫେସର ତାର ବାଁ ହାତକୁ ଧରିଥିଲେ। ଆଉ ହାତଟିକୁ ସେ ଅନ୍ଧାରରେ ବଢ଼ାଇଲା ଡାହାଣ ପାଖରେ ବସି ପ୍ରାର୍ଥନା କରୁଥିବା ଲୋକଟି ଆଡ଼କୁ।

କୋଠରୀଟିରେ କୌଣସି ସ୍ୱର ଶବ୍ଦ ନ ଥିଲା। ଧୂପ ଧୁଣା ଅଗୁରୁର ମୃଦୁ ସୁଗନ୍ଧ ବାତାବରଣକୁ ଆଚ୍ଛାଦିତ କରି ରଖିଥିଲା। ଏକ ରୁଦ୍ଧ ଅନ୍ଧକାର ବାତାନୁକୂଳିତ

କୋଠରୀଟିକୁ ରହସ୍ୟାବୃତ କରି ରଖିଥିଲା। ଜୟରାମର ହାତ ଧରାଦେଲା କୌଣସି ମହିଳାଙ୍କର ହାତରେ ଏବଂ ତାର ପାପୁଲି କୋମଳ ଅଙ୍ଗୁଲିରେ ଆବଦ୍ଧ ହୋଇଗଲା। ଏକ ଅପରିଚିତା ସ୍ତ୍ରୀ ସହିତ ଦେହର ଏଭଳି ସ୍ପର୍ଶ ସଂପୂର୍ଣ୍ଣ ନୂତନ ଅନୁଭୂତି ଥିଲା। କିଏ ହୋଇପାରନ୍ତି ଭଦ୍ରମହିଳା? ସକାଳେ ଅପେକ୍ଷାଗୃହରେ ଦେଖିଥିବା ସ୍ତ୍ରୀଲୋକ ମାନଙ୍କର ମୁହଁକୁ ମନେପକାଇଲା ଜୟରାମ। ବ୍ୟବସାୟରେ ବାନ୍ଧି ହୋଇଯିବା ଦିନୁ ସେ ନିଜର ଦେହକୁ ପ୍ରାୟ ଭୁଲିଯାଇଥିଲା। ନିଜର ଯୁବାବସ୍ଥା କଥା ମନେପଡ଼ିଲା। କୌଣସି ଝିଅର ସାନ୍ନିଧ୍ୟ ସେତେବେଳେ ଆଣି ଦେଉଥିଲା ରୋମାଞ୍ଚ ବେପଥୁ ଓ ଶିହରଣ। ପୁଣି ତାର ମନେପଡ଼ିଲା ଆଶ୍ରମ ବିଷୟରେ ଶୁଣିଥିବା ଅପବାଦମାନଙ୍କ କଥା। ତା ହାତ ଉପରେ ଭଦ୍ରମହିଳାଙ୍କ ହାତର ଚାପରେ କୌଣସି ବ୍ୟତିକ୍ରମ ନ ଥିଲା; ଯେପରି ସଂପୂର୍ଣ୍ଣ ସ୍ୱାଭାବିକ ସାଧାରଣ ଥିଲା ହାତ ମୁଠାରେ ହାତ ରହିଥିବା। କିଏ ହୋଇପାରେ ଏଇ ବୃଦ୍ଧା, ମଧ୍ୟବୟସ୍କା, ଯୁବତୀ, କିଶୋରୀ। କୌଣସି ଦେବଦେବୀ ମନେ ପଡ଼ିଲେ ନାହିଁ ଜୟରାମର; କୌଣସି ମନ୍ତ୍ର ତାର ସ୍ମରଣକୁ ଆସିଲା ନାହିଁ। ବରଂ ତାକୁ ବାବାଙ୍କର ସ୍ୱରରେ ସେଇ ଜାତକ ଗଳ୍ପଟିର ବର୍ଣ୍ଣନା ଶୁଣାଗଲା। ତାର ମନେହେଲା ବୃଦ୍ଧ ଯେପରି ସ୍ୱୟଂ ବାବା ହୋଇ ଭକ୍ତମାନଙ୍କୁ ଗଳ୍ପଟି ଶୁଣାଉଥିଲେ। ଜୟରାମ ନିଜର ସ୍ୱତନ୍ତ୍ରତାକୁ ହୃଦୟଙ୍ଗମ କଲା। ସେ କଣ ଏଇ ଗଳ୍ପର ପାପୀ ମହାଧନକ?

ଏଇଭଳି ଅନେକ ଅମୂଳକ ଚିନ୍ତା। ଘର ଛାଡ଼ିବା ମାତ୍ର ବାର ଘଣ୍ଟା ହୋଇଥିଲା; କିନ୍ତୁ ତାର ମନେହେଲା ଯେପରି ସେ ଘରକୁ ଛାଡ଼ି ଆସିଥିଲା କେଉଁ ସୁଦୂର ଅତୀତରେ। କେଉଁ ଏକ ବିବିକ୍ତ ଅସହାୟତାର ଗର୍ତ୍ତରେ ପଡ଼ି ସେ ହାତ ବଢ଼ାଇ ଦେଇଥିଲା କିଏ ତାକୁ ନିରାପଦ ଉପରକୁ ଟାଣି ନେବ ବୋଲି। ବର୍ତ୍ତମାନ ତାର ଗୋଟିଏ ହାତ ଥିଲା ଅଳ୍ପ କେତେ ସମୟର ପରିଚିତ ଜଣକ ହାତରେ ଏବଂ ଅନ୍ୟ ହାତଟି ସଂପୂର୍ଣ୍ଣ ଅପରିଚିତାଙ୍କ ହାତରେ। କିନ୍ତୁ ଏଇ ସ୍ୱଳ୍ପ ପରିଚିତ ଏବଂ ଅଜ୍ଞାତ ହାତ ଦୁଇଟିରେ ଯେପରି ଅନେକ ସାନ୍ତ୍ୱନା ଥିଲା ତା ପାଇଁ। ତାକୁ ଆଶ୍ୱସ୍ତ କରିବା ପାଇଁ ଏକ ଜୀବନ୍ତ ଆସ୍ଥା ଏଇ ହାତ ଦୁଇଟି।

ତାର ହାତ ଛାଡ଼ିଦେଇ ଭଦ୍ରମହିଳା ଉଠି ଠିଆହେଲେ ଏବଂ ପ୍ରାର୍ଥନା ଗୃହରୁ ବାହାରିଗଲେ। ଜୟରାମ ଭାବିଲା ସେ ବର୍ତ୍ତମାନ ଉଠି ପଡ଼ି ତାଙ୍କ ପଛେ ପଛେ ଯିବ ଏବଂ ଦେଖିବ ସେ କିଏ। କିନ୍ତୁ ତାର ସ୍ୱପ୍ନ ଭାଙ୍ଗି ଯାଇପାରେ ଏବଂ ନିରାଶା ଆସିପାରେ ତାଙ୍କୁ ସ୍ୱତନ୍ତ୍ରରେ ଦେଖିଲେ। ତା ବ୍ୟତୀତ, ଏ ତ ସଂପୂର୍ଣ୍ଣ ନୈର୍ବ୍ୟକ୍ତିକ

ଥିଲା ପାଖରେ ବସିବା ଏବଂ ହାତରେ ହାତ ରଖିବା। ତଥାପି ଏଇ ଦୈହିକ ସଂସ୍ପର୍ଶ ଜୟରାମକୁ ଅଭିଭୂତ କରିଦେଲା, କାରଣ କାହାକୁ ଏପରି ଛୁଇଁବାର ସୌଭାଗ୍ୟ ତାର ହୋଇନଥିଲା ଅନେକ ଦିନ ହେଲା। ବର୍ତ୍ତମାନ ସେ ସ୍ତ୍ରୀଜନଙ୍କର କଳ୍ପନା ଛାଡ଼ି କିଛି ଧର୍ମ ପ୍ରାର୍ଥନା କରିବ ବୋଲି ଠିକ କଲା। କିନ୍ତୁ ପ୍ରାର୍ଥନାର ଶବ୍ଦ ପୁଣି ବିକ୍ଷିପ୍ତ ହୋଇଗଲେ ତାର ମନ ଭିତରେ। ସେ ପ୍ରଫେସରଙ୍କ ହାତ ଛାଡ଼ି ଉଠି ଠିଆହେଲା ଏବଂ ଏକା ବାହାରକୁ ବାହାରି ଆସିଲା।

ପ୍ରଫେସର ତା ସହିତ ନଥିବାରୁ ଜୟରାମ ଭାବିଲା ସେ ଏକା ଆଶ୍ରମର ଆଉ କିଛି ଅଂଶ ଅନୁସନ୍ଧାନ କରି ଦେଖିବ। ସେ ଗୋଟିଏ ଭିନ୍ନ ରାସ୍ତା ଦେଇ ପହଞ୍ଚିଲା ଆଶ୍ରମର ଦୋକାନ ପାଖରେ। ଏଠିରେ ବାବାଙ୍କ ସଂପର୍କିତ ଜିନିଷ ବିକ୍ରି ହେଉଥିଲା; ଯଥା ବାବାଙ୍କର ଚିତ୍ର, ତାଙ୍କର ପ୍ରତିକୃତି ଥିବା ମୁଦି, ଲକେଟ ଓ ଅନ୍ୟାନ୍ୟ ଜିନିଷ, ତାଙ୍କ ପ୍ରବଚନର ଟେପ୍, ତାଙ୍କର ମୁଖନିଃସୃତ ପୁସ୍ତକ ଇତ୍ୟାଦି। ଏତଦ୍ବ୍ୟତୀତ ସାଧାରଣ ବ୍ୟବହାର୍ଯ୍ୟ ଜିନିଷ ମଧ୍ୟ ଏଠାରେ ମିଳୁଥିଲା; ଯଥା ଛତା, ବାଡ଼ି, ଜୋତା, କଲମ, ଟର୍ଚ୍ଚ ଇତ୍ୟାଦି। ଏ ସବୁରେ ମଧ୍ୟ ବାବାଙ୍କର ଚିତ୍ର ଥିଲା ଏବଂ ଏଗୁଡ଼ିକର ଦାମ ଥିଲା ବହୁମୂଲ୍ୟ। ଗୋଟିଏ ବହିକୁ ଓଲଟାଇ ଦେଖିଲା ଜୟରାମ। ଏଇଟି ଥିଲା ବାବାଙ୍କ ସୂକ୍ତିମାଳାର ତୃତୀୟ ଭାଗ। ତାଙ୍କ କହିଥିବା ଉପଦେଶ ମାନଙ୍କର ଏହି ସଙ୍କଳନରେ କିଛି ଉକ୍ତି ଥିଲା ଅତି ସାଧାରଣ ; ଯଥା ମା'ମାନେ ସନ୍ତାନମାନଙ୍କର ଯତ୍ନ ନେବା ଉଚିତ। ଏଠରେ ଅନେକ ଜଟିଳ ଉକ୍ତି ମଧ୍ୟ ଥିଲା; ଯଥା ମାନବ ସଂସ୍କାରର ଏକ ଆନୁଷଙ୍ଗିକ ଉପସର୍ଗ ହେଲା ଐତିହ୍ୟର ପୃଷ୍ଠଭୂମିରେ ପ୍ରତିଫଳିତ...ଇତ୍ୟାଦି। ବହିଟିକୁ ରଖି ଦେଇ ଅନ୍ୟ ଜିନିଷପତ୍ର ଆଡ଼କୁ ଅନାଇଲା ଜୟରାମ। ଏଇ ଦୋକାନର ଦୋକାନୀ ଥିଲା ଏକ ଲଣ୍ଡିତମସ୍ତକ ଯୁବକ। ସେ ବର୍ତ୍ତମାନ ଚଉକିରେ ବସି ବାବାଙ୍କ ସୂକ୍ତି ମାଳାର ଗୋଟିଏ ଭାଗକୁ ଏକାଗ୍ରଚିତ୍ତରେ ପଢ଼ୁଥିଲା। ଦୋକାନରେ ଆଉ କେହି ନ ଥିଲେ। ଜୟରାମକୁ ଇତସ୍ତତଃ ହେବାର ଦେଖି ଯୁବକଟି ଉଠି ଠିଆହେଲା। ବହିଟିକୁ ଦେଖାଇ କହିଲା, ବହୁତ ଭଲ କଥା ଅଛି ଏଠରେ।

ଜୟରାମ କହିଲା, ମୋର କିଛି କିଣିବାର ନ ଥିଲା। ଏମିତି ଦେଖୁଥିଲି କି କି ଜିନିଷ ଅଛି।

ଯୁବକଟି କହିଲା, ବହିରେ ଯାହା ସବୁ ଅଛି, ତାକୁ ସବୁ ସ୍ୱୟଂ ବାବାଙ୍କ ସ୍ୱରରେ ଶୁଣି ପାରିବେ ଏଇ ଟେପ୍‌ରେ। ଏ କଥା କହି ଯୁବକଟି ତାର କାନ୍ଧରୁ ଝୁଲୁଥିବା ଟେପ୍ ରେକର୍ଡରକୁ ହାତରେ ଦେଖାଇଲା। ଏଥରକ ଜୟରାମ ଯୁବକଟିର କାନରେ

ଲାଗିଥିବା ଇୟରଫୋନ ଦେଖିବାକୁ ପାଇଲା। ଯୁବକ କାନରୁ ଫୋନ ବାହାର କରି ଜୟରାମ ପାଖରେ ଆସି ଠିଆହେଲା।

କାହିଁକି ଯୁବକଟି ଆଶ୍ରମକୁ ଆସି ଦୋକାନ କଥା ବୁଝୁଛି। ନିଜ ମନକୁ ପ୍ରଶ୍ନ କଲା ଜୟରାମ। କି ପରିଛିତିରେ ଏତେ ଅଳ୍ପ ବୟସରେ ବାବାଙ୍କର ଭକ୍ତ ହୋଇଛି ଯୁବକଟି? ପ୍ରଫେସରଙ୍କ ଭଳି ପ୍ରେମରେ ହତାଶ ହୋଇ? ପରୀକ୍ଷାରେ ଫେଲ ହୋଇ, ବାପା ମାଆଙ୍କ ସହିତ କଳି କରି, ଚୋରି କରିବାବେଳେ ଧରାପଡ଼ି, ଅଥବା ଅନେକ ଶାସ୍ତ୍ରୀୟ ଅଧ୍ୟୟନ ପରେ ସାଂସାରିକତାକୁ ପ୍ରତ୍ୟାଖ୍ୟାନ କରି? ଯୁବକଟିର ମୁହଁରେ କୌଣସି ଉତ୍ତର ନ ଥିଲା ଏ ସବୁ ପ୍ରଶ୍ନର। ସେ ଯେମିତି ଖୁସି ଥିଲା ବାବାଙ୍କର ବାକ୍ୟମାନଙ୍କୁ ଆସ୍ୱାଦନ କରି ଏବଂ ତାକୁ ଦିଆଯାଇଥିବା ଏଇ ଛୋଟ ଦୋକାନର ଦାୟିତ୍ୱ ନିର୍ବାହ କରି। ଯୁବକ ପଚାରିଲା, କଣ କିଛି ନେବେ?

ନା, ଏମିତି ଦେଖୁଥିଲି।

ମୁଁ କହିବି ଆପଣ ଗୋଟିଏ ଟେପ୍ ନିଅନ୍ତୁ।

ମୋ ପାଖରେ ଟେପ୍‌ରେକର୍ଡ଼ର ନାହିଁ।

ଆପଣ ମୋ ଟେପ୍‌ରେକର୍ଡ଼ର ନେଇ ଯାଆନ୍ତୁ। ଶୁଣି ସାରି ଫେରାଇଦେବେ।

ଯୁବକଟିର ସ୍ୱରରୁ ଜୟରାମ ବୁଝିଲା ଯେ ଏ କେବଳ ଏକ ଔପଚାରିକତା ନ ଥିଲା। ସତକୁ ସତ ଯୁବକ ତାକୁ ନିଜର ଟେପ୍‌ରେକର୍ଡ଼ରଟି ଦେଇଥାନ୍ତା। ସେ ଯେମିତି ଚାହେଁ ବାବାଙ୍କର ବାଣୀ ଯାଇ ଅନେକରୁ ଅନେକ ଲୋକଙ୍କୁ ଉଦ୍‌ବୁଦ୍ଧ କରୁ। ଜୟରାମ କହିଲା, ନା, ମୁଁ ଘରକୁ ଫେରିଲାବେଳେ ଟେପ୍ କିଣି ନେବି।

କେବେ ଫେରିବ ସେ ଘରକୁ? କେଉଁଠାରେ ତାର ଘର? ଘର କାହାକୁ କୁହାଯାଏ? ଯୁବକଟିର ଘର ଏଇ ଦୋକାନଟି। ପ୍ରଫେସରଙ୍କ ଘର ତାଙ୍କର କୋଠରୀ। ଭକ୍ତମାନଙ୍କର ଘର ଏଇ ନଦୀ ଗଛ ଲତା ସମ୍ମିଳିତ ଆଶ୍ରମ। ବାବାଙ୍କ ଘର କେଉଁଠି। ବୁଦ୍ଧଙ୍କର ଘର କେଉଁଠି ଥିଲା? ଯୁବକକୁ ଧନ୍ୟବାଦ ଜଣାଇ ଜୟରାମ ତାର ଘର—ଏଇ କଣ ତାର ଘର? —ଆଡ଼କୁ ପାଦ ବଢ଼ାଇଲା।

ପ୍ରଫେସର ଆଗରୁ ପହଞ୍ଚି ଯାଇଥିଲେ। ଜୟରାମ ଆସିବାରୁ ତାକୁ ଖାଇବାପାଇଁ ଡାକିଲେ। ଜୟରାମକୁ ଭୋକ ନଥିବାରୁ ସେ ମନାକରିଦେଲା ଏବଂ ପ୍ରଫେସର ଚାଲିଯିବାରୁ ପୁଣି ଖଟ ଉପରେ ଶୋଇଗଲା। ଅନ୍ଧାର ଘର ଭିତରେ ତା ହାତରେ ଛନ୍ଦି ହୋଇଥିବା ହାତଟି କଥା ମନେପଡ଼ିଲା ତାର। ଅନେକ ପ୍ରକାରର ରୋଚକ ଚିନ୍ତା ଆସିଲା ତା ମନ ଭିତରେ। ଘରେ ଥିଲାବେଳେ ତାକୁ ଠିକରେ ନିଦ

ହେଉନଥିଲା; କିନ୍ତୁ ଏଇ ସବୁ କଥା ଭାବୁ ଭାବୁ ତାକୁ ସ୍ୱଚ୍ଛନ୍ଦରେ ନିଦ ଆସିଗଲା। ନିଦରେ ବିଭିନ୍ନ ସ୍ୱପ୍ନ ବି ଆସି ପହଞ୍ଚିଲେ। ଏ ସ୍ୱପ୍ନ ସବୁ ଆଗର ସ୍ୱପ୍ନ ଭଳି ଭୟାନକ ନଥିଲେ। ନିଦ ଭାଙ୍ଗି ଗଲାବେଳକୁ ଯଦିଓ କୌଣସି ସ୍ୱପ୍ନ କଥା ତାର ମନେ ନ ଥିଲା, ସ୍ୱପ୍ନମାନଙ୍କର ଏକ ସମ୍ମିଳିତ ସୁଖଦ ସ୍ମରଣ ତାର ମନକୁ ଆଚ୍ଛାଦିତ କରି ରଖିଥିଲା। ବିଛଣାରୁ ଉଠିବସି ଜୟରାମ ଝରକା ବାହାରକୁ ଅନାଇଲା।

ଝରକା ବାହାରେ କିଛି ଗଛପତ୍ର ଓ ଆକାଶର ଅଳ୍ପ ଅଂଶ ଦେଖା ଯାଉଥିଲା। ଆକାଶ ଖୁବ ପରିଷ୍କାର ଥିଲା, ଯଦିଓ ଖଣ୍ଡ ଖଣ୍ଡ କିଛି ଛୋଟ ମେଘ ଉଡ଼ି ବୁଲୁଥିଲେ। ସନ୍ଧ୍ୟା ଆସନ୍ନ ଥିଲା ଏବଂ ଆକାଶର ରଙ୍ଗ ବଦଳିବାକୁ ଆରମ୍ଭ କରିଥିଲା। ସୂର୍ଯ୍ୟାଲୋକ ବର୍ତ୍ତମାନ ଅତ୍ୟନ୍ତ ନରମ ଓ କମଳା ରଙ୍ଗର ଥିଲା। ଜଣାଯାଉଥିଲା କିଛି ସମୟ ପରେ ଯେପରି ହଠାତ୍ ବାହାରର ଆକାଶ ଶୀତଳ ଓ ଲାଲ ହୋଇଯିବ।

ପ୍ରଫେସର ଫେରିଲେ ଏବଂ କହିଲେ, ଚାଲନ୍ତୁ, ବାବାଙ୍କ ପ୍ରାର୍ଥନା ସଭାକୁ ଯିବା। ମୁହଁ ହାତ ଧୋଇ ଜୟରାମ ପ୍ରଫେସରଙ୍କ ସହିତ ବାହାରକୁ ବାହାରିଲା। ପ୍ରଫେସର କହିଲେ, ଆଶ୍ରମରେ ଚା'ର ବ୍ୟବସ୍ଥା ନାହିଁ। ଆପଣଙ୍କର ଯଦି ଚା ଅଭ୍ୟାସ ଥାଏ, ଆମେ ଆମ କୋଠରୀରେ ତିଆରି କରିବାର ବ୍ୟବସ୍ଥା କରିବା। ଯଦିଓ ତାର ଚା ପିଇବାର ଅଭ୍ୟାସ ଥିଲା, ଜୟରାମ କହିଲା, ନା, ମୋର ଦରକାର ନାହିଁ। ମୋର ବିନା ଚା'ରେ ଚଳିଯିବ।

ପ୍ରାର୍ଥନା ସଭା ପାଇଁ ବାବାଙ୍କର କୌଣସି ନିର୍ଦ୍ଧାରିତ ସମୟ ବା ସ୍ଥାନ ନ ଥିଲା। ସକାଳେ ଓ ସନ୍ଧ୍ୟାର ନିର୍ଦ୍ଦିଷ୍ଟ ସମୟରେ ଆଖି ବନ୍ଦ କରି ବସିବା ବ୍ୟତୀତ ଆଶ୍ରମରେ ଧ୍ୟାନର କୌଣସି ନୀତି ନିୟମ ନ ଥିଲା। ଦିନ ଓ ରାତି ଯେ କୌଣସି ସମୟରେ ଯେ କେହି ଅନ୍ଧାର ପ୍ରାର୍ଥନା ଘରକୁ ଯାଇ ବସି ପାରୁଥିଲେ ଏବଂ ଯେତେବେଳେ ଯେଉଁଠାରେ ହେଲେ ବାବା ଭକ୍ତମାନଙ୍କ ଆଗରେ ବସି ପ୍ରାର୍ଥନା ସଭା କରୁଥିଲେ। ଅବଶ୍ୟ ଏହାକୁ ସଭା କହିବା ବାହୁଲ୍ୟ, କାରଣ ସେଦିନ ସକାଳେ ହରିଣ ଛୁଆ ପାଖରେ ବାବା କହିଥିବା ଗଳ୍ପଟି ମଧ୍ୟ ପ୍ରାର୍ଥନା ସଭା ପର୍ଯ୍ୟାୟର ଥିଲା।

ଆଜି ସନ୍ଧ୍ୟାବେଳେ ବାବା ଝରଣାକୂଳରେ ଆସନବଦ୍ଧ ଥିଲେ ଏବଂ ତାଙ୍କୁ ଚାରିପାଖେ ଘେରି ଭକ୍ତମାନେ ବସିଥିଲେ। ବାବା ଚୁପଚାପ ବସିଥିଲେ ଏବଂ ତାଙ୍କ ଆଗରେ ରଖାଯାଇଥିବା କାଗଜରୁ ଗୋଟିଏ ଗୋଟିଏ ନେଇ ସେଥିରେ ଡଙ୍ଗା ତିଆରି କରି ତାକୁ ପାଣିରେ ଭସାଉଥିଲେ। ସମସ୍ତେ ବାବାଙ୍କର ଏଇ ଅତି ଚପଲ ଓ ଅର୍ଥହୀନ କ୍ରିୟାକଳାପକୁ ଅତି ମୁଗ୍ଧ ଓ ତନ୍ମୟ ହୋଇ ଦେଖୁଥିଲେ ଯେପରିକି ଏଥିରେ ଅନେକ

ଗୂଢ଼ ତତ୍ତ୍ୱ ନିହିତ ଅଛି। ଜୟରାମ ଭକ୍ତମାନଙ୍କ ଭିତରେ ତିନିଜଣ ମହିଳାଙ୍କୁ ଦେଖିଲା ଓ ମନେମନେ ସ୍ଥିର କରିନେଲା ଯେ ସେମାନଙ୍କ ଭିତରୁ ଯିଏ ସବୁଠାରୁ ବେଶୀ ସୁନ୍ଦରୀ ସେ ହିଁ ତାର ହାତକୁ ଧରିଥିଲେ ଅନ୍ଧାର ପ୍ରାର୍ଥନା ଘରେ। ସେ ଠିକ୍ କଲା ଯେ କୌଣସି ହେଲେ ଉପଲକ୍ଷ୍ୟ କରି ତାଙ୍କ ସହିତ ଆଲାପ କରିବ। ଏ କଥା ଭାବିବାବେଳେ ତାକୁ ପୁଣି ବୟସରେ ପଛକୁ ଫେରିଯିବାଭଳି ଆକଟ କରୁଥିବା ଗୁରୁଜନ ଭଳି ମନେହେଲା ଏବଂ ପାଖରେ ବସିଥିବା ପ୍ରଫେସର ସେଇ ପୁରୁଣା ଦିନରେ ତାକୁ ଆକଟ କରୁଥିବା ଗୁରୁଜନ ଭଳି ମନେହେଲେ।

କାଗଜ ଡଙ୍ଗା ତିଆରି କରିବାରେ ଯେତେବେଳେ ବାବାଙ୍କର ମନ ଭରିଗଲା, ସେ କାଗଜରେ ଗୋଟିଏ ଉଡ଼ାଜାହାଜ ତିଆରି କଲେ ଏବଂ ସେଇଟିକୁ ଭକ୍ତମାନଙ୍କ ଆଡ଼କୁ ଉଡ଼ାଇଦେଲେ। ଉଡ଼ାଜାହାଜଟି ପବନରେ ଉପରକୁ ଉଠିଗଲା ଏବଂ ସେଇଟିକୁ ଧରିବା ପାଇଁ ବର୍ତ୍ତମାନ ଭକ୍ତମାନଙ୍କ ଭିତରେ ପ୍ରତିଦ୍ୱନ୍ଦ୍ୱିତା ଆରମ୍ଭ ହୋଇଗଲା। ଶେଷରେ କିନ୍ତୁ ଉଡ଼ାଜାହାଜଟି କାହାରି ହାତରେ ଧରା ନଦେଇ ଗୋଟିଏ ଗଛଡାଳରେ ଅଟକିଗଲା।

ଆଉ ଗୋଟିଏ କାଗଜ ଉଠାଇ ନେଇ ବାବା ତାର ତଳ ଭାଗରେ ଗୋଟିଏ ବୃତ୍ତ ଆଙ୍କି କହିଲେ, ଏ ହେଉଛି ଆରମ୍ଭ ଏବଂ...। ସେ କାଗଜ ଉପରେ ଗୋଟିଏ ବର୍ଗକ୍ଷେତ୍ର ଆଙ୍କିଲେ, ଏଇଟି ହେଲା ଲକ୍ଷ୍ୟସ୍ଥଳ। ବୃତ୍ତରୁ ବର୍ଗକ୍ଷେତ୍ର ପର୍ଯ୍ୟନ୍ତ ସେ ବିଭିନ୍ନ ରଙ୍ଗର ପେନସିଲ ଦେଇ ଗାରମାନ ଟାଣିଲେ। ଏ ହେଉଛି ଲକ୍ଷ୍ୟସ୍ଥଳରେ ପହଞ୍ଚିବାର ବିଭିନ୍ନ ରାସ୍ତା। କେଉଁଟି ସିଧାସଳଖ, କେଉଁଟି ପୁଣି ଜଟିଲ ଓ କଷ୍ଟସାଧ୍ୟ। ଆଙ୍କିଥିବା ରାସ୍ତାଗୁଡ଼ିକୁ କଷ୍ଟସାପେକ୍ଷ କରିବା ପାଇଁ ବାବା ଭିନ୍ନ ରଙ୍ଗର ପେନସିଲ ଦେଇ ସେଥିରେ ଛକ ପକାଇ ଦେଲେ। କହିଲେ, ଯାତ୍ରା ଆରମ୍ଭ କରନ୍ତି ସମସ୍ତେ। କିଏ କୋଉ ରାସ୍ତା ବାଛି ନିଅ। ତେବେ ସମସ୍ତେ ପହଞ୍ଚି ପାରନ୍ତି ନାହିଁ ଲକ୍ଷ୍ୟସ୍ଥଳରେ। କିଛି ଲୋକ ପଥଭ୍ରଷ୍ଟ ହୋଇଯାନ୍ତି। କିଛି କ୍ଲାନ୍ତ ହୋଇ ଅଟକିଯାନ୍ତି। କିଛି ଲୋକ ଅଧା ରାସ୍ତାରେ ଲକ୍ଷ୍ୟ ବଦଲାଇ ଦିଅନ୍ତି। ତେବେ କିଛି ଲୋକ ପହଞ୍ଚି ବି ଯାନ୍ତି ଲକ୍ଷ୍ୟସ୍ଥଳରେ। ଏଠାରେ ପହଞ୍ଚିବାକୁ କିଏ ଡଙ୍ଗାର ସାହାଯ୍ୟ ନିଅ ତ କିଏ ଉଡ଼ାଜାହାଜର। କିଏ ପୁଣି ବସରେ ଯାଇ ସେଠାରେ ପହଞ୍ଚିଯାଏ।

ନାଲି ନେଳି ଗାର ଆଙ୍କିଥିବା କାଗଜଟିକୁ ତଳେ ରଖିଦେଇ ବାବା ଆଉ ଗୋଟିଏ ସାଦା କାଗଜ ହାତରେ ନେଲେ। ତାକୁ ଏପାଖ ସେପାଖ ଅନାଇ କହିଲେ, ଏ କାଗଜରେ କଣ ବସ ତିଆରି କରିହେବ?

ଅତି ସହଜରେ, ଫରାସୀ ଆର୍କିଟେକ୍ଟ କହିଲା। ଏବଂ ତାଙ୍କ ହାତରୁ କାଗଜଟି ନେଇ ତାକୁ ଭାଙ୍ଗ କରି ଗୋଟିଏ ବସ ତିଆରି କରିବାରେ ଲାଗିଲା। ଏଇ କାମରେ ଲାଗିଥିବାବେଳେ କିଏ ଜଣେ ପ୍ରଶ୍ନ କଲା, ବାବା, ଜୀବନର ଲକ୍ଷ୍ୟ କଣ?

ଜୀବନର ଲକ୍ଷ୍ୟ ଅନେକ ପ୍ରକାରର। ପ୍ରତ୍ୟେକ ମଣିଷର ଲକ୍ଷ୍ୟ ଅଲଗା। କିଏ ପ୍ରଧାନମନ୍ତ୍ରୀ ହେବାକୁ ଚାହେଁ, କିଏ ଲେଖକ ହେବାକୁ ଚାହେଁ, କିଏ କାରଖାନା ବସାଇବାକୁ ଚାହେଁ। ଜୟରାମ ଭାବିଲା, ବାବା କଣ ତା କଥା ଜାଣିପାରି ତାକୁ ଉଦ୍ଦେଶ୍ୟ କରି ଏ କଥା କହୁଛନ୍ତି! କିଏ କେବଳ ଚାହେଁ କେମିତି ଦୁଇମୁଠା ଖାଇ ଜୀବନ ଧରି ବଞ୍ଚି ରହିବ। ଜୀବନର ଲକ୍ଷ୍ୟଠାରୁ ବଡ଼ ଜିନିଷ ହେଲା ଆମେ ଏ ଲକ୍ଷ୍ୟ ବିଷୟରେ କଣ ଭାବୁଛୁ। ପ୍ରତ୍ୟେକ ଲୋକ କଣ ସଠିକ ଜାଣେ ତାର ଲକ୍ଷ୍ୟ କଣ?

ବାବା ଚୁପ ରହିଲେ। ଏ ବିଷୟରେ ସେ ଆଉ ଟିକିଏ ପ୍ରାଞ୍ଜଳ ଭାବରେ ବୁଝାଇଥିଲେ ଜୟରାମ ଖୁସି ହୋଇଥାନ୍ତା। ବାବା କିନ୍ତୁ ବର୍ତ୍ତମାନ ଫରାସୀ ଲୋକଟି ଆଡ଼କୁ ଅନାଇଲେ। ସେ କାଗଜଟିକୁ ବହୁ ପ୍ରକାର ଭାଙ୍ଗ କରି ତାକୁ ଗୋଟିଏ ବସର ଆକୃତି ଦେବାରେ ସମର୍ଥ ହେଲା ନାହିଁ। ବାବା ତା ହାତରୁ ମୋଡ଼ା ହୋଇଥିବା କାଗଜଟିକୁ ନେଇ ତାକୁ ଏପାଖ ସେପାଖ ଦେଖିଲେ। କହିଲେ, ଏ ଜିନିଷଟିକୁ ଆମେ କୁଲା ବୋଲି କହୁ। ଏଇଟି ଧାନ ପାଛୁଡ଼ିବା କାମରେ ଲାଗେ। ଏ କଥାରେ ହାସ୍ୟରୋଳ ହେଲା। ବାବା ଉଠି ଠିଆ ହେଲେ ଏବଂ ସମସ୍ତେ ଜାଣିଲେ ଯେ ସଭା ଶେଷ।

ଅନ୍ୟମାନେ ଚାଲିଯିବା ପରେ ମଧ ପ୍ରଫେସର ଓ ଜୟରାମ ସେଠାରେ ବସି ରହିଲେ। ସେମାନଙ୍କ ଭିତରେ କୌଣସି କଥାବାର୍ତ୍ତା ହୋଇ ନ ଥିଲେ ବି ଯେପରି କୌଣସି ପାରସ୍ପରିକ ସମ୍ବେଦନାଦ୍ୱାରା ଦୁହେଁ ଏକା ସମୟରେ ଠିକ କରିଥିଲେ ଯେ ସେଠାରେ ବସି ରହିବେ। ବର୍ତ୍ତମାନ ଆଉ କୌଣସି କଥାବାର୍ତ୍ତାର ପ୍ରୟୋଜନ ନଥିଲା। କିଛି ସମୟ ପରେ ଚାରିଆଡ଼ ଅନ୍ଧାର ହୋଇ ଆସିଲା। ଜହ୍ନ ଉଇଁବାକୁ ଡେରି ଥିଲା। ଉଭୟ ହଠାତ୍ ଉଠି ଠିଆ ହେଲେ ଯିବାପାଇଁ। ପ୍ରଫେସର ପକେଟରୁ ଟର୍ଚ ବାହାର କରି ରାସ୍ତା ଦେଖାଇଲେ।

ଖାଇସାରି ଫେରିବା ବେଳେ ଜୟରାମ ପ୍ରଫେସରଙ୍କୁ ସାଙ୍ଗରେ ନେଇ ସେଇ ଦୋକାନକୁ ଗଲା ଆଶ୍ରମରେ କିଛିଦିନ ରହିବା ପାଇଁ ଦରକାରୀ ପୋଷାକ କିଣିବା ପାଇଁ। ବର୍ତ୍ତମାନ ସେଠାରେ ଆଉ ଗୋଟିଏ ଯୁବକ ଥିଲା। ଏ ଯୁବକଟିର ମୁଣ୍ଡରେ ଯଦି ଲମ୍ବା ବାଲ ନଥାନ୍ତା, ତେବେ ଜୟରାମ ତାକୁ ଆଗରୁ ଦେଖିଥିବା ଯୁବକ ବୋଲି ଭାବିଥାନ୍ତା। ତା ପାଖରୁ ଗେରୁଆ ରଙ୍ଗର ଆଶ୍ରମ ପୋଷାକ କିଣି ସେମାନେ ନିଜ

କୋଠରୀକୁ ଫେରିଲେ। ପ୍ରଫେସର ତାଙ୍କ ବିଛଣା ଉପରେ ବସି ଆଖି ବନ୍ଦ କରି ଧ୍ୟାନ କରିବାରେ ଲାଗିଲେ ଏବଂ ଜୟରାମ ଶୋଇ ରହି କଟି ଯାଇଥିବା ଦିନଟିର ସମୀକ୍ଷା କଲା।

ବାବାଙ୍କ ବିଷୟରେ ବର୍ତ୍ତମାନ କୌଣସି ଧାରଣା ପୋଷଣ କରିବା ସମ୍ଭବ ନ ଥିଲା ଜୟରାମ ପକ୍ଷରେ। ତାଙ୍କର କଥାବାର୍ତ୍ତା ଚାଲିଚଳନରେ କୌଣସି ଅସାଧାରଣତା ଦେଖି ପାରୁ ନ ଥିଲା ସେ। ତେବେ ଅନ୍ୟମାନଙ୍କର ବାବାଙ୍କ ପ୍ରତି ସମ୍ମାନ, ଭକ୍ତି ଓ ନିଷ୍ଠା ଦେଖି ସେ ପ୍ରଭାବିତ ହେଉଥିଲା। ଆଶ୍ରମର ସ୍ୱଚ୍ଛନ୍ଦ ବାତାବରଣ ବି ତାକୁ ଭଲ ଲାଗୁଥିଲା। ବାବାଙ୍କର ଅଲୌକିକ ଶକ୍ତି ଥାଉ ନଥାଉ, ତାର ସମସ୍ୟାର ସମାଧାନ ହେଉ ନହେଉ, ଜୟରାମ ଠିକ୍ କଲା ଯେ ସେ ଆଉ କିଛି ଦିନ ଆଶ୍ରମରେ ରହିବ।

ଏହିଭଳି ଭାବରେ ସେ ଆଶ୍ରମରେ ରହିଗଲା। ପ୍ରଫେସର ଅମାୟିକ ଲୋକ ଥିଲେ ଏବଂ ତାଙ୍କ ସହିତ ଏକା କୋଠରୀରେ ଚଳିବାର କୌଣସି ଅସୁବିଧା ନ ଥିଲା ଜୟରାମର। ବରଂ ପ୍ରଫେସରଙ୍କଠାରୁ ନମ୍ରତା, ଭଦ୍ରତା, ପରୋପକାରିତା ଇତ୍ୟାଦି ବିଷୟରେ ଅନେକ କିଛି ଶିଖିବାର ଥିଲା। ଜୟରାମ ଆଶ୍ରମର ନୀତି ନିୟମ, କାଇଦା କଟକଣା ବିଷୟରେ ମଧ୍ୟ ପରିଚିତ ହୋଇଗଲା। ଆଶ୍ରମର ମୂଳ ନିୟମ ଥିଲା ଯେ ନିୟମ ବୋଲି କୌଣସି ଜିନିଷ ନାହିଁ। ଏଠାରେ ସମସ୍ତେ ନିଜ ନିଜର ଇଚ୍ଛାନୁଯାୟୀ ଚଳୁଥିଲେ। ତଥାପି କେଉଁ ଏକ ଅଭୁତ ସଂଯୋଗରେ ସବୁକାମ ଶୃଙ୍ଖଳାର ସହିତ ନ ହେଲେ ବି ବିନା ସମସ୍ୟାରେ ସଂପାଦିତ ହୋଇଯାଉଥିଲା। ଏହାର ଗୋଟିଏ କାରଣ ବୋଧହୁଏ ଥିଲା ଯେ ସମସ୍ତେ ବାବାଙ୍କୁ ଭଲପାଉଥିଲେ, ମାନୁଥିଲେ ଏବଂ ଚାହୁଁଥିଲେ ଯେ ଆଶ୍ରମର କାମ ନିର୍ବିଘ୍ନରେ ଚାଲୁଥାଉ।

ଏ ଭିତରେ ଜୟରାମ ନିର୍ଦ୍ଦିଷ୍ଟ ସମୟରେ ଆଖି ବନ୍ଦକରି ପ୍ରାର୍ଥନା କରିବାର ନିର୍ଘଣ୍ଟ ମାନିବାକୁ ଶିଖିଯାଇଥିଲା ଏବଂ ମଝିରେ ମଝିରେ ଅନ୍ଧାର ପ୍ରାର୍ଥନା ଘରକୁ ଯାଇ କିଛି ସମୟ କଟାଉଥିଲା। ତେବେ ପ୍ରାର୍ଥନା ଘରେ ସେଇ ପ୍ରଥମ ଦିନଟି ପରେ ତାର ଆଉ କୌଣସି କୋମଳାଙ୍ଗୀଙ୍କର ହାତ ଧରିବାର ସୌଭାଗ୍ୟ ହୋଇ ନ ଥିଲା। ଜୟରାମ ସେଇ ସୁନ୍ଦରୀ ସ୍ତ୍ରୀ ଲୋକଟି ସହିତ ମଧ୍ୟ ଆଲାପ ପରିଚୟ କରିପାରିନଥିଲା। ସତ କହିବାକୁ ଗଲେ, ସେ ଆଉ ସେଇ ସ୍ତ୍ରୀଲୋକଟି କଥା ବିଶେଷ ଭାବୁ ନ ଥିଲା, କାରଣ ସେ ସେଠାରେ ଆହୁରି ଅନେକ ସୁନ୍ଦରୀ ସ୍ତ୍ରୀଙ୍କୁ ଦେଖିବାକୁ ପାଉଥିଲା।

ତାର ଅଧିକାଂଶ ସମୟ କଟୁଥିଲା ପ୍ରଫେସରଙ୍କ ସାଙ୍ଗରେ। ସେ ତାଙ୍କର ବ୍ୟକ୍ତିଗତ ସମସ୍ୟା ବିଷୟରେ ନିଜର କୌତୂହଳ ସତ୍ତ୍ୱେ ଆଉ କିଛି ପଚାରି ନ ଥିଲା ଅଥବା ନିଜ ସମସ୍ୟା ବିଷୟରେ ତାଙ୍କୁ କିଛି ଜଣାଇ ନ ଥିଲା। ତେବେ ଦିନେ ନିଜର କାରଖାନା କଥା ମନେ ପଡ଼ିବାରୁ ପ୍ରଫେସରଙ୍କୁ ପଚାରିଲା, ବାବାଙ୍କ ସହିତ କେମିତି ଏକା ସାକ୍ଷାତ ହୋଇ ପାରିବ ମୋର? ସେ ଅବଶ୍ୟ ପ୍ରାର୍ଥନା ସଭାରେ ନିୟମିତ ଯୋଗ ଦେଉଥିଲା; କିନ୍ତୁ ସେଠାରେ ଭକ୍ତମାନଙ୍କର ପ୍ରଶ୍ନ ସବୁ ଅତ୍ୟନ୍ତ ବୌଦ୍ଧିକ ଓ ସର୍ବସାଧାରଣ ଥିଲା; ଯଥା, ପୃଥିବୀର ସଭ୍ୟତା ଆଗକୁ ଯାଉଚି ନା ପଛକୁ; ଜୀବନରେ କଣ କୌଣସି ଲକ୍ଷ୍ୟ ରହିବା ଦରକାର? ଇତ୍ୟାଦି। ଏଇ ସଭାମାନଙ୍କରେ କେହି ବାବାଙ୍କୁ ନିଜର ପ୍ରେମର ବ୍ୟର୍ଥତା, ବ୍ୟବସାୟର ହାନିଲାଭ ଅଥବା ଚାକିରିର ସୁବିଧା ଅସୁବିଧା ବିଷୟରେ ପ୍ରଶ୍ନ କରୁନଥିଲେ। ପ୍ରଫେସର ତାକୁ ଆଉ କିଛି ନପଚାରି କହିଲେ, ମୁଁ ଚେଷ୍ଟା କରିବି ଯେମିତି ଆପଣ ଶୀଘ୍ର ତାଙ୍କୁ ଏକାନ୍ତରେ ଭେଟି ପାରିବେ।

ସେଇଦିନ ଉପରବେଳା ସମୟ ଠିକ କରିଦେଲେ ପ୍ରଫେସର ଏବଂ ସନ୍ଦିଗ୍ଧ ମନରେ ଜୟରାମ ବାହାରିଲା ବାବାଙ୍କୁ ଏକା ଦେଖା କରିବା ପାଇଁ। ବାବା ଆଶ୍ରମର ଗୋଟିଏ କୋଣରେ ଥିବା ଘରର କେଉଁ ଅନ୍ଦରମହଲରେ ରହୁଥିଲେ। ଅନେକ କୋଠରୀ ଅତିକ୍ରମ କରି, ସେଠାରେ ଥିବା ଭକ୍ତମାନଙ୍କୁ ପଚାରି ଶେଷରେ ଜୟରାମ ପହଞ୍ଚିଲା ବାବାଙ୍କ ନିଜ କୋଠରୀ ପାଖରେ। ସେଠାରେ ଥିବା ଲୋକକୁ କହିଲା, ମୋର ବାବାଙ୍କୁ ଦେଖା କରିବାର ଥିଲା। ଲୋକଟି ତାକୁ ସିଧା ଭିତରକୁ ପଶି ଯିବାକୁ କହିଲା। ବାବାଙ୍କ କୋଠରୀର ଚାରିଆଡ଼େ ପର୍ଦ୍ଦା ଟଣାହୋଇ ଅନ୍ଧାରୁଆ ଥିଲା, ତେଣୁ ନିଜ ଆଖିକୁ ଅଭ୍ୟସ୍ତ କରିବାକୁ କିଛି ସମୟ ଲାଗିଲା ଜୟରାମର। କୋଠରୀଟି ବାତାନୁକୂଳିତ ଥିଲା ଏବଂ ଚଟାଣରେ ମୋଟା ଗାଲିଚା ପଡ଼ିଥିଲା। କୋଠରୀରେ କେବଳ ଗୋଟିଏ ସିଂହାସନ ଭଳି ସୁସଜ୍ଜିତ ଚଉକି ବ୍ୟତୀତ ଅନ୍ୟ କୌଣସି ଆସବାବ ନ ଥିଲା। ବାବା ଚଉକି ଉପରେ ଉପବିଷ୍ଟ ଥିଲେ ଏବଂ ତାଙ୍କ ପାଦ ପାଖରେ ଜଣେ ସ୍ତ୍ରୀଲୋକ ବସି ବାବାଙ୍କ କୋଳ ଉପରେ ମଥା ରଖିଥିଲା। ସନ୍ତ୍ରମର ସହିତ ଜୟରାମ ଚାଲିଯିବାକୁ ବାହାରିଛି, ବାବା ତାକୁ ହାତରେ ଠାରି ପାଖକୁ ଆସିବାକୁ କହିଲେ। ସେଠାରେ ବସିବାର ଆଉ କୌଣସି ବ୍ୟବସ୍ଥା ନ ଥିବାରୁ ସେ ଯାଇ ବାବାଙ୍କ ପାଦ ପାଖରେ ବସିଲା ଏବଂ ବାବା ତା ମୁଣ୍ଡରେ ହାତ ରଖିଲେ।

ଜୟରାମର ମନ ଅନେକ ସଂଶୟରେ ଭରିଗଲା। ବୈସାଖୀବାବା ଏବଂ ତାଙ୍କ ଆଶ୍ରମ ବିଷୟରେ ଯାହା ସବୁ ଶୁଣିଥିଲା, ସବୁ କଣ ସତ? ଏ କଣ ଜଣେ ଭଣ୍ଡ ସନ୍ୟାସୀ? ସ୍ତ୍ରୀଲୋକମାନଙ୍କ ସହିତ କଣ ତାଙ୍କର ସଂପର୍କ? ଧର୍ମ କରିବା ପାଇଁ କଣ

ଏଭଳି ବିଳାସ ଓ ସ୍ୱାଚ୍ଛନ୍ଦ୍ୟ ପ୍ରୟୋଜନ? ସେ ଭାବିଲା ଏଇ ଠକଟିର ପାଦତଳୁ ଉଠିଯାଇ ଆଶ୍ରମ ଛାଡ଼ି ଘରକୁ ଫେରିଯିବ। ତେବେ ପ୍ରଫେସରଙ୍କର ବାବାଙ୍କ ପ୍ରତି ଆସ୍ଥା ତାକୁ ଅସମଂଜସରେ ପକାଇଦେଲା। ତା ମତରେ ପ୍ରଫେସର ଜଣେ ଭଲ ଲୋକ। ସେ କିପରି ଏଭଳି ଜଣେ ଭଣ୍ଡ ସନ୍ୟାସୀକୁ ଭକ୍ତି କରୁଛନ୍ତି?

ଜୟରାମର ଆଖି ବର୍ତ୍ତମାନ ଅନ୍ଧାରକୁ ସଂପୂର୍ଣ୍ଣ ଅଭ୍ୟସ୍ତ ହୋଇଯାଇଥିଲା ଓ ସେ କୋଠରୀଟିକୁ ଭଲଭାବରେ ଦେଖି ପାରୁଥିଲା। ସ୍ତ୍ରୀଲୋକଟି ବାବାଙ୍କ କୋଳରୁ ମୁଣ୍ଡ ଉଠାଇ ତା ଆଡ଼କୁ ଅନାଇ ମୃଦୁ ହସିଲା। ସେ ତାର ସେଇ ପୁରୁଣା ଅପରିଚିତା ସୁନ୍ଦରୀ ସ୍ତ୍ରୀ ହିଁ ଥିଲା। ସ୍ତ୍ରୀଲୋକଟି ତାକୁ ଜାଣିଥିବା ଭଳି ଅନାଇବାରେ ଏବଂ ହସିବାରେ ଜୟରାମ ଖୁସି ହେଲା। ବାବା ତାଙ୍କର ଅନ୍ୟ ହାତଟି ସ୍ତ୍ରୀଲୋକର ମୁଣ୍ଡ ଉପରେ ରଖିଥିଲେ। ଜୟରାମର ମନେହେଲା ସେ ଯେପରି ବାବାଙ୍କର ହାତର ମାଧ୍ୟମ ଦେଇ ସ୍ତ୍ରୀଲୋକଟି ସହିତ ଏକ ବ୍ୟକ୍ତିଗତ ସଂପର୍କ ସ୍ଥାପନ କରିପାରିଛି।

ଏଇଭଳି ଅନେକ ସମୟ ନିଃଶବ୍ଦରେ କଟିଗଲା। ସ୍ତ୍ରୀଲୋକଟି ଉଠି ଯିବାପାଇଁ ଠିଆ ହେଲା ଏବଂ ଜୟରାମ ଆଡ଼କୁ ବିଦାୟସୂଚକ ଆଖିରେ ଅନାଇଲା। ଯେତେ ଶୀଘ୍ର ସମ୍ଭବ ବାବା ଏବଂ ଆଶ୍ରମ ସହିତ ନିଜ ସମ୍ବନ୍ଧ ବିଷୟରେ ଏକ ସମାଧାନ କରିବା ଇଚ୍ଛାରେ ସ୍ତ୍ରୀଲୋକଟି ଚାଲିଯିବା ସଙ୍ଗେ ସଙ୍ଗେ ଜୟରାମ ସିଧାସଳଖ କହିଲା, ବାବା, ମୁଁ ଆପଣଙ୍କ ପାଖକୁ ମୋର ଗୋଟିଏ ସମସ୍ୟା ନେଇ ଆସିଥିଲି।

ପ୍ରତି ଲୋକର ବିଭିନ୍ନ ସମସ୍ୟା ରହିଛି, ବ୍ୟକ୍ତିଗତ କଥାଟିକୁ ଏକ ସର୍ବସାଧାରଣ ତତ୍ତ୍ୱ ଦେଇ ବାବା କହିଲେ, ଯୀଶୁଖ୍ରୀଷ୍ଟଙ୍କ ଭଳି ଆମେମାନେ ସମସ୍ତେ ନିଜ ନିଜ ସମସ୍ୟାର କ୍ରସ୍ ବୋହି ଧରି ଚାଲିଛୁ।

ତାର ପ୍ରଶ୍ନକୁ ଏପରି ବ୍ୟାପକ ରୂପ ଦେଇ ଟାଳି ଦେଉଥିବାରୁ ପ୍ରଶ୍ନକୁ ଆହୁରି ନିର୍ଦ୍ଦିଷ୍ଟ କରି କହିଲା, ମୋର କାରଖାନା ବନ୍ଦ ପଡ଼ିଛି। ସବୁ କାମ ସରିଯିବା ପରେ ବିଜୁଳି ମିଳିଲା ନାହିଁ। ଏତେ ଟଙ୍କା ଲଗାଇ ଅନେକ ଚେଷ୍ଟା ସତ୍ତ୍ୱେ ବି ଚଳାଇ ପାରିଲି ନାହିଁ।

ବାବା କିଛି ନକହି ଚୁପ ରହିଲେ। ଜୟରାମ ଭାବିଲା ସବୁ ଭଣ୍ଡାମି; ସମସ୍ତେ ଠକ। ଧର୍ମ ନାଁରେ ବ୍ୟଭିଚାର। କିଛି ସମୟ ଚୁପଚାପ କଟିବା ପରେ ଆଉ ଧୈର୍ଯ୍ୟ ଧରି ନପାରି ଜୟରାମ ସାମାନ୍ୟ ବିରକ୍ତିମିଶା ସ୍ୱରରେ କହିଲା, ବାବା...।

ତାର ମୁଣ୍ଡ ଉପରେ ହାତ ଥାପୁଡ଼ାଇ ବାବା କହିଲେ, ସବୁ ଠିକ ହୋଇଯିବ।

କେମିତି ସବୁ ଠିକ ହୋଇଯିବ, ସାମାନ୍ୟ କ୍ରୋଧର ସହିତ ଭାବିଲା ଜୟରାମ। ବାବା କଣ ଇନ୍ଦ୍ରକୁ କହି ବର୍ଷା କରାଇବେ? ନା ବିଭାଗୀୟ ମନ୍ତ୍ରୀଙ୍କୁ ପ୍ରଭାବିତ କରି

ତାକୁ ବିଜୁଳି ଦିଆଇବେ? ବ୍ୟାଙ୍କୁ ମନା କରିଦେବେ କିସ୍ତି ପାଇଁ ତାଗିଦା ନ କରିବାକୁ? ବାବାଜି ଲୋକ କଣ ଜାଣନ୍ତି କଳକାରଖାନା ବିଷୟରେ! ବାବାଙ୍କୁ ତ ତାର ନାଁ ଠିକଣା ବି ଜଣାନାହିଁ।

ତାର ଏଇ ଚିନ୍ତାର ଉତ୍ତର ଦେବା ଭଳି ବାବା କହିଲେ, ତମର କାରଖାନାର ନାଁ ଠିକଣା ମତେ ଲେଖି ଦିଅ। ହତଚକିତ ହୋଇଗଲା ଜୟରାମ ଏବଂ ଏଇ ସାମାନ୍ୟ କଥାଟିରେ ହଠାତ୍ ସେ ଯେମିତି ବାବାଙ୍କ ପ୍ରତି ତାର ଆସ୍ଥା ଫେରି ପାଇଲା। ସାମାନ୍ୟ ଭୟ ବି ଉପୁଜିଲା ତାର ମନ ଭିତରେ ବାବାଙ୍କୁ ଏପରି ଭାବରେ ସନ୍ଦେହ କରିଥିବାରୁ। ପକେଟରୁ ଭିଜିଟ କାର୍ଡଟିଏ ବାହାର କରି ସେ ବାବାଙ୍କ ହାତରେ ଦେଲା ଏବଂ ସାମାନ୍ୟ ଲଜ୍ଜିତ ହୋଇ ଯିବା ପାଇଁ ଉଠି ଠିଆହେଲା।

ବାବା କହିଲେ, କିଛି ଚିନ୍ତା କରିବାର ନାହିଁ।

କିଛି ଆଶ୍ୱସ୍ତ, କିଛି ଶଙ୍କିତ, କିଛି ସନ୍ଦିଗ୍ଧ ହୋଇ ସେ ନିଜ କୋଠରୀକୁ ଫେରିଲା। ପ୍ରଫେସର ଯେମିତି ତାର ଅପେକ୍ଷା କରି ବସିଥିଲେ। ତାକୁ ଦେଖି କହିଲେ, ଆପଣ ଭାଗ୍ୟବାନ ଲୋକ; ଏତେ ଶୀଘ୍ର ବାବାଙ୍କ ସହିତ ଏକାନ୍ତରେ ଦେଖା ହୋଇଗଲା ଏବଂ ଆପଣଙ୍କ ସମସ୍ୟା ବି ସମାଧାନ ହୋଇଗଲା।

ଆପଣ କେମିତି ଜାଣିଲେ ମୋର ସମସ୍ୟା ସମାଧାନ ହୋଇଗଲା ବୋଲି?

ତା କଥାର ଉତ୍ତର ନଦେଇ ପ୍ରଫେସର କହିଲେ, ବାବାଙ୍କୁ ଯଦି ସବୁ କଥା କହି ଦେଇଛନ୍ତି, ତେବେ ଆପଣ ଆଉ ସେ ବିଷୟରେ ଭାବିବା ଦରକାର ନାହିଁ। ଏଥରକ ଆପଣ ନିଶ୍ଚିନ୍ତ।

ଜୟରାମ ତଥାପି ଚିନ୍ତିତ ଥିବାର ଦେଖି ପ୍ରଫେସର କହିଲେ, ଚାଲନ୍ତୁ, ଏଇ ଖୁସିରେ ନଈ ଆରପଟେ ଯାଇ ବୁଲି ଆସିବା।

ଯେଉଁ ରାସ୍ତା ଦେଇ ସେ ଆଶ୍ରମକୁ ଆସିଥିଲା, ସେଇ ରାସ୍ତାରେ ଚାଲିଚାଲି ଯିବାବେଳେ ପ୍ରଫେସର ତାକୁ ନିଜ ବିଷୟରେ ଅନେକ କଥା କହିଲେ। ଜୟରାମ ମଧ୍ୟ ନିଃସଂକୋଚରେ ତାଙ୍କୁ ନିଜ ସମସ୍ୟା କଥା କହିଲା। ପ୍ରଫେସରଙ୍କର କହିବା କଥା ଥିଲା ଯେ ବାବାଙ୍କୁ ସମସ୍ୟାଟି କହିଦେବା ପରେ ଜୟରାମ ଆଉ ସେ ବିଷୟରେ ନ ଭାବିବା ଉଚିତ। ଯଦିଓ ଜୟରାମ ସେ ମୁହୁର୍ତ୍ତରେ ନିଜର କାରଖାନା କଥା ବିଶେଷ ଭାବୁନଥିଲା, ଯୁକ୍ତି ଛଳରେ କହିଲା, କେମିତି ସେ ବିଷୟ ନ ଭାବିବି କହନ୍ତୁ। ସବୁ ଟଙ୍କା ସେଥିରେ ଲଗାଇ ଦେଇଛି। ବର୍ତ୍ତମାନ ବିଜୁଳି ନ ମିଳିଲେ କଣ ହେବ?

ବାବା କହନ୍ତି, ପ୍ରତ୍ୟେକ ପରିସ୍ଥିତିର ଅନେକ ସମ୍ଭାବନା ଅଛି। ଭବିଷ୍ୟତରେ କଣ ହେବ ସେ କଥା ବର୍ତ୍ତମାନ କେମିତି କହିବେ? ଆପଣ ଯାହା କହିଲେ ଯେ ବର୍ଷା

ନ ହୋଇ ଥିବାରୁ ବିଜୁଳି ମିଳିଲା ନାହିଁ, କିଏ ଜାଣିଚି, କାଲି ହୁଏତ ପ୍ରଚୁର ବର୍ଷା ହୋଇ ବନ୍ଧ ଭର୍ତ୍ତି ହୋଇଯିବ ଏବଂ ବିଜୁଳି ସମସ୍ୟାର ସମାଧାନ ହୋଇଯିବ।

କଥାଟି ଯୁକ୍ତିଯୁକ୍ତ ଥିଲା। ଜୟରାମ ମନରେ ଆଶାର ସଂଚାର ହେଲା କଥାଟି ଶୁଣି। ଯଦିଓ ସେ ନିଶ୍ଚୟ କରିଥିଲା ଯେ ପ୍ରଫେସରଙ୍କୁ ତାଙ୍କ ବ୍ୟକ୍ତିଗତ ବିଷୟରେ ଆଉ କେବେହେଲେ ପଚାରିବ ନାହିଁ, ପଚାରିଲା, ଆପଣଙ୍କ ସମସ୍ୟା କେମିତି ସମାଧାନ କରିଥିଲେ ବାବା?

ବାବା ମତେ ଚିନ୍ତା ନ କରିବାକୁ କହିଲେ। ଆଶ୍ରମରେ କିଛି ଦିନ ରହିବା ପରେ ମୁଁ ଉପଲବ୍ଧ୍ୱ କଲି ଯେ ମୁଁ ଯୋଉ କଥାକୁ ଏକ ଗମ୍ଭୀର ସମସ୍ୟା ବୋଲି ଭାବିଥିଲି, ସେଇଟି ଆଦୌ ସମସ୍ୟା ନ ଥିଲା। ସେଇଟି ଥିଲା ମୋର ଭାବିବାର ଭୁଲ। ମୁଁ ସେଇ ଭୁଲରେ ଭାବିଥିବା ସମସ୍ୟାରୁ ମୁକ୍ତି ପାଇଗଲି। ଏ ବି ତ ସମସ୍ୟାର ଗୋଟାଏ ସମାଧାନ!

ନଈ ପାରିହୋଇ ଯେତେବେଳେ ଶେଷନାଥ ଘାଟରେ ଡଙ୍ଗା ଲାଗିଲା, ଜୟରାମର ମନ ଅନେକ ନିଶ୍ଚିନ୍ତ ଥିଲା। ପ୍ରଫେସର କହିଲେ, ମୋର ବଜାରରୁ ଛୋଟ ଛୋଟ ଜିନିଷ କିଣିବାର ଅଛି। ଚାଲନ୍ତୁ, କୋଉଠି ବସି ଚା ବି ପିଇନେବା।

ବଜାରରେ ଜୟରାମ ଗୋଟିଏ ଡାକ୍ତର ଘର ଦେଖ୍ଲା ଏବଂ ଠିକ କଲା ଯେ ଘରକୁ ଫୋନ କରିବ। ଅନେକ କଷ୍ଟରେ ତାକୁ ଘରର ଲାଇନ ମିଳିଲା, କିନ୍ତୁ ଘରେ କେହି ନଥିଲେ। ଚାକର ଜଣାଇଲା ଯେ ତାର ସ୍ତ୍ରୀ ଓ ପିଲାମାନେ ସିନେମା ଦେଖ୍ ଯାଇଛନ୍ତି। ତାର ଅବର୍ତ୍ତମାନରେ ବି ତାର ଘର ସ୍ୱାଭାବିକ ଭାବେ ଚଲୁଥିଲା, ଏଇ ଉପଲବ୍ଧ୍ୱଟି ତାକୁ ଏକାଧାରରେ ଆଶ୍ୱସ୍ତ ଓ ହତାଶ କଲା।

ବଜାରରେ ଜିନିଷ କିଣି, ଚା ପିଇ, ମନ୍ଦିରରେ ଦର୍ଶନ ସାରି ସେମାନେ ଯେତେବେଳେ ପୁଣି ଡଙ୍ଗାରେ ନଈ ପାରିହେଲେ, ଜୟରାମର ମନ ପ୍ରଫୁଲ୍ଲ ଓ ଚିନ୍ତାମୁକ୍ତ ଥିଲା। ନଈ କୂଳରୁ ଆଶ୍ରମକୁ ଚାଲିବାର ରାସ୍ତା ତାକୁ ଆଉ କଠିନ ଜଣାପଡିଲା ନାହିଁ ଏବଂ କମ ସମୟରେ ହିଁ ସେମାନେ ଆଶ୍ରମରେ ପହଞ୍ଚିଗଲେ। ଫେରିବାବେଳେ ଜୟରାମ ନିଶ୍ଚୟ କରି ନେଇଥିଲା ଯେ ସେ ଆଉ କିଛିଦିନ ଆଶ୍ରମରେ ରହିବ।

ପରଦିନ ସକାଳେ ତାକୁ ଖବର ମିଳିଲା ଯେ ବାବା ଦିନକ ପାଇଁ ବମ୍ବେ ଯାଉଛନ୍ତି ଏବଂ ଜୟରାମକୁ ମଧ ତାଙ୍କ ସାଙ୍ଗରେ ଯିବାକୁ ଚାହାନ୍ତି। ଜୟରାମ ପ୍ରଫେସରଙ୍କୁ ଏ ବିଷୟ କହିବାରୁ ସେ କହିଲେ, ଭଲ ହେଲା। ବମ୍ବେରେ ବାବାଙ୍କର ଅନେକ ଭଲ ଭକ୍ତ ଅଛନ୍ତି। ସେମାନଙ୍କ ସହିତ ଆପଣଙ୍କର ପରିଚୟ ହୋଇଯିବ।

ଆଶ୍ରମ ଅଫିସକୁ ଯାଇ ଜୟରାମ ବୁଝିଲା ଯେ ତାର ବମ୍ବେ ଯିବାପାଇଁ ଟିକେଟ କିଣା ସରିଛି ଏବଂ ସେଠାରେ ସମସ୍ତଙ୍କର ରହିବା ପାଇଁ ହୋଟେଲ ବି ବନ୍ଦୋବସ୍ତ ହୋଇଛି। ଏସବୁ ଖର୍ଚ ଆଶ୍ରମ ଟ୍ରଷ୍ଟ ଟଙ୍କାରୁ ହୋଇଥିଲା। ଏ ପର୍ଯ୍ୟନ୍ତ ଜୟରାମ ଆଶ୍ରମରେ ରହିବା ଖାଇବା ପାଇଁ ବି କୌଣସି ଟଙ୍କା ଦେଇ ନ ଥିଲା। ସେ ତାର ବମ୍ବେ ଯିବା ଆସିବା କଥା ଭାବି ଟ୍ରଷ୍ଟ ନାଁରେ ଗୋଟିଏ ବଡ଼ ସଂଖ୍ୟାର ଚେକ ଲେଖିଦେଲା।

ବାବାଙ୍କ ସାଙ୍ଗରେ ଆଶ୍ରମ ବାହାରକୁ ଯିବା ଏକ ଅଭୁତ ଅନୁଭୂତି। ଉଡ଼ାଜାହାଜ ଧରିବା ଆଗରୁ ସହରରେ ଜଣେ ଭକ୍ତଙ୍କ ଘରେ ପ୍ରାର୍ଥନା ସଭା, ଏୟାରପୋର୍ଟରେ ଭକ୍ତଙ୍କର ମେଳା, ବମ୍ବେରେ ଓହ୍ଲାଇବା ମାତ୍ରେ ଫୁଲମାଲା ଓ ଜୟକାର, ସେଠାର ସବୁଠାରୁ ବଡ଼ ହୋଟେଲର ଲବିରେ ଦର୍ଶନାର୍ଥୀଙ୍କ ଭିଡ଼। ବମ୍ବେରେ ସତକୁ ସତ ଅନେକ ଭକ୍ତ ଥିଲେ ବାବାଙ୍କର। ହୋଟେଲ କୋଠରୀ ଭିତରୁ ବାବା ହାତମୁହଁ ଧୋଇ ବାହାରିବା ବେଳକୁ ବସିବା ଘରେ ପ୍ରାର୍ଥନା ସଭାର ସମସ୍ତ ଆୟୋଜନ ହୋଇସାରିଥିଲା। କୋଠରୀଟି ଶୀତଳ ଥିଲା, ଧୂପର ଗନ୍ଧରେ ଆମୋଦିତ ଥିଲା। ବାବା ଆସି ସେଠାରେ ଥିବା ଏକମାତ୍ର ଆସନରେ ବସିବାମାତ୍ରେ କୋଠରୀରେ କଥାବାର୍ତ୍ତାର ମୃଦୁ ଗୁଞ୍ଜରଣ ବନ୍ଦ ହୋଇଗଲା। ତାପରେ ଆରମ୍ଭ ହେଲା ପ୍ରଶ୍ନୋତ୍ତର ପର୍ବ।

କୋଠରୀର ଗୋଟିଏ କଣରେ ବସି ଜୟରାମ ବାବାଙ୍କର ଭକ୍ତମାନଙ୍କୁ ସର୍ବେକ୍ଷଣ କଲା। ସେମାନଙ୍କ ଭିତରେ କେତେକ ପ୍ରସିଦ୍ଧ ଚିତ୍ରତାରକା, ଶିଳ୍ପପତି ଓ ବ୍ୟବସାୟୀ ଥିଲେ। ବାବାଙ୍କ ପାଦ ପାଖରେ ତାଙ୍କ ମୁହଁକୁ ତନ୍ମୟ ହୋଇ ଚାହିଁରହି ଯେଉଁ ବୃଦ୍ଧ ଭଦ୍ରବ୍ୟକ୍ତି ବସିଥିଲେ ସେ ଦେଶର ଜଣେ ବିଶିଷ୍ଟ ବୁଦ୍ଧିଜୀବୀ ଥିଲେ ଏବଂ ଏକଦା ସେ କେନ୍ଦ୍ର ମନ୍ତ୍ରିମଣ୍ଡଳରେ ଜଣେ ପ୍ରମୁଖ ସଭ୍ୟ ଥିଲେ। ବର୍ତ୍ତମାନ ସେ ସବୁ ଛାଡ଼ିଦେଇ ବାବାଙ୍କର ଭକ୍ତ ପାଲଟି ଯାଇଥିଲେ। ଜୟରାମ ବୁଝିପାରୁନଥିଲା ଏତେ ଜ୍ଞାନୀ ବିଶିଷ୍ଟ ଲୋକ ବାବାଙ୍କୁ ସମ୍ପୂର୍ଣ୍ଣଭାବେ ଗ୍ରହଣ କରି ନେଇଥିବାବେଳେ ତା ମନରେ କାହିଁକି ସଂଶୟ ରହିଯାଇଥିଲା? ତାର ଉଦ୍ଦେଶ୍ୟ ପୂରଣ ହୋଇ ନ ଥିଲା, ତାର ସମସ୍ୟା ସମାହିତ ହୋଇ ନ ଥିଲା ବେଲି? ଭକ୍ତି କଣ ଏଇଭଳି ବସ୍ତୁବାଦୀ ସର୍ତ୍ତ ସାପେକ୍ଷ?

ପରଦିନ ସକାଳୁ ପୁଣି ଜଣେ ଜଣେ ଭକ୍ତ ଆସିଲେ ବାବାଙ୍କ ସହିତ ସାକ୍ଷାତ କରିବା ପାଇଁ। କେତେଜଣ ଶିଳ୍ପପତି ଓ ବ୍ୟବସାୟୀ ମଧ୍ୟ ଆସିଲେ ଟ୍ରଷ୍ଟ ବିଷୟରେ ଆଲୋଚନା କରିବାକୁ। ବାବା ଜୟରାମକୁ ଏଇ ଆଲୋଚନା ବେଳେ ନିଜ ପାଖରେ ବସାଇଲେ। ଆଶ୍ରମମାନଙ୍କ ବିଷୟରେ ବିଭିନ୍ନ ଚର୍ଚ୍ଚା ହେଲା। କେଉଁଠି କିପରି ସ୍କୁଲ ଓ ଡାକ୍ତରଖାନା ଖୋଲାହେବ; ଆଶ୍ରମ ଜମିରେ ଫଳ ଚାଷ, ଆଶ୍ରମ ପାଇଁ ଗୋଟିଏ ପାଉଁରୁଟି କାରଖାନା ବସାଇବା, ବମ୍ବେରେ ଟ୍ରଷ୍ଟର ଗୋଟିଏ ସ୍ୱତନ୍ତ୍ର ଅଫିସ ଖୋଲିବା

ଇତ୍ୟାଦି ବିଷୟରେ ଆଳାପ ଆଲୋଚନା ହେଲା। ବାବା ଏସବୁ ଆଲୋଚନାରେ ବହୁତ କମ ଅଂଶ ଗ୍ରହଣ କରୁଥିଲେ। ତେବେ ତାଙ୍କ ଆଗରେ ବସି ଅନ୍ୟମାନେ ଏସବୁ ବିଷୟରେ ନିଷ୍ପତ୍ତି ନେଉଥିଲେ। କେତେକ ବିଷୟରେ ଅନ୍ୟମାନେ ଜୟରାମର ପରାମର୍ଶ ମଧ୍ୟ ନେଲେ। ଅନେକ ସମୟ ଧରି ଏଭଳି ଚର୍ଚ୍ଚା ଚାଲିଲା ପରେ ବାବାଙ୍କୁ ସାକ୍ଷାତ କରିବା ପାଇଁ ଜଣେ ପ୍ରସିଦ୍ଧ ଅଭିନେତ୍ରୀ ଆସିଲେ। ଜୟରାମର ମନେପଡ଼ିଲା ଯେ ଏଇ ଅଭିନେତ୍ରୀଙ୍କ ସହିତ ବାବାଙ୍କର ସଂପର୍କ ନେଇ ଅନେକ ପ୍ରକାରର ଜନରବ ଥିଲା। ସେ ଆସିବାରୁ ଅନ୍ୟମାନଙ୍କ ସହିତ ଜୟରାମ ମଧ୍ୟ ବାବାଙ୍କ ପାଖରୁ ଉଠିଆସିଲା।

ବମ୍ବେରେ ସମୟ ଯେ କିପରି କଟିଗଲା ଜଣାଗଲା ନାହିଁ। ହୋଟେଲ ଛାଡ଼ିବା ବେଳେ ପୁଣି ଆଶ୍ରମକୁ ଫେରି ଯାଉଥିବାରୁ ଜୟରାମ ଖୁସି ହେଲା। ବମ୍ବେରୁ ଫେରିବା ଉଡ଼ାଜାହାଜରେ ସେ ବାବାଙ୍କ ପାଖରେ ବସିଥିଲା। ବାବା ହାତରେ ଗୋଟିଏ ପକେଟ ଭିଡ଼ିଓ ଖେଳନା ଧରି ତାକୁ ଖେଳିବାରେ ବ୍ୟସ୍ତ ଥିଲେ। ଜୟରାମ ବାବାଙ୍କର ସ୍ତୁତିମାଳା ବହିଟି ପଢ଼ିବାରେ ମନ ଦେଇଥିଲା। ଖେଳନାରେ ମନ ଭରିଯିବାରୁ ବାବା ସେଇଟିକୁ ରଖିଦେଲେ ଏବଂ ଜୟରାମକୁ ନିଜ ଅଙ୍ଗୁଳିରେ ପିନ୍ଧିଥିବା ମୁଦିଟି ଦେଖାଇଲେ। ଏଇଟି ଗୋଟିଏ ମୂଲ୍ୟବାନ ପଥରବସା ମୁଦି ଥିଲା। ଜୟରାମ କହିଲା ଯେ ମୁଦିଟି ଖୁବ ସୁନ୍ଦର। ସେଇ ଅଭିନେତ୍ରୀ ଜଣକ ତାଙ୍କୁ ଉପହାର ଦେଇଥିବା କଥା ବାବା କହିଲେ। ଟିକିଏ ପରେ ଜୟରାମର ଗମ୍ଭୀର ମୁହଁକୁ ଅନାଇ ବାବା କହିଲେ, କିଛି ଚିନ୍ତା କର ନାହିଁ, ସବୁ ଠିକ ହୋଇଯିବ।

ବହିଟି ରଖିଦେଇ ଜୟରାମ ଆଖି ବନ୍ଦ କଲା। ଉଡ଼ାଜାହାଜ ବର୍ଡ଼ମାନ ତଳକୁ ଓହ୍ଲାଉଥିଲା। ନା, ତା ମନରେ କୌଣସି ଚିନ୍ତା ନ ଥିଲା। ଜୟରାମ ଠିକ କଲା ଯେ ଆଶ୍ରମକୁ ଫେରିଗଲେ ସେ ସେଠାରେ ପାଉଁରୁଟି କାରଖାନା ବସାଇବାରେ ନିଜକୁ ନିୟୋଜିତ କରିବ।

ପ୍ରତିଦ୍ୱନ୍ଦୀ

ଭାଗ୍ୟରେ ଥିଲେ, ଅଥବା ଦୁର୍ଭାଗ୍ୟରେ ଥିଲେ, ଏପରି ହୁଏ, ମନେମନେ ଭାବିଲା ରଙ୍ଗନାଥ। ସେମାନେ ଏକା ସ୍କୁଲରେ, ଏକା କ୍ଲାସରେ ପାଠ ପଢ଼ୁଥିଲେ ଏବଂ ଏକା ଦିନରେ ଏକା କମ୍ପାନୀରେ ଚାକିରିରେ ଯୋଗ ଦେଇଥିଲେ। ଅନେକ ଦିନ ପର୍ଯ୍ୟନ୍ତ ସେମାନଙ୍କର ଜୀବନଧାରା ସମାନ୍ତରାଲ ଭାବରେ ଚାଲିଥିଲା; ଏପରିକି ସେମାନେ ଗୋଟିଏ ବର୍ଷ ଏକା ସହରରେ ଚାକିରି କରୁଥିବାବେଳେ ଗୋଟିଏ ଘର ନେଇ ଏକାଠି ରହୁଥିଲେ। କାଳକ୍ରମେ କିନ୍ତୁ ଦୁହିଁଙ୍କ ଜୀବନ ଭିନ୍ନ ମୋଡ଼ ନେଲା। ଜୟସିଂହ ବାହାହେଲା, ତାର ପିଲାଟିଲା ହେଲେ ଏବଂ ତା ସହିତ ତାର ଉଚ୍ଚାଭିଳାଷ ବି ବଢ଼ିଗଲା। ରଙ୍ଗନାଥ ତାର କାମରେ ନିଜକୁ ପୂରାପୂରି ନିଯୋଜିତ କରିଦେଲା, ବାହା ହେଲା ନାହିଁ ଏବଂ କମ୍ପାନୀକୁ ନିଜର ଜୀବନ ବୋଲି ମନେକରିନେଲା। ରଙ୍ଗନାଥ ଏଇପରି ନିଜର କାମର ଉତ୍କର୍ଷତାରେ ଦୃଷ୍ଟି ରଖିଥିବା ବେଳେ ଜୟସିଂହ ନିଜର ଉପରିସ୍ଥ ହାକିମମାନଙ୍କୁ ହାତ କରିବାରେ ଲାଗିଲା ଏବଂ ଦିନେ ହଠାତ୍ ରଙ୍ଗନାଥକୁ ଟପି ଉପର ଚାକିରିକୁ ଚାଲିଗଲା।

ଏଇ ଦିନଟି ଖୁବ ଦୁଃଖ ଓ ମନସ୍ତାପରେ ପଡ଼ିଥିଲା ରଙ୍ଗନାଥ। ଜୀବନର ବିଶେଷ ଭାଗଟିକୁ ସେ କମ୍ପାନୀର ସେବାରେ କଟାଇ ଦେଇଥିଲା। ତାଙ୍କ କମ୍ପାନୀର କୃଷି ଯନ୍ତ୍ରପାତି ବ୍ୟତୀତ ସେ ଜୀବନରେ ଆଉ କିଛି ଅଭିରୁଚି ରଖିନଥିଲା। ତାର ଅନେକ ସାଙ୍ଗ ଏଇ କୋଡ଼ିଏ ବର୍ଷ ଭିତରେ ବିଭିନ୍ନ ଚାକିରି ବଦଳାଇଥିଲେ ମଧ ରଙ୍ଗନାଥ, ଜୟସିଂହ ଭଳି, ସେଇ ଗୋଟିଏ କମ୍ପାନୀକୁ ଧରି ରହିଥିଲା ଏବଂ ଜୀବନର ଏଇ ପର୍ଯ୍ୟାୟରେ ପୁଣି ନୂଆ କାମ ଖୋଜିବା ପାଇଁ ତାର ଧୈର୍ଯ୍ୟ ନ ଥିଲା। ତଥାପି ସେ ଭାବିଲା ସେ ଚାକିରିରୁ ଇସ୍ତଫା ଦେଇ ଦେବ। ତାର ତ କୌଣସି ପାରିବାରିକ ଦାୟିତ୍ୱ ନାହିଁ ଅଥବା ଟଙ୍କା ପଇସାର ସମସ୍ୟା ନାହିଁ; କାହିଁକି ସେ ଏଭଳି ଅପମାନକୁ ମାନିନେବ? ପୁଣି ଭାବିଲା, ଜୟସିଂହ ବିରୁଦ୍ଧରେ ସେ କମ୍ପାନୀର କର୍ତ୍ତାମାନଙ୍କୁ ଦରଖାସ୍ତ କରିବ। ଏତେ ବର୍ଷର ଚାକିରି ଭିତରେ ସେ ଜୟସିଂହର ଅନେକ ଦୋଷ ଦୁର୍ବଲତା ବିଷୟରେ ଅବଗତ ଥିଲା। ଏପରିକି ନିଜେ ଜୟସିଂହ ତାକୁ ନିଜର ଅନେକ

ଭୁଲଭ୍ରାନ୍ତି କଥା କହିଥିଲା। ତେବେ ଏସବୁ ବିଷୟକୁ ଉପଯୋଗ କରି ଜୟସିଂହକୁ ବିପଦରେ ପକାଇବା ଉଚିତ ହେବନାହିଁ ବୋଲି ମନେକଲା ରଙ୍ଗନାଥ। ଏଥରକ ତାର ନିଜ କମ୍ପାନୀ ଉପରେ ରାଗ ହେଲା। ସେମାନଙ୍କର ତ ବୁଝିବା ଉଚିତ ଥିଲା କିଏ କିଭଳି କାମ କରୁଛି ଏବଂ କାହାର ପ୍ରମୋଶନ ପାଇବା କଥା! ବିଦେଶୀ କମ୍ପାନୀମାନଙ୍କରେ ଅନେକ ସୁବିଧା ସୁଯୋଗ ଅଛି; କିନ୍ତୁ ଏଇ ବିଦେଶୀ କର୍ତ୍ତାମାନେ ଏଠାର ଲୋକମାନଙ୍କ ବିଷୟରେ କଣ ଜାଣନ୍ତି? ଯଦିଓ ବିଦେଶୀ କମ୍ପାନୀର ଶେୟାରର ବେଶୀ ଅଂଶ ଭାରତୀୟଙ୍କ ହାତରେ, ନିୟନ୍ତ୍ରଣ ତଥାପି ବିଦେଶୀଙ୍କ ହାତରେ। ସେମାନଙ୍କର ଅନେକ ଦୋଷଦୁର୍ବଳତା ବି ତ ରଙ୍ଗନାଥକୁ ଜଣା। ସେ କଣ ବିନା ଦସ୍ତଖତରେ ଗୋଟିଏ ଚିଠି କମ୍ପାନୀ ବିରୁଦ୍ଧରେ ଲେଖି ସରକାରଙ୍କ ପାଖକୁ ପଠାଇଦେବ? ନିଜର ନ୍ୟାୟବୋଧ ଏ କଥାର ବିରୋଧ କଲା। ରଙ୍ଗନାଥ ଭାବିଲା, ସେ ଚାକିରି ଛାଡ଼ିଦେଇ ନିଜେ ଗୋଟିଏ କୃଷି ଯନ୍ତ୍ରପାତିର କାରଖାନା ବସାଇବ ଏବଂ ତାର କାରଖାନା ଦିନେ ଏଇ କମ୍ପାନୀକୁ ଟପିଯିବ।

ଏ ଗୋଟିଏ ଦିବାସ୍ୱପ୍ନ ମାତ୍ର ଥିଲା। କିନ୍ତୁ ଚାକିରିର ବିଭିନ୍ନ ପର୍ଯ୍ୟାୟରେ କେବେ କେମିତି ଉପରିଷ୍ଠ କର୍ତ୍ତାମାନଙ୍କ ପାଖରୁ ଭର୍ତ୍ସନା ଶୁଣିବା ପରେ ସେ ଏଇ ସ୍ୱପ୍ନର ଆଶ୍ରୟ ନେଇଥିଲା। ସ୍ୱପ୍ନକୁ ସାମାନ୍ୟ ସାକାର କରିବା ପାଇଁ ସେ ଏକ କୃଷି ଯନ୍ତ୍ରପାତି କାରଖାନା ବସାଇବାର ବିଭିନ୍ନ କାଗଜପତ୍ର ସଂଗ୍ରହ କରି ରଖିଥିଲା। ଏ ବିଷୟରେ ତା ପାଖରେ ବର୍ତ୍ତମାନ ଗୋଟିଏ ସଂପୂର୍ଣ୍ଣ ଫାଇଲ ଥିଲା ଏବଂ ହତାଶ କ୍ଷଣମାନଙ୍କରେ ସେ ଏଇ ଫାଇଲଟିକୁ ଅଧ୍ୟୟନ କରି ସାମାନ୍ୟ ଆନନ୍ଦ ପାଉଥିଲା। ଫାଇଲଟିରେ ବିଭିନ୍ନ ପ୍ରକାରର ଆଶ୍ୱାସନା ଦେଉଥିବା କାଗଜ ଥିଲା; ଯଥା, କାରଖାନାର ସଂପୂର୍ଣ୍ଣ ପ୍ରୋଜେକ୍ଟ ରିପୋର୍ଟ, ବିଭିନ୍ନ ସରକାରୀ ଅଫିସକୁ ଦରଖାସ୍ତ କରିବାର ଫର୍ମ, କାରଖାନା ବସାଇବାର ନିୟମାବଳୀ ଇତ୍ୟାଦି। ବହୁ ବର୍ଷ ଧରି ସେ ଏଇ ଫାଇଲଟିକୁ ତିଆରି କରିଥିଲା ଏବଂ ମଝିରେ ମଝିରେ ବିଭିନ୍ନ କାଗଜକୁ ସଂଶୋଧନ କରି ସେ ତାକୁ କାର୍ଯ୍ୟୋପଯୋଗୀ କରି ରଖିଥିଲା। ଅନେକ ବର୍ଷ ତଳେ ସେ ଯେଉଁ କାରଖାନାକୁ ମାତ୍ର କେତେ ଲକ୍ଷ ଟଙ୍କାରେ କରିପାରିବ ବୋଲି ଅଟକଳ କରିଥିଲା, ତାର ଖର୍ଚ୍ଚ ବର୍ତ୍ତମାନ ବଢ଼ି ବଢ଼ି କୋଟିରେ ପହଞ୍ଚିଥିଲା। ସରକାରଙ୍କର ଶିଳ୍ପନୀତି ମଧ୍ୟ ଏ ଭିତରେ କେତେ ଥର ବଦଳିଯାଇଥିଲା ଏବଂ କାରଖାନାଟିକୁ ଛୋଟ, ମଝି ବା ବଡ଼ ଆକାରରେ କରିବ ଏ ବିଷୟରେ ମଧ୍ୟ ରଙ୍ଗନାଥକୁ ନିଜର ନିର୍ଣ୍ଣୟ ବଦଳାଇବାକୁ ପଡ଼ିଥିଲା। ତେବେ ଫାଇଲଟି ବର୍ତ୍ତମାନ ସ୍ୱୟଂସଂପୂର୍ଣ୍ଣ ଏବଂ ଅଦ୍ୟାବଧି ଥିଲା। ଫାଇଲଟି ଥିଲା ରଙ୍ଗନାଥ ପାଇଁ ଏକ ପୁରାପୁରି ନିଜସ୍ୱ କୁହୁକ ସାମ୍ରାଜ୍ୟ, ଯାହା ଭିତରକୁ ସେ ସମୟ ଅସମୟରେ ପଳାଇ ଯାଇପାରିବ।

ଜୟସିଂହ ପ୍ରମୋଶନ ପାଇବା ଦିନ ରାତିରେ ଏଇ ଫାଇଲଟିକୁ ଆଗରେ ରଖ଼ି କଳ୍ପନାରେ ହଜିଯାଇଥ଼ିଲା ରଙ୍ଗନାଥ। ତା ଆଗରେ ଗୋଟିଏ ଜମିଜମାର ମାନଚିତ୍ର ପଡ଼ିଥ଼ିଲା, ଯାହାକୁ ସେ ଅନେକ ବର୍ଷ ତଳେ ଗସ୍ତ ସମୟରେ ସଂଗ୍ରହ କରିଥିଲା। ତାର କାରଖାନା କୋଉ ଜାଗାରେ ବସାଇବ ସେ ବିଷୟରେ ତାର ମନ ସ୍ଥିର ଥିଲା ଏବଂ ବର୍ତ୍ତମାନ ସେଇ ମାନଚିତ୍ରର ଖାଲି ଜାଗାଟି ଉପରେ ସେ କାରଖାନାଟିକୁ ବସାଉଥିଲା। ତାକୁ ଏ କାମରେ ସାହାଯ୍ୟ କରିବା ପାଇଁ ତା ବାଁହାତ ପାଖରେ ହୁଇସ୍କି ଗ୍ଲାସ ଥିଲା ଏବଂ ଡାହାଣ ପାଖେ ବିଭିନ୍ନ ପତ୍ରପତ୍ରିକାରୁ କଟାହୋଇଥିବା କାରଖାନା ଘରର ନକ୍ସା ଥିଲା। ଜମିଟିକୁ କିଣି, ବିଭିନ୍ନ ପ୍ରକାର ସରକାରୀ ଅନୁମତି ହାସଲ କରି, ବିଦେଶରୁ କଳକବ୍ଜା ମଗାଇ, କାରଖାନା ଘର ତିଆରି କରି କୃଷି ଯନ୍ତ୍ରପାତି ଉତ୍ପନ୍ନ ହେବା ବେଳକୁ ରାତି ଅନେକ ହୋଇଯାଇଥିଲା। ରଙ୍ଗନାଥ ଉଠି ବିଛଣାକୁ ଗଲା ଏବଂ ନିଦ ହେବା ପର୍ଯ୍ୟନ୍ତ ଯନ୍ତ୍ରପାତିର ବିକ୍ରୟ ବ୍ୟବସ୍ଥା ଏବଂ ଲାଭକ୍ଷତିର ହିସାବରେ ମନଦେଲା।

ସକାଳେ ଉଠିବା ବେଳକୁ ରଙ୍ଗନାଥ ଦେହରେ ବେଶୀ ସମୟ ଶୋଇ ନ ଥିବାର ଅସ୍ବସ୍ତି ଥିଲା ଏବଂ ମୁଣ୍ଡରେ ଅତ୍ୟଧିକ ପାନୀୟଜନିତ ବ୍ୟଥା ଥିଲା। ଟେବୁଲ ଉପରେ ବିକ୍ଷିପ୍ତ ପଡ଼ିଥ଼ିବା କାଗଜସବୁ ସେ ସଜାଡ଼ି ଫାଇଲରେ ରଖ଼ିଲା ଏବଂ ଫାଇଲଟିକୁ ଯତ୍ନରେ ନେଇ ଲୁହା ଆଲମାରିରେ ବନ୍ଦ କଲା। ମନେ ମନେ ଭାବିଲା, ଆଜି ରାତିରେ ଆସି ପୁଣିଥରେ ଏ କାଗଜକୁ ଦେଖ଼ିବାକୁ ପଡ଼ିବ। ନିୟମିତ ସମୟରେ ସେ ଅଫିସକୁ ଗଲା ଏବଂ ନିଜ କୋଠରୀରେ ଯାଇ ଅଭ୍ୟାସଗତ ଭାବେ ସେଦିନ ଆସିଥିବା ଚିଠିପତ୍ର ଦେଖ଼ିଲା। ତାପରେ ସେ ନିଜର ଦୈନନ୍ଦିନ କାମରେ ମନ ଦେଲା। ଏ ସବୁ କରିବା ଭିତରେ ସେ ଜାଣୁଥିଲା ଯେ ଗୋଟିଏ ଦରକାରୀ କାମ ବାକି ରହିଯାଇଥିଲା, ସେଇଟି ହେଲା ଜୟସିଂହ ସହିତ କିପରି ଦେଖାକରି କଣ କହିବ। ସେ ଭାବିଲା, ଯଦି ଜୟସିଂହ ଜାଗାରେ ସେ ନିଜେ ପ୍ରମୋଶନ ପାଇଥାନ୍ତା, ତା ପାଖକୁ ଏ ଖବରଟି ଦେବାକୁ ଯାଇଥାନ୍ତା। ଲୋକଙ୍କର ଯଦି ଏତିକି ଭଦ୍ରତା ନାହିଁ ତ କଣ ଆଉ କରାଯାଇପାରେ?

ଶେଷକୁ ସେ ନିଜେ ଜୟସିଂହର କୋଠରୀକୁ ଗଲା। ନୂଆ କାମ ନେଇଥିବାରୁ ଜୟସିଂହ ଟେବୁଲ ଉପରେ ଗଦା ଗଦା କାଗଜ ଧରି ବ୍ୟସ୍ତ ଭାବରେ ବସିଥିଲା। ତଥାପି ରଙ୍ଗନାଥକୁ ଦେଖ଼ି ସେ ଚଉକିରୁ ଉଠିଆସିଲା। କହିଲା, ସକାଳୁ ତୋ ପାଖକୁ ଆସିବି ଆସିବି ବୋଲି ଏ କାମ ଭିତରୁ ବାହାରି ପାରୁନଥିଲି। ଭଲ କଲୁ ତୁ ଆସିଗଲୁ। କଣ ଚା ପିଇବୁ ନା କଫି? ରଙ୍ଗନାଥ ଭାବିଲା, ମତେ ବେଶୀ କାମ ଦେଖାଉଚି। ମୁଁ

କଣ ଜାଣେନା ଏଥିରେ କେତେ କାମ? ପୁଣି ଚା କଫିର ଔପଚାରିକତା। ସେ କଣ ଏଇ ଗୋଟାଏ ଦିନରେ ଭୁଲିଗଲା ମୁଁ କଫି ପିଇବାକୁ ଭଲପାଏନା ବୋଲି! କହିଲା, କଂଗ୍ରାଚୁଲେଶନ। ଜୟସିଂହ ଚା ମଗାଇଲା ଏବଂ ଚା ପିଉ ପିଉ ତା ସହିତ ଆଗଭଳି କଥାବାର୍ତ୍ତା କଲା। ତଥାପି ରଙ୍ଗନାଥର ମନେହେଲା ଯେମିତି କୌଠି କଣ ଗୋଟାଏ ଅସୁବିଧା ରହିଯାଉଛି ସବୁ କଥାରେ।

ସେଇଦିନଠାରୁ ଜୟସିଂହ ସହିତ ତାର ପୁରୁଣା ସଂପର୍କ କଟିଗଲା। ଦୁହିଁଙ୍କ ଭିତରେ ଆଗ ଭଳି ସଂପର୍କ ରଖିବା ପାଇଁ ନା ଜୟସିଂହ ଚେଷ୍ଟା କଲା, ନା ସେ। କାମରେ କୌଣସି ଅବହେଲା କଲାନାହିଁ; କିନ୍ତୁ ତାର କିଭଳି ମନେହେଲା ଯେ ଅଫିସରେ ସମସ୍ତେ ଭାବୁଛନ୍ତି ସେ ଆଉ କାମରେ ପୂର୍ବ ପରି ଯତ୍ନ ନେଉନାହିଁ ବୋଲି। ତାର ଦକ୍ଷତାରେ କାହାରି ସନ୍ଦେହ କରିବାର ନ ଥିଲା, କାରଣ ସେ ତାର ବିକ୍ରୟର ବର୍ଦ୍ଧିଷ୍ଣୁ ପରିମାଣକୁ ବଜାୟ ରଖିଥିଲା, ତେବେ ସେ ଭାବୁଥିଲା ଯେ ଜୟସିଂହ ସହିତ ଅନ୍ୟ ସମସ୍ତେ ଯେମିତି ତାର ପ୍ରତିପକ୍ଷ ହୋଇ ଯାଇଛନ୍ତି। ଏଭଳି ମନେହେଲାବେଳେ ସେ ଯାଇ ତାର ନିଜର କାରଖାନା ବସାଇବା ଫାଇଲରେ ମନୋନିବେଶ କରୁଥିଲା ଏବଂ ସାମାନ୍ୟ ଶାନ୍ତି ଖୋଜୁଥିଲା।

କିଛି ବର୍ଷ ପରେ ରଙ୍ଗନାଥ ପାଇଁ ଆହୁରି ଏକ ଧକ୍କା ପହଞ୍ଚିଲା ଯେତେବେଳେ କମ୍ପାନୀର ବିଦେଶୀ ମାଲିକମାନେ ଭାରତୀୟମାନଙ୍କୁ ନିଜର ସ୍ୱତ୍ୱ ବିକ୍ରି କରିଦେଲେ ଏବଂ ଜଣେ ସ୍ଥାନୀୟ ଶିଳ୍ପପତି ବେଶୀ ସଂଖ୍ୟାର ଅଂଶ କିଣିନେଇ କମ୍ପାନୀକୁ ନିଜର ଆୟତ୍ତାଧୀନ କରିଦେଲେ। ରଙ୍ଗନାଥର ଆଶା ଥିଲା ଯେ କେବେ ନା କେବେ ବିଦେଶୀ କର୍ତ୍ତାମାନଙ୍କ ପାଖରୁ ନ୍ୟାୟ ମିଳିବ; ଏବେ ଏ ଆଶାରେ ସେ ଜଳାଞ୍ଜଳି ଦେଇଦେଲା। କିଛି ଦିନ ପରେ କମ୍ପାନୀରେ ଅଫିସରମାନଙ୍କର ଛଟେଇ ଏବଂ ଅଦଳବଦଳ ହେଲା ଏବଂ ଏଇ ପ୍ରକ୍ରିୟାରେ ରଙ୍ଗନାଥ ଜୟସିଂହର ସିଧାସଳଖ ଅଧୀନସ୍ଥ ହୋଇଗଲା।

ପ୍ରଥମେ ପ୍ରଥମେ ରଙ୍ଗନାଥ ଜୟସିଂହକୁ ନିଜର ଉପରିଷ୍ଠ ଭାବରେ ଗ୍ରହଣ କରିବାକୁ କୁଣ୍ଠିତ ହେଲା; କିନ୍ତୁ ସବୁ ଅଭ୍ୟାସରେ ପଡ଼ିଗଲା ଆସ୍ତେ ଆସ୍ତେ। ଜୟସିଂହ ନିଜେ ବିଶେଷ ପରିଶ୍ରମୀ ଥିଲା, ଭଲ କାମ କରୁଥିଲା ଏବଂ ନୂଆ ମାଲିକମାନଙ୍କର ଶ୍ରଦ୍ଧାଭାଜନ ଥିଲା। ସେ ରଙ୍ଗନାଥ ପ୍ରତି ସୌହାର୍ଦ୍ଦ୍ୟଶୀଳ ଥିଲା ଏବଂ ରଙ୍ଗନାଥ ଇଚ୍ଛା କରିଥିଲେ ସୁଚାରୁରୂପେ କାମ ଚଳାଇ ପାରିଥାନ୍ତା। କିନ୍ତୁ ସେ ପ୍ରଚ୍ଛନ୍ନଭାବରେ ଜୟସିଂହ ସହିତ ସାମାନ୍ୟ ଅସହଯୋଗ କରିବାକୁ ଆରମ୍ଭ କଲା। ଯଦିଓ ଜୟସିଂହ ଏ ବିଷୟରେ ଅବଗତ ଥିଲା, ସେ ଏ କଥାକୁ ଆଉ ବଢ଼ିବାକୁ ଦେଉନଥିଲା। ସେ

ରଙ୍ଗନାଥ ସହିତ ଔପଚାରିକତା ରକ୍ଷା କରୁଥିଲା, ଯେପରି ତାର କୌଣସି ଅଭିଯୋଗର ଅବକାଶ ନ ରହେ। ତେବେ ଏ ପ୍ରକାର ମପାଚୁପା ସମ୍ବନ୍ଧ ବେଶୀ ଦିନ ଚଳିଲା ନାହିଁ। କମ୍ପାନୀର ଦିନ ଭଲ ଯାଉନଥିଲା, ବିକ୍ରି କମ୍ କମ୍ ଯାଉଥିଲା ଏବଂ ମାଲିକମାନେ ବେଶୀ ଲାଭ କରୁନଥିବାରୁ ଅସନ୍ତୁଷ୍ଟ ଥିଲେ। ଅଫିସରେ ସମସ୍ତେ ଏକ ଚାପ ପରିପୂର୍ଣ୍ଣ ବାତାବରଣରେ କାମ କରୁଥିଲେ ଏବଂ ଦିନେ କୌଣସି ଉପଲକ୍ଷରେ ଜୟସିଂହ ରଙ୍ଗନାଥ ପ୍ରତି କଟୁ ବାକ୍ୟ ପ୍ରୟୋଗ କଲା। ସମ୍ଭବ ହୋଇଥିଲେ ସେ ସେଠାରୁ ଉଠି ଆସିଥାନ୍ତା; କିନ୍ତୁ ନିଜର ଏତେ ବର୍ଷର ଚାକିରିର ଶୃଙ୍ଖଳାକୁ ମାନି ରଙ୍ଗନାଥ ସବୁକଥା ଶୁଣି ନେଲା।

ସେଦିନ ଘରକୁ ଫେରି ରଙ୍ଗନାଥ ଆଉ ତାର ସ୍ୱପ୍ନର କାରଖାନା ଅଞ୍ଚଳକୁ ପଳାଇ ଗଲାନାହିଁ। ସେ ଠିକ୍ କଲା ଯେ ତା ସହିତ ଖରାପ ବ୍ୟବହାର କରିଥିବା ଏଇ ଲୋକଟିକୁ ସେ ଯେମିତି ହେଲେ ଦେଖିନେବ। ସେ ମନେକଲା ଯେ ଆଗରୁ ଜୟସିଂହ ବିରୁଦ୍ଧରେ ବିଦେଶୀ ଅଧିକାରୀମାନଙ୍କୁ କହି ତାକୁ ହଇରାଣରେ ପକାଇଥିଲେ ଭଲ ହୋଇଥାନ୍ତା। ତେବେ ବର୍ତ୍ତମାନ ବି ସେ ତା ବିରୁଦ୍ଧରେ ଲାଗିଯାଇ ପାରିବ। ତାର ତ ଅନେକ ଦୋଷ ଦୁର୍ବଳତା ରଙ୍ଗନାଥକୁ ଜଣା। ଖଣ୍ଡେ କାଗଜ ଆଣି ସେ ଜୟସିଂହ ବିରୁଦ୍ଧରେ ଅଭିଯୋଗମାନଙ୍କର ତାଲିକା କରିବାକୁ ଚେଷ୍ଟା କଲା। ତା ମନକୁ ଅନେକ ପ୍ରକାରର ଘଟଣା ଆସିଲେ; ଯଥା, କମ୍ପାନୀକୁ ମିଛ ଖବର ଦେଇଥିବା, ଗ୍ରାହକୁ ବିନା କାରଣରେ ବଢ଼ାଇ ଦେଇଥିବା, ଭୁଲ ନିର୍ଣ୍ଣୟ ନେଇ କମ୍ପାନୀକୁ କ୍ଷତିଗ୍ରସ୍ତ କରିଥିବା, ତଳ କର୍ମଚାରୀଙ୍କ ଭିତରେ ଅସଦ୍ଭାବ ବଢ଼ାଇଥିବା ଇତ୍ୟାଦି। ଏସବୁ କିନ୍ତୁ ଥିଲା ଅତି ଅନିର୍ଦ୍ଦିଷ୍ଟ ଉଦାହରଣ ମାତ୍ର। ଠିକ୍ କେଉଁ ଦିନ କେତେ ତାରିଖରେ ଜୟସିଂହ ଏସବୁ ବ୍ୟତିକ୍ରମ କରିଥିଲା, ତାର ବିସ୍ତୃତ ବିବରଣୀ ନ ଥିଲା ରଙ୍ଗନାଥ ପାଖରେ। କାହା ବିରୁଦ୍ଧରେ ଅଭିଯୋଗ ଆଣିଲେ ନିର୍ଦ୍ଦିଷ୍ଟ ଘଟଣା ବିଷୟ ଜଣାଇବାକୁ ପଡ଼ିବ। ରଙ୍ଗନାଥ ଠିକ୍ କଲା ଯେ, ଆସନ୍ତା ଦିନଠାରୁ ସେ ଅଫିସର ପୁରୁଣା ଫାଇଲ ସବୁ ଖୋଜି ଜୟସିଂହ ବିରୁଦ୍ଧରେ ପ୍ରମାଣ ନିଦର୍ଶନ ସଂଗ୍ରହ କରିବ।

ଅଫିସରେ ଯଦିଓ ସେ ବେଶୀ କିଛି ସମୟ ମନେପଡୁଥିବା ପୁରୁଣା ଫାଇଲମାନଙ୍କୁ ଖୋଜି ବାହାର କଲା, ସେଥିରୁ ଜୟସିଂହ ବିରୁଦ୍ଧରେ କୌଣସି ମାଲ ମସଲା ମିଳିଲା ନାହିଁ। ତାକୁ ଏ ବିଷୟରେ ମଧ୍ୟ ସତର୍କ ରହିବାକୁ ହେବ, ଯେମିତି ଜୟସିଂହ ଏ ବିଷୟରେ ଜାଣିନପାରେ। ଯାହା ସମୟ ଲାଗିବ ପଛେ, ସେ ନିଶ୍ଚେ ଜୟସିଂହର ଦୋଷ ଦୁର୍ବଳତା ବାହାର କରିବ। ଏଇଭଳି ନିର୍ଣ୍ଣୟ କରି ସେ ନିଜର କାମ କରିବା ସହିତ ଜୟସିଂହର ପୁରୁଣା କାମର ଏକ ଗୋପନୀୟ ଅନୁସନ୍ଧାନ ମଧ୍ୟ ଜାରି

ରଖିଲା। ତେବେ ବେଶ୍ କିଛି ଦିନର ଚେଷ୍ଟା ସତ୍ତ୍ୱେ ବି ଯେତେବେଳେ ତାକୁ କୌଣସି ସାମଗ୍ରୀ ମିଳିଲା ନାହିଁ, ରଙ୍ଗନାଥ ଜାଣିଲା ଯେ ତାକୁ ଏଥରକ ଜୟସିଂହର ଭବିଷ୍ୟତର ଦୋଷ ତ୍ରୁଟି ଓ କର୍ତ୍ତବ୍ୟଚ୍ୟୁତି ଉପରେ ନିର୍ଭର କରିବାକୁ ପଡ଼ିବ। ସେଦିନ ଘରକୁ ଫେରି ସେ ନିଜର କାରଖାନା ବସାଇବା ଫାଇଲଟିକୁ ଅଲଗା ରଖିଦେଲା ଏବଂ ଗୋଟିଏ ନୂଆ ଫାଇଲ ଖୋଲିଲା, ଜୟସିଂହ ବିରୁଦ୍ଧରେ ଅଭିଯୋଗ।

ଏଇ ଫାଇଲ ଖୋଲିବା ଦିନଠାରୁ ଜୟସିଂହ ସହିତ ତାର ସଂପର୍କ, ଅନ୍ତତଃ ତା ନିଜ ପାଇଁ, ତିକ୍ତ ହୋଇଗଲା। ଖୁବ ଜରୁରୀ କାମ ନ ପଡ଼ିଲେ ସେ ଜୟସିଂହ ସହିତ ସାକ୍ଷାତ କରିବା ବନ୍ଦ କରିଦେଲା। ସେମାନଙ୍କର ସଂପର୍କ ବର୍ତ୍ତମାନ ସୀମିତ ରହିଗଲା ଫାଇଲ କାମ ମାଧ୍ୟମରେ। ଜୟସିଂହ ମଧ୍ୟ ଏଇ ପରିସ୍ଥିତିକୁ ସୁଧାରିବାକୁ ଚେଷ୍ଟା କଲା ନାହିଁ। ବରଂ ସେ ମଧ୍ୟ ଯେମିତି ରଙ୍ଗନାଥକୁ ଦୂରରେ ରଖିଲା। କାମ ଉପଲକ୍ଷରେ ସେ ରଙ୍ଗନାଥ ପ୍ରତି ରୁକ୍ଷ ବ୍ୟବହାର କରିବାକୁ ଆରମ୍ଭ କଲା। କ୍ରମେ କ୍ରମେ ସେମାନଙ୍କର ପୁରୁଣା ଦିନର ପରିଚୟ ଓ ସୌହାର୍ଦ୍ଦ୍ୟ ସଂପୂର୍ଣ୍ଣ ଭାବରେ ଲୁପ୍ତ ହୋଇଗଲା ଏବଂ ସେମାନେ ହୋଇଗଲେ ସାଧାରଣ ଉପରିସ୍ଥ ଓ ଅଧୀନସ୍ଥ।

କମ୍ପାନୀର ବର୍ତ୍ତମାନ ଖରାପ ଦିନ ପଡ଼ିଥିଲା। ଦେଶରେ ଅନେକ ନୂଆ କାରଖାନା ଖୋଲି ଯାଇଥିଲା ଏବଂ ପ୍ରତିଯୋଗିତା ହୋଇ ଯାଇଥିଲା ତୀବ୍ରତର। କମ୍ପାନୀର ନୂଆ ଅଂଶୀଦାରମାନେ ଆହୁରି ଲାଭ ଚାହୁଁଥିଲେ, ଯାହା ସମ୍ଭବ ନ ଥିଲା। ସମସ୍ତଙ୍କ ଉପରେ କାମ ଚାପ ବଢ଼ିଚାଲିଥିଲା ଏବଂ ଏଇଟି ବିଶେଷ ଭାବରେ ଉପଲବ୍ଧ ହେଉଥିଲା ରଙ୍ଗନାଥର ବିକ୍ରୟ ବିଭାଗରେ। ରଙ୍ଗନାଥର ଦାୟିତ୍ୱ ଅନେକ ଗୁଣରେ ବଢ଼ିଯାଇଥିଲା ଏବଂ ଦିନରାତି କାମ କରିବା ପରେ ତାକୁ ଆଉ କିଛି କରିବାର ସମୟ ନ ଥିଲା। ତଥାପି ସେ ଜୟସିଂହ ସଂପର୍କିତ ଫାଇଲ କଥା ଭୁଲି ନ ଥିଲା ଏବଂ ମଝିରେ ମଝିରେ ତା ବିଷୟରେ ବିଭିନ୍ନ ତଥ୍ୟ ନୋଟ କରି ରଖିଥିଲା।

ଏଇ ପ୍ରକ୍ରିୟାରେ ପୁଣି କିଛିଦିନ ବିତିଗଲା ଏବଂ ମାଲିକମାନଙ୍କ ଦୟାରୁ ଜୟସିଂହ କମ୍ପାନୀର ଚେୟାରମ୍ୟାନ ହୋଇଗଲା। ଏ ଖବରଟିକୁ ମଧ୍ୟ ସହିନେଲା ରଙ୍ଗନାଥ। ଜୟସିଂହ ତାଠାରୁ ଉପରକୁ ଚାଲିଯାଇଥିଲା ବହୁ ଦିନ ଆଗରୁ; ଖବରଟି ତେଣୁ ଅପ୍ରତ୍ୟାଶିତ ନ ଥିଲା। ବରଂ ଏହା ରଙ୍ଗନାଥକୁ ଆହୁରି ଦୃଢ଼ ନିଶ୍ଚିତ କରିଦେଲା ଯେ ସେ ଏଥରକ ଆହୁରି ଲାଗିପଡ଼ି ଜୟସିଂହର କିଛି ନା କିଛି କ୍ଷତି କରିବ। ତେବେ ତାର ଫାଇଲଟି ବେଶୀ ଆଗକୁ ଯାଉ ନ ଥିଲା, କାରଣ ଜୟସିଂହ ଚାଲାକ ଚତୁର ତଥା କର୍ମଠ ଓ କାର୍ଯ୍ୟଦକ୍ଷ ଥିଲା। ଏଥିପାଇଁ ରଙ୍ଗନାଥର ଅଶାନ୍ତି ବଢ଼ି ଚାଲିଥିଲା ଏବଂ ତାର ମାନସିକ ସ୍ଥିତି ଟଣାଓଟରାରେ ରହି ରାତିରେ ଠିକ ନିଦ ହେଉ ନ ଥିଲା।

ସ୍ଥିତିଟି ଆହୁରି ସାଂଘାତିକ ରୂପ ନେଲା ଯୋଉଦିନ ଜୟସିଂହ ରଙ୍ଗନାଥ ଉପରକୁ ଫାଇଲ ଫିଙ୍ଗିଲା। ଚେୟାରମ୍ୟାନ ହେବା ପରଠାରୁ ଜୟସିଂହ ପୂରା ବଦଳିଯାଇଥିଲା। ସେ ଆଉ କାହା ସହିତ ମିଳାମିଶା କରୁ ନ ଥିଲା, ଗମ୍ଭୀର ରହୁଥିଲା ଏବଂ କାମ ପାଇଁ ସମସ୍ତଙ୍କୁ ଡରାଇ ରଖୁଥିଲା। ପୂର୍ବ ଚେୟାରମ୍ୟାନଙ୍କଠାରୁ ବେଶୀ ଚାଣୁଆ ବୋଲି ତାର ଅତି ଶୀଘ୍ର ନାଁ ହୋଇଯାଇଥିଲା ଓ ଅଫିସର ସମସ୍ତେ ତାକୁ ଡରୁଥିଲେ। ମାଲିକମାନେ ତାକୁ ପୂରା ସମର୍ଥନ କରୁଥିଲେ କାରଣ ସେ କମ୍ପାନୀକୁ ଖରାପ ଅବସ୍ଥାରୁ ଉଦ୍ଧାର କରି ବର୍ତ୍ତମାନ ସଜାଡ଼ି ପାରିଥିଲା। ରଙ୍ଗନାଥ ଜାଣିଲା ଯେ, ଜୟସିଂହ ବିରୁଦ୍ଧରେ କାଗଜ ତିଆରି କରି ମାଲିକମାନଙ୍କୁ ଦେବା ସଂପୂର୍ଣ୍ଣ ଅର୍ଥହୀନ। ତାର ଆଉ ମଧ ମନେପଡ଼ିଲା ଯେ ଅବସର ଗ୍ରହଣ କରିବାକୁ ତାର ଆଉ ମାତ୍ର ଦେଢ଼ବର୍ଷ ବାକି ଥିଲା ଏବଂ ଜୟସିଂହ ବିରୁଦ୍ଧରେ କିଛି କରିବାକୁ ହେଲେ ତା ପାଇଁ ଥିଲା ମାତ୍ର ଏତିକି ସମୟ।

ରାତିରେ ଜୟସିଂହ ଫାଇଲ ଆଗରେ ବସି ଅନେକ ସମୟ ଭାବିବା ପରେ ହଠାତ୍ ଗୋଟାଏ ନୂଆ ରାସ୍ତା ଦେଖାଗଲା ରଙ୍ଗନାଥକୁ। ଚାକିରି ଆରମ୍ଭ କରିବା ଦିନୁ ନିଜ କମ୍ପାନୀରେ ମଝିରେ ମଝିରେ ଶେୟାର କିଣୁଥିଲା ସେ। ଅବସର ନେବା ପରେ ସେ ଶେୟାର ହୋଲ୍ଡରମାନଙ୍କର ଏକ ସଂଗଠନ କରିବ ଏବଂ କମ୍ପାନୀର ବାର୍ଷିକ ସାଧାରଣ ସଭାରେ ଜୟସିଂହର ଦୁଷ୍କୃତି ସବୁ ପଦାରେ ପକାଇ ତାକୁ କେବଳ ଅପଦସ୍ତ କରିବ ନାହିଁ, ବାହାର କରିଦେବାର ଚେଷ୍ଟା କରିବ। ଫାଇଲ ଉପରେ ସେ ଜୟସିଂହ ନାଁ ତଳେ ବଡ଼ ବଡ଼ ଅକ୍ଷରରେ ଶେୟାର ହୋଲ୍ଡର୍ସ ଆସୋସିଏସନ୍ ବୋଲି ଲେଖିଲା ଏବଂ ଜାଣିଲା ଯେ ଜୟସିଂହ ସହିତ ତାର ଯୁଦ୍ଧ, ତାର ଚାକିରି ସରିବା ପରେ ମଧ ଅବ୍ୟାହତ ରହିବ। ଏହି ଚିନ୍ତାଟି ତା ପାଇଁ ଅନେକ ସୁଖପ୍ରଦ ଥିଲା।

ରଙ୍ଗନାଥ ଏଥର‍କ ଅଫିସରୁ ସଂଗ୍ରହ କଲା କମ୍ପାନୀର ସବୁ ପୁରୁଣା ଅଡିଟ ରିପୋର୍ଟ ଆଦି। ତାକୁ ସମୀକ୍ଷା କରି ସେ ସେଠିରେ ତ୍ରୁଟି ବିଚ୍ୟୁତି ଖୋଜିବାରେ ଲାଗିଲା। କେଉଁ କେଉଁ ବିଷୟରେ ଦାୟିତ୍ୱ ସିଧାସଳଖ ଚେୟାରମ୍ୟାନ ଉପରେ ନ୍ୟସ୍ତ କରି ହେବ, ତାକୁ ସବୁ ଟିପି ରଖିଲା। ଏଇ କାମ ପାଇଁ ସେ କମ୍ପାନୀ ଆଇନ ଇତ୍ୟାଦି ମଧ ଅଧ୍ୟୟନ କଲା। ଫାଇଲଟିରେ ପ୍ରତିଦିନ ନୂଆ ନୂଆ କାଗଜ ଯୋଡ଼ିବାବେଳେ ସେ ଉତ୍‍ଫୁଲ୍ଲିତ ହେଉଥିଲା ଯେ ସେ ଜଣେ ସାଧାରଣ ଅଂଶୀଦାର ଭାବରେ, ଏତେ ବଡ଼ କମ୍ପାନୀ ଓ ତାର ଚେୟାରମ୍ୟାନଙ୍କୁ ହଇରାଣ କରିପାରିବ। ଅନେକ ବ୍ୟତିକ୍ରମ ପାଇଁ ଆଇନରେ ଭାରି ଜୋରିମାନା ଏବଂ ଜେଲ ଇତ୍ୟାଦି ଦଣ୍ଡ ଥିଲା। ରଙ୍ଗନାଥ କଳ୍ପନା କରୁଥିଲା ଯେ କମ୍ପାନୀ ବିରୁଦ୍ଧରେ ସେ ଯେଉଁ ପ୍ରମାଣ ସବୁ ତିଆରି କରିବ,

ସେଥିରେ କମ୍ପାନୀ ନିଶ୍ଚୟ ଅସୁବିଧାରେ ପଡ଼ିବ ଏବଂ ଜୟସିଂହ ଅତତଃ ଛ' ମାସ ପାଇଁ ଜେଲ ଯିବ। ଅଫିସର ନିରାନନ୍ଦ ମୁହୂର୍ତ୍ତମାନଙ୍କରେ ଏହି ଚିନ୍ତାଟି ଥିଲା ରଙ୍ଗନାଥ ପାଇଁ ଏକମାତ୍ର ଉପଶମ।

ତାକୁ ସବୁଠାରୁ ବଡ଼ ଆୟୁଧ ମିଳିଲା ଯେତେବେଳେ ଜୟସିଂହ ନିଜର ପୁଅକୁ ତାଙ୍କ କମ୍ପାନୀ ଚାକିରିରେ ଲଗାଇଦେଲା। ରଙ୍ଗନାଥ ମତରେ ଏଇଟି ଥିଲା ସବୁ ଆଇନକାନୁନର ସମ୍ପୂର୍ଣ୍ଣ ବ୍ୟତିକ୍ରମ। ଏଇ ନିଯୁକ୍ତିର ଅନୌଚିତ୍ୟ ବିଷୟରେ ରଙ୍ଗନାଥ ବିଭିନ୍ନ ନିୟମାବଳୀ ପଢ଼ି ଏକ ବିସ୍ତୃତ ବିବରଣୀ ତିଆରି କରି ତାକୁ ଫାଇଲରେ ରଖିଲା।   ଏଥର ଆଉ ଜୟସିଂହର ଖସିଯିବାର ଉପାୟ ନାହିଁ। ମରଣ କାଳେ ବିପରୀତ ବୁଦ୍ଧି। ଅଂଶୀଦାରମାନଙ୍କ ସଭାରେ ରଙ୍ଗନାଥ ଯେତେବେଳେ ଏ କଥାଟି ଉତ୍ଥାପନ କରିବ, ଜୟସିଂହର ମୁହଁ ତଳକୁ ହୋଇଯିବ। ଅଫିସରେ ଔଦ୍ଧତ୍ୟ ଦେଖାଉଥିବା ଚେୟାରମ୍ୟାନ ସଭାରେ ସମସ୍ତଙ୍କର ଦୟାଭିକ୍ଷା କରିବ। ଏଇ ଗୋଟାଏ ଅବିବେକୀ କାମ ପାଇଁ ସେ ମାଲିକମାନଙ୍କର ବିଶ୍ୱାସ ହରାଇବ ଏବଂ ହୁଏତ ନିଜର ଚାକିରି ବି ହରାଇବ। ସେଇ ହେବ ତା ପ୍ରତି ଦୁର୍ବ୍ୟବହାର ଦେଖାଇଥିବାରୁ ଜୟସିଂହର ଶାସ୍ତି।

ରାତିରେ ଘରେ ବସି ତିଆରି କରିଥିବା ଯୁକ୍ତି ଓ ଆମ୍ଭବିଶ୍ୱାସ ଅଫିସରେ ପହଞ୍ଚିବା ପରେ ଆଉ ସେତେ ଦୃଢ଼ ଓ ପ୍ରଭାବଶାଳୀ ଜଣାପଡ଼ୁନଥିଲେ। ଅଫିସରେ ବର୍ତ୍ତମାନ ଜୟସିଂହର ଏକଛତ୍ର ଶାସନ ଥିଲା। ତାକୁ ସମସ୍ତେ, ଏପରିକି ଏ କଥା ନିଜେ ସ୍ୱୀକାର କରିବାକୁ ଅନିଚ୍ଛୁକ ଥିଲେ ବି ରଙ୍ଗନାଥ ମଧ୍ୟ, ଭୟ କରୁଥିଲେ। ସେ ସଭା ଡାକିଲେ ସମସ୍ତେ ନିଜ ନିଜ କାଗଜକୁ ଏକାଧିକ ଥର ପଢ଼ି ପ୍ରସ୍ତୁତ ହୋଇ ଯାଉଥିଲେ। ସେ କେତେବେଳେ କାହା ସହିତ ଦୁର୍ବ୍ୟବହାର କରିବ ସେଥିପ୍ରତି ମଧ୍ୟ ସମସ୍ତଙ୍କର ଭୟ ଥିଲା।

ସେ ଯାହାହେଉ ନିଜର ଭାଗ୍ୟ ଅବା ଦୁର୍ଭାଗ୍ୟକୁ ମାନିନେଇଥିଲା ରଙ୍ଗନାଥ। ବର୍ତ୍ତମାନ ତାର ଏକମାତ୍ର ଲକ୍ଷ୍ୟ ଥିଲା କିପରି ଚାକିରିରୁ ଅବସର ନେବା ସଙ୍ଗେ ସଙ୍ଗେ ଅଂଶୀଦାରମାନଙ୍କର ସଂଖ୍ୟା ଗଢ଼ି ଜୟସିଂହ ସହିତ ହିସାବ ନିକାଶ କରିବ। ନିଜକୁ ଜୟସିଂହଠାରୁ ଯେତେ ଦୂର ସମ୍ଭବ ଦୂରରେ ରଖିଲା ରଙ୍ଗନାଥ। ଆଉ ଅଛ କେତେ ମାସ ତ! ତା ପରେ ଦେଖାଯିବ କାହାର ଭାଗ୍ୟ କଣ।

ଦେଖୁ ଦେଖୁ ଏଇ କେତୋଟି ମାସ ବି କଟିଗଲା ଅଫିସ କାମର ଚାପ ଭିତର ଦେଇ। ଶେଷକୁ ଦିନେ ରଙ୍ଗନାଥର ଅବସର ନେବାର ତାରିଖ ଆସି ପହଞ୍ଚିଲା। ଦିନଟି ଥିଲା ରଙ୍ଗନାଥ ପାଇଁ ଯୁଗପତ୍ ଦୁଃଖ ଓ ଏକ ସମ୍ଭାବ୍ୟ ଆନନ୍ଦର ଦିନ। ଅଫିସ

ହଁ ଥିଲା ତାର ସମସ୍ତ ଜୀବନ ଏବଂ ଅଫିସ ଛାଡ଼ି ଯାଉଥିବା କଥା ଭାବିଲାବେଳେ ତାକୁ ସଂପୂର୍ଣ୍ଣ ଶୂନ୍ୟ ବୋଧ ହେଉଥିଲା। ତା ସହିତ ସେ ଭାବୁଥିଲା ଶେୟାର ହୋଲ୍‌ଡର୍ସ ଆସୋସିଏସନର କର୍ମବହୁଳ ଦାୟିତ୍ୱ ତଥା ଜୟସିଂହର ଦର୍ପ ଚୂର୍ଣ୍ଣ କରିବା କଥା। ସେଦିନ ସନ୍ଧ୍ୟାବେଳେ ଯେତେବେଳେ ତା ପାଇଁ ବିଦାୟୀ ସଭା ହେଲା ଏବଂ ତାର ସହକର୍ମୀମାନେ ଏବଂ ନିଜେ ଜୟସିଂହ ତାକୁ ପ୍ରଶଂସା କରି ଭାଷଣ ଦେଲେ, ତା ମନ ଭିତରେ ଏଇ ଦୁଇଟି ବିପରୀତ ଭାବନା ଖେଳି ବୁଲୁଥିଲା। ସଭା ଶେଷରେ ଯେତେବେଳେ ତାର ସହକର୍ମୀମାନଙ୍କ ପକ୍ଷରୁ ଜୟସିଂହ ତା ହାତକୁ ସ୍ମାରକୀ ସ୍ୱରୂପ ଗୋଟିଏ ଦାମିକା କଲମର ସେଟ୍ ବଢ଼ାଇଦେଲା, ଭାବପ୍ରବଣ ହୋଇ ରଙ୍ଗନାଥ ତାକୁ ଗ୍ରହଣ କଲା, କିନ୍ତୁ ମନକୁ ମନ ନାଟକୀୟ ଭଙ୍ଗୀରେ କହିଲା, ଏହି କଲମ ହିଁ ତୋର କାଳ ହେବ ଜୟସିଂହ!

ସଭା ଶେଷରେ ଜୟସିଂହ ରଙ୍ଗନାଥକୁ ତା ସହିତ ତାର ଅଫିସ କୋଠରୀକୁ ଡାକି ନେଇ ବସାଇଲା। ସେମାନେ କିଛି କଥାବାର୍ତ୍ତା କରିବା ପୂର୍ବରୁ କିଏ ଜଣେ କଣ ଜରୁରୀ କାଗଜ ନେଇ ଆସିଲା ଏବଂ ରଙ୍ଗନାଥ ପାଖରୁ କ୍ଷମା ମାଗି ଜୟସିଂହ ତାକୁ ଦେଖିବାରେ ଲାଗିଲା। ସାମନାସାମନି ବସି ପରିସ୍ଥିତିକୁ ସମୀକ୍ଷା କଲା ରଙ୍ଗନାଥ। ସେ ଆଉ ଜୟସିଂହର ଅଧୀନସ୍ଥ ନ ଥିଲା। ସେ ଥିଲା କମ୍ପାନୀର ଅଂଶୀଦାର ସଂଘର ଭାବୀ ସଭାପତି, ଯାହା ସହିତ ଜୟସିଂହ ଏଥରକ ସନ୍ମାନର ସହିତ କଥାବାର୍ତ୍ତା କରିବ ଏବଂ ସେ ସେତେବେଳେ ଜୟସିଂହ ବିରୁଦ୍ଧରେ ଅଭିଯୋଗକୁ ଗୋଟିଏ ଗୋଟିଏ କରି ପ୍ରକାଶ କରିବ, ଜୟସିଂହ ଶେଷରେ ଆସି ତାର ପାଦ ତଳେ ପଡ଼ିବ। ତାର ପ୍ରତିଦ୍ୱନ୍ଦୀକୁ ଏଥରକ ଭଲଭାବେ ଅନାଇଲା ରଙ୍ଗନାଥ। ତାଠାରୁ ଅନେକ ବୁଢ଼ା ଦେଖାଯାଉଥିଲା ଜୟସିଂହ। ବର୍ତ୍ତମାନ କାଗଜପତ୍ର ଧରି ବ୍ୟସ୍ତ ରହିଥିବାବେଳେ ତାର କପାଳ ଓ ମୁହଁର ରେଖାସବୁ ଆହୁରି କୁଞ୍ଚିତ ହୋଇଯାଇଥିଲା ଏବଂ ସେ ଅତ୍ୟନ୍ତ ଅସହାୟ ଓ ମ୍ରିୟମାଣ ଜଣାପଡ଼ୁଥିଲା। ସେମାନେ ପାଠ ପଢ଼ିଲାବେଳେ ଜୟସିଂହ ସୁସ୍ଥ, ସବଳ, ପୂର୍ତ୍ତି ଓ ହସଖୁସି ପ୍ରକୃତିର ଥିଲା। ବର୍ତ୍ତମାନ ଜୟସିଂହ ଦେଖାଯାଉଥିଲା ରୋଗା, ଚିଡ଼ଚିଡ଼ା ଏବଂ ଅସୁଖୀ।   ଏଇ ଲୋକଟିକୁ ତ ଅତି ସହଜରେ ପରାସ୍ତ କରିହେବ।

କାଗଜ ନେଇ ଆସିଥିବା ଲୋକଟି ଚାଲିଯିବାରୁ ଜୟସିଂହ ଆରମ୍ଭ କଲା, ତୋ ସାଙ୍ଗରେ ଅନେକ କଥା ଥିଲା...। ଏଇ ସମୟରେ ଟେଲିଫୋନ ଆସିଲା। କଥାବାର୍ତ୍ତା କରିସାରି ଟେଲିଫୋନ ରଖିଚି କି ନାହିଁ, ଆଉ ଜଣେ ଲୋକ କଣ ଜରୁରୀ କାଗଜ ଆଣି ଛିଡ଼ା ହେଲା, କହିଲା, ଆଜି ଚିଠି ଦସ୍ତଖତ କଲେ ଲୋକ ଅପେକ୍ଷା କରିଛି, ନେଇଯିବ। ଚିଠିଟି ପଢ଼ି ଦସ୍ତଖତ କଲାବେଳକୁ ପୁଣି ଟେଲିଫୋନ ଆସିଲା। ଏଥର

ଅନେକ ସମୟ ଧରି ଟେଲିଫୋନରେ ବ୍ୟସ୍ତ ରହିଲା ଜୟସିଂହ। କଥାବାର୍ତ୍ତା ସରିବାରୁ ରଙ୍ଗନାଥଙ୍କୁ କହିଲା, ରାତି ଆଠଟା ବାଜିଲାଣି, ତେବେ ବି କାମର ଶେଷ ନାହିଁ। ଏଠି ତ କାମ ଭିତରେ ମଣିଷକୁ ଟିକିଏ କଥା କହିବାକୁ ବି ଫୁରୁସତ ନାହିଁ। ତୁ ଯଦି ରାତିରେ ଘରେ ଥିବୁ, ମୁଁ ଅଫିସ ଫେରିବା ବାଟରେ ତୋର ଘର ଦେଇ ଯିବି।

ଘରକୁ ଫେରିବାବେଳେ ରଙ୍ଗନାଥ ଭାବିଲା ସେ ଜୟସିଂହ ସହିତ କିପରି ବ୍ୟବହାର କରିବ। ତାକୁ ଦେଇଥିବା ଅପମାନର ପ୍ରତିଶୋଧ ନେବାର ଏଇଟି ସୁବର୍ଣ୍ଣ ସୁଯୋଗ। ତାକୁ ସେ ଘର ବାହାରୁ କଥାବାର୍ତ୍ତା କରି ବିଦାୟ କରିଦେଇପାରିବ। ସିଧାସିଧା କହିଦେଇ ପାରିବ, ମୋର ଆଉ ତୋ ସାଙ୍ଗରେ କୌଣସି ସଂପର୍କ ରଖିବାକୁ ଇଚ୍ଛା ନାହିଁ। କହି ଦେଇ ପାରିବ, ଏଥରକ ଆମର ଦେଖାହେବ ଶେୟାର ହୋଲ୍ଡର୍ସ ମିଟିଂରେ। ଘରେ ପହଞ୍ଚି ସେ ଫାଇଲଟିକୁ ବାହାର କଲା। ଏଥର ସେ କମ୍ପାନୀରୁ ସଂପୂର୍ଣ୍ଣ ମୁକ୍ତ। ଜଣେ ସ୍ୱାଧୀନ ଅଂଶୀଦାର ଭାବରେ ସେ କମ୍ପାନୀ ଓ ତାର ଚେୟାରମ୍ୟାନଙ୍କ ଦୋଷ ଦୁର୍ବଳତାକୁ ପଦାରେ ପକାଇ ଦେବ। ଏଥିପାଇଁ ଅନେକ ମାଲମସଲା ଅଛି ତାର ଫାଇଲରେ। କାଗଜ ସବୁକୁ ଓଲଟାଇଲା ରଙ୍ଗନାଥ। ଏଥରକ କିନ୍ତୁ ସେ ଅନୁଭବ କଲା ଆଗ ଭଳି ଆଉ ତା ମନରେ କ୍ରୋଧ ଓ ଉତ୍ସାହ ଆସୁ ନାହିଁ କାଗଜ ସବୁ ପଢ଼ିବାବେଳେ। ପୁରୁଣା ଓ ଫିକା ହୋଇଯାଇଛି ତାର ଅଭିଯୋଗ ଓ ଆରୋପର ଫର୍ଦ୍ଦ ସବୁ।

ବାହାରେ କଣ ଶବ୍ଦ ଶୁଣି ରଙ୍ଗନାଥ କବାଟ ଖୋଲି ବାହାରକୁ ଆସିଲା। ଜୟସିଂହ ବାହାରେ ଠିଆ ହୋଇ ଏଇଟି ରଙ୍ଗନାଥର ଘର କି ନା ଦେଖିବାକୁ ଚେଷ୍ଟା କରୁଥିଲା। ରଙ୍ଗନାଥଙ୍କୁ ଦେଖି କହିଲା, ରାତିରେ ମତେ ଆଉ ଠିକ ଦେଖାଯାଉନାହିଁ। ରଙ୍ଗନାଥ କହିଲା, କେବେ କେମିତି ସିନା ଏଠିକି ଆସିଥିଲେ ମନେରହିଥାନ୍ତା ମୋ ଘର କେଉଁଟା! ହଠାତ୍ କାଶିବାକୁ ଆରମ୍ଭ କଲା ଜୟସିଂହ। ତାକୁ ବସିବା ଘରେ ବସାଇ ରଙ୍ଗନାଥ ତାକୁ ପାଣି ପିଇବାକୁ ଦେଲା। ଖୁବ ଅସୁସ୍ଥ ଜଣାପଡ଼ୁଥିଲା ସେ। ପାଣି ପିଇସାରି ଜୟସିଂହ ଶାନ୍ତିର ନିଃଶ୍ୱାସ ନେଲା; କହିଲା, ତୁ କହୁଟୁ ମୁଁ ତୋ ଘରକୁ ଆସି ନାହିଁ ବୋଲି। କେତେ ବର୍ଷ ହୋଇଗଲାଣି ମୁଁ ସଂଧ୍ୟାବେଳେ ଘରୁ କୁଆଡ଼େ ବାହାରି ନାହିଁ। ଅଫିସରୁ ଫେରିବା ବେଳକୁ କୋଉ ଦିନ ନ'ଟା ତ କୋଉଦିନ ଦଶଟା। ସାଙ୍ଗସାଥୀ, ବନ୍ଧୁବାନ୍ଧବ ସମସ୍ତଙ୍କ ସାଙ୍ଗରେ ସଂପର୍କ କଟିଗଲାଣି ମୋର। ଘର ଅଫିସ, ଅଫିସ ଘର, ଏତିକି ଚଳାଇବାକୁ ବି ମୁଁ ନାକେଦମ।

ଇଚ୍ଛା ଥିଲା କେମିତି ଉପରୁ ଉପରକୁ ଯାଇ ଚେୟାରମ୍ୟାନ ହେବି। ସେଥିପାଇଁ କେତେ ପରିଶ୍ରମ ତୁ ତ ଜାଣୁ। ଶେଷରେ ଚେୟାରମ୍ୟାନ ହେଲି; କିନ୍ତୁ କାମ ବଢ଼ିଗଲା ଦଶ ଘଣ୍ଟାରୁ ଚଉଦ ଘଣ୍ଟା। ସାଙ୍ଗସାଥୀ ତ ଗଲେ, ଶେଷକୁ ଘର କଥା ବି ବୁଝି ପାରିଲି ନାହିଁ। ପୁଅ ପାଠ ନ ପଢ଼ି ବାଲ୍କଙା ହୋଇଗଲା। ମୁଁ କମ୍ପାନୀ ଚେୟାରମ୍ୟାନ ବୋଲି ତାକୁ ଭଲ ଜାଗାରେ ଲଗାଇଦେଲି; ନ ହେଲେ ତାକୁ କୋଉଠି ଚାକିରି ମିଳିଥାନ୍ତା?

ମୋ ଦେହ ବି କଣ ହେଲାଣି, ଦେଖ। ବାର ପ୍ରକାରର ରୋଗ। ସକାଳୁ ରାତି ଯାଏ ଔଷଧ ଖାଉ ଥାଅ, ତେବେ ବି ଶାନ୍ତି ନାହିଁ। ଦି ବର୍ଷ ତଳେ ଅଲ୍‌ସର ଅପରେସନ କରେଇଲି! ଏଣେ ହାର୍ଟର ଅବସ୍ଥା ବି ଭଲ ନାହିଁ। ଯାହା ଔଷଧ ଖାଇ ବଞ୍ଚି ରହିବା କଥା।

ଏଥିକୁ ପୁଣି କମ୍ପାନୀର ଯେତେ ଚିନ୍ତା। ବିଦେଶୀ ମାଲିକ ଥିଲେ ଅଲଗା କଥା। ସମସ୍ୟା ସବୁ ବୁଝିଥିଲେ। ଏବର ମାଲିକଙ୍କର ଖାଲି ଲାଭ ଦରକାର। ସେ ଯୋଉ ଉପାୟରେ ବି ହଉ। ଯ୍ୟାଙ୍କୁ ଆଇନକାନୁନ କଥା ବୁଝାଇ କିଛି ଲାଭ ନାହିଁ। କହିବେ, ଆଇନ ଭାଙ୍ଗ। କଥା କଥାକେ ଧମକ ଦେବେ, କମ୍ପାନୀ ବନ୍ଦ କରିଦବୁ।

ସେଥିରକ ମୁଁ ଯୋଉ ଅପରେସନ କରିବାକୁ ଗଲି, କାହାକୁ କହିନଥିଲି। ମାଲିକ ଜାଣିଲେ କହିବେ, ଏ ଲୋକଟା ବେମାର ହେଲାଣି, ବାହାର କରି ଆଉ କାହାକୁ ରଖ। ମଣିଷକୁ ହଜାର କଥା ଜଗି ରଖ଼ ଚଳିବାକୁ ହଉଚି ଏଠାରେ। ଭାବିଥିଲି ଚାକିରି ଶେଷ ବେଳକୁ ଟିକିଏ ଶାନ୍ତି ମିଳିବ। କିନ୍ତୁ ଜୀବନଟା ଖାଲି ଅଶାନ୍ତିରୁ ଅଶାନ୍ତି।

ଏତିକି କହି ଜୟସିଂହ ଟିକିଏ ଚୁପ ରହିଲା। ଏଇ ଦୁର୍ବଳ ଅସହାୟ ଅସୁଖୀ ଲୋକଟି ଆଡ଼କୁ ଅନାଇ ରଙ୍ଗନାଥର ଦୟା ହିଁ ହେଲା। ସେ କିଛି ନ କହିବାରୁ ଜୟସିଂହ କହିଲା, ଛାଡ଼, ଏସବୁ ମୋ ଦୁଃଖ କଥା ତତେ କହି ତୋ ମନ କାହିଁକି ଖରାପ କରିବି? ତୁ ଭଲ କଲୁ, ବାହାସାହା ନ ହୋଇ ରହିଗଲୁ। ସଂସାର ପରିବାରର ବି ବଡ଼ ଜଞ୍ଜାଳ। ବୟସ ବଢ଼ିବା ସଂଗେ ଦାମ୍ପତ୍ୟ ସମସ୍ୟା ବି ବଢ଼ିଚାଲିଥିବ; କମିବାର ନାଁ ନାହିଁ। ଥରେ ଥରେ ମନେ ହବ ମଲେ ହିଁ ମୁକ୍ତି।

ହଁ, ମୁଁ ଯୋଉଥିପାଇଁ ତୋ ପାଖକୁ ଆସିଲି କହିଦିଏ ଏଥରକ। ତୁ ତ ଜାଣିଚୁ ତୋ ଛଡ଼ା ମୋର ନିଜର ଲୋକ କେହି ନ ଥିଲା କମ୍ପାନୀରେ। ଏବେ ମାଲିକମାନଙ୍କ ସାଙ୍ଗରେ ବି ଏତେ ଭଲ ପଡୁନାହିଁ ମୋର। ଭୟ ହଉଚି କେବେ କୋଉ ଆଳରେ ମତେ ବାହାର କରିଦେବେ। ମୁଁ ସେଥିପାଇଁ ଭାବୁଥିଲି, ତୁ ରିଟାୟର ସିନା ହୋଇଗଲୁ, ଯଦି କମ୍ପାନୀ ପାଇଁ କିଛି ସାହାଯ୍ୟ କରନ୍ତୁ, ସେଥିରେ ମୋର ହିଁ ଉପକାର

ହୁଅନ୍ତା। ବିକ୍ରୀ ବିଭାଗରେ ତୋଠାରୁ ତ ବେଶୀ ଜାଣିବା ଲୋକ କେହି ନାହାନ୍ତି। ତୋ ଜାଗାକୁ ଯିଏ ପ୍ରମୋଶନରେ ଆସୁଚି ସେ ଲୋକଟି ନିହାତି ଅକାମୀ। ତୁ ଯଦି ରାଜି ହେଉ, କମ୍ପାନୀରେ ଗୋଟାଏ ସେଲ୍‌ସ ଆଡ୍‌ଭାଇଜର ପୋଷ୍ଟ ତିଆରି କରି ତତେ ପାଞ୍ଚବର୍ଷର କଣ୍ଟ୍ରାକ୍ଟ ଦେଇ ଦିଅନ୍ତି, ଆଉ ମୁଁ ନିଜେ ନିଶ୍ଚିତ ହୋଇଯାନ୍ତି।

ଜୟସିଂହ ତା ଆଡ଼କୁ ଅନାଇଲା, କିନ୍ତୁ ରଙ୍ଗନାଥ କିଛି କହିଲା ନାହିଁ। ରଙ୍ଗନାଥକୁ ଚୁପ ରହିବାର ଦେଖି ଜୟସିଂହ ତାକୁ ଅନୁଗ୍ରହ ମାଗିବା ଭଳି ଅନାଇ କହିଲା, ମୁଁ ଜାଣେ ତୋର କିଛି ଅଭାବ ନାହିଁ ଏବଂ ତୋର ଆଉ କାମ ଦରକାର ନାହିଁ। ତେବେ ତୁ ଯଦି ଏ କଥାରେ ରାଜି ହୋଇଯାନ୍ତୁ, ମୋର ଅନେକ ଉପକାର ହୁଅନ୍ତା।

—

ଦାୟିତ୍

ସୋମନାଥ ମରିବାର ପାଞ୍ଚଦିନ ହେଲାଣି, ସ୍ତୁତି ତଥାପି ନ ଖାଇ ନ ପିଇ ବିଛଣାରେ ପଡ଼ି ରହିଛି। ଏପରିକି ମନନ ଆଡ଼କୁ ବି ଅନାଉ ନାହିଁ। ତାର କାନ୍ଦ ବନ୍ଦ ହୋଇଯାଇଛି, କିନ୍ତୁ ସେ ଚୁପ୍‌ଚାପ୍‌ ପଡ଼ିରହି ଭାବୁଛି, କାହିଁକି ତା ପ୍ରତି ଏଭଳି ଅନ୍ୟାୟ ହେଲା!

ସୋମନାଥକୁ ବାହା ହେଲାବେଳେ ତାର ବୟସ ଥିଲା ସତର ବର୍ଷ। ଗାଁ ସ୍କୁଲରୁ ବର୍ଷକ ଆଗରୁ ମାଟ୍ରିକ୍‌ ପାସ କରିଥିଲା। ବାହା ହେବା ପରେ ପରେ ସୋମନାଥ ସହିତ ସହରକୁ ଚାଲିଆସିଲା। ସହର ସହିତ ତାର ଏଇଟି ପ୍ରଥମ ପରିଚୟ ଥିଲା; ଆଗରୁ କେବେ ଗାଁରୁ ବାହାରକୁ ବାହାରି ନ ଥିଲା ସେ। ବାହାଘରର ଆଠଦିନ ପରେ ଜିନିଷପତ୍ର ସାଙ୍ଗରେ ଧରି ଆସି ସଂଧ୍ୟାବେଳେ ଭଡ଼ାଘରେ ପହଞ୍ଚିବା କଥା ଏବେ ବି ତାର ମନେ ଅଛି। ସହରରେ ଏତେ ଲୋକବାକ, ଦୋକାନ, ବଜାର, ଗାଡ଼ି, ମଟର ଦେଖି ସେ ପ୍ରଥମେ ହତଚକିତ ହୋଇଯାଇଥିଲା। ଘର ଭିତରେ ପଶି ତାକୁ ଅଣନିଶ୍ୱାସୀ ଲାଗିଲା। ଛୋଟ ଛୋଟ ଦି ବଖରା ଘର। ବାହାରକୁ ଓହ୍ଲାଇଲେ ରାସ୍ତା, ଲୋକ ଗହଲି। ଟିକିଏ ବି ଖୋଲା ଜାଗା ନାହିଁ ଆଗରେ ପଛରେ।

ବିବାହର ନୂଆ ନୂଆ ଦିନ ସବୁ ଆନନ୍ଦରେ କଟିଗଲା। ଅଳ୍ପ କିଛି ଦିନରେ ସହରର ଚାଲିଚଲନ ତାକୁ ଶିଖାଇଦେଲା ସୋମନାଥ। କିନ୍ତୁ ବାହାରକୁ ବାହାରିବାକୁ ସବୁବେଳେ ସ୍ତୁତିର ଭୟ। ସୋମନାଥ ସକାଳ ସାଢ଼େ ନ'ଟାରେ ବାହାରି ବ୍ୟାଙ୍କୁ ଯିବା ସମୟଠାରୁ ସଂଧ୍ୟାରେ ଫେରି ଆସିବା ପର୍ଯ୍ୟନ୍ତ କବାଟ ବନ୍ଦ କରି ଭିତରେ ରହିଥାଏ ସ୍ତୁତି। ସୋମନାଥ ଦିନେ ତାକୁ ଜବରଦସ୍ତି ବାହାରକୁ ଡାକିନେଲା। ଗଲିମୁଣ୍ଡରେ ଛୋଟ ଛୋଟ ଦୋକାନ ସବୁ ଥିଲା। ସୋମନାଥ କହିଲା, ଘରେ କେବେ କଣ ଜିନିଷ ସରିଗଲେ ଏଇଠୁ ଆସି ଜିନିଷ ନେଇଯିବ। ସ୍ତୁତି ହଁ ଭରିଲା, କିନ୍ତୁ ସେ ଘରେ ସେମାନେ ଯେତେ ଦିନ ଥିଲେ, କେବେହେଲେ ଏକା ରାସ୍ତାକୁ ପାଦ ପକାଇ ନ ଥିଲା। ମଝିରେ ମଝିରେ ସୋମନାଥ ତାକୁ ସିନେମା ଦେଖାଇ ନେଇ ଯାଉଥିଲା। ସ୍ତୁତିର ସିନେମା ଦେଖିବାକୁ ଇଚ୍ଛା ଥିଲା, କିନ୍ତୁ ରାସ୍ତାସାରା ଏତେ ଭିଡ଼

ଆଉ ସିନେମା ହଲର ଠେଲାପେଲାରେ ସେ ଅଶନିଶ୍ବାସୀ ହୋଇଯାଉଥିଲା। ଘରକୁ ଫେରିଲେ ଯାଇ ସେ ଶାନ୍ତିର ନିଶ୍ବାସ ନେଉଥିଲା।

ସୋମନାଥ ଖାଇବାକୁ ଭଲ ପାଉଥିଲା ଏବଂ ସ୍ତୁତି ସାରାଦିନ ରୋଷେଇ ଓ ଘର କାମରେ ଲାଗି ରହୁଥିଲା। ଖାଲି ସମୟରେ ସେ ଖବରକାଗଜ ମୂଳରୁ ଶେଷ ପର୍ଯ୍ୟନ୍ତ ପଢୁଥିଲା ଏବଂ ଇଚ୍ଛା ହେଲେ ରେଡିଓ ଶୁଣୁଥିଲା। ସୋମନାଥ ଧୀରସ୍ଥିର ପ୍ରକୃତିର ଥିଲା ଏବଂ ଅଫିସ ଛୁଟି ହେଲେ ସିଧା ଘରକୁ ଚାଲି ଆସୁଥିଲା। ତାର ଅଫିସ ଛଡ଼ା ସବୁସମୟ ସ୍ତୁତି ସହିତ କଟୁଥିଲା। କେବେ କେମିତି ଅଫିସର କେହି ସାଙ୍ଗ ତାଙ୍କ ଘରକୁ ଆସିଲେ ସ୍ତୁତି ତାଙ୍କ ପାଇଁ ଚା ଜଳଖିଆ କରି ଦେଉଥିଲା, କିନ୍ତୁ ରୋଷେଇଘରୁ ବାହାରୁ ନ ଥିଲା; ସୋମନାଥକୁ ଭିତରୁ ଚା ଜଳଖିଆ ଆଣି ପରଷିବାକୁ ପଡୁଥିଲା। ଦିନେ ଜଣେ ସାଙ୍ଗ ତାଙ୍କ ସ୍ତ୍ରୀକୁ ଧରି ତାଙ୍କ ଘରକୁ ଆସିଲେ; ସ୍ତୁତି ସ୍ତ୍ରୀକୁ ଭିତର ଘରକୁ ଡାକି ନେଇ ତା ସହିତ କଥାବାର୍ତ୍ତା କଲା; କିନ୍ତୁ ବାହାରକୁ ବାହାରିଲା ନାହିଁ। ସୋମନାଥ ସବୁବେଳେ ତାକୁ କହୁଥିଲା, ସହରର ଚାଲିଚଲନ, ଆଦବକାଇଦା ଅଲଗା; ଏଥରକ ଟିକିଏ ସହରୀ ହେବାକୁ ଶିଖ। ସ୍ତୁତି କହୁଥିଲା, ମୋ ଗାଁ ମତେ ଭଲ। ସୋମନାଥ କହୁଥିଲା, ମଫସଲୀ।

ମନନ ଯେତେବେଳେ ଗର୍ଭକୁ ଆସିଲା, ସ୍ତୁତି କହିଲା, ମତେ ଗାଁରେ ଛାଡ଼ିଦେଇ ଆସ। ସୋମନାଥ ତାକୁ ବୁଝାଇଲା ଯେ ଗାଁରେ ଭଲ ଡାକ୍ତର ମିଳିବେ ନାହିଁ; ପ୍ରଥମ ପ୍ରସବ ବେଳେ କେତେବେଳେ କଣ ସୁବିଧା ଅସୁବିଧା। ତଥାପି ଗାଁକୁ ଯିବାକୁ ଜିଦ ଧରିଲା ସ୍ତୁତି। କହିଲା, ସବୁ ଝିଅମାନେ ପିଲା ଜନ୍ମ କରିବାକୁ ବାପଘରକୁ ଯାଆନ୍ତି। ବାଧ୍ୟ କରି ସୋମନାଥ ତାକୁ ନେଇ ଜଣେ ଲେଡି ଡାକ୍ତରଙ୍କୁ ଦେଖାଇଲା। କେଜାଣି କାହିଁକି ସ୍ତୁତି ହଠାତ୍ ସେଇ ଡାକ୍ତରାଣୀଙ୍କୁ ଆପଣାର କରିନେଲା। ଡାକ୍ତରଖାନାରୁ ଫେରିବା ବେଳେ କହିଲା, ଠିକ ଅଛି, ମୁଁ ଗାଁକୁ ଯିବି ନାହିଁ। ତେବେ ଏଇ ଡାକ୍ତରାଣୀଙ୍କ ପାଖରେ ମୋର ସବୁ ବ୍ୟବସ୍ଥା କରିଦେବ।

ମନନର ଜନ୍ମ ବେଳକୁ କୌଣସି ଅସୁବିଧା ହେଲା ନାହିଁ। ତେବେ ସ୍ତୁତି ଦିନକରୁ ବେଶୀ ଡାକ୍ତରଖାନାରେ ରହିବାକୁ ରାଜି ହେଲା ନାହିଁ। ଡାକ୍ତରାଣୀଙ୍କୁ କହି ଘରକୁ ଚାଲିଆସିଲା। ତାକୁ ଘରେ ସାହାଯ୍ୟ କରିବାକୁ ତାର ମା ଓ ଭାଉଜ ଆସି ପହଞ୍ଚିଲେ। କିନ୍ତୁ ସେମାନଙ୍କୁ ଶୀଘ୍ର ବିଦାୟ କରିଦେଇ ସ୍ତୁତି ପୁଣି ଘରକାମ ସମ୍ଭାଳିନେଲା। ଦୁର୍ବଳ ଶରୀରରେ ସ୍ତୁତି ଏତେ କାମ କରୁଛି ବୋଲି ସୋମନାଥ ବ୍ୟସ୍ତ ହେଉଥିଲା। ଦିନେ ତାକୁ କହିଲା, ମୁଁ କାମ କରିବା ପାଇଁ ଗୋଟାଏ ଲୋକ

ଠିକ୍ କରିଦେଉଚି। ସ୍ତୁତି କହିଲା, ମୋ କାମ କଥା ଭାବିବା ଦରକାର ନାହିଁ। ମୋ କାମ ମୁଁ କରୁଚି; ତମ କାମ ତମେ କର। ତଥାପି ସୋମନାଥ ଆଶ୍ୱସ୍ତ ହେଲାନାହିଁ ଏବଂ ସ୍ତୁତି ସହିତ ବ୍ୟବହାର କଲା ଯେମିତି ତାକୁ ଛୁଇଁଲେ ସେ ଭାଙ୍ଗିଯିବ! ସେ ଆଉ ରାତିରେ ସ୍ତୁତି ପାଖକୁ ଗଲା ନାହିଁ।

ଦିନେ ରାତିରେ ସ୍ତୁତିକୁ ଅନିଦ୍ରାରେ ଛଟପଟ ହେବାର ଦେଖ୍ ସୋମନାଥ କହିଲା, କଣ ଦେହ କିଛି ଖରାପ ହେଲା? ସ୍ତୁତି କହିଲା, ନା। ପୁଣି ପାଞ୍ଚ ମିନିଟ ପରେ ସ୍ତୁତିକୁ ନ ଶୋଇବା ଦେଖ୍ ସୋମନାଥ କହିଲା, କଣ ହୋଇଚି? ସ୍ତୁତି କହିଲା, ହଁ, ମୋ ଦେହ ଖରାପ ହୋଇଚି। ଡାକ୍ତରାଣୀ ଯୋଉ ଔଷଧ ଦେଇଥିଲେ ସେଇ ଥାକରେ ଅଛି, ଆଣିଦିଅ। ସୋମନାଥ ପ୍ୟାକେଟଟି ଖୋଲି ତା ଭିତରେ ଜନ୍ନ ନିୟନ୍ତ୍ରଣର ସାମଗ୍ରୀ ଦେଖ୍ ଜୋରରେ ହସିବାକୁ ଆରମ୍ଭ କରିଚ୍ଛି, ସ୍ତୁତି କହିଲା,ଏତେ ହସିବା ଦରକାର ନାହିଁ।

ଏଇ ସହରରେ ରହିବା ଭିତରେ ଆହୁରି ଦି ଥର ଘର ବଦଳାଇ ଥିଲା ସୋମନାଥ। ପରବର୍ତ୍ତୀ ଉଡ଼ାଘରଟି ଥିଲା ପ୍ରଥମ ମହଲାରେ। ପ୍ରଥମେ ପ୍ରଥମେ ଅସୁବିଧା ଲାଗିଲା ସ୍ତୁତିକୁ ଏ ଘରେ ଚଲପ୍ରଚଲ ହେବା। ଏ ନୂଆ ଅଞ୍ଚଳ ମଧ୍ୟ ସ୍ତୁତିକୁ ଭଲ ଲାଗୁ ନ ଥିଲା। ସୋମନାଥ କହୁଥିଲା, ତମେ ତ ଘରୁ ବାହାରୁ ନାହିଁ। ଏ ଅଞ୍ଚଳଟା ଭଲ କି ମନ୍ଦ ତମର କଣ ଅଛି? ସତକୁ ସତ କେବେ କ୍ଵଚିତ୍ ଘରୁ ବାହାରି ତଳକୁ ଯାଉଥିଲା ସ୍ତୁତି। ସେଇ ଆସିବାଦିନୁ ତାର ସହରକୁ ଯୋଉ ଭୟ ରହିଯାଇଥିଲା, ତାର ଶେଷ ନ ଥିଲା। ଦିନେ ସୋମନାଥ ଅଫିସକୁ ଯାଇଚ୍ଛି, କିଏ କବାଟ ଖଟ ଖଟ କଲା। ସ୍ତୁତି ଛୁଆକୁ କୋଳରେ ଧରି ଯାଇ କବାଟ ପାଖରେ ଠିଆହେଲା, କିନ୍ତୁ କବାଟ ଖୋଲିଲା ନାହିଁ। ସଂଧ୍ୟାବେଳେ ସୋମନାଥ ଫେରିବାରୁ ସ୍ତୁତି ତାକୁ ଏକଥା କହିଲା। ସୋମନାଥ କହିଲା, ଡାକବାଲା ହୋଇଥିବ, ଏଇ ଚିଠିଟା ତଳେ ପଡ଼ିଥିଲା। ଆଉ ଦିନେ ସେମିତି କିଏ କବାଟ ବାଡ଼େଇବାରୁ ସ୍ତୁତି ଡାକବାଲା ଭାବି କହିଲା, ଚିଠି ସେଇ ବାହାରେ ପକେଇ ଦିଅ। ବାହାରୁ ସୋମନାଥ କହିଲା, ମୁଁ। ତାର ଦେହ ଖରାପ ଥିବାରୁ ସେ ଅଫିସରୁ ଶୀଘ୍ର ଚାଲି ଆସିଥିଲା। ଏ କଥାକୁ ନେଇ ସେମାନେ ଅନେକ ସମୟ ହସିଥିଲେ ଏବଂ ସୋମନାଥ ଅନେକ ସମୟରେ ଏ ବିଷୟ ମନେପକାଇ ସ୍ତୁତିକୁ ଉପହାସ କରୁଥିଲା।

ମନନ ଟିକିଏ ବଡ଼ ହୋଇ ଚାଲିବାକୁ ଆରମ୍ଭ କରିବାରୁ ସ୍ତୁତିର ଭୟ ଆହୁରି ବଢ଼ିଗଲା। ସେ ବାହାର କବାଟକୁ ସବୁବେଳେ ବନ୍ଦ କରି ରଖୁଥିଲା, କାରଣ ତାର ଭୟ ଥିଲା ଯେ ମନନ ବାହାରକୁ ଯାଇ ପାହାଚରେ ତଳକୁ ଖସି ପଡ଼ିବ। ସେ

ସୋମନାଥ ସହିତ ଘର ବଦଳାଇବାକୁ ଜିଦ କଲା। ମନନ ସେତେବେଳକୁ ପ୍ରାୟ ବର୍ଷକର ହୋଇଥିବ। ସେ ସବୁ ଜିନିଷ ଖାଉଥିଲା, କିନ୍ତୁ ଦୁଧ କି ପାଣି ପିଇବା ପାଇଁ ତାର ନିପଲ ଲଗା ବୋତଲ ଦରକାର ହେଉଥିଲା, ଗ୍ଲାସରୁ ପିଇପାରୁ ନ ଥିଲା। ସୋମନାଥ ସବୁବେଳେ କହୁଥିଲା, ତାର ଏ ଅଭ୍ୟାସ ବନ୍ଦ କର। ସ୍ତୁତି କିନ୍ତୁ ମନନକୁ ବହୁତ ଗେଲା କରି ଦେଇଥିଲା। ସେ ମଝିରେ ମଝିରେ ଜିଦ କଲେ ସୋମନାଥ ତାକୁ ଧମକାଉଥିଲା, କିନ୍ତୁ ସ୍ତୁତି ତାକୁ ଟାଣିନେଇ ଗେଲ କରୁଥିଲା। ଦିନେ ରାତିରେ ମନନର ଦୁଧ ପିଇବା ବୋତଲ ତଳେ ପଡ଼ି ଭାଙ୍ଗିଗଲା। ସୋମନାଥ କହିଲା, ଭଲ ହେଲା ଏଥର ଆଉ ବୋତଲ କିଣ ନାହିଁ। ଏଥର ସେ ଗ୍ଲାସରୁ ପାଣି ପିଇବା ଶିଖୁ। ସ୍ତୁତି କିନ୍ତୁ କହିଲା, ତମେ ଏବେ ଯାଇ କୋଉଠୁ ବୋତଲ କିଣି ଆଣ। ଛୁଆ ଯଦି ରାତିରେ ପାଣି ପିଇବାକୁ ଖୋଜେ। ନିଜକୁ ଏକା ରହିବାକୁ ପଡ଼ିବାର ଭୟ ସତ୍ତ୍ୱେ ବି ରାତିରେ ସୋମନାଥକୁ ବୋତଲ କିଣିବାକୁ ପଠାଇଲା ସ୍ତୁତି। ସାଇକେଲ ନେଇ ବାହାରିଯିବାର ଘଣ୍ଟାଏ ପରେ ବି

ଯେତେବେଳେ ସୋମନାଥ ନ ଫେରିଲା, ସ୍ତୁତି ଶୋଇଲା ଛୁଆକୁ ନେଇ, ବାହାରକୁ ଗଲା ତାକୁ ଦେଖିବା ପାଇଁ। ସୋମନାଥ ଫେରିଲା ବେଳକୁ ସ୍ତୁତି ରାସ୍ତା ପାଖରେ ଠିଆ ହୋଇଥିଲା। ସୋମନାଥ ତା ଉପରେ ବିରକ୍ତ ହେଲା। କହିଲା, ଏତେ ରାତିରେ ବୋତଲ କୋଉଠି ମିଳିବ ଏଠାରେ। ମତେ ଷ୍ଟେସନ ବଜାର ପର୍ଯ୍ୟନ୍ତ ଯିବାକୁ ହେଲା। ପୁଣି କହିଲା, ଏତେ ରାତିରେ ଏକା ବାହାରକୁ ବାହାରିବ ନାହିଁ।

ଏ ନୂଆ ଘରକୁ ଆସିବାର ଚାରିବର୍ଷ ହୋଇଗଲାଣି। ଏ ଘରଟି ଭଲ ଲାଗିଥିଲା ସ୍ତୁତିକୁ। ଘରର ଜିନିଷପତ୍ର ସଜାଇ ରଖିବାପରେ ସେ କହିଥିଲା, ତମର ଅନ୍ୟ ସହରକୁ ବଦଳି ହେବା ପର୍ଯ୍ୟନ୍ତ ଆମେ ଏଇ ଘରେ ରହିଯିବା। ଦେଖୁ ଦେଖୁ ତାଙ୍କର ଜିନିଷପତ୍ର ବଢ଼ିଯାଇଥିଲା। ମନନର ଜିନିଷ ବି କିଛି କମ ନ ଥିଲା। ସେ ସାଇକେଲ ପାଇଁ ଜିଦ କରୁଥିଲା, କିନ୍ତୁ ସ୍ତୁତି ସବୁବେଳେ ମନା କରୁଥିଲା। ଏ ଘରଟି ତଳ ମହଲାରେ ଥିଲା। ସ୍ତୁତି ବର୍ତ୍ତମାନ ଭାବୁଥିଲା, ଉପର ମହଲା ଭଲ ଥିଲା। ଏବେ ତ ମନନ ଘରୁ ବାହାରିଲେ ସିଧା ରାସ୍ତା ଉପରେ ଗାଡ଼ି ମଟର ଭିତରେ ପଡ଼ିଯିବ! ଘରଟି ଅନେକ କଷ୍ଟରେ ମିଳିଥିଲା ସୋମନାଥକୁ। ତାକୁ ତାଙ୍କ ବ୍ୟାଙ୍କରୁ ଯେତିକି ଘରଭଡ଼ା ଟଙ୍କା ମିଳୁଥିଲା, ସେତିକି ଟଙ୍କାରେ ଏହାଠାରୁ ଆଉ ଭଲ ଘର ମିଳି ନଥାନ୍ତା। ଘରଟି ଅଫିସରୁ ଟିକିଏ ଦୂର ଥିଲା, ତେବେ ସେ ଏ ଭିତରେ ମଟର ସାଇକେଲ କିଣିଥିଲା ଏବଂ ସେଇଥିରେ ଅଫିସ ଯିବା ଆସିବା କରୁଥିଲା। ମଝିରେ

ମଝିରେ ସେ ସ୍ତୁତିକୁ କହୁଥିଲା, ଚାଲ, ତମକୁ ମଟର ସାଇକେଲରେ ବସାଇ ବୁଲାଇ ନେବି। ସ୍ତୁତି କିନ୍ତୁ ଭୟ କରୁଥିଲା; ତା କଥା ଶୁଣୁନ ଥିଲା। କୁଆଡ଼େ ଯିବାକୁ ହେଲେ ସେମାନେ ରିକ୍‌ସା କରି ଯାଉଥିଲେ। ଦିନେ ଯୋଉ ଦିନ ମନନକୁ ମଟର ସାଇକେଲରେ ବସାଇ ବୁଲାଇବାକୁ ନେଲା ସୋମନାଥ, ସେମାନେ ଫେରିଆସିବା ପର୍ଯ୍ୟନ୍ତ ଅନେକ ଚିନ୍ତାରେ ରହିଥିଲା ସ୍ତୁତି।

ମନନ ଟିକିଏ ବଡ଼ ହେବାରୁ ସୋମନାଥ ତା ପାଇଁ ସ୍କୁଲ ଖୋଜିବାରେ ଲାଗିଲା। ଦିନେ ଅଫିସରୁ ଫେରି ଖୁସି ହୋଇ କହିଲା, ଆଜି ମଡେଲ ସ୍କୁଲରେ ମନନର ସିଟ ହୋଇଗଲା। ସ୍ତୁତି ପଚାରିଲା, ସ୍କୁଲ ଏଠୁ କେତେ ବାଟ? ଛୁଆ କେମିତି ଏତେ ବାଟ ଯିବ? ସୋମନାଥ କହିଲା, ଏ ସ୍କୁଲରେ ପିଲାଙ୍କୁ ପଢ଼ାଇବା ପାଇଁ ଲୋକ ହଜାର ହଜାର ଟଙ୍କା ଖର୍ଚ୍ଚ କରନ୍ତି। କହନ୍ତି, ପିଲା ଜନ୍ମ ହେବା ଆଗରୁ ସିଟ ପାଇଁ ଦରଖାସ୍ତ କରି ଦିଅନ୍ତି ଏ ସ୍କୁଲ ପାଇଁ। ସ୍କୁଲ ପ୍ରିନ୍‌ସିପାଲଙ୍କର ଆମ ବ୍ୟାଙ୍କରେ କାମ ଥିଲା ବୋଲି ମନନ ପାଇଁ ସିଟ ହେଲା। ନହେଲେ ମୁଁ କିଏ, ସେ ସ୍କୁଲରେ ଆମ ପିଲା ପାଇଁ ସିଟ କୋଉଠି? ମନନକୁ ଏତେ ଦୂର ବସରେ ସ୍କୁଲ ଯିବାକୁ ପଡ଼ିବ ଶୁଣି ସ୍ତୁତି ମନ ଦୁଃଖ କଲା। ସୋମନାଥ କହିଲା, ଏତେ ଭଲ ସ୍କୁଲରେ ତମ ପୁଅ ପାଠ ପଢ଼ିବ, ଖୁସି ହୁଅ। ଏ ସ୍କୁଲରୁ ମଣିଷ ହୋଇ ବାହାରିବ ମନନ।

ପ୍ରଥମେ ପ୍ରଥମେ ମନନ ସ୍କୁଲରୁ ଫେରିବା ପର୍ଯ୍ୟନ୍ତ ଚିନ୍ତାରେ ରହୁଥିଲା ସ୍ତୁତି। କ୍ରମେ ଅଭ୍ୟାସରେ ପଡ଼ିଗଲା। ମନନ ସ୍କୁଲରେ ଭଲ ପାଠ ପଢ଼ୁଥିଲା। ମାସକୁ ମାସ ରିପୋର୍ଟ ନେଇ ଘରକୁ ଆସିଲେ ସୋମନାଥ ସ୍ତୁତିକୁ ସେ ରିପୋର୍ଟ ଦେଖାଇ ବୁଝାଉଥିଲା, ମନନର ଅଙ୍କ ଭଲ ହଉଛି। ବଡ଼ ହେଲେ ଚାର୍ଟର୍ଡ ଆକାଉଣ୍ଟାଣ୍ଟ ହେବ। ସ୍ତୁତି ମନେ ମନେ ଖୁସି ହଉଥିଲା, କିନ୍ତୁ ଉପରେ କହୁଥିଲା, କିଏ ଜାଣିଛି ବଡ଼ ହେଲେ ଭଲ ପଢ଼ିବ କି ନାହିଁ।

ଏ ଭିତରେ ସୋମନାଥର ଦରମା ବଢ଼ିଥିଲା ଏବଂ ସେମାନେ ବେଶ୍ ଭଲରେ ଚଳୁଥିଲେ। ସୋମନାଥର କିଛି ସାଙ୍ଗସାଥୀ ହୋଇଯାଇଥିଲେ। ସୋମନାଥ ପାଖରୁ ସ୍ତୁତି ତାର ସାଙ୍ଗମାନଙ୍କ କଥା ଶୁଣୁଥିଲା ଏବଂ ସେମାନଙ୍କ ଘରକୁ ଯୋଉମାନେ ଆସୁଥିଲେ ତାଙ୍କ ଆଗକୁ ନଗଲେ ସୁଦ୍ଧା ସେମାନଙ୍କ ଭିତରୁ କାହାକୁ କାହାକୁ ଦେଖି ଚିହ୍ନୁଥିଲା। ତାଙ୍କରି କୋଠାରେ ରହୁଥିବା ତାଙ୍କ ଘର ମାଲିକଙ୍କ ପୁଅ ମାଧବ ବର୍ତ୍ତମାନ ସୋମନାଥର ବଡ଼ ସାଙ୍ଗ ହୋଇଯାଇଥିଲା। ସଂଜବେଳେ କିଛି କାମ ନଥିଲେ ସୋମନାଥ ତା ପାଖକୁ ଚାଲିଯାଉଥିଲା। ମାଧବ ବି ତାଙ୍କ ଘରକୁ ଆସୁଥିଲା

ମଞ୍ଝିରେ ମଞ୍ଝିରେ। ସୋମନାଥ ଯେତେ ଆଗ୍ରହ କଲେ ବି ସ୍ତୁତି ତା ଆଗକୁ ଯାଉନଥିଲା। ଦିନେ ସେମାନେ କୁଆଡ଼େ ଯିବା ପାଇଁ ରିକ୍ସାକୁ ଅପେକ୍ଷା କରି ତଳେ ଛିଡ଼ା ହୋଇଛନ୍ତି, ମାଧବ ଉପରୁ ଓହ୍ଲାଇଲା। ମାଧବ ସ୍ତୁତିକୁ ନମସ୍କାର କରିବାରୁ ସୋମନାଥ କହିଲା, ସ୍ତୁତିକୁ ଦେଖିବ କହୁଥିଲ, ଏବେ ଭଲକରି ଦେଖିନିଅ। ଆଉ ଦେଖିବାର ସୁଯୋଗ ମିଳିବ ନାହିଁ। ସ୍ତୁତି ମୁହଁ ବୁଲାଇ ଠିଆ ହେଲା, ମାଧବ ଚାଲିଯିବାରୁ କହିଲା, ଅଭଦ୍ର।

ଦିନେ କିଏ ଡାକିବାରୁ ସ୍ତୁତି କବାଟ ଖୋଲିଛି, ଦେଖିଲା ବାହାରେ ମାଧବ ଛିଡ଼ା ହୋଇଛି। କହିଲା, ସେ ଘରେ ନାହାନ୍ତି। ମାଧବ ତା ଆଡ଼କୁ ଅନାଇ ହସିଲା, କହିଲା, ମନନ ଅଛି? ମନନ ମା ପାଖରେ ଛିଡ଼ା ହୋଇଥିଲା। ତାକୁ ଦେଖି ମାଧବ ଘର ଭିତରକୁ ଆସିଲା ଏବଂ ତା ସହିତ ବସି କଥାବାର୍ତ୍ତା କଲା। ମାଧବର ଏ ବ୍ୟବହାର କେମିତି ସ୍ତୁତିକୁ ଭଲ ଲାଗିଲା ନାହିଁ। ମାଧବ ଚାଲିଯିବାରୁ ମନନକୁ ଗାଳି ଦେଇ କହିଲା, ଯାହା ତା ସାଙ୍ଗରେ ବସି ଗପ କରିବାକୁ ତତେ କିଏ କହିଲା? ସୋମନାଥ ଘରକୁ ଫେରିବାରୁ ସ୍ତୁତି ତାକୁ କହିଲା, ତମର ସେଇ ସାଙ୍ଗ ମତେ ମୋତେ ଭଲ ଲାଗେ ନାହିଁ। ତାଙ୍କୁ କହିବ ତମେ ନ ଥିଲାବେଳେ ଆମ ଘରକୁ ଆସିବେ ନାହିଁ। ସୋମନାଥ କହିଲା, ମାଧବକୁ ତମେ ଜାଣିନାହିଁ। ବହୁତ ଭଦ୍ର, ପରୋପକାରୀ। ତମେ ତ ଭାବୁଚ ତମକୁ ସମସ୍ତେ ଖାଇଯିବାକୁ ବସିଛନ୍ତି। ସ୍ତୁତି କହିଲା, ମୋର ଭଦ୍ର ପରୋପକାରୀ ଲୋକ ଦରକାର ନାହିଁ।

ସଂଧ୍ୟାବେଳେ କିଏ ଆସି ଆକ୍ସିଡେଣ୍ଟର ଖବର ଦେଲା। ଭାଗ୍ୟକୁ ସେଠାରେ ମାଧବ ଛିଡ଼ା ହୋଇଥିଲା ସେତେବେଳେ। ସେ ରିକ୍ସା ଠିକ କରିଦେଲା ଏବଂ ସ୍ତୁତି ସହିତ ହସ୍‌ପିଟାଲକୁ ଗଲା। ସୋମନାଥ ସେତେବେଳକୁ ମରି ସାରିଥିଲା। ଗୋଟାଏ କୋଣରେ ଚାଦର ଘୋଡ଼ା ହୋଇ ତାର ମଳାଦେହ ପଡ଼ିଥିଲା। ତାକୁ ଦେଖି ସ୍ତୁତି ଅଚେତା ହୋଇଗଲା। ତା ପରେ ତାର ଆଉ କିଛି ଠିକ ମନେ ନାହିଁ। କେମିତି ସେ ଘରକୁ ଫେରିଲା, କିଏ ଶବସଂସ୍କାରର ବ୍ୟବସ୍ଥା କଲା, କିଏ ତାର ଭାଇଙ୍କ ପାଖକୁ ଟେଲିଗ୍ରାମ ପଠାଇଲା, ମନନ କଥା କିଏ ବୁଝିଲା, କିଛି ତାର ମନେ ନାହିଁ। ତା ଖଟ ଚାରିପାଖେ ସ୍ତ୍ରୀମାନେ ଘେରି ରହିଥିଲେ। ମଞ୍ଝିରେ ମଞ୍ଝିରେ କିଏ ତାକୁ ବାଧ୍ୟ କରି କଣ ଖୁଆଉଥିଲେ, ତାର ହାତ ଧରି ଗାଧୁଆ ଘରକୁ ନେଇଯାଉଥିଲେ। କେତେବେଳେ କେତେବେଳେ ମନନ ତା ପାଖରେ ବସି କାନ୍ଦୁଥିଲା। ମଞ୍ଝିରେ ପୁଣି କେତେବେଳେ ଭାଇ ଭାଉଜ ଆସି ତା ଘରର ଦାୟିତ୍ୱ ସମ୍ଭାଳିଲେ।

ସ୍ତୁତି ଆଉ କାନ୍ଦୁ ନାହିଁ। ଶୋଇଛି, ନହେଲେ ଆଖି ବନ୍ଦକରି ଭାବୁଛି, ନ ହେଲେ ଶୂନ୍ୟ ଦୃଷ୍ଟିରେ ଅନାଉଛି। ପ୍ରଥମେ ସେ ସୋମନାଥର ମୃତ୍ୟୁକୁ ସ୍ୱୀକାର କରିନଥିଲା; ଏବେ ମାନି ନେଲାଣି। ତେବେ ଏ ପର୍ଯ୍ୟନ୍ତ ତା ପ୍ରତି ହୋଇଥିବା ଏକ ନିର୍ଦ୍ଦୟ ଅବିଚାରକୁ ମାନିନେଇ ପାରୁନାହିଁ। ଏବେ ତା ମୁଣ୍ଡରେ ମନନ କଥା ଆସୁଛି ସବୁଠାରୁ ବେଶୀ।   ତାକୁ ତ ମଣିଷ ହେବା ପାଇଁ ଅନେକ ଦିନ ଲାଗିବ।

ସ୍ତୁତି ଆଖି ଖୋଲିଲା। ଦିନ ବେଶ୍ ହେଲାଣି ବୋଲି ଜଣାପଡୁଛି। ଭାଇଭାଉଜ ପାଖରେ ବସିଛନ୍ତି। ମନନ ତା କୋଳରେ ନିଦରେ ଶୋଇଯାଇଛି। ତାକୁ ଆଖି ଖୋଲିବାର ଦେଖି ଭାଇ କହିଲେ, କଣ କିଛି ଖାଇବୁ। ସ୍ତୁତି କେତେବେଲେ ଖାଇଥିଲା ତାର ମନେ ନାହିଁ। ଟିକିଏ ଭାବିଲା, କହିଲା, ନା, ଭୋକ ନାହିଁ। ଭାଇ କହିଲେ, ତା ହେଲେ ଉଠି ବସ। ଅତ୍ତତଃ ମୁହଁ ହାତ ଧୋଇ ନେ। ଭାଉଜ ତାର ହାତଧରି ଗାଧୁଆ ଘରକୁ ନେଇଗଲେ। ହାତ ମୁହଁ ଧୋଇ ସ୍ତୁତି ଆସି ଚଉକିରେ ବସିଲା। ଭାଇ କହିଲେ, ତମର ଏ ପଡ଼ାର ଲୋକମାନେ ଖୁବ ଭଲ। ଆମେ ଆସିବା ଆଗରୁ ବହୁତ ଯତ୍ନ ନେଇଛନ୍ତି। ସୋମନାଥର ବ୍ୟାଙ୍କର ସାଙ୍ଗମାନେ ବି ବହୁତ ସାହାଯ୍ୟ କଲେ।

ସ୍ତୁତି କହିଲା, ଆଜି କଣ ରବିବାର?

ଭାଇ କହିଲେ, ନା ଆଜି ମଙ୍ଗଲବାର। ପାଞ୍ଚଦିନ ହେଲା ଆଜିକୁ।

ମନନ ସ୍କୁଲକୁ ଯାଇ ନାହିଁ କାହିଁକି?

ଦିନେ ଦି ଦିନ ସ୍କୁଲକୁ ନ ଯାଉ ପିଲାଟା।

ନା, ପଢ଼ା କାହିଁକି ନଷ୍ଟ କରିବ।

ଭାଉଜ ଆଣି ଚା ଦେଲେ। ସ୍ତୁତି ଚା ପିଅ ସାରିବାରୁ ଭାଇ କହିଲେ, ମୁଁ ସାତ ଦିନ ଛୁଟି ନେଇ ଆସିଥିଲି। ଆଉ ତିନି ଦିନରେ ଫେରିବାକୁ ପଡ଼ିବ। ଯଦି ବାହାରି ପାରିବୁ ତ ଆମ ସାଙ୍ଗରେ ଚାଲିଆସିବୁ, ନହେଲେ ଭାଉଜ ଏଠାରେ ଆଉ କିଛି ଦିନ ରହିଯିବ।

ସ୍ତୁତି କହିଲା, ମନନର ସ୍କୁଲ ଛାଡ଼ି କୁଆଡ଼େ ଯିବି?

ଭାଇ କହିଲେ, ଯେମିତି ହେଲେ ତ ମନନର ସ୍କୁଲ ବଦଲାଇବାକୁ ପଡ଼ିବ। ଏଠି ସହରରେ ଏକା କେମିତି ରହିବ।

ନା, ମନନ ଏଇ ସ୍କୁଲରେ ପଢ଼ିବ। ସେ କହୁଥିଲେ ଏ ସ୍କୁଲଟି କୁଆଡ଼େ ବହୁତ ଭଲ ସ୍କୁଲ। ମୁଁ ଏଇଠି ରହିବି। ତା ସହିତ ଏ ବିଷୟରେ କୌଣସି ତର୍କ ନ କରି ଭାଇ କହିଲେ, ଇନ୍ସ୍ୟୁରାନ୍ସରୁ ପଚାଶ ହଜାର ଟଙ୍କା ମିଲିବ। ବ୍ୟାଙ୍କରୁ ବି ତାର ଦରମା

ଗ୍ରାଚୁଇଟି ବାବଦରେ କିଛି ଟଙ୍କା ମିଳିବ। ଏ ସବୁର କାଗଜପତ୍ରରେ ତୋର ଦସ୍ତଖତ ଦରକାର। ତୁ ଖାଇପିଇ ସାରିଲେ ମୁଁ ତତେ ବୁଝାଇଦେବି।

ସ୍ମୃତି କହିଲା, ନା, ମତେ ଭୋକ ନାହିଁ। ମତେ ଏବେ କାଗଜପତ୍ର କଥା ବୁଝାଇ ଦିଅ।

ଭାଇ ତାକୁ ଗୋଟାଏ କାଗଜ ଦେଖାଇ ସେଥିରେ ଦସ୍ତଖତ କରିବାକୁ କହିଲେ। ଇଂରେଜୀର କଣ ସବୁ ଲେଖାଥିଲା କାଗଜରେ। ସ୍ମୃତି ସେଥିରୁ ଇନ୍ସ୍ୟୁରାନ୍ସ କମ୍ପାନୀର ନାଁ ପଢ଼ିଲା। ପଚାରିଲା, ଏଇଟା କି କାଗଜ?

ଏଇଟା ଡିସ୍ଚାର୍ଜ ନୋଟ। ଏଇଟାରେ ଦସ୍ତଖତ କଲେ ସେମାନେ ଚେକ ପଠାଇଦେବେ।

ଚେକଟା ନେଇ ମୁଁ କଣ କରିବି?

ତୋ ନାଁରେ ବ୍ୟାଙ୍କରେ ଗୋଟିଏ ଆକାଉଣ୍ଟ ଖୋଲି ସେଥିରେ ଚେକଟା ଜମା ଦବାକୁ ହବ। ସଂଧ୍ୟାବେଳେ ସୋମନାଥର ସାଙ୍ଗ ଆସିଲେ ତାର ବ୍ୟବସ୍ଥା କରିଦେବେ।

ଟଙ୍କାକୁ ବେଶୀ ଦିନ ବ୍ୟାଙ୍କରେ ରଖିଲେ ସେଥିରୁ ସୁଧ ମିଳେ ବା କଣ। ଏ ଟଙ୍କାକୁ ରଖିଲେ ମାସକୁ କେତେ ସୁଧ ମିଳିବ?

କେତେ ଆଉ ସୁଧ ମିଳିବ? ଏ ଘରଭଡ଼ାକୁ ସୁଧ ନିଅଣ୍ଟ ହବ। ତା ଛଡ଼ା ସୋମନାଥ ଯିବାପରେ ଏ ଘରବାଲା ତତେ ରଖିବା ବିଷୟରେ କଣ କହିବେ କିଏ ଜାଣେ?

ସ୍ମୃତି ମନନକୁ ନିଦରୁ ଉଠାଇଲା। ମା ଉଠି ବସି କଥାବାର୍ତ୍ତା କରୁଥିବା ଦେଖି ସେ ଖୁସି ହେଲା। ସ୍ମୃତି ତାକୁ କହିଲା, ସେଇ ଉପର ମହଲାରେ ଏଇ ଘର ମାଲିକ ଯୋଉ ବୁଢ଼ା ରହୁଛନ୍ତି, ତାଙ୍କୁ ଯା ଡାକି ଆଣିବୁ।

ମନନ ସାଙ୍ଗରେ ମାଧବ ଆସି ପହଞ୍ଚିଲା। ସେ ଘର ଭିତରକୁ ପଶିଚି କି ନାହିଁ ସ୍ମୃତି ତାକୁ କହିଲା, ମନନର ପାଠପଢ଼ା ସରିବା ପର୍ଯ୍ୟନ୍ତ ମୁଁ ଏ ଘରେ ରହିବି। ଯେତିକି ଭଡ଼ା ଦିଆହେଉଚି ଦେବି। ଆପଣଙ୍କର କିଛି ଅସୁବିଧା ଅଛି କି?

ମାଧବ ହଠାତ୍ ଏ ପ୍ରଶ୍ନ ଶୁଣି ଅପ୍ରସ୍ତୁତ ହୋଇଗଲା। କହିଲା, ଆପଣଙ୍କ ଘର, ଯେତେ ଦିନ ଇଚ୍ଛା ରହିବେ। ଏତେବେଲେ ଆପଣଙ୍କୁ ଏ ବିଷୟରେ କିଏ ପଚାରୁଛି?

ସ୍ମୃତି କହିଲା, ଖାଲି ଏତେବେଲେ ବୋଲି ନୁହେଁ। ମତେ ଭବିଷ୍ୟତ କଥା ବି ଭାବିବାକୁ ହେବ। ସେଇଥିପାଇଁ ପଚାରୁଛି।

ମାଧବ କହିଲା, ସୋମନାଥ ମୋର ବଡ଼ ସାଙ୍ଗ ଥିଲା। ଆପଣଙ୍କର କିଛି ଅସୁବିଧା ହେବ ନାହିଁ ଏଠାରେ। ଯାହା ସୁବିଧା ଅସୁବିଧା ମତେ କହିବେ। ଏତିକି କହି ମାଧବ ବାହାରିଗଲା।

ମାଧବ ଯିବା ପରେ ଭାଉଜ କହିଲେ, ଆମେ ଭାବୁଥିଲୁ ଏଠାର ସବୁ କାମ ସାରି

ତୁ ଗାଁକୁ ଚାଲିଯାଇଥାନ୍ତୁ, ନହେଲେ ଆମ ପାଖରେ ଆସି ରହିଥାନ୍ତୁ।

ସ୍ତୁତି କହିଲା, ଗାଁ ସ୍କୁଲ କଥା ତ ତମେ ଜାଣିଚ ଭାଉଜ। ମୁଁ ମାଟ୍ରିକ ପାସ କରିଚି, ଇଂରେଜୀ ଠିକ ପଢ଼ି ବୁଝିପାରୁନାହିଁ। ମନନର କଣ ହେବ ସେମିତି ସ୍କୁଲରେ ପାଠ ପଢ଼ି। ସେ ଯୋଉ ସ୍କୁଲରେ ପାଠ ପଢ଼ୁଚି, ବହୁତ ଭଲ ସ୍କୁଲ। ଆଉ ମୋର ଚଲିବା ପାଇଁ ଟଙ୍କା କଥା। ମୋର ଯୋଉ ଗହଣା ଅଛି, ତାକୁ ବିକ୍ରି କରି ଟଙ୍କା ବ୍ୟାଙ୍କରେ ରଖିଲେ ସେଥିରୁ ବି କିଛି ସୁଧ ମିଳିବ।

ସ୍ତୁତି ଯାଇ ବାକ୍ସରୁ ତାର ଗହଣା ସବୁ ବାହାର କଲା। କହିଲା, ଭାଇ ଚାଲ ଯାଇ ଗହଣା ବିକ୍ରି କରି ଆସିବା।

ଭାଇ କହିଲେ, ଏତେ ଜଲଦି କାହିଁକି ଆଉ କିଛି ଦିନ ଯାଉ।

ନା, ତମେ ତ ତିନି ଦିନରେ ଚାଲିଯିବ। ମୁଁ ଏକା ଏ କାମକୁ ପାରିବି ନାହିଁ।

ତା ହେଲେ ଏ ସହରରେ ଏକା କେମିତି ଚଲିବୁ?

ମୋର କିଛି ଅସୁବିଧା ହେବ ନାହିଁ। ତେବେ ଗହଣା ବିକ୍ରି, ଟଙ୍କା ପଇସା କଥା ମୁଁ ଆଗରୁ କେବେ କରିନାହିଁ ତ। ସେଇଥିପାଇଁ ତୁମକୁ କହୁଚି।

ଭାଉଜ ତାକୁ ଜବରଦସ୍ତି ଖୁଆଇଲେ; କିନ୍ତୁ ଖାଇସାରିବା ମାତ୍ରେ ହିଁ ସ୍ତୁତି ଜିଦ କଲା ଗହଣା ଦୋକାନକୁ ଯିବାକୁ। ଭାଇଭାଉଜ ତାକୁ ନେଇ ଦୋକାନକୁ ଗଲେ। ସ୍ତୁତି ଯେତେବେଳେ ବ୍ୟାଗ ଭିତରୁ ଗହଣା ସବୁ ଦୋକାନୀକୁ ବଢ଼ାଇଲା, ଭାଉଜ କହିଲେ, କିଛି ତ ଗହଣା ରଖିଥାନ୍ତୁ, କେତେବେଳେ ଆପଦବିପଦରେ ଦରକାରରେ ଆସିଥାନ୍ତା।

ସ୍ତୁତି ହସିଲା। କହିଲା, ଆଉ କି ଆପଦ ବିପଦ ଆସିବ ମୋର? ମନନର ପଢ଼ାରେ ଲାଗୁ ଏ ଟଙ୍କା।

ଦୋକାନୀ ଯେତେବେଳେ ଗହଣା ଓଜନ କରୁଥିଲା କଣ ଭାବି ସ୍ତୁତି ଗହଣା ଭିତରୁ ଗୋଟିଏ ସରୁ ହାର ଫେରାଇ ଆଣିଲା। ଦୋକାନୀ ଗହଣାର ଦାମ ହିସାବ କରି ପଚାରିଲା, କଣ କ୍ୟାସ ଦେବି ନା ଚେକ? ଭାଇ କିଛି କହିବା ଆଗରୁ ସ୍ତୁତି କହିଲା, ଚେକ। ୟାକୁ ବି ସେଇ ବ୍ୟାଙ୍କରେ ରଖିଦେବି, ସୁଧ ମିଳିବ। ଦୋକାନରୁ

ଫେରିବା ବେଳେ ମନନକୁ କହିଲା, ତୁ କାଲିଠାରୁ ପୁଣି ସ୍କୁଲକୁ ଯିବୁ। ମନଦେଇ ପଢ଼ିବୁ, ବୁଝିଲୁ।

ସେଦିନ ସଂଧ୍ୟାବେଳେ ବ୍ୟାଙ୍କରୁ ସୋମନାଥର ଦିଜଣ ସାଙ୍ଗ ଆସିଲେ। ସୋମନାଥର ବ୍ୟାଙ୍କରୁ ଆଉ ସବୁ ପଇସା ପାଇବାର ଥିଲା, ତାର ଟେକ ସାଙ୍ଗରେ ଆଣିଥିଲେ ସେମାନେ। କହିଲେ, ଏଥର‌କ ଆପଣଙ୍କ ନାଁରେ ଆମ ବ୍ୟାଙ୍କରେ ଗୋଟାଏ ଆକାଉଣ୍ଟ ଖୋଲି ଦିଅନ୍ତୁ। ସ୍ତୁତି ଫର୍ମରେ ଦସ୍ତଖତ କରିଦେବାରୁ ତାଙ୍କ ଭିତରୁ ଜଣେ କହିଲା, ଆପଣଙ୍କର ବ୍ୟାଙ୍କୁ ଯିବା ଦରକାର ନାହିଁ, ଆମେ ଆପଣଙ୍କର ଆକାଉଣ୍ଟ ଖୋଲାଇ ଟେକ ବହି ଆଣି ଦେଇଯିବୁ। ସ୍ତୁତି କହିଲା, ନା, ମୁଁ ନିଜେ ବ୍ୟାଙ୍କୁ ଯିବି। ସେ ଏତେ ଜୋରରେ ଏକଥା କହିଲା ଯେ ସେମାନେ ଚୁପ ରହିଲେ।

ସ୍ତୁତି କହିଲା, ମଟର ସାଇକେଲ ପାଇଁ ସେ ରଣ ନେଇଥିଲେ। ତାର କଣ ହେବ?

ବ୍ୟାଙ୍କରୁ ବାକି ରଣ ଟଙ୍କା। ମାଫ କରି ଦିଆହୋଇଛି। ମଟର ସାଇକେଲଟି ଏଥର ଆପଣଙ୍କର। ଆମେ ଭାବୁଥିଲୁ ଆପଣ ଯଦି ଆଉ କୋଉଠି ଠିକ ନ କରନ୍ତି, ଆମ ଅଫିସର ଜଣେ ଲୋକ କିଣିନେବ।

କେତେ ଦାମରେ? ସ୍ତୁତି ପକାଇଲା।

ତାଠାରୁ ଦାମ ଶୁଣି ସ୍ତୁତି କହିଲା, ମୁଁ କାଲି ଭାବିଚିନ୍ତି କହିବି। ମଟରସାଇକେଲ ଏବେ କୋଉଠି ଅଛି?

ଯାହା ଭଙ୍ଗାଭଙ୍ଗି ହୋଇଯାଇଥିଲା, ମରାମତି ପାଇଁ ଦିଆହୋଇଚି। କାମ ସରିଗଲେ ଆମ ଭିତରୁ କିଏ ଆସି ଏଠାରେ ପହଞ୍ଚାଇ ଦେଇ ଯିବ।

ତା ଆରଦିନ ଆସି ସ୍ତୁତିକୁ ବ୍ୟାଙ୍କୁ ନେଇଯାଇ ଆକାଉଣ୍ଟ ଖୋଲାଇବେ ବୋଲି କହି ସେମାନେ ବିଦାୟ ନେଲେ। ସେମାନେ ଚାଲିଯିବା ପରେ ସ୍ତୁତି ଭାଇଙ୍କୁ କହିଲା, ମଟର ସାଇକେଲ ଅଢ଼େଇ ବର୍ଷ ତଳେ କିଣା ହୋଇଥିଲା। ଏମାନେ ଯୋଉ ଦାମ କହିଲେ ଠିକ ଅଛି ତ?

ଭାଇ କହିଲେ, ମଟର ସାଇକେଲର ଅବସ୍ଥା କେମିତି ଅଛି ତା ଉପରେ ଦାମ ନିର୍ଭର କରିବ। ତେବେ ଠିକ ଜଣାପଡ଼ୁଛି।

ସ୍ତୁତି କହିଲା, ହଉ।

ସେଦିନ ରାତିରେ ଖାଇସାରିବା ପରେ ସ୍ତୁତି ଭାଇଙ୍କ ପାଖରେ ବସି ତାର ଟଙ୍କା ପଇସାର ହିସାବ ଚାଲା। କାଗଜ କଲମ ଧରି ସବୁ ମିଶାଇ ଭାଇଙ୍କୁ ପଚାରିଲା ତାକୁ

ବ୍ୟାଙ୍କରେ ରଖିଲେ ମାସକୁ କେତେ ସୁଧ ମିଳିବ। ଭାଇ ତାକୁ ସୁଧର ପରିମାଣ କହିବାରୁ ତାର ମୁହଁ ଶୁଖିଗଲା। ଏତେ କମ ଟଙ୍କାରେ ସହରରେ ଚଳିବ କେମିତି। ତା ମୁହଁକୁ ଦେଖି ଭାଇ କଣ କହିବାକୁ ଯାଉଛନ୍ତି ସ୍ତୁତି କହିଲା, ତମେ ଭାବୁଚ ମାସେ ଦି ମାସ ପରେ ମୁଁ ମନ ବଦଳାଇ ଦେବି, ନା? ମନନର ପଢ଼ା ସରିବା ଯାଏ ମୁଁ ଏଇଠି ରହିବି। ଟିକିଏ ପରେ କହିଲା, ଏଇ ଘର ଭଡ଼ାଟାରେ ବେଶୀ ଟଙ୍କା ଚାଲିଯାଉଛି। ମୋର ଏତେ ବଡ଼ ଘର କଣ ଦରକାର? ଦିଜଣଙ୍କ ପାଇଁ ଗୋଟାଏ ବଖରା ହେଲେ ଚଳିଲା।

ଭାଇ କହିଲେ, ସୋମନାଥର ଗାଁରେ କଣ ଜମିବାଡ଼ି ଥିଲା ପରା? ତାଙ୍କ ଭାଇଙ୍କ ପାଖକୁ ତ ଟେଲିଗ୍ରାମ ଯାଇଥିଲା, ସେ ଆସିଲେ ନାହିଁ।

ସ୍ତୁତି କହିଲା, ସେ ସବୁବେଳେ ବେମାର ରହନ୍ତି, କଣ ଦେହ ଖରାପ ହୋଇଥିବ ଆସିପାରି ନଥିବେ। ଆର ଭାଇ ତ ଆର୍ମିରେ କୋଉଠି ଅଛନ୍ତି, ତାଙ୍କର ଠିକଣା କାହାକୁ ଜଣାନାହିଁ। ନା କେବେ ଚିଠି ଦିଅନ୍ତି, ନା ଚିଠି ଲେଖିଲେ ଜବାବ। ମନନର ସ୍କୁଲ ଛୁଟି ହେଲେ ମୁଁ ତାଙ୍କ ଗାଁକୁ ଯାଇ ଜମି କଥା ବୁଝିବି। ତାକୁ ବିକିଲେ କିଛି ହେଲେ ତ ଟଙ୍କା ମିଳିବ।

ପରଦିନ ସକାଳେ ନିଦରୁ ଉଠି ସ୍ତୁତି ଭାଇଙ୍କ ପାଖକୁ ଗଲା। ସେ ଏ ପର୍ଯ୍ୟନ୍ତ ଉଠି ନଥାନ୍ତି। ତାଙ୍କୁ ନିଦରୁ ଉଠାଇ ସ୍ତୁତି କହିଲା, ମୋର ମାଟ୍ରିକୁଲେସନ ସାର୍ଟିଫିକେଟଟା ମୁଁ ପାଉ ନାହିଁ। ବୋଧହୁଏ ଏଠିକି ଆସିଲାବେଳେ ଘରେ ଛାଡ଼ି ଆସିଲି, ନ ହେଲେ କୋଉଠି ହଜିଯାଇଚି। ତମେ ଆମ ସ୍କୁଲରୁ ଗୋଟାଏ ଡୁପ୍ଲିକେଟ ସାର୍ଟିଫିକେଟ ପଠାଇ ଦେବ। ତାଙ୍କୁ ଏତିକି କହିସାରି ପୂର୍ବଦିନ ରାତି ଭଳି ତାର ଜିନିଷପତ୍ର ପୁଣି ଖୋଜାଖୋଜି କଲା, କିନ୍ତୁ ସାର୍ଟିଫିକେଟଟିକୁ କେଉଁଠାରେ ପାଇଲା ନାହିଁ।

ବ୍ୟାଙ୍କରେ ପହଞ୍ଚି ସୋମନାଥର ସାଙ୍ଗ ସ୍ତୁତିକୁ କହିଲା, ଆପଣ ଏଇଠି ବସିଥାନ୍ତୁ, ମୁଁ ଆପଣଙ୍କ ନାଁରେ ଆକାଉଣ୍ଟ ଖୋଲାଇ ଚେକ ଜମା କରିଦଉଛି। କିନ୍ତୁ ସ୍ତୁତି କହିଲା, ନା, ମୁଁ ନିଜେ ସବୁ କରିବି। ମତେ ଦେଖାଇ ଦିଅନ୍ତୁ ଏଇ ଫର୍ମରେ କୋଉଠି କଣ ଲେଖିବାକୁ ହେବ। ଅତି ଅଧବସାୟର ସହ ନିଜକୁ ବ୍ୟାଙ୍କର ନିୟମ ସହିତ ପରିଚିତ କରାଇଲା ସ୍ତୁତି। ବ୍ୟାଙ୍କ କାମ ସାରି ବାହାରକୁ ବାହାରିଛନ୍ତି, ସ୍ତୁତି କହିଲା, ଆଜି ତ ଅଣତିରିଶ ତାରିଖ ହେଲାଣି; ଆର ମାସ ପାଇଁ ଟଙ୍କା ଦରକାର ହେବ। ମତେ ଟିକିଏ ବତାଇ ଦିଅନ୍ତୁ ଟଙ୍କା କେମିତି ବାହାର କରିବାକୁ ହବ।

ଲୋକଟିର ଅନେକ କହିବା ସତ୍ତ୍ୱେ ବି ସ୍ମୃତି ମାନିଲା ନାହିଁ। କୂପରେ ଛିଡ଼ା ହୋଇ ନିଜେ ଟଙ୍କା ସଂଗ୍ରହ କଲା।

ଘରକୁ ଫେରିବା ବେଳେ ଭାଇ ତାକୁ ବୁଝାଇଲେ, ତୁ ଏ ବୟସରେ ଏକା ସହରରେ କେମିତି ରହିବୁ? ଏଠାରେ ଆମର ସାଙ୍ଗସାଥୀ କିଏ ଅଛନ୍ତି? ତାଛଡ଼ା ସହର ଲୋକମାନେ ବି ତ ଭଲ ନୁହଁନ୍ତି। ସ୍ମୃତି କହିଲା, ମନନର ପଢ଼ା ନ ସରିବା ଯାଏ ତମେ ମତେ ଆଉ ଏ ସହର ଛାଡ଼ିବା କଥା କହିବ ନାହିଁ। ଏତେ ଲୋକ ତ ପୁଣି ଚଳୁଛନ୍ତି ସହରରେ। ଏଠାରେ ବି ତ ଭଦ୍ର ପରୋପକାରୀ ଲୋକ ଅଛନ୍ତି। ଟିକିଏ ପରେ କହିଲା, ରହିଲା ଟଙ୍କା ପଇସା କଥା। ମତେ ଖର୍ଚ୍ଚ କମାଇବାକୁ ପଡ଼ିବ। ପ୍ରଥମେ ଏ ଘର ବଦଳାଇ ଛୋଟ ଘରକୁ ଯିବାକୁ ପଡ଼ିବ।

ଭାଇ କହିଲେ, ସୋମନାଥର ସାଙ୍ଗ ମଟର ସାଇକେଲ ଦୋକାନର ଠିକଣା ଦେଇଥିଲା ଗଲାବେଳେ ଦେଖିଯିବା?

ସ୍ମୃତି କହିଲା, ନା, ମନନର ସ୍କୁଲରୁ ଫେରିବା ସମୟ ହେଲାଣି। ତା ଛଡ଼ା ମୁଁ ମଟର ସାଇକେଲ ଦେଖି କଣ ବୁଝିବି? ବ୍ୟାଙ୍କର ଲୋକ କିଣିନବ। ତେବେ ତାକୁ କହିବି ଦାମ ଯଦି ଆଉ କିଛି ବଢ଼ାଏ!

ମନନକୁ ଖୁଆଇ ସାରି ସ୍ମୃତି ଘର ମାଲିକଙ୍କ ପାଖକୁ ଗଲା। ସେ ଅତ୍ୟନ୍ତ ଭଦ୍ର ସ୍ୱଭାବର ଲୋକ ଥିଲେ। ସ୍ମୃତିକୁ କହିଲେ, ଏବେ ଆପଣ ଘର କଥା କିଛି ଭାବନ୍ତୁ ନାହିଁ। ପରେ ସେ ବିଷୟରେ କଥାବାର୍ତ୍ତା କରିବା। ସ୍ମୃତି କହିଲା, ମୁଁ ଏ ଘର ଛାଡ଼ି ଦେବି। ଆପଣଙ୍କର ଯଦି ଆଉ କୋଉଠି କିଛି ଛୋଟ ଘର ଅଛି, ମୁଁ ନେବି। ଭଦ୍ରବ୍ୟକ୍ତି କହିଲେ, ଆଉ କିଛି ଦିନ ଯାଉ ସେ କଥା ଦେଖିବା। ସ୍ମୃତି କହିଲା, ନା, ମତେ ଆଜି କହିଦିଅନ୍ତୁ। ଭଦ୍ରବ୍ୟକ୍ତି ତାକୁ ସେ ପଡ଼ାରେ ଗୋଟିଏ ଛୋଟ ଘର ଖାଲି ଥିବା କଥା କହିଲେ। ସ୍ମୃତି କହିଲା, ମୋ ପାଇଁ ସେ ଘରଟା ଠିକ କରି ଦିଅନ୍ତୁ। ମୁଁ ପହିଲା ତାରିଖରେ ଆପଣଙ୍କ ଘର ଖାଲି କରିଦେବି।

ଘରକୁ ଆସି ସେ ତାର ଜିନିଷପତ୍ର ବାନ୍ଧିବାରେ ଲାଗିଲା। ଭାଇ କହିଲେ, ତୁ ଯଦି ଘର ବଦଳାଇବୁ, ମୁଁ ଆଉ ଦିନେ ଦି ଦିନ ପାଇଁ ଛୁଟି ଦରଖାସ୍ତ କରିଦଉଛି। ସ୍ମୃତି କହିଲା, ତମେ ଦିନେ ଦି ଦିନ ଅଧିକ ରହି କଣ କରିବ? ସାରା ଜୀବନ ତ ମତେ ଏବେ ନିଜ କଥା ନିଜେ ବୁଝିବାକୁ ପଡ଼ିବ! ମୁଁ ସବୁ କାମ ଚଳାଇ ନେବି, ତମେ ଦେଖିବ।

ସଂଧ୍ୟାବେଳେ କଲେଜରୁ ଫେରି ମାଧବ ତାଙ୍କ ଘରକୁ ଆସିଲା। କହିଲା, କଣ ଦରକାର ଥିଲା ଏ ଘର ଛାଡ଼ିବାକୁ? ସ୍ମୃତି ତାକୁ ବସାଇ ଚା ଆଣି ଦେଲା। କହିଲା,

ଆପଣ ତ ତାଙ୍କର ସବୁ କଥା ଜାଣନ୍ତି। ଇନ୍ସ୍ୟୁରାନ୍ସ ଇତ୍ୟାଦିରୁ ଯେତିକି ଟଙ୍କା ମିଳିଲା, ମତେ ଏଥରକ ତାରି ସୁଧରେ ଚଳିବାକୁ ହେବ। ତା ଛଡ଼ା ମୋର ଏତେବଡ଼ ଘର କଣ ଦରକାର?

ମାଧବ କହିଲା, ଠିକ ଅଛି। ଆପଣ ଯଦି ଏ କଥା ନିଶ୍ଚୟ କରିନେଇଛନ୍ତି, ମୁଁ ଆପଣଙ୍କ ପାଇଁ ବାପା ଯୋଉ ଘର କଥା କହୁଥିଲେ ସେଇଟି ବୁଝିଦେବି। ଘରଟା ଏଇ ପାଖରେ। ଆପଣଙ୍କର ସେଠାରେ କିଛି ଅସୁବିଧା ହେବ ନାହିଁ। ସେ ଘରବାଲାଙ୍କୁ ବି ମୁଁ ଚିହ୍ନେ। କେତେ କମ ଭଡ଼ା ହୋଇପାରିବ, ମୁଁ ସେ କଥା ବୁଝିବି। ମାଧବ ଏତିକି କହି ଚୁପ ରହିଲା। ସ୍ତୁତି ଆଉ କିଛି ନ କହିବାରୁ ସେ ଉଠିଲା, କହିଲା, ଆପଣ ଜାଣନ୍ତି ସୋମନାଥ ମୋର ଘନିଷ୍ଠ ବନ୍ଧୁଥିଲା। ଆପଣଙ୍କର ଯାହା ସୁବିଧା ଅସୁବିଧା କଥା ମତେ କହିବେ। ମତେ ପର ବୋଲି ଭାବିବେ ନାହିଁ।

ଭାଇଭାଉଜ ଥିବା ଭିତରେ ହିଁ ସ୍ତୁତି ଘର ବଦଳାଇଲା। ତାକୁ ଯେତେ କହିଲେ ବି ସେ ଭାଉଜଙ୍କୁ ଭାଇ ସାଙ୍ଗରେ ଫେରିଯିବା ପାଇଁ ବାଧ୍ୟ କଲା। ସେମାନେ ଯେତେବେଳେ ଗଲେ, ମନନ ସ୍କୁଲକୁ ଯାଇଥିଲା। ସେମାନଙ୍କୁ ବାହାରେ ଛାଡ଼ି ଭିତରକୁ ଆସି କବାଟ ବନ୍ଦ କଲା ଏବଂ ନିଜକୁ ପୂରାପୂରି ନିଃସଙ୍ଗ ବୋଧକଲା ସ୍ତୁତି। କେହି ନାହାନ୍ତି ତା ସାଙ୍ଗରେ ଆଉ। ଏ ନୂଆ ଘରେ ସୋମନାଥର କୌଣସି ସ୍ମୃତି ବି ନାହିଁ। ସେ କାନ୍ଦିବାକୁ ଆରମ୍ଭ କଲା। ତାର କୋହ କ୍ରମେ କ୍ରମେ ବଢ଼ିଚାଲିଲା। ଯେତେ ଚେଷ୍ଟାକଲା, ତାର କାନ୍ଦକୁ ବନ୍ଦ କରି ପାରିଲା ନାହିଁ। ବିଛଣାରେ ପଡ଼ି ସେ ଆହୁରି ଜୋରରେ କାନ୍ଦିବାକୁ ଲାଗିଲା।

ଦିନ ଦୁଇଟା ବେଳେ କିଏ କବାଟ ଖଟଖଟ କଲା। ମନନ! ସ୍ତୁତି ବିଛଣାରୁ ଉଠି ବସିଲା। ହଠାତ୍ କାନ୍ଦ ବନ୍ଦ କରି ମୁହଁ ହାତ ଧୋଇ କବାଟ ଖୋଲିଲା। ମୁହଁକୁ ସାମାନ୍ୟ ହସ ଆଣି ମନନକୁ କହିଲା, ଆଜି କ୍ଲାସରେ ସବୁ ଠିକ ହେଲା? ମନନ କିଛି କହିଲା ନାହିଁ; ତେବେ ଖାଇଲାବେଳେ କହିଲା, ମୋ ହାତରେ ଅଙ୍କ ହେଉ ନାହିଁ। ସ୍ତୁତି ତା ଉପରେ ରାଗିଗଲା। ମନନକୁ ଖାଇବା ବନ୍ଦ କରିବା ଦେଖି କହିଲା, ଠିକ ଅଛି ଖାଇ ନେ! ତୋର ତ ଆଗରୁ ଅଙ୍କ ଭଲ ହଉଥିଲା। ଅଙ୍କ ଭଲ ନହେଲେ ଭଲରେ ପାସ କରିବୁ କେମିତି, ଚାର୍ଟର୍ଡ ଆକାଉଣ୍ଟାଣ୍ଟ ହେବୁ କେମିତି?

ମନନ କହିଲା, ଅଙ୍କରେ ଅଧା ପିଲା ଖରାପ କରୁଛନ୍ତି।

ସ୍ତୁତି କହିଲା, ଅଧା ପିଲା ଖରାପ କଲେ ଆମର କଣ ଅଛି? ଆଉ ଅଧାକ ପିଲା ତ ଭଲ କରୁଛନ୍ତି!

ମନନ କହିଲା, ତାଙ୍କ ଘରେ ସବୁ ଟ୍ୟୁଟର ।

ସ୍ତୁତି ଆଉ କିଛି କହିଲା ନାହିଁ । ତେବେ ସେଦିନ ସଂଧ୍ୟାରେ ଯେତେବେଳେ ମାଧବ ତାଙ୍କ ଘରକୁ ଆସିଲା, ସ୍ତୁତି ତାକୁ ଚା ଦେଇସାରି ପ୍ରଥମେ ଏଇ ସମସ୍ୟାଟି କଥା କହିଲା । ମାଧବ କହିଲା, ଏଇ ଛୋଟ କଥା ? ମନନ, ତୋର ଅଙ୍କ ବହି ନେଇ ଆ । ମୁଁ ତତେ ବୁଝାଇ ଦେବି ।

ମନନ ତାର ବହି ଖାତା ନେଇ ଆସି ବସିଲା । ମାଧବ ଅନେକ ଚେଷ୍ଟା କଲା ମନନକୁ ବୁଝାଇବା ପାଇଁ; କିନ୍ତୁ ପାରିଲା ନାହିଁ । ଶେଷରେ ସ୍ତୁତିକୁ କହିଲା, ସତ କହିବାକୁ ଗଲେ ମୋ ନିଜର ଅଙ୍କ ବି ଖରାପ । ତିନିଜଣଯାକ ଏ କଥାରେ ହସିଲେ । ମାଧବ କହିଲା, କିଛି ବ୍ୟସ୍ତ ହବାର ନାହିଁ । ମୁଁ କାଲି ମୋର ଭଲ ଅଙ୍କ ଜାଣିଥିବା କୌଣ ଛାତ୍ରକୁ କହିବି । ସେ ଆସି ମନନକୁ ଘଣ୍ଟାଏ ଦି ଘଣ୍ଟା ପଢ଼ାଇ ଦେଇ ଯିବ । ମନନକୁ କହିଲା, ଯଦି ଇଂରେଜୀରେ କିଛି ଦରକାର ହୁଏ, ମତେ କହିବୁ । ମନନ କହିଲା, ଇଂରେଜୀରେ ମୋର ଏଥରକ ପଞ୍ଚାଅଶୀ ଅଛି । ଇଂରେଜୀରେ ମତେ ସବୁ ଜଣା ।

ଏକା ବାହାରକୁ ଯିବା ସ୍ତୁତିର ଅଭ୍ୟାସ ହୋଇଗଲା ଆସ୍ତେ ଆସ୍ତେ । ଯୋଉଦିନ ଡାକରେ ଇନ୍‌ସ୍ୟୁରାନ୍‌ସ କମ୍ପାନୀର ଚେକ ଆସିଲା, କାହାକୁ କିଛି ନ କହି ସ୍ତୁତି ବ୍ୟାଙ୍କୁ ଗଲା ଏବଂ ସେଇ ଲୋକଟି ଯେମିତି ଶିଖାଇ ଦେଇଥିଲା, ତାକୁ ଜମା କରିଦେଲା । ଆଉ ଥରେ ଆରମାସରେ କାହିଁକି ବ୍ୟାଙ୍କୁ ଆସିବ ବୋଲି ସେ ଆସନ୍ତା ମାସ ପାଇଁ ମଧ ଖର୍ଚ ବାବଦରେ ଟଙ୍କା ବାହାର କଲା । ଫେରିଲାବେଳେ ଦୋକାନରୁ ଘରକରଣା ଜିନିଷ କିଣିଲା । ଏ କଥା ନ କରିଥିଲେ ତାକୁ ଦିଥର ରିକ୍‌ସା ଖର୍ଚ କରିବାକୁ ପଡ଼ିଥାନ୍ତା ।

ପଇସା ପତ୍ର ବିଷୟରେ ଖୁବ ସତର୍କ ରହୁଥିଲା ସ୍ତୁତି । ନିହାତି ଦରକାର ନ ଥିଲେ ଗୋଟାଏ ପଇସା ବି ଅଯଥା ଖର୍ଚ କରୁନଥିଲା । ଦୋକାନରୁ ନିଜେ ଯାଇ ଜିନିଷ କିଣି ଆଣୁଥିଲା । ଦିନେ ଯୋଉଦିନ ଘରକୁ ଫେରି ଦୋକାନୀ କମ ଓଜନର ଜିନିଷ ଦେଇଥିବାର ଦେଖିଲା, ମନନକୁ ନେଇ ପୁଣି ଦୋକାନକୁ ଗଲା, ଦୋକାନୀକୁ ଗାଳିଦେଇ ପୁରା ଜିନିଷ ନେଇ ଆସିଲା ।

ସଂସାର ଚଳାଇବାରେ କିଛି ଅସୁବିଧା ହେଉ ନ ଥିଲା ତାର । ଜଗିରଖ୍ ଚଳିଲେ, ଯଦି କୌଣସି ବଡ଼ ଧରଣର ଦରକାର ହଠାତ୍ ଆସି ନପଡ଼େ ତେବେ ଟଙ୍କା ବି ଅଣ୍ଟିଯିବ । ତେବେ ଟିକିଏ ଭୟ ହଉଥିଲା ଏକା ପୁରୁଷହୀନ ଘରେ ରହିବାରେ ।

କିଛି ଦିନ ପର୍ଯ୍ୟନ୍ତ ସୋମନାଥ ଅଫିସର ଗୋଟାଏ ଲୋକ ତା ଘରକୁ ଆସୁଥିଲା ତାର ଯାହା ସବୁ ଟଙ୍କା ପଇସା ପାଇବାର ଥିଲା ସେ ବିଷୟ ବୁଝିବା ପାଇଁ। ସେ ସବୁ ଛିଣ୍ଡିଯିବା ପରେ ବି ଥରେ ଦି ଥର ଲୋକଟା ଆସିଲା ସ୍ତୁତିର ଭଲ ମନ୍ଦ ବୁଝିବା ପାଇଁ। ଦିନେ ସଂଧ୍ୟାରେ ମନନ ନଥିବା ବେଳେ ଲୋକଟା ଆସିଲା। ଭିତରେ ବସି କହିଲା, ମୁଁ ଏମିତି ମଝିରେ ମଝିରେ ଆସି ଆପଣଙ୍କର ସୁବିଧା ଅସୁବିଧା ବୁଝି ଯାଉଥିବି। ସ୍ତୁତି କିଛି କହିଲା ନାହିଁ। ଲୋକଟା କହିଲା, କଣ ମୁଁ ଏତେ ଦୂରରୁ ଆସିଛି, ଚା କପେ ବି ଯାଚିବେ ନାହିଁ? ଲୋକଟାର ମତିଗତି ସ୍ତୁତିକୁ ଭଲ ଲାଗିଲା ନାହିଁ। ସେ ତାକୁ ଚା ଦେଲା ସତ; କିନ୍ତୁ ତା ସାମନାରେ ଚା ରଖିଦେଇ ନିଜେ ଭିତରକୁ ଚାଲିଗଲା। ଲୋକଟି ଚା ପିଇସାରି କିଛି କ୍ଷଣ ଅପେକ୍ଷା କରି ତା ପରେ ଉଠି ଠିଆ ହେଲା। ସ୍ତୁତି ଆସି ତାକୁ କହିଲା, ମୋର କିଛି ଅସୁବିଧା ନାହିଁ। ଆପଣଙ୍କର ଏଥର ଏଠାକୁ ଆସିବାର ଦରକାର ନାହିଁ।

ମାଧବ କିନ୍ତୁ ମଝିରେ ମଝିରେ ଆସୁଥିଲା। ମନନ ସାଙ୍ଗରେ ତାର ଭଲ ପଡ଼ୁଥିଲା। ସ୍ତୁତି ବି ତା ସହିତ ବସି ଗପ୍ପ କରୁଥିଲା। କେବେ କେମିତି ଛୋଟ ସମସ୍ୟା ହେଲେ ସ୍ତୁତି ତାକୁ କହୁଥିଲା। ସେ ପଠାଇଥିବା ଛାତ୍ର ପାଖରୁ ମନନ ମଝିରେ ମଝିରେ ଅଙ୍କ ଶିଖୁଥିଲା ଏବଂ ଇଂରେଜୀରେ କିଛି ବୁଝିବାକୁ ହେଲେ ମାଧବକୁ ପଚାରୁଥିଲା। ମାଧବ ସେମାନଙ୍କ କଲେଜ ଲାଇବ୍ରେରିରୁ ସ୍ତୁତି ପାଇଁ ଗପବହି ଆଣି ଦେଉଥିଲା ପଢ଼ିବା ପାଇଁ। ମାଧବ ଆସିଲେ ସ୍ତୁତି ଖୁସି ହଉଥିଲା ଏବଂ ତିନିଜଣଯାକ ବସି ଅନେକ ସମୟ ଗପ କରୁଥିଲେ। ମନନର ପାଠପଢ଼ା ବାକି ଥିଲେ ସ୍ତୁତି ମଝିରେ କହୁଥିଲା, ତୁ ଭିତରେ ଯାଇ ପାଠ ପଢ଼।

ଭାଇଙ୍କ ପାଖରୁ ଯେଉ ଦିନ ମାଟ୍ରିକୁଲେସନ ସାର୍ଟିଫିକେଟ୍ଟି ପାଇଲା, ସେଇ ଦିନ ସ୍ତୁତି ସୋମନାଥର ବ୍ୟାଙ୍କୁ ଗଲା ତାଙ୍କର ବଡ଼ ସାହେବଙ୍କୁ ଦେଖା କରିବାକୁ। ସାହେବ କଣ ମିଟିଂରେ ବ୍ୟସ୍ତ ଥିଲେ ଏବଂ ତାକୁ ଅପେକ୍ଷା କରିବାକୁ କହିଲେ। ଏଣେ ମନନର ସ୍କୁଲ ଫେରିବା ବେଳ ହେଇଆସୁଥିଲା। ତେଣୁ ସେଠାରେ ଆଉ ଅପେକ୍ଷା ନ କରି ସ୍ତୁତି ଘରକୁ ଫେରିଆସିଲା। ପରଦିନ ଯେତେବେଳେ ସେ ସାହେବଙ୍କୁ ଯାଇ ଭେଟିଲା, ସେ ତାକୁ ଭଲମନ୍ଦ ପଚାରିଲେ। ସେ ମାତ୍ର ମାଟ୍ରିକ ପଢ଼ିଛି ଶୁଣି କହିଲେ, ଏତିକି ପାଠରେ ଚାକିରି ପାଇବା ମୁସ୍କିଲ। ଯଦି ଟାଇପିଙ୍ଗ ଇତ୍ୟାଦି ଶିଖୁଥାନ୍ତେ, ମୁଁ ଭଲ ଚାକିରି କରାଇ ଦେଇଥାନ୍ତି। ଆପଣ କଣ କିଛି ନିହାତି ଛୋଟ କାମ କରିବାକୁ ଚାହିଁବେ? ସ୍ତୁତି ହଠାତ୍ କିଛି ଭାବି ଠିକ କରି ପାରିଲା ନାହିଁ; ଚୁପ ରହିଲା।

ସାହେବ କହିଲେ, ଆପଣ ଭାବନ୍ତୁ, ଯେତେବେଳେ ହବ ଆସି କହିଲେ ମୁଁ କିଛି ବ୍ୟବସ୍ଥା କରିଦେବି।

ତାଙ୍କ ପାଖରୁ ଆସି ସ୍ତୁତି ସିଧା ଗଲା ଟାଇପ କରୁଥିବା ଝିଅଟି ପାଖକୁ। ନିଜର ପରିଚୟ ଦେବାରୁ ଝିଅଟି ପାଖରୁ ଗୋଟିଏ ଚୌକି ଆଣି ତାକୁ ବସାଇଲା। ତାକୁ ସ୍ତୁତି ଟାଇପରାଇଟିଂ ଶିଖିବା କଥା ପଚାରିଲା। ଝିଅଟି ସ୍ତୁତିକୁ ତା ଘର ପାଖରେ କୋଉଠି ଶିଖିବାର ବ୍ୟବସ୍ଥା ଅଛି ଗୋଟାଏ କାଗଜରେ ଲେଖିଦେଲା। ଶିଖିବାକୁ କେତେ ଦିନ ଲାଗିବ ଇତ୍ୟାଦି କଥା ବି ସ୍ତୁତି ତା ପାଖରୁ ପଚାରି ବୁଝିଲା। ଘରକୁ ଫେରିବା ରାସ୍ତାରେ ସେ ଏ ବିଷୟରେ ଚିନ୍ତାକଲା। ବର୍ତ୍ତମାନ କୌଣସି ଚାକିରି ମିଳିଲେ ବୋଲହାକ କରିବାର ଛୋଟ ଚାକିରି ମିଳିବ। ଯଦି ଛ' ମାସ ଲାଗି ସେ ଟାଇପରାଇଟିଂ ଶିଖିଯିବ, ତେବେ ଗୋଟାଏ ନିୟମିତ ଚାକିରିରେ ପଶି ଯାଇ ପାରିବ। ଛ' ମାସ ସମୟ ବି କଣ? ମନନକୁ ମଣିଷ ହେବାକୁ ତ ଅନେକ ବର୍ଷ ଲାଗିବ। ସେ ଯଦି ଟିକିଏ ଭଲ ଚାକିରି କରିବ, ଭବିଷ୍ୟତରେ ମନନକୁ ସାହାଯ୍ୟ କରିବ।

ସେ ଟାଇପରାଇଟିଂ ଶିଖିବା ବିଷୟରେ ବୁଝାବୁଝି କଲା; କିନ୍ତୁ ସମସ୍ୟା ହେଲା ସମୟକୁ ନେଇ। ଟାଇପ କ୍ଲାସ ସରୁଥିଲା ଚାରିଟାରେ; କିନ୍ତୁ ମନନ ଘରକୁ ଫେରୁଥିଲା ଦୁଇଟାରେ। ସେ ଏକା କେମିତି ଘରକୁ ଆସି ଖାଇବା ପିଇବା କରିବ? ଦିନେ ଦି ଦିନ ଏ କଥା ଭାବିବା ପରେ ସ୍ତୁତି ମନନକୁ ପଚାରିଲା, ମୁଁ ଯଦି ତୋ ପାଇଁ ରନ୍ଧାରନ୍ଧି କରି ରଖି ଦେଇଯାଏ, ତୁ ସ୍କୁଲରୁ ଫେରି ଏକା ବାଢ଼ି ଖାଇ ଦେଇ ପାରିବୁ? ମନନ ହଁ କଲା। ତା ପରେ ସ୍ତୁତି ଦୁଇଟି ଚାବି ଥିବା ଗୋଟିଏ ତାଲା ଆଣି ମନନକୁ ଶିଖାଇଲା ସେ କେମିତି ଚାବି ଖୋଲି ଭିତରକୁ ଆସିବ। ଯୋଉଦିନ ସ୍ତୁତି ପ୍ରଥମ ଦିନ ତାର ଟାଇପରାଇଟିଂ କ୍ଲାସରୁ ଫେରିଲା, ମନନ ଖାଇ ପିଇ ସାରିଥିଲା ଏବଂ ଖାଇବା ବାସନ ବି ଧୋଇ ରଖି ଦେଇଥିଲା। ସ୍ତୁତିର କାନ୍ଦିବାକୁ ଇଚ୍ଛା ହେଲା କିନ୍ତୁ ମନନ ଆଡ଼କୁ ଅନାଇ ଆଖିରୁ ଲୁହ ପୋଛି ନେଲା ଏବଂ ତାକୁ କୋଳକୁ ନେଲା।

ସ୍ତୁତି ତାର କାମ ଶିଖିବାରେ ମନ ଲଗାଇଦେଲା। ତାକୁ ଦିନରେ ଦିଆଯାଇଥିବା ପାଠକୁ ସେ ମନନ ସହିତ ବସି ସଂଧ୍ୟାବେଳେ ତିଆରି କରୁଥିଲା। ମା'ର ପାଠପଢ଼ା ଦେଖି ମନନ ହସୁଥିଲା। ମନନ ତାକୁ କହୁଥିଲା, ମତେ ତ ସବୁବେଳେ କ୍ଲାସରେ ଫାଷ୍ଟ ହବାକୁ କହୁଚୁ, ତତେ ବି କ୍ଲାସରେ ଫାଷ୍ଟ ହବାକୁ ହବ। ମନନ ଭଳି ସେ ବି ଯାହା ବୁଝି ପାରୁନଥିଲା ଲେଖି ରଖୁଥିଲା। ମାଧବ ଆସିଲେ ତାକୁ ପଚାରୁଥିଲା। ଟାଇପରାଇଟିଂ ଶିଖି ସାରିଲେ ତାକୁ କେତେ ଦରମାର ଚାକିରି ମିଳିବ ସ୍ତୁତି ସେ ଖବର ନେଇ

ସାରିଥିଲା। ମଝିରେ ମଝିରେ ଏ ସବୁର ହିସାବ କରିବା ବେଳେ ଖୁସିରେ ମନ ଭରିଯାଉଥିଲା ସ୍ତୁତିର। ସେ ତାର ଦରମାରୁ ବେଶ କିଛି ଅଲଗା କରି ରଖି ଦେଇ ପାରିବ ମନନର ଭବିଷ୍ୟତ ପାଠପଢ଼ା ପାଇଁ।

ଦିନେ ଭାଇଙ୍କ ପାଖରୁ ହଠାତ୍ ଚିଠି ଆସିଲା ସ୍ତୁତି ପାଖକୁ। ଭାଇ ଲେଖିଥିଲେ, ଏଠାରେ ଜଣେ ଆସିଷ୍ଟାଣ୍ଟ ଇଞ୍ଜିନିୟର ଅଛନ୍ତି, ତାଙ୍କ ସ୍ତ୍ରୀ ଗଲାବର୍ଷ ମରିଗଲେ। ତାଙ୍କର ପିଲାପିଲି ନାହାନ୍ତି। ତାଙ୍କ ବୟସ ଅବଶ୍ୟ ଟିକିଏ ବେଶୀ, କିନ୍ତୁ ତୁ ଯଦି ରାଜି ହୁଅନ୍ତୁ, କଥାବାର୍ତ୍ତା କରନ୍ତି ... ଇତ୍ୟାଦି। ଭାଇ ବି ଅଭୁତ ଲୋକ, ମନେ ମନେ ଭାବିଲା ସ୍ତୁତି। ସେ କାର୍ଡ ବାହାର କରି ସେଇ ମୁହୂର୍ତ୍ତରେ ଜବାବ ଲେଖିଲା, ତମକୁ ତ ମୋ ଦାୟିତ୍ୱ କଥା ଜଣା। ଭାଗ୍ୟକୁ ଅଳ୍ପ ଦିନ ଭିତରେ ମୋର ବ୍ୟାଙ୍କରେ ଚାକିରି ହୋଇଯିବ। ସେଥିପାଇଁ ମୋ ବିଷୟରେ ଆଉ ଚିନ୍ତା କରିବ ନାହିଁ। କାହା ସଙ୍ଗେ କଥାବାର୍ତ୍ତା କରିବା ଦରକାର ନାହିଁ। ମୁଁ ଏକା ଭଲ ଅଛି।

ମନନ ବାହାରେ ଖେଳୁଥିଲା, ଭିତରକୁ ଆସିବାରୁ କହିଲା, ଯା, ଚିଠିଟା ଡାକ ବାକ୍ସରେ ପକାଇଦେଇ ଆସିବୁ। ତା ହାତରୁ ଚିଠିଟା ନେଇ ଯାଉ ଯାଉ ମନନ କହିଲା, ମୁଁ କହିବାକୁ ଭୁଲିଯାଇଥିଲି, ତୁ କାଲି ସଂଧ୍ୟାବେଳେ ଦୋକାନକୁ ଯାଇଥିବା ବେଳେ ମାଧବ ବାବୁ ଆସିଥିଲେ। ତତେ ଖୋଜୁଥିଲେ। ସ୍ତୁତି କହିଲା, ଚିଠି ପକାଇ ଦେଇ ତାଙ୍କ ଘରକୁ ଯିବୁ। ସଂଧ୍ୟାବେଳେ ତାଙ୍କୁ ଆସିବାକୁ କହିବୁ। ମନନ କହିଲା, ତାହେଲେ ମୁଁ ସାର୍ଟଟା ପିନ୍ଧି ନଉଛି।

ମନନ ଜାମା ବଦଳାଇବା ବେଳେ ତାକୁ ଗଭୀର ଦୃଷ୍ଟିରେ ଅନାଇଲା ସ୍ତୁତି। ତାକୁ ଜମା ସାତ ବର୍ଷ। କେତେ ବର୍ଷ ଲାଗିବ ଏଇ ପତଳା ରୋଗା ପିଲାଟିକୁ ମଣିଷ ହେବା ପାଇଁ? ସ୍ତୁତିର ବୟସ ମାତ୍ର ଚବିଶ ବର୍ଷ। କେତେବେଳେ ସରିବ ତାର ଏଇ ଦାୟିତ୍ୱ?

ମନନ ଚାଲିଯିବା ପରେ ସ୍ତୁତି ସୁଟକେଶ ଖୋଲି ନିଜର ଲୁଗାପଟା ଦେଖିଲା ଏବଂ ସେଥିରୁ ପସନ୍ଦ କରି ଗୋଟିଏ ଶାଢ଼ି ବାହାର କଲା। ମୁହଁ ହାତ ଧୋଇ ସେ ଶାଢ଼ିଟିକୁ ଯତ୍ନ କରି ପିନ୍ଧିଲା। ଦର୍ପଣ ଆଗରେ ବସି ସେ ଅନେକ ଦିନ ପରେ ନିଜର ପ୍ରସାଧନ କଲା। ମୁଣ୍ଡରେ ଟିପା ଲଗାଇଲା ଏବଂ ଅଳଙ୍କାର ଭିତରୁ ଯେଉଁ ଛୋଟ ହାରଟିକୁ ରଖିନେଇଥିଲା ତାକୁ ପିନ୍ଧିଲା। ଏଥରକ ଭଲଭାବରେ ଦର୍ପଣ ଭିତରେ ନିଜ ଆଡ଼କୁ ଅନାଇଲା ସ୍ତୁତି। କେବଳ ମନନ ପାଇଁ ନୁହେଁ, ସେ ନିଜ ପାଇଁ ବି ଦାୟୀ। ନିଜର ଦେହ ଓ ବୟସ ପ୍ରତି ବି ତ ତାର ଦାୟିତ୍ୱ ରହିଛି!

BLACK EAGLE BOOKS

www.blackeaglebooks.org
info@blackeaglebooks.org

Black Eagle Books, an independent publisher, was founded as
a nonprofit organization in April, 2019. It is our mission to
connect and engage the Indian diaspora and the world at large
with the best of works of world literature published on a
collaborative platform, with special emphasis on
foregrounding Contemporary Classics and New Writing.

www.ingramcontent.com/pod-product-compliance
Lightning Source LLC
Chambersburg PA
CBHW022000130726
47903CB00014B/2623